魔鬼樹

（上）

潘壘 著

獻給馬各

以及在那個年代曾經和我們一起歡笑和哭泣的

每一個人……

總序

無擾為靜，單純最美

宋政坤

記得三十年前大二那年暑假，我一個人待在陽明山，窩在學校附近的宿舍裏——避暑、看書、打球，日子過得好不愜意。那時候我瘋狂的迷上讀小說，其中最喜歡且印象最深刻的就是潘壘寫的《魔鬼樹——孽子三部曲》、《靜靜的紅河》（以上皆聯經出版）。那年暑假我糾結在潘壘筆下小說人物的內心世界裏，山與海彷彿都充滿著熱與火，劇情結構好像電影，有鏡頭、有風景，愛恨糾纏，直叫人熱血澎湃。那是我年輕時代裏最美好的一個暑假，此後就再也沒有過。總覺得那年暑假帶走我少年時最後一個夏季！那段山上讀書無憂無慮的日子，在我記憶裏總是如此深刻。

之後幾年，我一直很納悶，像潘壘這樣一位優秀的小說家，怎麼會突然就銷聲匿跡似的，再也不見蹤影？難道他已經江郎才盡？或者他早已「棄文從影」？又或者是重返故鄉，至此消逝於天涯？我抱持這樣的疑惑，直到真正遇見他本人。

那是十年前（二〇〇四年）某天下午，《野風雜誌》創辦人師範先生，很意外地帶著一位看起來精神矍鑠的長輩造訪秀威公司。當他們突然出現在辦公室時，我一時還真有點手無足措，當時我正和幾位同仁開會，小小的辦公室擠不下更多的人，開會的同仁們見狀一哄而散。我一得知坐在師範身旁的就是作家潘壘時，當下真是驚訝到說不出話來，不是矯情，真正是恍然如夢。因為有太多年了，我幾乎再也沒有聽過潘壘的消息；就像已經有太多年了，我幾乎忘掉那一個青春的盛夏！

我們好像連客套的問候都還沒開始，潘壘先生就急著問我是否有可能重新出版他的作品，而且如果能夠的話，他想出版一整套完整的作品全集。我當時才確認，潘壘八〇年代以後再也沒有新作問世。他突然丟出這個難題，我一時竟答不出話來，想到這套作品至少有上百萬字，全部需要重新打字、編校、排版、設計，這無疑將會是一筆龐大的支出，以當時公司草創初期的困窘，我實在沒有太多勇氣敢答應。對於這麼一位曾經在我年輕時十分推崇而著迷的作家，竟是在這樣一個場合下碰面，我實在感到十分難堪。在無力承諾完成託付的當下，我偷偷地瞥他一眼，見他流露出一抹失落的眼神，老實說，我心情非常難過，甚至於有一種羞愧的感覺。這件事、這種遺憾，我很少跟別人說，卻始終一直放在心上，直到去年。

去年，在一次很偶然的機會裏，我得知國家電影資料館即將出版《不枉此生——潘壘回憶錄》（左桂芳編著），秀威公司很榮幸能夠從中協助，在過程中我告訴編輯，希望能夠主動告知潘壘先生，秀威願意替他完成當年未竟的夢想，這次一定會克服困難，不計代價，全力完成《潘壘全集》的重新出版。對我來說，多年的遺憾終能放下，心中真有一股說不出來的喜悅。作為一個曾經熱愛文藝的青年，已屆中年後卻仍有機會為自己敬愛的作家做一些事，這真是一種榮耀，我衷心感謝這樣的機會，這就像是年輕時聽過的優美歌曲，讓它重新有機會在另一個年輕的山谷中幽幽響起，那不正是我們對這個世界的傳承與愛嗎？

最後，我要感謝《潘壘全集》的催生者師範先生，感謝他不斷給予我這後生晚輩的鼓勵與提攜；同時也要感謝《文訊雜誌》社長封德屏女士，感謝她為我們這個時代的文學記憶保存許多珍貴的資料；當然，本全集的執行編輯林泰宏先生，在潘壘生活的安養院裏花了許多時間跟他老人家面對面訪談，多次往返奔波，詳細紀錄溝通，在此一併致謝。

無擾為靜，單純最美。當繁華落盡，我們要珍惜那個沒有虛華、沒有吹捧，最純粹也最靜美的心靈角落。當潘壘的生命來到一個不再被庸俗干擾的安靜之境，當他的作品只緩緩沉澱在讀者單純閱讀的喜悅中，我想，一個不會被忘記的靈魂，無論他的身分是「作家」，或是「導演」，都將永遠活在人們的心中。

謹以此再次向潘壘先生致敬！

二〇一四年八月一日

導讀

潘壘筆下的孽子之逆

李瑞騰

秀威資訊科技所屬新銳文創將出版《潘壘全集》，責任編輯林泰宏君希望我閱讀其中的《魔鬼樹》，寫篇導論之類的文章。得知潘先生要出版全集，我感到高興；特別是潘先生才剛出版回憶錄《不枉此生》（左桂芳編著，台北：財團法人國家電影資料館，二〇一四），早已在書肆消失了的他的文學著作，又將以新貌和讀者見面，覺得他確不枉此生了。

潘先生高齡八十有八。最近幾年，我幾次在文藝界重陽敬老聯誼活動現場遇到他，精神抖擻，風采依舊；記得第一次是師範先生介紹，我想他這一次和秀威結善緣，應該也是師範先生介紹的。

為此，我清查了有關潘壘的資料，特別是《魔鬼樹》，有一點小發現。

潘壘（一九二七年生）原籍廣東合浦，出生越南海防，一九四九年來台後，曾創辦文藝刊物《寶島文藝》，屬於大陸遷台一系作家。他一生重要的事業，除小說寫作以外，就是從事電影工作，於一九七五年舉家遷移香港後，成為香港重要電影人。

就文學表現來說，潘壘是一九五、六〇年代台灣重要的長篇小說家，出版其作品集者皆當時重要出版社，如：明華書局、亞洲文化、野風出版社、紅藍出版社……等，一九七八年由聯經出版公司編成《潘壘作品集》

十八冊，代表作品如《紅河三部曲》、《血渡》、《上等兵》、《魔鬼樹》等，寫在國共內戰中，從大陸流離台灣的滄桑歲月，歌哭浩歎，有轉進的積極性，也有黍離麥秀的哀音悲情。

《魔鬼樹》是一部超長小說，有一副題「孽子三部曲第一部」，根據台文館《二〇〇七台灣作家作品目錄》所載，該作一九六〇年由夏濟安主編的《文學雜誌》連載。這其實是一則不完整的敘述，該刊發行至八卷六期停刊，時為一九六〇年八月，始刊《魔鬼樹》是八卷三期（同年五月），四期中，全書四十五章只發表了五章，一直要等到一九七七年七月二十四日起，才在《聯合報・副刊》連載了將近一整年（一九七八年七月四日止）。這時，《潘壘作品集》正由聯經陸續出版中。

《上等兵》倒由《文學雜誌》全部刊完（六卷六期到八卷一期），一九六〇年由明華書局出版，從這裏可以看出潘壘和夏濟安、劉守宜（明華老闆，《文學雜誌》實際經營者，寫過一本研究梅堯臣的書）的密切關係。

《魔鬼樹》的大背景是一九四九年之國府遷台，寫一個企業家族在台之擴展及其內部成員之明爭暗鬥，涉及家族代間差異、倫常之變，男女之性與愛，商界和影視圈的權錢交錯，以及外省本省之融合調適等。華之藩老家在吳興，事業在上海。一九四九年春天把紗廠機器從上海搬台灣，設廠板橋，曾陷困境，後因緣際會有了轉機，並擴廠新店，住家也從杭州南路遷碧潭邊，購地新建兩層樓大別墅。

小說由一家人來看地，爭論是否砍掉荒地中央一棵極醜老榕樹開始（第一章）；結束於華之藩去世，律師宣布遺囑，在父親的「愛」和「錢」之間形成的衝突與去取間，父親經由實證，把要分給子女的全部財富給約希，但約希放棄了，他只要「愛」，且忤逆乃父的交代，將那棵樹，一斧一斧地砍將下去，終至大樹倒下（第二十四章）。孽子之逆是為祛魅，實是一種新生。

小說人物眾多，單華府就有十九人，包含二老和六位子女（老大約謀已婚，生一男一女），及管家、婢女、廚子、司機等多人；此外，有兩組人馬，一組是靠華家企業「東亞」生活或業務有關的人，如協理虞庭彥、總務主任何叔齊、會計主任馬紹康、事務股長胡步雲（和老三大女兒約雯定婚）、律師陳彥和等，一組是前面一些人的愛的對象，如老五約希所愛葉婷和唐琪、老大約謀外邊追求的王寶美、老二約倫愛不到的黃薇（老管家黃三豐的孫女）、老四約翰的對象何小薏（何叔齊之女）等。戲份雖各有不同，但每一個角色的形象都算鮮明。

這是一個長篇，編印成上下二巨冊。由一個大家庭往外延伸，其人際關係複雜而微妙，單一敘述觀點很難面面顧到，所費筆墨之多可想而知。不過，作者駕馭有方，四處相互呼應。它既以「家」為主要場景，要寫的無非也就是「家道」之興衰，以及家人之愛恨了。

華家表面上看來興盛，但家庭成員的問題太多。老者老矣，華之藩看著眼前兒女不知不覺的成長改變，「從內心懼怕起來」，太太體弱，而他「在浴缸昏倒」後，「心中的那層陰影瞬間向四周擴散開來」（第一章）。他怕的是「將來」，會怎樣？他感受應該很深，或已預見家之四分五裂吧！

唯一一位被刻意栽培參與家庭事業的老大約謀，不只有私心，夫妻不睦，在外頭癡迷女人，而這位大少奶奶沉迷牌局，也搞外遇，她在搬家之際聽說新家鬧鬼，說：「鬧吧，把這個家鬧散了才好！」（第三章）可覘其心思。

而表面上最叛逆，最不被關愛的老五約希（他戲份最重，是小說主角），老太太說：「我們家老五呀，真是我前世的孽，只有他一個讓我煩心！」但大少奶奶卻說：「氣歸氣，老倆口心裏最疼的，還是他！」（第四章）老父親真的是疼他在心，還自己一個人去了約希租賃的小樓等他，卻在那裏發病（第四十章），最終卻立了那樣的遺囑，在其中寄寓「愛」的真諦。（第四十五章）

在時局混亂中流亡，上一代創造了他們的局面，有忠有義，下一代養尊處優，無憂患之心，想的盡是財產繼承問題，焉能不敗。這裏面有幾個教人心疼的角色，首先當然是華之藩和華約希父子；其次是和約希最親卻潦倒一生的三舅舅顧夢初；然後是最能體會約希，小說最後陪著約希「走出這個不再屬於他的家」的黃薇。顧黃不靠勢，用自己的方式生活，人格上顯得特別可貴。

這是一部非常豐富的小說，從家族姓「華」，且不斷強調是「中華民國的華」，說明作者通過「華之藩」的層層暗示、華家宅第之造設、「魔鬼樹」之老醜及其魅惑、遷台第二代之言行識見等，旨在探索「國」「家」興衰的內外成因，於當代之歷史社會，實有深刻的省思。

＊本文作者為國立中央大學中文系教授。

目次

總序　無擾為靜，單純最美／宋政坤　5
導讀　潘壘筆下的孽子之逆／李瑞騰　8
第一章　17
第二章　33
第三章　54
第四章　71
第五章　102
第六章　118
第七章　151
第八章　168
第九章　192
第十章　210

第十一章 231
第十二章 252
第十三章 276
第十四章 300
第十五章 321
第十六章 349
第十七章 366
第十八章 384
第十九章 396
第二十章 408
第二十一章 430
第二十二章 450
第二十三章 472
第二十四章 485

印度洋馬達加斯加島上，生長著一種會吃人的魔鬼樹；
這種植物的歷史，可以推溯到遠古恐龍們還在地球上活躍的那個時期。
它的體積非常大，像海底的大鱆魚那長滿吸盤的觸手一樣，
它向四周伸展出六片可怕而醜惡的葉子，以一種芬芳的氣味引誘和捕捉獵物。
但，據說其中一片葉子是不會捲曲的。

第一章

「我主張將它砍掉！」華約希第一個舉起手來。

沒有人表示意見。

這是他早就預料到的。反正他也並不期望他們附議，而且通常在習慣上，他的意見就從來沒有被贊成過。現在，對著這棵又老又醜的大樹，他那麼認真的說出這句話，也僅僅是證明他是華家的一分子——六個兄弟姐妹之一，證明自己的存在而已。

「其實我應該說不要砍掉，」他向自己說：「那麼這棵怪物就非要被連根拔掉不可了。」

大家仍然站在那一大片樹蔭下面，只有大哥不經意的瞟了他一眼。當華約希發現父親的嘴角露出一點點不知道是嘲弄還是感傷的笑意將頭低下來時，他的懊悔消失了；他一邊使性地踢著那些爬在深褐色土壤上的大樹根，一邊詛咒：

「好好的一個園子，長那麼一棵鬼樹！」

「別胡說！」父親溫和地斥責。

「它是難看嘛！」

「是不是要開花才算好看？」父親反問。

他不說話了。他下意識地回頭望望這棵老樹，然後決然地把那結實的右臂舉起來。

「好！」他含著他那特有的，令人又喜愛又痛恨的笑意說：「我這一票棄權——讓你們去決定！」

於是，他搖了搖那件始終搭在肩上的夾克，跑到太陽下面去。

像是臺灣的蓬萊米特別長人似的，華約希今年才叫名十八歲（應該說十七歲另兩個月，他是九月四日出生的），已經和他大哥約謀差不多高。他留著中學生典型的小平頭，去年開始一粒一粒冒出來的小面皰和唇上細密的短髭，使他在成熟中攙有幾分稚氣。現在，他那條窄窄的灰色卡其褲使他的腿顯得更長，身上那件黃色的粗毛線圓領運動衫，在十一月輕輕的陽光下，予人一種說不出的、瀟灑而舒暢的感覺。在距離大樹一二十步遠的地方，他停住了，緩緩回轉身，用一種略帶矜持的意態凝望著站在樹蔭下面的人。

父親的頭抬起來了，華約希從父親的目光中發現了一點什麼，他微微感到有點焦躁；父親的頭很快的扭開了，他的脖子忽然癢起來，渾身不自在。他看見二哥約倫又開始掏出手絹來咳嗽了，三姐約雯抬頭望著樹頂，像是在找尋什麼，有幾點細碎的陽光灑在她的臉上。

華約希忽然有一個奇怪的想法：他覺得自己和他們之間，劃有一道線，分成兩邊。老四約翰假如不是因為昨晚沒回家，現在他也會跟他們站在一邊——站在濃濃的樹蔭下面。至於小么妹約姿，那更不用說了；女孩子總是不大喜歡曬太陽的。

他忽然有點煩亂起來。

「打死我也不會相信，你們會喜歡這棵樹！」

驀然，他扔開手上的衣服，用一種短跑的衝刺速度，對著他們站的地方奔過去。他們連忙閃開——他矯捷地縱身而起，用右手去觸摸這棵老樹伸出來的橫幹。

「死傢伙！」大姐嗔責道：「專門嚇人！」

約希拖著步子跑回來，粗野地笑著。

「我摸到了！」他深深的吐了一口氣，說：「比家裏的天花板高一點點。」

這就是華約希的一種嗜好。不管到什麼地方，他總喜歡摸摸人家的門頂，或什麼吊著的什麼東西；或者站得好好的，他會突如其來的怪叫一聲，蹦了起來。他這種動作是毫無意義的，好像只是為了消耗掉一點體力，發洩一下。

現在，他把這棵老樹和剛才的不快完全忘掉了。

「誰摸得到？我請客！」

約希這句話，可以說是對約倫一個人說的，因為二哥小時候連跳房子都不會，坐上三輪車就頭暈。可是，約倫連望都不屑於望那樹幹一眼，他用那瘦長的手指推了推鼻樑上的眼鏡。「摸到了，又會怎麼樣？」他輕蔑地反問。

約希嘟了嘟嘴，聳聳肩膀。

「摸到了就是摸到了，」他平淡的解釋：「不怎麼樣——不然就是沒摸到！」

「幼稚！」約謀轉過身去。

約希突然又接觸到父親的目光，這才想起旁邊的這棵老樹。於是，他習慣地摸摸鼻子，很認真地說：

「我還是主張把這棵樹砍掉！」然後再走開。

的確，這棵老樹非常醜陋，樹身粗大，好像一綑糾纏不清的粗蔴繩；它的枝椏，奇形怪狀地伸展著，垂著一條條褐色的粗細不一的氣鬚，樹葉濃密而雜亂地覆蓋在頂上。它孤獨地佇立在這個園子——這片廣大的荒地中央，那副神氣，就像一個固執而橫蠻的鄉下老頭子。

華之藩老先生定定的望著它，忽然想起吳興老家那棵月桂。那時候他還是個小孩子，每年花開，他總是第一個偷偷的爬上樹頂，挨過不少次打；等到花謝了，又奉命爬上去採那些桂實，給爺爺泡藥酒，那是慈禧太后駕崩之前的事。後來他一直在外頭闖蕩，甚至每年祭祖，都難得回去一次。那些記憶，已經很模糊了⋯⋯

他心裏浮起一層蒼涼的感覺。他想：這棵假如是月桂就好了。

「這棵是什麼樹？」

華約謀沒聽見華約雯的這句問話。他心裏正在盤算買下這塊地皮的事；他那雙黑而深沉的眼睛，在那副時下流行的寬邊眼鏡後面，瞇成一條縫。

華約倫習慣地先望望父親一眼，然後用毫無把握的聲調回答：

「呃，好像——說不定是相思樹吧！」

「喔！相思樹！」顯然的，約雯對這個帶有幾分詩意的名字發生了興趣。一個二十五歲而還沒出嫁的女孩子，對這一類字眼總是很敏感的。

「我還一直以為是鳳凰木呢！」她快活地說。

約謀回過頭來望他們。

「這不是鳳凰木！」他更正道：「鳳凰木很高，開一樹的紅花，好漂亮。」

約倫放心了。因為老大的話，等於證實了他所猜的沒有錯。忽然，他發現約謀的耳邊有幾根白髮，這是他從來沒有發現過的。他計算了一下，約謀比他大八歲，今年才三十五。三十五歲長白頭髮，似乎早了一點。

「那麼相思樹開不開花呀？」約雯又問。

「大概不會吧。」

「不開花，怎麼結得出紅豆來呢？」

「紅豆？」

「不曉得呀？」約雯驚異地把聲音提高：「紅豆又名相思子，相思子當然是相思樹結的啦！」

「哦……」約謀淡淡地說：「這我倒不清楚。也許已經開過花了吧。」

於是，約雯開始很認真的在地上去找「相思子」。她的眼睛本來就有點近視，但戴眼鏡又怕像「老處女」，所以她幾乎將身體躬到地面上，樣子很滑稽。

父親一直在注意他們在背後的談話，當約雯找到他的跟前時，他很想阻止她。但，他忽然發覺約希站在太陽下面望著他微笑，彷彿已經窺透了他的心意。

約雯檢起一顆什麼，叫起來。但仔細望了一下，又將它丟掉。

「怎麼連一顆都撿不到！」她絕望地說。

約倫已經打定主意，回到家裏，就找宋媽幫他看看，頭上有沒有白頭髮。不過，他又找理由安慰自己：可能是遺傳吧？不然就是大哥結婚得太早的關係。反正，他不希望讓薇薇看見他有白髮就是了。

「二哥，」約雯推推他。「幫我找找嘛！」

約倫正要彎下腰，發覺身上那件舊式而又不太合身的黑呢大衣綳得太緊，於是他又把腰直起來。他這種遲鈍的動作，再配上那因為傷風而發紅的小鼻子，看起來就活像馬戲班的小丑——一個剛剛被人捉弄過的小丑。

「你先解開大衣的扣子嘛！」老大嚷起來。

「哦……」

約希眉頭一皺，把檢起來的夾克向肩上一搭，向他們走過來。

「不要找了不要找了！」他不快活地說：「這棵樹根本就不是相思樹！就算是，也不會結什麼相思子！」

約謀有點吃驚地摸摸眼鏡，他那瘦削的臉上毫無表情；和他身上那漿得硬硬的白襯衣、亞麻色的暗紋領帶、深灰色的西服，以及外面那件質料考究的開司米大衣一樣，充分顯示出一種不可侵犯的莊嚴意味。因為相思樹是約倫先說的，所以他緊張起來——平常即使是芝蔴綠豆那麼一點點小事，他都會緊張起來的。他習慣地哼哼鼻子，掏出小手帕，揩拭手心不斷沁出的汗液。

「你們不相信是不是？」約希生硬地問。

「我……我以為是相……相思樹。」約倫慚恧地瞟了父親一眼。

華之藩先生假裝沒注意，背著雙手，繞到樹那邊去。

「我真服了你們了！」約希調侃地繼續說：「喏，少爺，」他誇張地指指地下，「這是草，是普通的草，不是朝鮮草。朝鮮草密一點，長不長！」

約謀的嘴角露出一絲矜持的冷笑。說：

「你以後應該學農化。」

「不，我還不知道我想學什麼。」約希彎下身去拔一根草，在手上撥弄著。「也不見得喜歡『訓』人的，就要去學教育，是不是？」

約謀避開約希的目光，望望樹頂。

「那你說這棵是什麼樹呢？」他問。

「榕樹。」約希回答。

「哦，是的，」約倫含糊地說：「是榕樹……」

約謀瞟了他一眼。

「榕樹是長綠喬木，」約希繼續解釋：「它不開花，不結果，這種氣鬚一垂到地上，就會生根——喏，這些樹幹就是這樣一條條連接起來的。」

「怪不得那麼難看！」約雯說。

聽到始終沒插過嘴的約雯冒出這句話，約謀有意味地望著約希，陰陽怪氣地笑笑。

「好啦，你又多一個同志啦！」他說。

「什麼同志？」約希不解地問。

「約雯不是也說這棵樹難看嗎？」

「什麼？我可沒說贊成要把它砍掉！」約雯急急地分辯：「真是的，它跟我又有什麼關係？而且，爸要不要買這塊地，人家肯不肯賣，還不知道呢。」

約謀的臉色隨即陰暗下來。因為從他們走進這個園子開始，父親一直很少說話，他老人家既沒有表示不合意，也沒有表示他喜歡；他只是隨著看園子的小老頭兒，先繞著這塊將近有一甲半大的地界看了一遍，然後才走到園子中央的大樹下休息一下。那連半句國語都聽不懂的看守人留下他們，回到籬門邊的破木屋去之後，父親只是東看西看，令人莫測高深。

約希忽然笑起來。

「你們要不要打賭？」他問。但沒等待他們開口，又自己接下去：「——放心好啦，爸早就決定買了！」

「你怎麼知道？」

約希又露出他那狡猾的，令人不快的笑意。

「因為爸喜歡這棵樹！」他回答。

他們下意識地望望這棵樹。「而且我還知道，他絕對捨不得砍掉它！」他們不再說話。

華之藩先生繞過樹，走回來，停在自己原來站立的地方。

「老大，」他望著樹說：「你看怎麼樣？」

「我覺得地方不錯，」華約謀小心地回答：「而且，離景美新廠也很近。」

「我是說這棵樹。」父親用沉肅的語調截住他的話。

「哦……這，您做主吧。」剛才約希的話提醒了他。

其實，大前天那個房地產掮客小柯初次帶他來看地時，他就覺得這棵樹很礙眼，現在既然約希先開口要砍掉它，他就不得不改變自己的態度，至少也要暫時保留自己的態度，以觀其變。

「我對庭園佈置這方面是一竅不通的。」他謹慎地補充道。

「我只問你喜不喜歡它。」

華約謀猶豫一下，避重就輕地回答：

「我覺得，它也沒什麼不好……」

「誰說，」約希插嘴：「老榕樹裏面蛇最多了！」

聽說有蛇，「老處女」約雯哇的一聲，連叫帶跳地向後面跑。約倫差一點被她拽倒。

父親回轉身，嚴肅地斥責：

「你又知道！」

「真的，我們校園裏面——」約希從父親的神情中，似乎覺察到一種什麼奇異的力量，在阻止他說下去。

於是，他頓了頓，帶點沮喪地舉起手。

「好！」他說：「我不知道！我走開！」

父親想叫住他，但沒有表示出來。他眼看這個突然間在不知不覺中長大了的小兒子，倒退著向後走……他很清晰地瞥見：約希故意緊閉起眼睛，使他的小鼻子和嘴皺成一團；亂數著數目，一步一步倒退著走。然後，跌倒了。那個時候，最小的約姿還沒有出生，約希才兩三歲；轉眼功夫，約希今年已經唸高二了。

華之藩先生苦澀地笑起來。

倒退著走的華約希隨即扭轉身，索性在地上一翻滾，平躺在草地上，把夾克蓋著自己的臉。樹蔭下的人，再繼續剛才的話題。

「那麼，你是主張留下了？」父親向大兒子問。

「嗯。」約謀點點頭。

「老二呢？」

「我，我沒有意見。」約倫吶吶地回答。

「沒有意見。」父親笑笑。「約雯，妳怎麼樣？老五說樹裏面可能有蛇。」

華約雯站得遠遠的，臉色蒼白。

「我不知道。」她困難地說。

「這有什麼不知道的，」父親溫和地說：「只要說留下，或者說砍掉！」

華約希坐起來了，注視著他的姐姐。

「您決定吧，」約雯說：「我沒有意見。」

「又是一個沒有意見！」父親感慨地點點頭。

「還有一個！」約希舉手叫道：「四哥不在，我代他投票——沒有意見！」

大家望著他，他很快的又站起來。

「已經多數通過啦！」他得意地說。像是他本來就主張不要砍掉這棵樹似的。

父親的眼睛裏，隱隱地閃現著一種憐惜的，摻有點憂愁意味的光澤，因為在這件事情上，他覺察到一個令他心悸的可怕現象：他和兒女之間，已經被一層不可解釋的什麼所隔離開了。是的，他們順從他，依附他，但是他再也不能和以前一樣，接近到他們的心靈了。這種陌生的感覺使他驚駭，雖然他又那麼清晰的看出，他們在想些什麼。

穿著一件紅色短大衣的六妹約姿，現在從河堤那邊跑過來。她腳上穿著一雙盤帶子的「妹妹鞋」，顯得她的兩條光著的腿又細又長，一頭小山羊。

「大姐！大姐！」她手上揮動著一條小竹枝，一邊跑，一邊直著嗓子在叫喚。

她是不足月出生的，加上小時候害過一場大病，所以體質很弱。她說話的聲音有點怪，像是有點沙，有點尖，有點鼻子不通，說快了又有點上氣不接下氣。約希時常笑她的聲音有點「性感」，學她的腔調，她聽了比死都難過。因為她最見不得「男生」和「女生」（不一定是指學生）手牽著手走路，太肉麻！她決心抱獨身主義，將來長大了要開一所育幼院，一家救濟所，專門救助窮人。

現在，她跑過來，拖著約雯的手說：

「大姐，我帶妳去！」她指示著，「那邊下去一點點，就可以望見碧潭的吊橋！」

「我知道。」姐姐淡淡地回答。

她有點失望地轉過身，向父親走過去。

「爸，」她天真地要求道：「我們為什麼不買靠近橋邊一點的嘛！這裏只看見半截吊橋——還要到了底底下才看得到，多沒意思！」

「傻丫頭，」父親慈愛地說：「妳沒看見那邊都是房子。」

「給錢叫他們搬走好了！」

他們笑起來，約希捏著鼻子，學著約姿的腔調說：

「那麼就叫他們把吊橋搬過來一點好了！」

「不要臉，誰跟你說話！」

「這可是妳說的，以後學游泳，別來找我。」

「搬到這裏來，我才不要你教呢！」約姿興奮地說：「真開心，我以後可以時常請同學來玩！」

「第一個一定請『小十三點』。」約希幫她說下去。

「小十三點」就是葉婷。約姿在女師附小的同學，去年一同考進強恕；同班，同座位，好起來一個晚上要通八次電話，但說不準馬上就「再睬她不是人」。因為約希這句話正好說進她的心眼兒裏，所以約姿叫起來。

「爸，你看五哥！」

「約希，你多大了？」父親說。

「你們看好了！她不是第一個請葉婷，就殺了我！」

「我就不請她！我請王麗嫦！」

「打賭？」

「賭就賭！賭什麼？」

「就賭妳借我的一百塊錢。」

約姿還沒開口，「管家婆」約雯已經叫起來：

「哦，原來妳還有一百塊錢借給他呀？」

「誰借給他，」約姿分辯：「給他騙去的——死不要臉！死不要臉！」

「隨便妳怎麼說，」約希哼了一下，「反正我每個禮拜都付利錢——二哥，是不是？」

華約倫連忙嚥下一口口水，大哥已經不耐煩地說話了：

「還跟個小孩子一樣！」

華約希尷尬地摸摸頭。但，他忽然想起來——

「對了！」他一本正經地說：「小妹，妳還沒投票吶！」

「投票？」

「爸徵求大家的意見，問要不要將這棵樹砍掉——我主張不要砍！」

「我主張砍！」約姿不假思索地說。

「同志同志！」約希連忙熱切地伸出手。

「誰跟你同志？」

「我也主張砍呀！」

「那我收回！」約姿馬上改變立場，堅決地嚷道：「我主張不砍！」

「對！識時務者為俊傑！」約希揮舞著手，「我也收回——噹！全體通過！」

「不過，爸的一票，還沒投呢！」約雯說。

華之藩先生帶點感傷地笑了。

從剛才那個發現開始，他再仔細地向子女們（只有在淡江快畢業的老四約翰沒在場）打量了一遍，一時百感交集。他要想從他們的身上，找出「怎麼會變成這個樣子」的原因——在他的想像中，他們「不應該」是這樣的！至少，從這個姓、容貌和舉止之外，應該還有些相似的地方，但，現在站在他面前的，竟如同是毫不相識的陌生人。

老先生的目光，又不自覺地落在站在離他較遠的老五約希的臉上。平常，約希也是離開他們遠遠的，自從他跟他的四哥分床的那年起，他就開始過他自己的生活；他幾乎整天在外面，不是泡在學校的操場上，就是在附近的巷子裏，和那些誰也找不到的地方；他不愛穿漂亮的衣服，「哪裏像個體面人家的少爺」！當他一回到家裏，從玄關開始，一直到廚房，馬上充滿了一種刺鼻的汗餿味兒，總之，他是「吃沒吃相，站沒站相，坐沒坐相」。——就不知道他像誰。

「像個叫化子一樣！」這是兄弟姐妹對他的恭維，否則，就會是：強盜！小流氓！

華約希只要求——像他自己。

這是所有的人都沒發現到的，包括父親在內。現在，老先生從約希臉上的執拗和不馴，回想到很久很久以前那些日子……

記得民國三十八年春天，他把紗廠的機器從上海搬到臺灣的時候，約謀剛從英國回來，約倫和約雯剛剛成年，約翰和約希在唸中學，約姿連小學還沒畢業。他緊咬著牙，揹負著五六十個人的生活，在混亂而不穩定的環境中掙扎；當時臺灣的情勢，無論是在政治和經濟上說，正處於風雨飄搖之中，社會經濟，一片散漫衰頹，毫無生氣。因此他設在板橋的「東亞廠」（現在是「東亞一廠」或叫「老廠」了）幾度瀕臨破產的邊緣，後來總算是倚賴自己在大陸上的一點信譽和老朋友的支持，勉強喘息過來，直至蔣總統復行視事，對政經教育大力整飭，加強輔導，終於在美援項下申請到一筆貸款，淘汰掉部份殘舊的設備，添置一批最新式的機器，提高了品質，才奠定了「東亞」的基礎。

而且，他是一個刻苦、堅毅、有點新思想的老年人；所謂「中學為體西學為用」，他喜歡住洋房，但是要擺設舊式的家具；平常，他也穿質料考究的西裝，十足一個留過洋的老紳士，不過回到家裏，他便換上輕軟的大褂，拿著那隻被擦拭得雪亮的水煙筒，在庭院裏修剪花木，飼養一對白燕，找尋那種超然物外的樂趣。因此，那年當老大約謀在交大畢業，他先讓他在上海曹家渡廠裏實習一年，便送他到英國去深造，專攻紡織；後來因為時局突變，約謀才半途停學回來協助千頭萬緒的遷廠事宜。在這短短的兩三年間，板橋「老廠」一再擴充，為了配合人造纖維的發展，今年春天又在景美興建了「東亞二廠」，無論規模和設備，都足以傲視東南亞各國。

因此，從事業上看，華之藩先生應該是非常滿足的。但，現在他卻幾乎有點後悔——或者說是遺憾吧。因為眼前兒女們這種不知不覺的成長，這種不知不覺的改變，使他從內心中懼怕起來。將來他們會變成什麼樣子呢？這是他從來沒有思考過的問題，他無從回答。他心中的那層陰影瞬即向四周擴散開來……

這層陰影，是從今年立春的晚上，他在浴缸昏倒之後蒙上的。從這一天開始，死亡的恐懼便開始緊緊的威脅和壓迫著他；而在這個事故之前，他始終認為自己是非常壯健的，他總覺得今天的年輕人都有點未老先衰（不然就是永遠長不大）。他今年已經五十九歲了，眼睛還是好好的，牙齒也是整整齊齊的，連蚊子叫都聽得見；唯一不爭氣的，只是頭髮，額頭已經光了一大塊，剩下半圈稀稀疏疏的灰髮，至於血壓略微高了幾度，應該算不了什麼。可是，那個晚上差一點要了他的命——假如不是打理上房的宋媽碰巧打外面走過聽見的話。結果，他足足在醫院裏躺了個把月，現在時不時半邊手腳還是有點發麻。

照老說法，「九」這個數目字在命理上就是一個關口。華之藩雖然並不那麼迷信，但心理上多多少少會受到一點影響；而且老太太又曾經偷偷的給他重新排過八字，還特意請到一位據說幹過大事的業餘堪輿家到杭州南路老房子小心的勘察過——連大門那有規有格的日式房屋的門框，都用「魯班尺」仔細量度。最後的結論是：老太爺屬馬，乙未年的什麼氣冲了什麼煞，所以最好遷地為良云云。而且推算下來，新宅一定要向正南方找，最好有山有水，就可以避過這「劫數」。

老太太為了這件事，不知道在老先生耳邊嘀咕過多少次。加上她長年害病，不是頭暈就是心痛，所以華之藩先生才決心在郊外找塊合適的地皮，好好蓋一幢和上海虹橋那幢相似的大房子。這樣，既可以順順老妻的心，又解決了老房子住得太擠逼的問題。

同時，碧潭的景色清幽，遠離市囂，離景美新廠又近，無形中也等於遵從政府的勸導，向郊區疏散，可謂一舉數得。因此，大前天華約謀在西門町無意間碰到交大的老同學夏祖德，又偶然間談起碧潭這塊地之後，經過兩日安排，華老先生今天一大早就帶著大家一起來看看。

「爸，怎麼樣嘛？」約姿的聲音突然嚷起來。

華之藩先生完全醒覺過來，霎時間，他忘了剛才自己在想些什麼？

「這棵樹很老了吧！」他茫然地說。

他們漫應著。

「它可能比我還要老。」

「把它鋸開就知道了，」約希說：「由年輪上可以計算出來的。」

「嗯。」父親點點頭，彷彿有點同意約希這個含有點冷酷意味的說法，剛才的思想又突然連接起來了，他仍然望著這棵樹。

「它長得的確很難看！」父親平靜地批評道。

約謀驚異地望著約希。約希緩緩把頭低下來，踢著地上的草根。

「可是我覺得很奇怪，」父親把臉轉過來，試探地向站在身邊的兒女們問：「這個園子的主人，為什麼不把它砍掉呢？」

沉默著。顯然大家都沒有想到過這一點。

父親滿意了。因為，他認為他已經給他們一個問題，開始讓他們去思索了。

「我們回去吧，」父親微笑著提議：「老大，這件事就交給你去辦，價錢能少點，就少一點——最要緊先弄清楚產權的問題。我們都吃過公產私產的虧的。」

「我知道。」約謀愉快地應著：「查清楚了，我馬上去找那個介紹人去跟地主連絡。」

事情就這樣決定了。

不過，在華之藩先生離開之前，又回轉頭，非常慎重地說：

「我要留著這棵樹！」

等到大家都走遠了。華約希仍一個人呆呆的站在那兒，注視著這棵又老又醜的大榕樹。

第二章

究竟是先有這棵樹，然後才建造這幢三十多坪的日式木造房子？還是先有這幢房子，才種植這棵樹？事實上已不可考。總之，「老榕屋」算起來，應該是臺灣日治時代一個姓船樾的——一個在「總督府」退休的高級官員的產業。

傳說，船樾退休之後，不知道是什麼原因，並沒有回到日本去，而跟一個美麗的臺灣女人生活在一起；當時，他們就住在籬門右邊現在已經破爛不堪的木頭房子裏，生活得很幸福。後來，這個女人病死了，船樾哀痛逾恆，從此鬱鬱寡歡，足不出戶；直至大戰結束的前一年，他突然自殺了。當年這個殉情案件很轟動，報紙上還登載過他那封凄豔無比的遺書，他解釋他的死，是因為發現世界上已經沒有「愛」了，日本本來就是一個含有濃厚悲劇性的民族；火山、櫻花、武士道，和死，都看成一樣的「美」，屬於人生最高的境界。因此對於自殺的方式，非常嚴肅，比方切腹、跳火山口、步行入海等等。至於船樾是用什麼方式結束自己的，沒有一個確切的說法，警視廳方面也沒有將實情公佈。總之，當他被發現的時候，就是躺在這棵老榕樹下。由於船樾是一個孤獨有怪癖的人，並無任何親眷，因此事情過去之後，這個荒廢的園子漸漸被人們所淡忘了。但，那個曾經服侍過船樾半輩子的老園丁廖丙丁卻仍然住在破籬邊那間小門屋裏面。

那天下午，華約謀因為應酬，從西門町鐵道旁一家生意興旺的川菜館走出來，正好在這條被兩邊的克難木屋擠得扁扁的巷子裏碰到交大的老同學夏祖德。多年不見，少不了勾肩搭背的到大世界戲院對面巷子裏的一間小茶室坐下來，好好的敘敘舊。

其實，夏祖德只能算是華約謀的半個同學，因為不同班也不同系（夏祖德好像是學航空機械的）；約謀對他有印象，只是當時夏祖德在學校裏風頭頗健，時常勾著漂亮的女生晃來晃去而已。他是民國三十五年來臺灣的，在臺糖公司混過一陣，更換過好幾種職業，臺灣話說得相當流利。

「還不是瞎混混！」當時他將一張印有「孔雀夫人委託行經理」銜頭的名片遞給「老學長」之後，夏祖德自嘲地說：「反正就是那麼回事，賺錢嘛！」

話題就從港貨化粧品的利潤談起，最後突然提到碧潭這塊地皮上。

「只要三五十塊錢一坪，就可以將它吃下來！」夏祖德表示。

「不會那麼便宜吧？」

夏祖德立刻端坐起來，湊過頭去。

「這裏面當然有名堂啦！」他用夾雜著上海腔調的國語解釋：「喏，只要有興趣，我負責把那個地主找出來，大家三頭六面的談，買賣過戶一切，小老弟不是吹的，就算是公產，也有本事替你辦得妥妥當當，服服貼貼！」

「地有多大？」「老學長」很有興趣地問。

「有四五千坪。」

「可以先去看看嗎？」

「那還用說——我們現在就去！」

等到從碧潭看地回來之後，夏祖德當然說什麼也不肯放這位「小財神」走。當天晚上，就在延平北路「萬里紅酒家」擺酒招待。只見鶯鶯燕燕川流不息地塞滿了整個房間。夏祖德還特地邀來兩個有頭有臉的陪客：一個是天福銀樓的老闆葉天福，一個是市政府地政科的林股長林永松。他們都是本省人，在酒家裏顯然都是熟客；按照本省規矩，葷話連篇，灌下一打紅露酒，一直鬧到酒家打烊，才盡歡而散。

第二天一大早，夏祖德便穿著整齊，提著一隻黑皮公事包，到博愛路「東亞紡織廠股份有限公司」來見副總經理兼總工程師華約謀。

結果，這他們正正式式的談到關於這塊地皮的實際問題了。結論是，地價每坪新臺幣四十元，佣金按例百分之五，買三賣二，加起來每坪是四十一元二角；為了表示「夠意思」，「老學長」主動的給這位介紹人加八角錢，作為酬謝。至於約謀向公司報多少，夏祖德這方無權過問。

「那當然，」介紹人隨即滿口應承：「這是老規矩嘛——你老大哥愛開多少就多少，只要把地價和增值稅的差額補還給他們就是了。」

至於代書的費用等等，華約謀辦景美新廠時已有經驗，夏祖德也耍不出什麼花頭。唯一的爭論，就是華大少爺堅持要賣方把土地所有權狀、書契、稅單以及印鑑證明、戶口謄本等一切齊備，才肯付定。

「先付個一兩千，總可以吧，」老學弟懇求道：「我還要到鹿港去打通一個關節！」

「去鹿港？」

「繼承人在那裏嘛！」

「不是說原來是日本人的嗎？」

「這你就不知道了，」夏祖德有點矯飾地說：「你以為這幾塊錢佣金那麼好賺呀？」

華約謀身體向大皮椅上一靠，交叉著手指笑笑。

「誰又知道那個地主拿到多少呢！」

夏祖德發覺自己估低了對方，承認遇到對手了。

「不錯！」他索性攤開來解釋：「這裏面當然也有虛實。但是我敢發誓，」他舉起右掌，「孫子王八蛋分到好處！還有其他的人哪！」

「那，你又何必做呢？」老大哥笑得更可愛了。

「我夠咧！人要知足呀！」介紹人開始計算：「你不是給我加八角錙嗎？四千坪算好了，四八三千二，再加上一成半佣金——我還想怎麼樣？中愛國獎券呀？」

結果，磨到最後，華約謀答應先借給對方一千塊，作為活動費，將來成交了，再在賬上扣。不過，一定要等到老太爺親自看過地，滿意了，這筆錢才能付，否則——

「老弟，我是中看不中吃！」約謀用誇張的動作強調：「位子那麼大，領的是死薪水，誰相信。」

夏祖德沒話好說了。

第二天，華約謀才得到一個比較恰當的機會，把碧潭這塊地皮的事在閒談中告訴父親。果然，老先生心動了；而看地的結果，比想像中更為滿意。所以一回到杭州南路，馬上催促約謀去辦買地的事。

事情進行得相當順利，不出三個星期，買賣雙方已經在一位姓石的代書那裏辦妥了手續，但契約上的地價，每坪卻升到新臺幣八十五元。反正是水漲船高，「暗盤」在夏祖德和另外兩個關係人溫和而技巧的「勒索」之下，變成了每坪五十元。華家拿到新的土地所有權狀，已經是舊曆年尾了。

而事實上，新房子的建造，卻是在個把月前就著手進行的。

那天，當地政事務所「收件」（表示一切證件完備，可以辦理過戶）之後，華約謀鬆下一口氣。這些日子裏，他不知在心裏盤算過了多少次，在這次交易中，他約莫可以到手十四、五萬塊錢，那是十拿九穩的；只是依照買賣土地的慣例，最後一筆地款，必須要拿到新的權狀才結清而已。因此，他開始有點感激夏祖德，認為自己那天連一千塊錢都不肯相信他，實在有點過分。所以當他們離開右代書的小木樓，到附近一家小冰果店坐下來之後，他馬上開出一張即期的支票遞給對方。

夏祖德從西裝襟袋裏掏出一張小紙條，核對一下自己計算過的，在這一期款項中可以拿到的佣金數目，嘴唇跟著微微嘟起來。因為多出了兩千元。

「拿去用，」華約謀慷慨地笑著說：「我另外加給你的，算是補貼補貼你的交際費。」

小老弟大受感動，連忙約定今晚在老地方，把這筆交際費痛痛快快的花掉，同時順便要介紹一個「你們一定談得來」的好朋友給約謀認識。

華約謀婉拒了。他扳著瘦瘦長長的手指，數出四五個理由，表示自己太忙。

「以後有的是機會嘛！」最後他安慰夏祖德：「反正你隨時打電話給我，只要有空，大家再聚聚。」

夏祖德聳聳肩膀，跳上一輛路過的三輪車，趕去華南銀行提款。華約謀望著三輪車走，再回過頭來，看了看錶，決心打電話約賴武雄出來吃午飯，好好的跟他商量。

賴武雄比電話裏約定的時間早到五分鐘，華約謀已經在武昌街一間白俄開設的小咖啡室等候了。見了面，後到的人仔細對了對錶。

「是不是我的錶慢了？」他小心地問，然後對著華家大少爺坐下來，習慣的擦著手，「我沒遲到吧？」

賴武雄的人和他的名字完全是兩回事，他乾乾癟癟的，又瘦又小，那雙黑黑的單眼皮小老鼠眼在那厚厚的六百度近視眼鏡後面轉來轉去，像是一天到晚在想心事。他是「德記營造廠」的股東兼建築設計師兼監工（當然還兼別的），是日治時代一家什麼工業學校的高材生。勝利後，再入臺大混了一張土木建築系的畢業文憑。

現在說起來，他的確是有遠見，否則，他的臺灣味很重的國語絕對不會說得那麼流利。他是一個做事很有分寸的人，和他手上的計算尺一樣精密。東亞景美新廠的廠房，就是他設計建造的。

「副經總理，」他將「副」字唸成「呼」，忐忑不安地低聲問：「是不是，有什麼所在——漏水？」

「找你有好事情！」華約謀愉快地說。

「哦……」

「大生意！」

賴武雄的眼睛亮起來了，但是他仍然習慣地不動聲色，等待對方把主題表示出來。

「地已經買好了，」華約謀說：「我們要蓋一幢兩層樓的大別墅。」

「在哪裏？」

「我現在就帶你去看看地方，細節我們一邊走一邊談。」

等到他們再從碧潭回到市區，已經是下午了。約謀特地拖了這位建築師到衡陽街的「文化走廊」（舊書攤的集中地）去，買了五六本過期的美國雜誌，然後再回到武昌街那家小咖啡館裏，一頁一頁地翻。最後，總算給華約謀翻到了。

「喏，小賴。」他指著那頁雜誌，「大致就是這種樣子！你改改弄弄好了。」

賴武雄只是輕描淡寫地瞟了那幾張彩色圖片一眼，表示明白了。

「你們大概準備要花多少錢？」他問。

「不是一坪兩千塊這樣計算的嗎？」

「那是蓋廠房呀，『呼』總經理！」建築師不以為然地叫起來：「廠房只要起個架子，砌上紅磚就成了——開玩笑！你五千一坪給我，我也不敢接呀！」

「那麼貴啊！」

「這是別墅，不是廠房！」賴武雄看見華約謀瞇起眼睛，於是表示：「這樣好了，我幫你打圖樣，你去找別家估價。好了吧。」

華約謀想了想，提出一個折衷的辦法，由賴武雄打出兩三張不同的草樣，先讓老太爺挑選，以後再談建築費的問題。賴武雄同意了。於是他要求華約謀簡略地提供一些資料，比方客廳要多大？房間要幾間？還有什麼特別要求等等。分手的時候，建築師再三強調：請副總經理先去打聽外面的行情，就知道他小賴不是「黑白講」——亂開價的！

果然，賴武雄動作迅速，第三天一早，就將幾幅裱在硬紙板上，外面蒙著一層玻璃紙的彩色立體圖送到公司去。那天正好老太爺例行的到公司去彎彎（中風之後的權宜措施），所以用不著建築師多加解釋，便決定下來了。當然，小小的修改是免不了的，老人家的意思是樓下多增加一個小客廳，和兩間客房；至於車間和游泳池，由約謀自己去決定。

回到辦公室，本來滿臉倦容的賴武雄變得精神抖擻起來，他就坐在約謀的大辦公桌對面的椅子上。

「我趕了兩個通宵，你相信嘸？」他邀功地說。

「我請你到安樂池去洗個上海澡，慰勞慰勞。」

在那間上海式澡堂裏，華約謀和賴武雄在大池裏泡了一陣，擦過背，然後並排躺在鋪著大毛巾的靠椅上；一邊讓那兩個伙計在用有節奏的聲音敲腿，一邊在談他們的生意經。

反正蓋景美新廠的時候，他們已經合作過一次，而且合作得也相當愉快。只是賴武雄並不知道，華約謀的胃口，已經不是拿個百分之五回扣就可以打發而已。

首先，華約謀聲明，這件工程一定要招標比價——因為上次閒話多多，所以在估價上一定要實實在在，否則大家都玩不成。

建築師霎著那雙因為脫了近視眼鏡而顯得有點怪怪的小眼睛，不屑地笑起來。

「小款代志（小事情）啦！」他說：「只要你先將底價告訴我，搓個小圓仔就解決了！」

「什麼『小圓仔』？」

「圍標，宰羊嘸（知道嗎）？」

於是，建築師將「搓圓仔」的情況一五一十的向這位大少爺說明，同時還附帶將專門「吃」法院公告拍賣，那個小集團的手法告訴對方。

華約謀坦白地承認，他又上了一課。

「心盧」的總工程費是新臺幣一百四十九萬五千五百元，由「德記營造廠」得標承造；合同上寫明一百二十天完工。完成簽約手續，領到第一期工程的工款之後，當天晚上，德記的股東們，便按照臺灣規矩，在新北投一家仍然保留日本式格局的溫泉旅館裏，設宴答謝華約謀。

這種場面，蓋景美廠的時候，華約謀已經見識過。不過這次他趿著拖鞋，跟著那個肥胖的「女中」踏進那間由兩間八蓆打通的房間時，大家所表現的親熱氣氛，就像大學同學會的十週年餐會一樣。連那個蓋景美廠時整天在工地上用粗口罵人的工頭「阿土仔」，也不分上下地摟著他的腰，將他塞到那一堆鶯鶯燕燕中間去。

這個晚上，華約謀也忘了自己喝了多少酒，但，心裏卻非常清醒。日本式宴會的樂趣，完全在氣氛上，那些形狀古怪的盤盤碗碗上，擱上那麼一小條魚，幾塊醃蘿蔔之類的「定食」，一點也引不起華約謀的食慾；等到這些大男人灌足了紅露酒，頭上紮上一塊布巾，大夥兒在蓆上一邊扭，一邊放開嗓子唱「嘿嘿嘿！」之後，轉眼功夫，一對一對的失蹤了，最後只剩下華約謀和賴武雄。

建築師將那兩個叫來陪酒的姑娘打發開，然後小心翼翼的從內衣袋裏掏出一只牛皮紙信封，雙手遞給華約謀。

「什麼東西？」華約謀裝作困惑地問。

「拆開來看嘛！」

華約謀打開封口，取出一本彰化商業銀行延平分行的乙種存摺，和一只小小的牛角圓章。

「Fifteen ト山哆，」建築師用標準的日式英語說：「一共是二十萬五千！我們臺灣人做事爽爽快快，一次先付給你。」

「啊……」華約謀極力抑制著，隨手翻開存摺，發現了什麼，於是抬起頭來問：「——林子安是誰？」

「我隨便取的，」賴武雄說：「我怕用你的名字不方便。圖章在銀行門口刻的，青青菜菜啦，能用就好了。」

對於賴武雄做事的細心周到，華大少爺當然大為感動。因此當賴武雄以一種曖昧的意態聲明：假如工程搞到最後，萬一不得已要追加一點什麼費用，要請他「老大哥」多多幫忙時，華約謀反而認為是件理所當然的事了。

於是，新房子的工程正式動工了。

在開始的時候，華約謀還一兩天開車到碧潭工地去彎一彎，以盡監督之責，誰知道在二月中旬，紐約的莫罕機械公司為那批新訂的紡織機，來電要求東亞公司派一位技術人員去。這份差使，自然而然的落到約謀的身上；因此，跟德記營造廠的連繫和督工的責任，經過再三考慮，便交給公司的事務股長胡步雲——也就是約雯的未婚夫來接手。

胡步雲是東亞公司協理虞庭彥的小舅子。說起來，虞家和華家的關係相當微妙，反正兩家都算不清楚這門「親戚」是怎麼連起來的；同時，虞家從上一代起，就幹紡織界——那時好像是光緒三十二、三年，洋鬼子在無錫開了一家「振新紡織廠」，用洋機器，虞庭彥的父親就改了行，入廠學手藝。虞庭彥便子承父業，從學徒幹起，後來才轉到華之藩先生手下做領班。華家看在「親戚」份上，沒虧待過他們，由領班而股長、而主任、而協理；雖然說沒什麼了不起的實權，但總算是東亞的元老重臣，說句話還是有點份量。

東亞搬來臺灣那一年，鄉下情勢很亂，胡步雲由無錫跑到上海來投靠他的姐夫。其實，早在一兩年前，他就有這個意思了，只是虞庭彥有意推托而已。這一次，正巧趕上東亞搬廠，人手不夠，便由他跟船押機器到臺灣來。

胡步雲本來就有點小聰明，反應快，人又生得白白淨淨的，說話慢聲細氣，很討老人家喜歡。等到東亞廠在板橋復工之後，他便被調到總公司來做事務員。那時候他的姐夫還是總務主任；既然是自己人，所以在下層職員之中，很快的便變成一個炙手可熱的人物。

也由於職務上的關係，胡步雲自然而然的時常在杭州南路董事長公舘裏走動：比方修理房子、帶下女去上工、請客時幫忙打雜等等。當然，他比他的姐姐和姐夫更清楚，這是最好的晉身之階；他把華老太太、幾位少爺小姐，伺候得妥妥貼貼，連最最古板的老管家黃三豐，都時常說「這小子挺有出息」。那時，約雯已經二十二歲，因為只差兩個月，沒拿到上海中西女中的畢業文憑，所以到臺灣之後沒決心以同等學力去考大學；而且，她自認是「勞碌命」，家中上上下下的事，都要她管。再加上老太太一到臺灣，就因水土不服，三天兩頭害病，因此她索性待在家裏，管起家來了。

也由於這個緣故，胡步雲很自然的變成了大小姐不可或缺的「聽差」；只要撥個電話，這位小事務員便從公司把小車子放回來，陪著大小姐上街買東西或者去辦事。這樣，日子久了，平常對待下人一點沒有架子的華約雯不自覺的和他親近起來。在胡步雲這方面，他比約雯雖然只大兩歲，但由於出身和環境的關係，人情世故各方面都比這位頭腦單純的大家小姐懂得多——而且，他更懂得把握機會。第一年大小姐的生日他知道了，第二年便送上一份很得體的小禮物，而且是當大小姐因為生日宴會上有所感觸，獨自跑出前院透透氣時他靦覥地遞給她的，這件事使「老處女」大為感動。在下一次舉行家庭舞會，便堅約連一步都不會邁的「土包子」參加了。

以華大小姐的環境來說，按理至少應該有個比較要好的男朋友才對，而事實上正好相反。原因倒並不是因為她長得不夠漂亮。她雖然略微矮了一點，但長得相為均勻，眼睛大大的，給人一種親切的感覺。曾經有過幾次，由熱心的長輩和老同學的安排，也曾經認識過幾個「男朋友」，其中一位姓徐的，據說還是北平世家子弟，二十五六歲已經在外貿會幹上中級的小單位主管，頗有前途；但在華家的幾次聚會中，從上桌吃飯而至舞會終了，只見大小姐在廚房與飯廳之間忙進忙出，後來只在大家起鬨時紅著臉跟他「走」過一個舞，便又張羅冰淇淋和牛奶紅茶去了。以後，那些熱心的媒人們絕了望，反而不好意思再提這些事了。但，華約雯倒的確從來沒有為自己的婚事煩心過，也許這個家已經使她忙得連想這件事的時間都沒有了。另外一個原因，是華約雯對於愛情，從小就存有一種莫明其妙的「宿命感」，好像它要來就來了，想也沒用。而胡步雲的闖進她的生活裏，真是連一點點羅曼蒂克的感覺都沒有，有時連她自己都感到困惑不已。最初，胡步雲相當土氣，走進客廳都踮著腳步，非常不上檯面；但年把功夫，那點娘娘腔改變了，開始懂得打扮起來，甚至連領帶和小手絹襪子，都會配襯衣服的顏色，反而比約倫他們更像位少爺了。就這樣，約雯和他從買東西順便到咖啡館坐坐，看一場電影，而開始「戀愛」起來。其實，這種氣氛還是旁邊的人開玩笑似地突然形成的，結果連約雯自己，都相信那就是她命中註定的愛情了。

對大女兒這種「喜訊」，最敏感的莫過於華老太太。這位成天阿彌陀佛的母親始終對這位能幹的女兒懷著一份深濃的歉意，所以前年約雯二十三歲生日的時候，經不起虞協理夫婦的關說，終於說服了老太爺，替他們在家中訂了婚，來個親上加親。從此，胡步雲可真是起對了名字，「平步青雲」了！他的身分馬上由一個小事務員而變成了華家的未來女婿，成了連他自己的姐姐和組夫都為之眼紅的新貴，連走路的樣子都神氣了起來。

去年，景美新廠落成之後，東亞公司的人事重新調整：虞庭彥高升協理，總務主任的遺缺由另一位「親戚」何叔齊遞補，胡步雲便順理成章地得到了事務股長這個肥差使。

這次華約謀獨自包攬碧潭新公館的工程，由於一些「程序」上的問題，曾經引起了老臣虞協理、何主任，以及會計主任馬紹康的不滿。但，由於約謀在公司的地位特殊，而且這又是他們華家自己的家事，自然不便過問。但，內心的不悅，總是難免的；但也僅止於冷言冷語指桑罵槐而已。及至約謀因公出國而將責任交給胡步雲，情況馬上就轉變過來。

第二天晚上，虞協理以喫便飯為由，請了何叔齊和馬紹康到家裏共謀大計，胡步雲自然奉命作陪。

上過兩道菜，虞太太用她那像是喉管裏粘著一口痰似的沙嗓子大聲吩咐下女阿春快點上菜，然後向客人敬酒如儀；接下來，從菜市場的菜難買開始，拐彎抹角的點出請大家吃這頓飯的原意。她的口才是眾所周知的，能夠讓華老太太將寶貝的女兒許給胡步雲「這小赤佬」，就是最好的說明。在結束這一段話之前，她表示這件事早已調查得一清二楚，要證據，隨時拿得出來。

「講起來，還不是完全為了老太爺，」她故意用家鄉話表明心迹地說：「又關我們什麼事？不過，我們大家睜著眼睛看伊格能一手包天，烏攬下去，那能對得起伊老人家啊？」

她指的，就是華約謀。同時，口口聲聲是站在親戚的立場。

「要不然，才不會吃飽飯去找事體做呢！」

但，另一位「親戚」卻意外地表示異議。

「格件事體，」何叔齊拘謹地說：「我們也用不著看得太嚴重。這筆工程費，只是暫付款，由公司出賬墊付而已。而且蓋的又是私宅。人家家務上的事，我們不大好出面干預吧！」

虞太太瞟了丈夫一眼，意思是怪他為什麼要請這個不識好歹的老頑固來。

「而且，心園的病剛剛好，我們又怎麼能夠拿這些讓他不開心的事去刺激他呢？」

「會議」就這樣僵住了。一直挨到吃完飯，何叔齊走了之後，虞庭彥才破口大罵起來：

「哦，他才是保皇黨？只有他才愛護老太爺？操伊……開口心園，閉口心園，啥個屁親戚，我真是代伊難為情煞了！」

「算啦！何必生這種人的氣！他——現在當然不在乎了！」馬主任拖著腔調，指的當然是總務主任這個差使。

總之，談到最後，他們索性撇開「保皇黨」，決心和胡步雲三方面分頭對付。

「找岔兒還不容易！」協理陰詐地哼了一下，望著會計主任，「再說，圖章在我們手上，至少我們可以讓那姓賴的小子好看。」

第二天，胡步雲帶著一副挑釁的派頭到工地去。而賴武雄早在昨天中午，已經接到過華約謀的電話，向他打了底，所以亦早已有備。大家一見面，馬上老大哥長老大哥短地先把交情套起來。

中午的時候，兩個人已經在新店街上的一家小大陸館子裏喝開了。反正都是明白人，外面跑跑的，建築師一番恭維，事務股長便隔著一桌酒菜把右手伸過來。

「我姓胡的，就是喜歡交夠意思的朋友！」他矯飾地說：「今天在社會上做事，誰不是睜一隻眼，閉一隻眼，混混日子嘛！多交個朋友，有什麼不好！」

「你放心，我有數了！」賴武雄拍著胸脯，「我小賴別的本事沒有，就是做事漂亮！」

胡步雲當然明白對方說的「漂亮」是指什麼。果然，等到臨走的時候，賴武雄塞給他一張不知道在什麼時候已經開好的劃線支票，票款三千元，抬頭寫明「胡步雲先生」，日期是民國四十二年四月十五日，出票人是德記營造廠。

胡步雲怔住了。因為這顯然是賴武雄的手法：工程完了，才能兌現；而且，抬頭出票，寫得明明白白，萬一給他黑吃黑，自己也不敢聲張。本來，他想不要的，但是平常揩點小油，頂多也不過三幾百，三千塊錢不算是個小數目，實在捨不得放手。

賴武雄看準了他的心理，於是說：

「你放心用出去，有事可以直接來找我——不騙你，我們這一行就靠周轉，領到的工程費都進了材料，工程不完，墊的本還不知道在哪裏呢！」賴武雄從胡步雲的手上接過支票，替他塞進衣袋裏去。「收下吧，只不過是一點點小意思！」

「那……」

「這是規矩！是規矩！」

胡步雲到底沒有碰到過這種場面，顯得有點尷尬，但，事情還沒有完，賴武雄請他開張收據。

「收據？」胡步雲失聲叫起來，不自覺伸手到衣袋裏。

「你誤會了！」賴武雄按住他，解釋道：「這只是我們廠裏報賬的手續，對外不公開的。而且，也不要你用真名字，隨便阿貓阿狗都行──收到交際費三千塊，就行了！」

胡步雲想了想，覺得沒有什麼不妥，於是故意用歪歪斜斜的字體，寫了收據。具名是莫國棟。因為註明是交際費，所以把收據交給對方之後，反而有點心安理得起來。

結果，胡步雲回去跟他的姐夫和馬主任敷衍，當然不在話下。但，羊毛出在羊身上，賴武雄當然不會白白損失三千塊錢，一個鐘頭不到，他已經跟華約謀連絡上了。電話裏，賴武雄賣了個小關子，只說見面詳談。所以華約謀趕到那家咖啡館時，雖然想極力裝作若無其事，但仍掩蓋不住內心的疑慮。

「哦，一杯咖啡，就算跟我餞行啦？」大少爺先發制人地說。

「你護照不是還沒下來嗎？」

「我的護照是現成的，現在正在辦簽證──你不是說有事嗎？」

建築師慢條斯理地從那本被髒手指翻得破破爛爛的小記事本裏拈出胡步雲寫的那張收據，陰笑著從那片假雲石桌面上推到對方的面前去。

「你看看這張東西。」

華約謀拿起紙頭，困惑地摸了摸眼鏡。

「這是什麼？」

賴武雄笑笑。

「莫國棟是誰？」華約謀又問。

「林子安是誰？」

「林子安？噢……」華約謀馬上記起那本銀行存摺，有點不敢相信地問：「是胡步雲？」

「還會是我賴武雄黑白造出來的嗎？」

華約謀臉都氣白了。

「這小王八蛋！」他忿懣地說：「你交給我！我要他吃不完兜著走！」

「不不不！不要衝動！你也不想大家把事情弄破吧？」

「那你要怎麼辦？」

「破財消災？」賴武雄指指那張收據，「這張紙頭，你以後想花錢買都買不到呀！」華約謀不明白他的用意，沉默著。賴武雄笑起來了。

「以後我們不是還要追加工程費嗎？」他狡猾地問。

「唔……」華約謀的目光又落到收據上。

「那個時候，你就乾乾淨淨，這小子就一身屎啦！」

華約謀心裏突然感到無比的輕鬆。

「看不出你真有兩手！」他誇讚道：「我還沒想到這一招呢！」

賴武雄一本正經地向他伸出手。

「收據你拿去——這筆錢，該你付了吧。」

華約謀毫不猶豫的打開公事包，寫了一張三千元的支票給建築師，心裏有說不出的感激，因為他知道，這張小小的收據，將來一定有機會派上大用場。

三天之後，華約謀到阿美利加去了。

臺北冬季的雨水不多，碧潭的工程進行得頗為順利。但在華公館裏面，卻因新房子的設計醞釀著另一股風潮。

第一個發難的，竟然是平常最能忍讓的華約雯；當然，其中的文章，只有胡步雲一個人知道了。

在新房子的施工圖樣上，房子是「丁」字形的，上下兩層，樓上比樓下少一個角，變成了大陽臺。他們小的一輩，全都住在樓上。可是，單單約謀這一部份（包括大嫂、家琨和家瑜），就佔了全面積的五分之二；剩下的地方，除了樓梯口的小起坐間，共分隔為七個房間：約倫、約雯、約翰、約希和約姿，各佔一間，多出兩間是客房。雖然這些房間，不計算衣櫥和門廊，每間都有十二個榻榻米大，但是和約謀劃開的那間包括書房及小廳的套間相比，就顯得不大相襯了。

其實，這個「毛病」胡步雲一接手就發現了，因為約謀還未動身，他多少有點顧忌，所以等到他一上飛機，他便把被改動的施工藍圖帶回家裏來。約雯由於老太太已經非正式的口頭答應過讓他們今年結婚，依華家的情形看，她婚後是絕對不可能離開家的，既然也住在一起，她當然有理由要比照老大所佔的面積，住得更寬敞一點。同時，還有一個更重要的理由——她有狐臭。雖然那種味道還不至於讓人無法忍受，但對一個女孩子來說，的確是一件既尷尬而又傷自尊心的事。她找過好多醫生，擦過不少種特效藥；只要發現報上有什麼「偏方」，她就照試不誤，但是其臭依然。因此，她養成了一種過了份的潔癖，天氣再冷，一天也要洗上兩三次澡。所以，當胡步雲把那張平面圖大致向她解釋之後，她激動的大聲抗議。

「那怎麼可以！」她忿忿地抖著那張施工藍圖，「大哥也太卑鄙了！上次拿給我看的那張，根本就是假的——你們仔細看看。」

胡步雲「發動」的時間，是晚飯之後，因此大家都在，馬上圍攏來，手指在藍圖上點來點去，都想先找出那屬於自己的地方。

「喏，這裏！你們看！」老處女理直氣壯地抗議：「這就是他的地方！房間裏還作興加個小客廳哩——小胡，這小塊是什麼？」

「洗澡間！」胡步雲淡漠地回答。

果然，華約雯像在口袋裏摸到一隻死老鼠似的尖聲大叫：

「噢——什麼話！他是大少爺，憑什麼只有他的房間有？我的就沒有？」她瞪著大嫂，「我是養女呀？」

「不管，我的房間也要！」約姿說：「要有大家有！小胡，我的房間在那裏？」

「你們的都在這一排。」

「那麼小呀！」她的左嗓子跟著嚷：「二哥，」她推推約倫，「你看！我們的房間只有他的十分之一大！」

約倫認真地用手，指去量一量。

「不止，」他誠實地說：「有三、四分……是小了一點。」

大嫂不知道在什麼時候溜開了，家琨和家瑜還擠在玻璃桌邊湊熱鬧，也想看看那間是自己的房間。老處女傷心地哭起來了。

「哪有這個道理！」她哽咽地說：「哦，結了婚就高人一等呀？那我明天就結婚！我房間裏也要有衛生設備！」說著，她像是才發現家琨和家瑜似的，馬上板下臉。「去去去，圍在這裏幹什麼！」

九歲的絜瑜嘴一癟，急急的拖著比她大一歲的哥哥向屋裏走。

「一定是大嫂出的主意！」約姿尖起嘴說。

「我們到前屋找爸去！」

華約希從他們開始鬧起，就坐在角落那張大皮沙發上看晚報，像是這件事情根本與他無關似的。這時，他才回過頭來，正巧與胡步雲的目光相遇。像以往這樣，這位準姐夫馬上避開了。

「老五，你究竟去不去嘛！」約雯不高興地嚷道。

「蓋都蓋了，去了又怎麼樣？」

「怎麼樣？改呀！」

「改成每一間都有小客廳？都有抽水馬桶、洗澡間——又不是變魔術！」

「不去就不去！你少廢話！以後房間小了大了，別來找我！」

「老處女，我什麼事情找過妳？」約希索性丟開報紙。「別說房間小，就是沒有我的，也沒關係！」

「不要跟這種野人說！」約姿拖她的姐姐。「人家在學校裏有宿舍，高興了還可以到車房去跟司機睡——多神氣！」

「真可惜，」約希有意味地吁了口氣。「約翰今天又不在！」

他們停下來，等待下文。約希隨即站起來。

「要不然呀，」他學著淡江英專「高材生」，滿口洋屁的老四的用臺灣同學慣用的發音譏誚道：「你們依哇利巴地的陸姆呵，都裝Air-condition，地上統統鋪上地毯，別哆一律用美國最最梳乎的海棉Mattress——摩爾寧起來呀，哈，阿蘭就給你們……」。

約希還沒有表演完，約雯他們已經氣沖沖地走掉了。

抗議的結果，老太爺請賴武雄來商量，把樓上的間隔略微調整：那就是象徵性地將約謀那個範圍縮小幾尺，減少一間客房，把多出來的地方歸併一部份到約雯那間去，使她的房間成為一間包括有浴缸和衞生設備的套房，剩下的再增加一間公用的洗手間。其餘的大致沒有變動。

結果，建築師裝模作樣地左計算右計算，先是表示有困難，最後提出種種他說得有根有據而別人完全弄不懂的理由，增加了五萬五千塊錢，而且一分錢都不肯少，否則他只好依照合約辦理。

工程繼續進行下去。

按照原來的行程，華約謀本應在房子落成之前回國的，臨時又因為接受經濟部的邀請，同時也是華之藩先生命令他做的，在半途參加一個小型的經濟訪問團，以紡織業代表的身分彎到歐洲去。

因此，整個結束的工作，都是胡步雲一手經辦的。賴武雄除了在這位「總監工」身上大做手腳之外，還算有點職業道德，只是將園子的圍牆部份改了。他用的並不是剛剛興起來的水泥磚，而是他自已設計了一個模子，砌成一個圓孔一個圓孔的，理由是與眾不同，美觀實用；因此，園門也不得不有所改動。反正，約謀那天買的那幾本外國雜誌也著實幫了他不少忙，連華老太爺那天特地來看看時，也覺得園門很有氣派。賴武雄指著門牆上一塊凹下去的長方形向老先生解釋：這就是鑲上「心廬」園名銅牌的地方，銅牌已經在精工訂造，算是德記營造廠表示的一點敬意。

「那兩個字是誰寫的？」華老太爺很認真地問。

建築師興奮起來了，因為他早就計算過，老先生一定會對寫「心園」這兩個字的人會發生興趣的。

「是溥老師。」他回答。

「溥老師？」

「呃，我叫慣了——溥儒先生嘛！」賴武雄因事務所掛的那張「宏圖大展」條幅，不知道把這位大書法家賣弄過多少次。「他的號不是也有個『心』字嗎！」

「啊，」華老先生真的對這位貌不驚人的建築師有點敬佩起來。「那太好了，我要好好的謝謝你。」

後來，當工程完成後，鑲上去的銅牌變成了青大理石雕字鬆金，誰也沒有去計較。

進大園門之後，就可以看見那幢別墅式的建築座落在園子的左邊，距離園門足足有五十公尺，有一條水泥車路直通過去；繞過兩圈花圃，就是大門的臺階。房子是二層樓，平頂，銀灰色的牆面，座北向南；樓下接連前庭的大客廳，有一排雪亮的落地玻璃窗，明朗而沉靜；前庭那片空地，砌著圖案別緻的水銀石，在樓上望下來，就如同一幅新派畫。

包括房子後側的車房及下人的住所在內，房屋部份只佔這個園子總面積的八分之一。其餘的，以車路為界，靠河灘那一邊，一律鋪上了一方方的朝鮮草皮，綠油油的，在太陽下面閃光。而那棵被五少爺華約希稱為「鬼樹」的那棵老榕樹，仍然那麼固執而孤獨地立在那大片草地的當中，比以前更引人注目。

等到接上水管，通上電，全部裝潢完畢，已經是民國四十二年四月中旬了。

第三章

接著，華家開始搬家了。

實際上，搬家的命令，卻是由老管家老黃——黃三豐發出的。

黃三豐比華老太爺大兩歲，今年已經六十二了，但身體仍然那麼硬朗，充滿精力；他的身體魁梧，說話的聲音宏亮，尤其是那一口濃重的山東土腔，顯示出一種威嚴的意味，生起氣來，連頭頂都會發光。不論天冷天熱，他總是穿著一件灰布（或者深藏青色的）大褂，紮著褲管，腳上踏著一雙厚厚的布底鞋，看起來就像隻大狗熊，當他在老宅的日式房子裏走動時，全屋都為之震動。

依照他自己的說法，他追隨華之藩華老太爺足足四十年（就是說扣除掉曾經離開過的兩年），那個時候，他才是個楞小子，剛剛離開家鄉，正好趕上華之藩先生娶親，他就跟著一位在菜館裏當二把手的老鄉到華家幫忙，跑腿打雜。由於他為人老實，喜事辦完，華之藩先生索性把他留下來。這一留就是四十多年——直到現在。

所以，老黃非但親眼看著華家小的一輩一個個出世，親手將他們抱大，而且還跟著主人一起打天下，挨過苦，受過委屈。但，華之藩先生沒虧待過他，一直把他當做華家的一分子看待；後來還替他娶了媳婦，生了一子一女。華家逃難來臺灣的時候，他的女兒剛出嫁，他便把他的兒子、媳婦和老婆留在上海虹橋看守華家搬不走的房屋，只帶著孫女兒黃薇和華家一起到臺灣來。

在華公館裏，黃三豐並不因為自己的身分「特殊」而作威作福，相反的，他始終將自己的身分和華家劃分得清清楚楚，依照老法，上是下，下是下，絕對不能含糊。對華之藩先生，他當然稱呼老爺；叫小的做少爺小姐，從來沒直接喊過名字。

逢年過節，他一定要規規矩矩的穿著整齊，請老太爺老太太在大廳靠椅上並排坐著，然後跪下來磕頭——當然，在他磕頭之前，他先要強迫那幾位少爺小姐照著他的吩咐去做，連老大約謀都不能例外。華老先生和小的一輩對這種「太過落伍」的儀式，雖然很不習慣，可是始終都順從著他。

總之，在黃三豐的心目中，年代可以變，但是老規矩就是老規矩，祖宗傳下的，絕不可廢。

「要不然，咱們還成哪一國人了！」這就是他的結論。

也由於這個原因，他對於一切凡是沾有「洋」味的東西都不喜歡。除了總管公館裏的一切雜務，他分出很多時間來打理那些從大陸帶出來的「老」東西——那一套二十四件的紫檀木家具（其中那張「貴妃椅」的靠手在基隆下船時因為搬運不慎，碰缺了一塊，後來雖然也補起來了，但每次抹拭到那個地方時，他總要嘀咕一陣，心裏才覺得舒暢），以及那兩大箱景德細瓷的餐具、古玩擺式、字畫、一隻大的和一隻可以拿在手上的銅痰盂、水烟袋、鳥籠、以及園子裏的魚缸和盆景……等等。

有一年，老太爺送給他兩件白暗條府綢香港衫，同時還關照廠裏把配給職員的凡力丁替他做了兩條西褲，但是他只穿過一次，便把它們摺好，小小心心的擺進他那隻黑漆皮箱子裏。當老太爺問起他時，他只說捨不得穿，而沒敢說穿不習慣。

碧潭新房子驗收的那天，當老太爺看過房子回來之後，他便慎重其事地翻開他的那本厚厚的「黃曆」——這本線裝石印曆書就是他的聖經，放在神壇（他自己貢的「天地福德正神」）的右側；他幾乎連剃頭洗澡，都照著曆書上所規定的「宜開光沐浴納采……」日子去做。平時空閒的時候，他便搖著頭，一遍一遍的讀曆書後面附錄的「朱子家訓」和那篇「警世文」，他認為一個人只要肯照著去做，就絕對不會有差錯。

所以，他堅持著三天之後——農曆三月十七日午時以後才可以開始搬家。因為那天是「天恩月德、成日，午時玉堂黃道吉」，所以絕對錯不了。

這件事，儘管約雯他們反對，在背後罵他頑固、迷信，華老太爺卻笑而不語。這種神情，就是表明他老人家也同意老黃這樣做了。

但，要把整個家搬到碧潭去，並不是一件簡單的事。華家在杭州南路的那棟老宅，是民國三十八年來臺灣時頂下來的，算是公產。當時從大陸逃難來的人，由於不明情況，很多人都吃過「公產」的虧，華之藩先生也不例外；後來等於花了兩三倍價錢，才變更過來，算作私產。

那是一幢相當大的日式房子，前庭後院，格局很不錯。日本式房屋分為八等，它屬於「孝」字號的；在日治時代，是高級官員的官舍。搬進去後，華老先生便命令把全屋的榻榻米統統拆掉，換成地板，因此一進玄關便要脫鞋子，非常不習慣。不過紙門仍然保留著，每年重新糊裱一次。它一共有大小兩個客廳，六個房間，和一間跟廚房連在一起的車房。

華家上下大小算起來，一共有十九個人，分為四個部份：老太爺和老太太是一個單位，配屬有一個從大陸帶出來的專門服侍二老的老媽子宋媽；大少爺約謀這一家又是一個單位：包括大少奶奶程曼君、長子家琨、次女家瑜，和大少奶奶的陪嫁丫頭桂姐；第三部份，就是約倫、約雯、約翰、約希和約姿五位少爺小姐，由一個叫做阿蘭的下女服侍；第四部份，除了黃三豐，還有廚子鮑師傅、司機老許、和一個小聽差小孫。至於黃三豐的孫女黃薇，由於是和約姿一起長大，同在一個學校上學，所以她在華家所處的地位很微妙，就像是一個寄住的客人。

儘管華家的房子比一般的都大，但要想將它分成四部份，那是絕不可能的。華家兩老住在前屋的大主人房裏，木格窗外就是前院的那棵龍眼樹；老太太可能對臺灣的氣候不能適應，時不時害場小病，最怕吵鬧，因此住進來不久，就將約謀這一家調進後屋靠近院子那邊。而大少奶奶程曼君又天生一副富貴命，據說不坐抽水馬桶是沒有法子大便的，為了上廁所不知糟塌掉多少香水，哭過多少遍；從嫁過來開始，就一直逼著丈夫搬開住，後來明白華家的「大家庭制度」牢不可破時，便找機會使脾氣，認為自己的腰痛就是住這種倒霉木頭房子引起的。至於那五位少爺小姐，除了約倫因為曾經害過肺病，不得不獨住一間，其餘的只好兩個人合住。開始那兩年，大家還相安無事，後來人一長大，問題都來了。

約希從小就愛蹦蹦跳跳，什麼運動都來，而且不累到喘不過氣絕不停手；約翰進高中開始，就認定自己是個風流倜儻的美男子，他最怕聞到約希的汗臭和運動膠鞋的氣味，而約希也同樣受不了他的頭油和古龍水的香氣，先是爭吵，後來打過一架，約希索性搬出房間，另闢新天地：熱天，他睡在汽車裏，兩隻腳伸到車窗外面；冬天更妙，他就睏在客廳的紙拉門大壁樹裏面，舒服之至。

約雯和約姿呢，兩人在年齡上相差整整十歲，情形比較簡單。可是自從約雯訂婚之後，毛病開始來了。每當約雯和胡步雲單獨在房間裏親親嘴呀什麼的，約姿總是故意闖進來找這樣取那樣，甚至賴著不走，大煞風景；但約姿也有滿肚子委屈。受了小學一位個性怪癖的女老師薰陶，她和最要好的同學「小十三點」葉婷一樣，幻想著長大後抱獨身主義，最見不得別人談情說愛，電影上的親熱鏡頭是「死相」，所以，她非常反對姐姐讓男人進她也有一半權利的房裏來，也由於這個原因，她恨死了胡步雲。直至有一天，她忽然發覺自己已經變成大人了，於是緊張起來，覺得渾身上下都有不可告人的秘密；生怕別人偷看她的日記，所以跟別人合住一間房間，她認為這是世界上最痛苦最折磨人的事，比死還難過。

至於下人方面：經過老太爺特別的安排，黃三豐和孫女兒住在院角一間加蓋出來的小房子裏。這件事使老黃感激涕零，時時提醒黃薇不要忘記人家的恩惠。鮑師傅、許司機和「小孫子」，都睡在車房的小閣樓上，打打鬧鬧，頗不寂寞。但是桂姐、宋媽和阿蘭，這三個女的就不同了。所謂有其主必有其僕，桂姐連說話的聲音都學得跟她的主人一模一樣，目中無人，尖酸刻薄；大少奶奶對這個家庭的怨懟使桂姐也仇視所有的人，也處處的表示受了委屈。

「我們程家，」一有機會，她就會打著紹興官話來數她的主人程曼君的家譜。「從來就沒有這樣子過……」

後來大家聽煩了，有時候叫她的時候，乾脆就叫「呃，你們程家」，而桂姐也照應不誤，不以為忤。

但宋媽卻是另一種人，她心地仁厚，任勞任怨，平常難得聽見她大聲說話。她是黃三豐的遠親，也姓黃，黃薇就叫她姑姑。她本來是二少爺約倫的奶媽，後來丈夫死了，她就留在華家守她的寡。假如她心裏也有點什麼使她痛心的話，就是約倫的木訥和懦弱。為了這一點，她凡事都對桂姐忍讓，生怕桂姐會用什麼方法（比方從大少爺和大少奶奶那邊）對付約倫。

而這個從臺灣中部來的下女阿蘭呢，她只是一心一意維護著自己這份收入不錯的職業，將自己份內的事做得有條有理，從不理會別人。從阿蘭進入這個家開始，桂姐就對阿蘭這種態度很不順眼。阿蘭很快的便明白了桂姐與宋媽之間的矛盾，索性相應不理，桂姐被她頂撞過幾次之後，更加恨之入骨，但又莫可奈何。她們三個人合住在廚房旁邊的一間小房間裏，沒有一天安寧過。

總之，為了住的問題，這個家增添了不少無謂的煩惱。後來聽說隔壁巷子緊貼著後園的一幢房子要出頂，華之藩先生才設法將它買過來，把後園的圍牆打通，分一部份人住到那邊去。

這樣略微舒舒服服的住了一年，去年年頭，華老太爺一中風，問題馬上又來了。因為醫生特別關照，病人要絕對安靜，不受干擾，而老太爺生平最痛恨住醫院，堅持「死也要死在家裏，死在自己的床上」，否則怎麼能叫做「壽終正寢」？因此，老太太便搬到別的房間去睡，同時還要另外讓出一間房間來，給那位特別護士李小姐住。

這樣一來，整個家又顯得侷促起來。所以等到老太爺的病復元之後，老太太愈加迷信神佛和陰陽八卦，再加上虞庭彥夫婦再三慫恿，才有在郊區找地蓋一幢大房子的打算。

現在，新房子已經完成了，但由於黃三豐那本黃曆，搬家的時間只好延遲三日；因為連著三天都是「忌入宅」，第四天才是「玉堂黃道吉」，宜「祭祀開光納采祈福求嗣嫁娶上樑」等等，而且一定要在「巳」時才可以動手。

其實，即使不延期，這個家也不是三幾天可以搬得完的。黃三豐曾經估計過，能夠動手幫忙的：老太爺老太太當然沒份兒，約謀出國在外，大少奶奶頂多也只能用嘴去指使別人；約倫手無縛鷄之力，約翰不用指望；約希、約姿、家琨、家瑜和薇薇都要上學，飽師傅和司機老許又各有職責，無從分身；小孫又派去看房子了，剩下的，只有宋媽、桂姐、阿蘭、自己和大小姐約雯。而且，單單這兩幢老房子的大小件家具用物，至少也要裝八九輛大卡車，其他的箱箱籠籠，瓶瓶罐罐，就更不用說了。同時，由杭州南路到碧潭，路程並不算近，又要搬上抬下，絕對不是他們這幾雙手應付得下來的。

和約雯商量的結果，他們決定叫胡步雲從廠裏調幾輛卡車和十來個小工來幫忙，先運走那些大件的家具和行李；然後是少爺小姐、大少奶奶這一家，最後才輪到老太爺他們。

於是，黃三豐便皺起眉頭，在肚子裏籌劃一切。

那天在午飯桌上，約雯便正式宣佈搬家的次序，同時關照大家在這兩天把能夠收拾的東西先打點起來；她特意在郵局包裹部買了幾十隻硬紙箱，大家分用。

父親讚許地笑著點頭，然後習慣地用一種溫和的聲音向在座的人問道：

「你們有什麼意見？」

當著公公婆婆的面，大嫂是很少表示過什麼意見的。只是當約雯說到讓他們幾個小的先搬過去時，她就認定這裏面一定有什麼陰謀；她沒有忘記改工程圖樣那回事。但，她卻用完全信任的口氣先回答：

「有大小姐在指揮，怎麼錯得了！」

「你們呢？」父親接著問。

約倫困難地嚥下嘴裏的食物，發覺站在母親背後的宋媽望著他，於是陡然不安起來。當他正要想說什麼的時候，父親的眼睛已經從他的臉上移過去。

「我很簡單，」約希放下碗筷，說：「一隻小箱子就裝完了——我什麼時候搬都一樣！」

父親定定的望著他，沉重地說：

「我知道，你對這個家沒有什麼興趣。」

華約希並不答辯。他接過阿蘭遞給他的小毛巾，胡亂的抹了抹嘴，便起身走出餐室。

「老五又怎麼了？」老太太關切地問約雯。

「誰曉得他。」約雯淡淡地說。

約姿隨即把話接過來：

「我曉得！他說他要住在學校宿舍裏，不願意跟我們搶。」

「現在每個人都有一間，還搶什麼？」

「他是這樣說的嘛！」然後，約姿用她那種特有的腔調向約雯要求道：「大姐，我住在最邊上的那一間，好不好？」

約雯沒理會她。她望望家瑜，忽然想起來。

「爸，」她接著說：「我們的床和書桌，都舊得不成樣了，擺在新房子裏多難看！」

父親笑笑，說：

「好吧，換吧，統統換新的也好——不過我的那套老家伙，你們給我放在小客廳裏，大客廳你們喜歡怎麼佈置，就怎麼佈置。」

約雯回過頭來問大少奶奶。

「大嫂，你們要換什麼，開個單子給我好了。」

「算了，」程曼君抿了抿那兩片薄薄的嘴唇，翻了翻眼珠，用那種稍為有點做作的尖嗓子說：「我們還是將就將就吧，何必又要花錢。」

約雯當然聽出她話裏的意味，於是說：

「這也不是我的意思！要嘛，妳自己去選，叫店裏把發票開過來好了。」

飯吃完了。老太太仍然惦記著約希的事。叫宋媽去喊他到房裏來。約雯走進客廳，隨即撥了個電話給胡步雲，叫他馬上來，陪她到博愛路去看窗簾布。

約姿表示她下午沒有重要的課，願意陪他們一起去，最主要的，還是她想自己挑自己中意的圖案花式。因為葉婷家裏的，據說是從香港買回來的外國貨，所以小十三點到哪一家去，都說人家的「土」。約姿最在乎的，就是這一點。

至於程曼君，帶著桂姐回到自己的房間之後，馬上發作起來。

「妳看她多能幹！」她學著剛才約雯說話的腔調：「妳自己去選，叫店裏把發票開過來好了——好像錢是她的？什麼東西！」

桂姐霎著她的三角眼，她那一頭剛電燙過的頭髮，蓬起來像個雞窩一樣。

「以後呀，還有得妳氣呢！」她挑撥地說：「年底她結了婚，住在家裏——人家早就計劃好了！鮑師傳告訴我的，說是我們那一邊，又縮進去了五尺！」

「五尺？」大少奶奶叫起來：「誰告訴他的？」

「他說是那些工人告訴小孫的！無風不起浪，沒有五尺，也有三尺！她既然結了婚還要賴在娘家，什麼事情做不出來！」

「……」

「妳還不早點叫大少爺出來說一句話把家務接過來！說不定有一天呀——」

程曼君輕輕的哼了一下，否定了桂姐這句話。她今年才廿九歲，身體已經開始有點發了，胖從她那皙白的皮膚和臉上的輪廓看來，她算是相當美的。最使她感到遺憾的，就是那雙單眼皮的小眼睛，和整個臉型不太調和。

「沒那麼簡單！」她陰詐地說：「我就不相信老頭子能再活幾年？」

「哦，他們說的，怕過不了今年！」

「又是鮑師傅說的？」

「不止他一個，這是誰都知道的。」桂姐加油加醋說：「老太太偷偷的給老頭子排過八字，所以才逼他蓋新房子，讓他多享幾年福。」

程曼君思索了一下，忽然決定。

「妳給我馬上悄悄的收拾點東西，到碧潭去！」

「幹什麼？」

「先把我們那一邊用鎖鎖起來，這兩天妳就留在那邊好了。」

桂姐這才明白主人的意思。但她為難地說：

「可是，晚上我一個人……」

「新房子，有什麼好怕的！」大少奶奶說：「小孫不是也住在那邊嗎？」

「要是……」

「妳去妳的，這邊讓我來應付，不要他們先搬過去，萬一臨時又起個什麼花頭，我才沒有功夫去陪他們鬧呢。趕快去吧！哦，別忘了買兩把牢一點的鎖帶去。晚飯，就到街上吃好了。」

桂姐回到後面去，忽然想起一個奇怪念頭，臉上驟然熱起來，照廚房鮑師傅的說法，她是越老越俏。今年她算起來，也將近三十六七了；不知道是受什麼影響，這兩年忽然喜歡穿洋裝，而且還把辮子剪掉，一兩個月就到愛國東路那家小理髮鋪去燙一次「原子燙髮」；走起路來，一扭一擺，完全變了一個人——唯一不變的，就是她那一身又粗又黑的皮膚，和小腹上那一大塊凸起來的脂肪。

現在，她故意先彎到廚房去一下。鮑師傅和宋媽阿蘭他們正在吃飯，看見她進來，滿臉油光的廚子連忙拉過一把椅子，巴結地說：

「來吧來吧，我們剛剛開動。」

「我不想吃。」背著宋媽和阿蘭，她示意地向鮑師傅努努嘴，使個眼色，然後說：「我還要出去辦點事。」

於是，她拐進房間裏，隨手收拾一點東西。雖然她的心裏有點怨大少奶奶，讓她去受這種罪。因為新房子裏空空的，自己又帶不了什麼東西。但，當她想到另一方面，心又開始有點慌亂起來。

果然如她所料，廚子跟著進來了。他一邊用那塊骯髒的圍裙去擦嘴，一邊低聲問：

「什麼事呀？」

「我現在就到碧潭去。」

「現在？」

「你別管！」她將剛整理好的一隻小包包塞給他。「你替我拿出去，不要讓他們看到。」

「為什麼？搬家不是還有兩三天嗎？」

「當然有原因了！」

「哦……那麼妳晚上就睡在那邊了？」

桂姐陰陰地笑，白了他一眼。

「笨蛋！」

她一扭轉身，他馬上明白了。於是連忙將身體靠近她，諂笑著。

「我要是不笨，早就討成老婆了！」

桂姐作態地推開廚子的手，半真半假地警告：

「當心給你的宋大姐撞見了！」

因為鮑師傅和宋媽同年，一個是老光棍，一個守寡。在上海的時候，鮑師傅對宋媽很有點意思，叫起來總是大姐長大姐短的，後來老太太也有意替他們撮合，但由於宋媽沒有答覆而作罷。那時，桂姐三十還沒出頭，正在跟曹家渡廠裏的一個領班打得火熱，當然沒有把胖得像豬一樣而又足足大自己十歲的廚子放在眼裏。可是，等到局勢一亂，那個姓王的領班回無錫之後，就斷了音訊。結果，桂姐只好跟著華家到臺灣來。到臺灣之後，最初兩年，她的確很傷心，把男女間的事看開了，但，日子越過越不是滋味。她想：宋媽守寡，至少還有個道理，而自己雖說已不是黃花閨女，卻沒嫁過人，這樣下去算什麼呢？加上臺灣的氣候，連屁也不放一個的老太婆，到臺灣之後也會養孩子，她才三十多歲，當然更受不了心裏的那種苦悶。結果，鮑師傅對宋媽失望之餘，轉過來對她趁虛而入，於是他們在兩相情願之下暗中往來，時不時找機會到菜市附近的小旅社去銷魂一次。

但，女人的心是無法解釋的——尤其是像桂姐這種沒有知識而又老掉一大半的女人，她明知廚子與宋媽毫無瓜葛，但是她仍然時常記在心裏，似乎這就是對宋媽的一種報復。

現在，廚子真的有點生氣了。

「妳怎麼總是這樣說呢！」他抱怨道。

「唷，又心疼啦？」

「沒有意思嘛！妳跟她難過是一回事，何必……」

「好好！我不對！」說著，她故意伸手去取回廚子手上的布包，廚子抓住她的手。

「怎麼又生氣啦？」他阿諛而猥褻地湊近她說：「今天晚上，我一定打扮得乾乾淨淨來陪妳。」

「誰要你陪！」桂姐扭開頭，悻悻地說：「你怕我找不到人呀！」

「當然找得到！就憑妳『黑裏俏』這個……」

「你要死了！」桂姐終於忍不住笑了。於是她關照廚子拿著東西到巷口三輪車班頭上去等她，她馬上跟著來。

鮑師傅得意地在她身上摸了一把，然後提著布包走出甬道，打算從邊門走出後園。但，他剛走出門口，便看見華約希站在轉角的地方，看樣子像是在等他。頓了頓，廚子連忙說：

「五少爺，你要什麼？」

約希望望他手上的花布包。

「你有事呀？」

「沒，沒事！」廚子無意識地揮揮手。「我到巷口去一下，馬上就回來——你找我？」

「嗯。你去吧，我在車房等你。」

鮑師傅送走桂姐，然後趕回車房來。華約希坐在那輛黑色順風牌房車的保險槓上，看見廚子喘著氣進來，他頭一歪，有意味地問：

「桂姐走啦？」

廚子摸摸肚子，笑著把話岔開：

「找我有什麼事？」

「當然不會是壞事！」說著，華約希扭側身體，伸手到緊緊的褲袋內將一疊鈔票掏出來，遞給廚子。

「喏，五百五十塊，五十塊是利錢！你數一數！」

「你用好了，急什麼。」

「有借有還，再借不難。是不是？」

廚子含糊地應著，開始認真地數鈔票，等到數完了，他才抬起頭說：

「以後你要用，隨時開口。」

華約希隨即把手伸出來。

「我們前賬清了，」他正色地說：「現在你再借我兩千，利息照算。」

「兩千塊錢？」

「馬上就要！」

「要那麼多錢幹什麼？」

「一筆大生意，今天不下定錢，就吹了！」

關於華約希所說的「生意」，是眾所周知的。今天他弄來一架收音機，明天又可能換成一輛機器腳踏車，三兩天之後，說不定又把它拆得七零八落，然後噴噴漆，電鍍一番，於是又變成了一輛新車子，轉手賣掉。這就是他的財源，他從來沒有主動的伸手向家中要過零用錢；當他口袋空了，手頭緊，或需要一筆錢去「進貨」時，他便會到下房去向鮑師傅、宋媽和司機老許借貸，而且向來利息優厚，信用卓著。所以他們也非常樂意和他打交道。

現在，鮑師傅猶豫了一下，低聲問：

「一定現在要嗎？」

「我說過了，是定錢。」

「你問過宋媽沒有？」

「喏，你手上這五百五十塊錢，就是宋媽借給我的，」約希誠實地說：「不把前賬還清，我知道你是不肯再借的。」

其實，廚子並不是不願意借，只是錢不在身邊，而且晚上的約會使他有點心慌意亂，一時沒把話接下去而已。

約希不耐煩地站起來。

「有沒有？」

「有，呢，有……」麻子訥訥地解釋：「呃，這樣吧，這些你先拿去用，我朋天再——」

「算了！」約希伸手阻止他說下去。「這筆生意我放棄了——不過，將來你一定會後悔的！」

把話說完，華約希習慣地裝出一副悠閒的姿態，把雙手插在褲子的後袋裏，笑著走出車房。

這整個下午，鮑師傅一直在思索華約希說的那句話，但是他始終想不通他要後悔什麼。等到晚飯上了桌，他連忙沖了一個冷水澡，換過一套衣服，偷偷地坐公路車到碧潭去。

當他到了碧潭，找到那幢新房子時，天已經完全黑下來了。他撳了撳電鈴，旁邊的小門開了，開門的竟是桂姐。

「咦，小孫呢？」他奇怪地問。

「我把他打發走了，」桂姐精明地說：「難道你想讓他看見你來呀？」

廚子會意地笑了，他反手把門關起來。

「他什麼時候回來？」他又問。

「用不著管他，」她回答：「他身上有鑰匙。」

除了門房裏亮著一盞日光燈，園子裏非常黑暗。鮑師傅因為沒有來過，因此弄不清房子的方向。他正想問，桂姐已經拉著他的手，沿著水泥車道向裏面走去。他發現她的手心發燙，而且沁著汗。

「房子呢？」轉過花圃時，因為沒看見房子，於是他困惑地問。

「前面黑黑的地方，不就是了。」

「哦……」現在他看見了，索性摟著她的腰。「妳一個人不怕呀？」

「怎麼不怕，你摸摸我的心！」

「所以妳才想到叫我來？」

「沒良心！」她狠狠地在他那肥厚的手背上擰了一下。「我跟小孫睡在門房裏就不可以呀！」

「那小鬼可不老實啊！」

「哼，你就老實？」

她的腳突然踢到什麼東西，他趁勢一拉，把她緊緊地抱起來。她沒有掙扎，任由他在自己的身上撫摸。以前，他們只能偶爾在小旅社裏利用買菜的時間偷一次情，但從來沒有像現在這樣激動過——那是一種神秘的感覺，使他們感到迷醉。

之後，他們急不及待地摸進屋子裏，進入走廊右邊的一間小房間；他們忘掉一切，深深的陷於一種焦渴而難於抑制的肉慾的瘋狂中……

一種奇怪的聲音把他們弄醒。

最初，桂姐還以為是廚子的鼾聲，但等到她很清楚的確定這種類乎呻吟的響聲在走廊外面由遠而近，同時還夾雜著滯重的腳步，最後在房門外停下來時，她驚駭地失聲尖叫起來。

霎時間，一切聲音都靜止了。淡淡的月色照在窗格上，走廊上的電燈忽然亮起來，隨即又滅掉。接著，又是一陣長而顫抖的哀號……

廚子在桂姐尖叫時便驚醒了。現在，他們緊緊地擁抱著，不住的在顫抖。

這個夜晚又長又可怕，當天色時，鮑師傅才發覺自己的長褲和一隻鞋子失蹤了。結果，只好赤著腳，穿著短內褲，在新店車站對面的冰果店前叫醒一個蜷睡在車座上的三輪車伕，說盡好話，要求對方蹬他回臺北去。至於昨晚上「遇鬼」，丟掉鞋子和褲子——裏面還有皮夾子、身分證，和一千多塊錢的事，只好自認霉氣，始終不敢說出來。

十點鐘左右，桂姐也青著臉，拎著她的布包回來了。她把新房子鬧鬼的事偷偷的告訴大少奶奶，同時還引證絕不是自己神經過敏，因為睡在門房裏的小孫也聽到這種怪聲，早上她到門房去的時候，這小子仍然蒙在被子裏面哭，也嚷著要回來。

程曼君沉吟了一下，心裏忽然有點幸災樂禍起來。

「鬧吧，」她冷冷地說：「把這個家鬧散了才好！」

第四章

雖然程曼君始終認為園子當中的那棵榕樹一定有什麼鬼怪，但搬進來之後，卻令她有點失望，因為「鬼」非但沒有再鬧過，而且處處都充滿了一種華家未有的歡愉，以及一種使她生妒的幸福景象。

假如說還有什麼美中不足的話，那就是五少爺華約希還賴在老房子裏，一直沒有搬進來。

那天，當老黃戴著一頂斗笠，紅著臉，押著最後一批零碎的東西回來的時候，他一跳下車，就明白站在花圃旁邊的華老太爺的心裏在想些什麼。於是，他故意繞到卡車的後面去，命令廠裏派來的那幾個小工去把東西從車上小心卸下來。

華約雯偷偷的瞟了父親一眼，然後藉故向老黃走過去，輕聲問：

「你跟他說過了沒有？」

黃三豐謹慎地向那邊望望，答道：

「當然照妳的話說啦！」

「他還是不肯？」

「他說不搬，我能拖他上車嗎？」

「這死傢伙！」

「我看，妳還是親自去看看他。」

她沒回答，又走回父親的身邊去。

華之藩先生把手上的一把泥土撒回花圃上，裝作若無其事地說：

「老五還不肯搬家嗎？」

華約雯愧疚地頓了一下，像是這個責任應該由她來負似的。

「不是不肯——耍性格嘛！」

「耍性格？」

約雯笑了，她知道他聽不大懂他們平常說慣了的新名詞，於是解釋道：

「爸難道還不清楚他的毛病？他要與眾不同呀！」

出乎約雯的意料之外，父親並沒有生氣，他淡淡地笑笑，反而主動的把話題岔開：

「妳看我們要不要找個花匠？」

「……」女兒遲疑一下，才回答：「老黃也跟我說過了。不過找好的花匠很難，要碰巧才找得到。」

「不用急，慢慢找好了。」

這天晚飯過後，華約雯獨自到臺北去找約希。但，她去過兩次，老房子裏黑沉沉的，大門緊鎖著。於是她索性到西門町去買些東西，一直挨到十點多鐘，才叫了輛三輪車到杭州南路去。

這次，情形完全不同了。

屋子裏燈光通明，聲震戶外。華約雯張望了一下，才伸手去撳門鈴。半響，有人來開門了。是一個戴著近視眼鏡的小胖子。

他手上拿著一隻玻璃杯，打量了約雯一下。

「妳找誰？」他問。

華約雯微微退後半步，低聲說：

「我找約希。」

「哦！」小胖子咽下一口吐沫，訥訥地說：「那，那請進來吧！」

華約雯忍住笑，走進園子。

「是不是張娃兒來啦？」約希的聲音在屋裏嚷道。

小胖子沒有回答。他連大門都來不及關，便衝進屋子裏去。接著，屋子裏的聲音突然靜止了，玄關的紙門口伸出七八張臉，張張都是紅通通的。

「哈！老處女！」華約希只穿著內衣褲，迎出來。他快活地用粗壯的手臂圍著比他矮一個頭的姐姐的肩膀，大聲說：「好極了！妳來得正好！」

約雯仍然呆呆地站著，約希這才想起應該替同學們介紹自己的姐姐。

「哥兒們，這位就是我的大姐——老處女！」

他們僵在那兒。

「呃，這位是——這樣吧，進去了我再一個一個的介紹。」

這邊，這些大孩子們亂了，因為他們要在約雯進來之前，把已經脫掉的衣服穿起來。

「我不進去了，」約雯尷尬地說：「我只是……」

「走，進去再說！」約希急急地截住她的話，拖著姐姐的手走進屋裏。

在原來的大客廳裏，由於家具都搬光了，現在顯得特別寬敞；榻榻米上，攤著幾張舊報紙，上面散亂地堆著鴨腳鷄翅膀的骨頭和花生殼，有幾隻空烏梅酒瓶，和幾隻形狀大小不同的杯子。看樣子，他們這個「宴會」

已經開始很久了。屋內充溢著一股難聞的汗臭和熏人的酒氣。約雯進來的時候，有些人還在背轉身整理衣服。

華約希親熱地摟緊他的姐姐，把這些同學死黨介紹給她。他們稚氣地點著頭，傻笑著，摸摸小平頭，捏捏鼻子，然後靠著紙門站著。

「你們隨便坐！」約雯靦腆地說。

「用不著跟他們客氣！」約希打著手勢。「妳一走就好了——怎麼樣，陪我們喝一杯吧？」

「我……你知道我不會喝！」約雯急忙推辭，一邊用眼色向約希暗示。

可是，約希卻笑起來。他叫道：

「你們看見沒有？老處女的眼睛最美了！會說話！可惜，她看中了一個臭小子。」

「約希！」

「……」約希苦澀地笑笑，於是湊近姐姐的耳朵，低聲說：「好，香小子！得意了吧？」

約雯不好意思起來。

「我找你有要緊事。」她說。

「我知道，」約希回答：「不過既然來了，就沒有那麼容易放妳走——來，捐幾十塊錢出來，我們已經沒有酒了。」

約雯頓了頓，只好打開小皮包，華約希搶著伸手去抓了一小疊鈔票，遞給他身後的矮個子。

「趙娃兒，」他說：「你到東門町去看著辦吧！」

於是他和約雯一起走出玄關。

「怪不得你不肯搬家啊！」姐姐不快活地說。

華約希笑笑，彷彿解釋是件多餘的事。

「他們都沒有嚐過醉酒的滋味，」他說：「所以我特地讓他們來經驗一次。在這裏最安全了，醉了也不怕會打壞什麼東西——妳找我就是為了搬家？」

「嗯，你什麼時候搬？」

他猶豫了一下。

「還不一定。」他懶散地說。

「今天爸生氣了。」

「為了我？不會的！」他肯定地說：「我知道他不會！」

約雯嘆了口氣。

「妳騙我有什麼好處？」約希低下頭，用力拉了兩下褲腰的鬆緊帶，用冷漠的聲調說：「爸不喜歡我，我一點也不難過，因為我根本就不想故意去討他喜歡！」

「所以你要故意去氣他？」

「為什麼？」他吃驚的揚起頭盯著約雯，然後用一種好像自言自語的聲音說：「你們都以為我是這樣？」

「你本來就是這樣！」

他露出苦澀的笑意，搖了搖頭。

「我知道我不是！」他固執地表示。

「那你為什麼不搬？」

「我沒說我不搬呀，我能夠賴在這兒一輩子嗎？」

「就是這樣說嘛。」

「妳是不是以為，照著做，就表示孝順他？愛他？」

「我真不知道你在想些什麼！」

「我也不知道，」他誠實地說：「如果你們都認為是這樣，那麼我一定要等到他親口罵我，我才搬。」

「為什麼？」

「我不是說我不知道嗎？」華約希有點煩躁起來。「他總以為我不喜歡這個家——總之，我什麼都不對！」

「你本來就不對嘛！」

華約希笑了。

「那就算了——我要進去喝酒了！」

「你究竟搬還是不搬嘛！」

「放心好了，老處女，我會回來的。」

「那我走了！」老處女怏怏地說：「家裏後天請客，你最好是明天回來。」

但，第二天毫無動靜。

第三天，是星期六。華家從一大早就忙亂起來了。因為今天請客，除了「喬遷之喜」，另外還有一個更重要的意義：就是補過華老太太五十四歲的壽辰。老太太的生日是陰曆二月初七，因為五十四這個數字是「陰九」；「九」在命理上總是個「關口」，因此那天並沒有「過」，只是吃了碗長壽麵，點綴一下。現在搬進新房子來，不知道是由於郊區的空氣新鮮？還是虞庭彥介紹的那位業餘「風水先生」的關係——那位退休將軍曾經慎重其事的用「魯班尺」量過大門和房門，改動過門的尺寸，同時還替老人家的床鋪換了個方向——這幾天頭暈心跳的老毛病竟然不犯了。因此，華老太爺才決定好好的合併慶祝，熱鬧一下。

為了要湊齊家中所有的人，約雯在早兩天便特地叮囑老四約翰，千萬要記得回家裏吃晚飯。

華約翰在臺大唸外文，過兩個月就畢業。在四個兄弟之中，他也是獨出一格的。也許是他平常過於注意修飾，所以約略帶點脂粉氣；比方，他這一頭自然鬈的黑髮，每天不知道要梳理多少次，冬天，他要搽面霜和一種白色的男用唇膏，為了這種氣味，當約希長得和他一般高之後，兩人就幹過無數次架。總之，他是最講究衣飾的，連手絹和襪子也要配衣服的顏色。在上海唸高中的時候，已經是個「花蝴蝶」，以泡女生聞名全校。那時舊「法租界」回力球場隔壁有一家「上海俱樂部」，專門聚集一批野雞大學的「新鮮人」（大一學生），他就是那兒可以簽字的常客。來臺灣給他混進臺大之後，鋒頭更健，任何「怕提」，沒他就熱鬧不起來——尤其是跳「吉力巴」（那時大家都叫這種快四步做水手舞），簡直出神入化，令人嘆為觀止。也由於這點專長，他換女朋友就像在舞會換舞伴一樣稀鬆平常。他就時常攤開手掌，讓新認識的女孩子看清楚那亂七八糟的感情線，作以後隨時分手的心理準備。但這並不表示他用情不專，依他的說法，每次他都是付出百分之百的，他也為「愛情」苦惱和哭過，只是「緣份」盡了使他奈何不得而已。

所以，他很會安排他的時間，他曾經在同一個時間和地點安排和四個女朋友會面，而有把握不讓她們「白板開槓」。他時常以這次記錄而自豪。

唯一使他「自豪」不起來的，就是他的體型。他充其量，只能算是個「袖珍小生」，把他定製的厚底後跟加高的皮鞋算上，還不足五尺三寸。所以對於約希「後來居上」的運動家體型，他由衷的嫉妒。

這個學期裏，他除了忙於赴約會，更分出更多的時間來根據那份從各科系抄來的綜合資料，向美國幾十家大學寄獎學金申請書。所以除了睡覺和要錢，家裏難得見到他的面。

今天他肯留在家裏，倒並不是完全為了應付大姐，而是想見見何家的女兒。因為今天所請的客人之中，何總務主任這一家是不可少的。

現在，華約雯只擔心約希一個人。從一大早開始，她就指揮胡步雲和老黃他們，準備一切，幾次想叫老許開車去接約希，都因為被什麼事情一打岔，忘掉了。直到老太太問起，才記起來。

「我關照過他了，」她含糊地回答：「我想他一定會回來的。」

老太太今天特意穿了一件寶藍色的暗花軟緞旗袍。鑲有大鈕花，戴上一副老式的藍寶石耳珠。宋媽花功夫替她梳了一個髻，插上鑲鑽石的玉簪；那顯得略微瘦削的臉上，也薄薄的撲了一層粉，淡淡的抹上一層胭脂，看起來沒有半點病容。現在聽見大女兒這樣說，她輕喟地說：

「伊呀，最會得作怪了！」

「儂講啥人？」

老太太向窗口那邊望一眼，老先生正在餵鳥籠裏的一對白燕。

「媽，」約雯故意把話岔開：「妳要不要到園子裏去走走？」

老太太還沒回答，老太爺已經接嘴了。他一邊將手上的雀食罐子交給老黃，一邊走過來說：

「我陪妳去！」

老太太幸福的笑了，他向身邊的宋媽媽說：

「去把我的毛線披肩拿來！」

當宋媽在前房把披肩拿出來時，外面已經響起一片爽朗的笑聲。

「虞庭彥來了！」華之藩先生說。

接著，小孫捧著一隻很精緻的錦盒走進客廳來，虞協理夫婦跟在他的後面。他們一進客廳，看見華老太爺和老太太迎出來時，連忙合起雙手，放在胸前。

「老太爺老太太，恭喜恭喜！」

「來，來，請坐請坐。」

「我們是第一個來吧？」虞庭彥笑著問。

「你們總是到得最早的。」老太太說，一邊拉過虞太太胡素珍的手，到長沙發上坐上來。

「妳怎麼還是胖不起來呀！」老太太望著對方說。

「像我們這種勞碌命，還是瘦一點好！」胡素珍用她那沙澀聲音，矯飾地說：「胖子還能做事情！」

「妳還要做什麼事！」

「老太太真是說笑話了，妳看看我這雙手粗成什麼樣子。」

老太太慈祥地捏著她的手。

「妳懂什麼！女人家的手粗，才主貴！堂子裏姑娘的手呀，一個個都軟得像棉花糖！」

虞太太笑了笑，認真的說：

「您的氣色真好！」

老太太不自覺的摸摸自己的臉。

「真的。庭彥呀，你說是不是？」

虞庭彥根本沒注意到她們在說什麼，漫應著。

「那是我打扮過了！」老太太說。

「弗是打扮格關係！」胡素珍連忙解釋：「要是精神弗好，隨便那能打扮，眼睛也亮弗起來。」

華老太太幾乎已經相信她的話了，陡然覺得興奮起來，於是說：

「來，儂陪我到花園去看看。」

她們出去之後，胡步雲已經替他的姐夫把送來的錦盒打開，裏面的玻璃罩子罩著一隻七八寸長精工雕刻的玉如意，環頭上繫著一條紅色的絲墜。

「如意如意，討個意頭！」協理堆了一臉笑。

「太貴重了吧？」

「便宜得很，」庚庭彥說：「古玩玉器，在臺灣都賣不出價錢。聽說有人在臺灣收買好格物事，運到外國去賺銅鈿呢！」

「不過，我想這個東西再便宜，也便宜不到哪裏！」

「小意思小意思。」

「那我收下了。」

「老太爺看，要擺在哪裏？」

華之藩先生正在研究擺設的地方，胡步雲精明地建議道：

「今天就先放在矮几上吧，晚上我再收進小客廳裏。」

「也好，」老太爺說：「這種玩意兒，要和小客廳的老家俬才配得起來。」

在新房子的佈置方面，華約雯的確費過一番心思。樓下的客廳大小兩間，和可以擺下兩張圓桌面的飯廳是連著的，左邊，還有一間相當寬敞的起坐間和書室，和兩位老人家的套間只隔著一道三米寬的走廊。所以，約雯就把那套原來從大陸帶出來的舊式紫檀木家具放在起坐間裏，門邊隔著屏風，窗外垂著竹簾，加上一些書籍和字畫條幅，看起來完全是一派東方風味；而大客廳，則參照那些外國雜誌，在當中鋪著一幅淺咖啡色的暗紋大地氈，很得體地擺著三套式樣和顏色不同的沙發，使那三個部份自成格局；至於小客廳則全部用藤和花竹編織家具，是綠色的調子。長長的落地窗拉著一層薄紗和一層厚質料的大花絲光窗簾，當微風掀動那層經常拉起的薄紗時，使外面的園子有一種說不出的情調。

另外，在那富有新派建築趣味的梯間下面，安放著一架大鋼琴，再配上幾幅油畫，這個客廳給人的感覺，就更加高貴富麗了。

華之藩先生和虞庭彥剛走進小客廳，總務主任何叔齊一家三口也跟著到了。

何叔齊今天難得穿著一套整整齊齊的西裝，但仍然掩飾不住他的鄉氣和寒酸；在褲子和衣服的袖子上，有很深的摺痕和一股強烈的樟腦味。他的襯衣，是自己洗燙的，斜斜的結著一條顏色不調和的廉價領帶，因為他生來矮矮胖胖，所以看起來樣子有點滑稽。

何太太是華老太爺的八妹華婉青的小姑，算起來小的一輩都叫她表姑，叫何叔齊表姑丈。論親戚關係，的確要比虞庭彥那十八竿子也搭不著的「親戚」要近一點。雖然現在虞庭彥的小舅子攀上了華家大小姐，但到底是小一輩的事，所以，何太太總覺得自己丈夫在公司的地位，不應該落在虞庭彥的下面。

可是，何叔齊卻天生一副好心腸，樂天知命。他既不妒忌別人，也不苛求自己；對於太太的怨懟，他充耳不聞。這種態度對何太太的刺激，要比虞家夫婦那種不可一世的得意樣子更甚。因此，她的自卑感和虛榮心促使她決心在生活的另一面去獲得補償。最值得安慰的，就是他比庚家多一個女兒——一個長得相當標致的女兒：何小薏。

何太太從小就有計劃把何小薏訓練成一個躭於享樂，而不大運用頭腦的女孩子；當她剛開始發育，做母親的就將她裝扮成一個小大人，穿旗袍、塗脂抹粉；把何何去討別人喜歡當成了必修的功課。小薏溫馴可人，但毫無個性，她的一言一笑，一舉一動，只是一種公式，沒帶絲毫感情，她這樣說這樣做，只是為了符合母親的要求而已。

不過，何小薏對於這種生活也從來沒有厭倦過，在她的心目中，認為生活本來就是這樣。每天，她像影子一樣跟隨在母親後面，到張家打打牌，到李家串串門子，吃喝玩樂，頗不寂寞。

華家，當然是她們母女走動得最勤的地方。尤其是何小薏在靜修女中畢業之後，何太太便一心一意使她和這位「大舅」家的幾位少爺多接近，希望來個親上加親。但，儘管何小薏很討人喜歡，也易於與人親近，卻始終毫無動靜。

說起華家的四位少爺：老大已經結了婚，不算。老二約倫羞澀木訥，同時他心中亦已有所屬——他私戀著老黃的孫女兒黃薇，因此幾乎連話都沒跟小薏說過；老三約翰呢，按說是最理想最合適的人選。他比何小薏大四歲，而且對任何女人都有點自作多情；最初，大家以為這位少爺上了她，但過了不久，又冷了下來。原因是何小薏不能持續不斷的激發起約翰的「愛情」，那股新鮮感覺消失之後，約翰連吻她都覺得索然無味了。至於約希，雖說他比她小一歲，但何小薏的確對他有幾分真意。可惜約希性情古怪，往往出言不遜，拒人於千里之外。因此，當何太太發覺此路不通的時候，便乾脆改變計劃，退而求其次，讓女兒在老太太身上下功夫，討老太太喜歡。

華老太太由於長年害病，內心的寂寞可想而知，所以，當何小薏在房間裏陪過她幾次之後，她便時常派車子去接何小薏到家裏來。何小薏叫老太太做舅媽，但老太太卻女兒長女兒短的，連吃飯午睡，都要何小薏伴著她，心裏才覺得順暢。

現在，老太太正好和虞太太在草地上向園子當中的老榕樹走，突然看見他們三個人走進園來。最初，老太太看不清楚，等到虞太太怪腔怪調地說何家的人已經來時，老太太連忙轉回來向她們迎過去。

「舅媽！」何小薏跑過來，親暱地捉住老太太的手，關切地說：「妳不怕著涼呀！」

四月天的早上，多少還有點寒氣。何小薏慇懃地替老太太拉了拉搭在肩上的粗毛線披巾，然後攙扶著她。

「小薏。」

「嗯？」

「妳看我今天的氣色怎麼樣？」老太太認真地問，嘴上含著微笑。

何小薏假意端詳了一下。說：

「很好呀！」

「我覺得很好！」她不自覺地瞟了虞太太一眼。

「真的，舅媽，」何小薏接著說：「妳以後可以時常出來散散步。昨天晚報上有一段文章，我已經給妳剪下來了。」

「又是什麼偏方呀！」

「不是！是說散步對人最有益！以前的醫生勸病人躺下來休息，現在不同了！外國人得了心臟病，醫生還讓他喝酒打球呢！」

「那能好搭外國赤佬格身體比！」

「他們還不是人！」

「乖女兒！」老太太輕輕的拍著她的手背。「那妳就天天來陪我散步好了。」

從何小薏跑過來開始，虞太太便被冷落在一邊。何叔齊夫婦走過來了，她不得不和他們招呼寒暄。這時，老太太才想起什麼似的，問道：

「你們是怎麼來的？」

「坐公路局的車子。」何叔齊回答。

「我不是吩咐老許去接你們的嗎？」

「大概兩邊錯過了吧。」

這兩句話，聽在胡素珍的耳裏，十分不是滋味。雖然她也知道，派車子去主要的是接何小薏，但，也由於這一點，她愈加嫉妒。

他們進了屋裏，老太太要何家母女陪她吃早點。何叔齊進小客廳去和老太爺他們談天，虞太太驟然有被冷落的感覺。於是，藉著參觀新房子為理由，叫他弟弟胡步雲陪她到樓上去。

樓上，靠前面是一排潔亮的玻璃窗，窗側是一條足足有六尺寬的桃心木地板先廊，纖塵不染，發出地板蠟的香味，看起來就像電影上那種豪華郵輪舷邊的甲板一樣。樓梯左邊的盡頭處，是約謀夫婦的套間，旁邊是家琨家瑜的小房間；中間有一條小甬道，將約雯的那個套間分隔成一個獨立的單位。約雯所加添的那個衞生間，就在甬道頭，她房間內另外有一個門可通進去。樓梯的右邊，向南，是一連五間大小相等的房間，一間是客房，其餘四間是約倫他們分住。樓梯的後面，可以走出外面的露臺。

搬進來那一天，約姿前後換了三個房間，才決定住原來要求的那一間，因為那個房間比別間多一個向西的窗子，可以看見前面的河。

胡步雲大致向他的姐姐解釋過之後，虞太太便向大少奶奶的房間走過去。桂姐正好端著一隻托盤走出來。

「早呀，虞太太！」桂姐親熱地招呼道。

「大少奶奶起來了沒有？」她低聲問。

「早就起來了，請進去吧。」

「好的。」

桂姐走了兩步，又回過頭來問：

「您要吃點什麼，我一起要來。」

「謝謝你，桂姐，我吃過了。」說著，胡素珍敲了敲門，進去。

程曼君穿著一件寬大的長睡袍，正盤膝坐在矮墩上，對著梳粧臺弄頭髮。

「哦，我當是誰在外面說話呢！」

「早呀，剛起床啊！」

程曼君望著鏡子招呼著，一邊拿下頭上的髮卷。

「來，到床邊來坐。」

胡素珍向她走過去。

「要不要我來替你梳？」她巴結地說。

「不要罵人了，」程曼君白了她一眼。「我還沒有這個福份呢！」

胡素珍馬上覺察到這句話裏頭的意味，於是接著說：

「我的大少奶奶，妳的好日子就快來啦！」

「什麼好日子？作夢！」

胡素珍在床邊坐下來，側頭去望著鏡中的程曼君。

「等到大少爺一回來，機器一安裝，新廠不就是你們的了！」

「妳說得倒簡單啊！」

「難道還有什麼麻煩？」

「哼，老太爺真的肯那麼容易放手呀？」

胡素珍不響。透過鏡子，程曼君發覺客人笑得有點詭譎，於是試探地問：

「妳又聽到什麼鬼話了？」

「妳愛信不信，改天我再跟妳說。」

本來，大少奶奶想追問下去，又怕太露骨，於是索性裝作若無其事地繼續在弄頭髮。當她站起來的時候，才隨口問：

「樓下誰來了？」

「還不是老太太的心肝寶貝！」

「哦，土包子他們呀。」

程曼味所指的「土包子」，就是何太太。從她身上，沒有人肯相信她生得出小薏這樣漂亮的女兒來！她身材矮小，鼻樑癟癟塌塌的，眼睛小小，右唇上長了一顆小肉瘤，如果肉瘤是顆黑痣，就使人聯想到戲臺上演媒婆這一類的人物。也許由於出身的關係，說話總是拖泥帶水的，很難聽得懂她那濃重的溫州鄉音，再加上她穿著打扮的土氣，所以久而久之，人家叫她土包子她也不為意了。

凡是出身不如她的人，程曼君一向不大搭理，對土包子自然毫無好感。只是眼見老太太對何小薏那樣過了份的寵愛，土包子多多少少有點得意忘形，所以連別提人起她的名字，就打心頭裏覺得不舒服。

「好了，」大少奶奶拖著腔調說：「今天晚上，又有得熱鬧了！」

「人家還是『主角』哪！」胡素珍酸酸的哼了一下。「還是老太太特地派車去接的呢！」

「小人得志！」

「而且呀，剛才——」

「我們不要再提她了好不好！」程曼君說。

胡素珍笑了。以前她只聽說大少奶奶這個人「很難弄」，原來只是嬌縱慣了，胸無城府的。於是，她換了另一個話題。

「曼君呀，有一件事，不知道妳發覺了沒有？」

「什麼事？」

胡素珍故意延宕了一下，加重了語氣：

「老太太的氣色。」

「我不懂？」

「他們不是說，她的病好起來了嗎？」

「嗯，看樣子是好了點。」

「妳懂什麼！」虞太太神秘地放低聲調：「等一下妳再仔細看看！不大對呀！」

「哦……」對方雖然沒說出要點，程曼君已經感覺到胡素珍的想法與自己的不謀而合，於是微笑起來。

「我沒說錯吧？」虞太太追問。

「妳不說，我有一件事還不想告訴妳呢！」

現在，輪到虞太太心急了。

「什麼事？」她問。

「妳知道吧，」大少奶奶鄭重其事地說：「這個房子不大乾淨！」

「什麼不大乾淨？」

「鬧鬼呀！」

虞太太叫出聲音來，三步兩步走近窗口。她害怕的樣子引得大少奶奶笑起來。

「儂弗要嚇人！」家鄉話給嚇出來了：「真格有赤佬呀？」

「我騙妳做什麼？妳又不是住在這裏！」

「新房子，」虞太太疑惑地四望。「照規矩是……」

程曼君一邊拉著腰上那根有點毛病的拉鏈，一邊走到窗邊來。

「喏，」她指示道：「妳看見那棵樹沒有？」

「我一進來就看見了，這棵樹怎麼樣？」

「妳覺不覺得它很怪？」

「……」虞太太望著樹。「嗯，是蠻觸眼睛格！」

「蠻好的一個花園！」

「為啥不把伊鋸鋸掉？」

「老太爺不肯呀！」

「哦……」

「約謀那天回來告訴我，我就說這是天意！」

虞太太知道程曼君不想一下子把鬧鬼的事直接說出來，於是也不追問下去。她由對方說「天意」，忽然想起老太太替老先生重排八字那回事。於是說：

「這就是我剛才說的話，人家說的：六十上下中風，會一次接一次的！去年逃過一關，下一關，誰還擔得了保——到了那個時候……」

程曼君心裏驀然升起一個奇怪的念頭，她生怕被對方窺破自己的心事。但，她又接觸到胡素珍那雙狹長而貪婪的眼睛了。

「但願老人家長命百歲吧！」她虔誠地說。

閒談就這樣結束了。等到程曼君換好衣服，再照過鏡子，虞太太才搭訕道：

「呃——吃過午飯，要不要摸幾圈？」

「哪有搭子呀！」

「客人那麼多，妳還怕湊不出來呀！」

「不！」程曼君說：「老太太一定要打的，就讓他們去奉承巴結吧！」

大少奶奶這句話，無形中把虞太太和她的微妙關係拉近了一點，於是虞太太接著說：

「到我那裏怎麼樣？」

「有人嗎？」

「都是老搭子，牌品好。而且也比較這裏清靜一點——怎麼樣？」

「唔……」

「打到晚飯時間，我們一部車子就趕回來，如果妳還有興趣，吃完飯再接下去。」

「下去看情形再說吧，」程曼君嘆了口氣。「誰叫我是人家的大媳婦，挑剔不起呀！其實，最近我悶死了！」

「也虧得是妳，真的，成天悶在家裏，遲早不悶出毛病來才怪！」

大少奶奶終於被胡素珍說動了，當她們一起下樓的時候，她問她說的老搭子是什麼人？打的是老章還是什麼花樣都有的上海麻將？打多大？等等……

「隨便妳喜歡吧，怎麼打都行！」虞太太阿諛地說：「反正是陪妳消遣——我那兩個老搭子呀，都是打了幾年的老朋友了，風趣得很，真是輸了錢都叫妳開開心心的！」

「哦，」程曼君問：「是個男的？」

「小朱是男的——見了妳就曉得了。」

樓下。公司和廠裏的幾位大員都來了，另外還有幾位比較熟識的廠商和在東亞公司幹了二十年法律顧問的大律師陳彥和；老太爺和客人坐在客廳當中那套金黃色大沙發上，正在熱烈地談論著有關日本人造纖維的事，太太們則聚在落地窗那邊，陪著老太太談天。

虞太太下了樓，有意無意地瞟了臉色冷漠的大少奶奶一眼，然後一起向落地窗那邊走去。

落地窗前那套沙發是蘋果綠色的，正好和那幅由頂落地的黃綠調子的大花窗幔相襯；它們並不是一般傳統的沙發款式，連擺在當中的腰形玻璃茶几，一共只有四件。三隻沙發都是各個不同的：一隻是橢圓形而沒有靠背的，一隻是單人的，另外一隻卻足足有普通沙發的一張半長，而且在一頭多彎出來一個角，樣子很別致。現在，華老太太就靠在那彎出來的地方，「乖女兒」何小薏坐在她旁邊，「土包子」和馬太太她們就坐在另一邊和那張沒有靠背的沙發上；那張單人沙發空著，沒有人敢坐。

當虞太太和程曼君走近時，她們聽見老太太說：

「怎麼樣呀？」

何小薏不響，羞答答地低著頭。

「不肯呀？」

因為老太太很認真地低下頭來望著她，所以何小薏的頭低得更低了。而她的羞澀，也非常合度，臉紅紅的，像是要笑，又像是不敢笑，這種意態更增加了她的嬌媚。

何太太坐在對面，心裏有說不出的快樂。但，當女兒這種有意延宕的時間拖得有點過分時，她收斂了那像是貼在嘴邊的笑容，輕輕的咳了一下。

何小薏微微抬起眼睛，發現了母親的眼色。於是，她放開絞著的雙手，回過頭去望著老太太。

「真的不願意呀？」老太太慈愛地笑著問。

何小薏正要找一句比較合適的答話，她的母親已經急急的接下去。

「她怎麼會不願意！」她嗔責著女兒：「這丫頭，還不曉得是哪一輩子修來的福呢——妳還不快點……」

「不不！我要她自己親口說！」老太太抓起何小薏的手，催促道：「說呀！」

何小薏裝作難為情地擺了擺頭，撒起嬌來。

「為什麼要這樣嘛！」

其實，這一門「課程」，何小薏從小就跟她的母親練習過很多很多次了。但在當她突然發現臉色陰沉的虞太太和含著輕笑的大嫂，用一種輕蔑的眼色望著她時，她像是驟然被別人發現了自己什麼隱秘似的，心虛起來。

老太太終於笑出聲音來了。

「你們瞧她，臉紅得像隻蘋果似的。」

虞太太用肘拐輕輕的碰碰程曼君，有意味地說：

「小薏臉紅的時候，最可愛了！」

何太太一時分不出胡素珍這句話是好意還是壞意，有點急起來。因為這個時候，才突然發現這個「刻薄鬼」就在旁邊。

「妳啞啦！」她責罵女兒。

何小薏吸了一口氣，嘟起嘴來。

「叫舅媽跟叫乾媽還不是一樣！」她抱怨道。

這句孩子氣的話，引得客人們都跟著老太太笑起來。這時，虞太太和程曼君才明白是怎座一回事。

「妳們聽聽她說什麼？」做母親的笑著說：「真是一點都不懂事！」

「我又沒有說錯嘛！舅媽乾媽還不都是『媽』？當然是一樣了！」

虞太太索性在單人沙發上了下來，隔著老太太，她用沙澀的聲音向何小薏解釋：

「怎麼會一樣呢，差得遠了！」她掃了土包子一眼。「舅媽只不過是親戚，喊乾媽，妳就是老太太的半個寶貝女兒啦！」

「女兒還有半個的！」何小薏接嘴。

何太太正想拿胡步雲這「半個兒子」來挖苦一下胡素珍，但老太太已經說話了

「不做半個，」老太太說：「那就做一個好了！」

女兒不知所對，做母親的跟著嚷起來：

「妳還不趕快跪下來，向乾媽磕頭！」

旁邊的人跟著附和，但老太太卻一把按住被她母親硬拖起來的何小薏。

「等一下等一下，」老太太興奮地說：「等到吃過晚飯再一起磕──還有乾爹呢！」

「對！對對！」何太太點著頭，一時不知道是站著好還是坐下來好。

這時，老太太轉過頭來向媳婦吩咐：

「曼君，妳給我去叫約雯來。」

「哦。」程曼君瞟胡素珍一眼，青著臉離開大廳，向內屋走去。

廚房裏亂糟糟的，鮑師傅光著膀子，一身一臉的油汗，正在指揮著那幾個特意從菜館裏請來幫忙的下手；宋媽和黃薇圍坐在靠牆的方桌前面剝著蝦仁。

看見大少奶奶在門口出現，宋媽隨即站起來，向她迎上去。

「大少奶奶，您要什麼？」她問。

因為宋媽是老太太的人，所以程曼君用小手絹摀著鼻子，眼睛瞟到別處去。冷冷地說：

「我找人。」

「哦，桂姐剛剛出去了。」

「我不是找她——哦，薇薇，看見大小姐沒有？」

「她好像就在外邊，」黃薇停下手，回答：「我出去叫她去。」

「不必了，我反正要出去的。」

當程曼君走出穿過飯廳的甬道，看見桂姐拿著茶托走過來。於是她索性站在門邊，等桂姐進來。

桂姐發現自己的主人，便急不及待地說：

「我告訴您一件氣死人的事！」

「我知道了！」程曼君伸手制止，然後說：「等一下妳請虞太太到花園來，我在外邊等她。」

「我要不要在那邊聽聽？」桂姐機警地問。

「隨便！」程曼君有點煩亂地吁了口氣，走出前庭。

前面，黃三豐正在跟小孫二人搬那些送來的花籃喜幛，和那些包裝得很精緻的禮盒。當他們經過前廊外那幾輛轎車走過來時，程曼君向老管家問道：

「老黃，有沒有看見大小姐？」

「到外頭打電話去了！」老管家隨口回答。

「打電話？」

「呃，在家裏打，怕不方便……」

「為什麼？」

「大概是打給五少爺。」

「哦……」程曼君思索了一下，然後帶著一臉狡猾的笑意回到大廳去。

胡素珍看見她走進來，連忙向她使個眼色，表示已經知道了。於是程曼君過去湊近老太太的耳邊，低聲說：

「大妹去找約希去了！」

「五哥怎麼了？」何小薏奇怪地問。

程曼君並不回答，她看見老太太臉上掠過一道陰影，於是用眼梢去瞅虞太太。

湖素珍接著用一種誇張的聲調嚷起來：

「怎麼啦？五少爺又鬧事啦？」

「不是鬧事，」程曼君連忙假意掩飾：「他……」

老太太截住大少奶奶的話：

「叫宋媽來一下！」

大少奶奶向站在後頭滿臉陰陽怪氣的桂姐擺了擺手，然後小心地把小几上的茶盅端起來，揭開盅蓋，遞到老太太的嘴邊去。

「您喝一口——您的氣又不順了！」

華老太太用左手就著，呷了一口參湯，然後深長地舒了口氣，靠在沙發上。

「媽，妳大概累了！」何小薏第一次用這種稱呼叫老太太，不免有點不自然起來。「要不要我扶妳進去休息一下？」

「才起來，休息什麼？不要緊的！」跟著，她嘆了口氣，自語道：「我們家老五呀，真是我前世的孽，只有他一個讓我煩心！」

「您別這樣想，」何太太慰解道：「這個年紀的孩子呀，個個都一樣，過兩年就好了。」

「我知道，我可等不到他好的哪天！」

何小薏靠到老太太身上，用一種孩子氣的聲調叫著，輕輕的用手去拍老太太的臉頰。

「掌嘴掌嘴，亂說話，亂說話！」

氣氛隨即轉變，老太太又開始心肝寶貝地摟著這個還沒磕頭的乾女兒，搖晃起來。

「妳們說我怎麼捨得不疼她嘛！」老太太不斷地重複著這句話。

一個高亢爽朗而擠滿了笑的聲音從門廊外面衝進來了，客廳裏的人同時回轉頭。

「大聲公駕到了！」華老太太興奮地說。

「今天油是哪個長美巴呀！」被稱為「大聲公」的小胖子操著一口標準的廣東國語搖晃著進來了。

戴志高是美國華僑，抗戰期間回國參加「救亡工作」，曾經在什麼特訓班待過，所以在各院府部會，都直接間接的認識一些朋友；快四十了，仍然單身，大家都弄不明白他的職業，只見他每天在那些機關內忙進忙出——尤其是僑務委員會，更是回到家裏一樣。總之，他忙的都是朋友、或者是朋友的朋友拜託的事。久而久之，他變成了十項全能，無所不通。華老太爺也一時想不起怎麼認識這位「戴公」的，反正是曾經請他幫過忙，時常突如其來的到華家來彎彎，說說笑話，轉眼又可能不見其人了。

戴公一向心直口快，嘴沒遮攔，也不管是什麼場合，經常語驚四座，使那些太太們忙不迭地掏小手絹去抹嘴，遮掩住窘態。也許是性情相近，他跟華家五少爺約希最投緣，從約希突然聲音變粗，唇上的汗毛黑起來開始，他就時常當著老太爺的面，說哪天要帶約希去找姑娘去。而且堅持自己的理論：男孩子要愈早壞愈好，否則將來絕對不會有大出息。

現在，他看見滿屋子人，樂了。

「怪不得我今天一早就香港腳癢啊！」他叫道：「是誰？是誰？」

「要給紅包呀？」老太爺打趣地說。

「笑話！」戴志高真的掏起口袋來。「我就怕你們嫌我的禮太重，不敢收呀——誰，是誰過生日？」

「坐下吧坐下吧！誰都不是！」

他沒理會，走向長櫃上去翻弄那些禮物，然後不聲不響的又不見人了。

程曼君和胡素珍趁著這個機會，悄悄的溜出屋子。她們在門廊上站了一下，看見老管家在那裏忙碌，於是踏上草地，向河堤那邊走去。

「剛才我真想吐！」虞太太先說。

大少奶奶回過頭來望著她。

「土包子這一下可稱心如意啦！」

「哼，又能怎麼樣！」

「怎麼樣？」協理太太激動起來。「妳還看不出來呀，這就是伊拉格圈套呀！」

「圈套？」程曼君困惑地重複著這兩個字。

「唉……」胡素珍挨近她。「妳想，這兩年來，老太太只要開口，老太爺沒有說不答應的——妳懂得她們在玩啥格花樣景了吧？」

說實話，程曼君並沒有聽明白這位協理太太的話。她承認，她討厭「土包子」，但她也並不怎麼喜歡樣子長得像個巫婆似的胡素珍；她總覺得跟這些「小家子氣」的人在一起，有辱自己的身分。因此，自從和約謀結婚之後，這十年來，她寂寞而孤獨，尤其是來臺灣這幾年，娘家的人留在大陸，親戚朋友都散了，她幾乎連一個較為知心的朋友都沒有。

但愈是這樣，她愈孤芳自賞。而在生活的另一面——那就是在這個大家庭中，她漸漸學會了一些能夠發洩內心苦悶和抑鬱的方法，她變得小氣，刻薄，而且極端的自私。可是，她從來沒有想過更遠的事情，她到底並不是一個頭腦複雜工於心計的女人，嚴格點說，她是單純的，甚至還有點婦人之仁。但當這位協理太太用那種含蓄而詭譎的話向她試探時，她心中忽然升起一種邪惡的慾念，她幾乎開始相信，她自己本來就是那種女人了。

她默默地走著，沉浸在那邪惡的思想所激起的快樂中……

走在旁邊的胡素珍，忍不住偷窺著她。從程曼君逐漸變化逐漸顯露的神態中，她發覺這是一個最恰當不過的好機會——尤其是目前由於何小薏這件事使她自覺處於「劣勢」的時候，她趁機拉攏程曼君，應該是一件最有意義的事。因為，華約謀將來在公司的地位和份量，是可以預見的。

這也正是程曼君現在所想到的。

「剛才在樓上，」大少奶奶有意無意地問：「妳不是說有什麼話改天要告訴我嗎？」

虞太太一時記不起自己是否曾經這樣說過，於是含糊地應著：

「哦……妳急什麼呀？」

「誰急？我只覺得無聊。」

「大少爺最近有信來嗎？」

「來了，也不滿二十個字。」

「說真的，夫妻一久了，就好像沒有什麼話可說了——不過至少妳比我好，妳還有兩個孩子。」

「就是因為有孩子……」

虞太太馬上發覺，又接觸到剛才那個問題了。但是她不響，等待對方自己把話說出來。

又走了幾步，她們停在那棵老榕樹下面，胡素珍望望樹頂。說：

「倒是滿陰涼的！」

「妳真不知道，在這個家有多寃氣！」程曼君望著新房子，悒鬱地說：「平常連說句話，都要先看看大家的臉色！」

「……」胡素珍沉默著。

大少奶奶自嘲地笑笑。

「妳沒聽過我說這種話吧？」

「說了，心裏也會舒服一點。」胡素珍體貼地說。

程曼君故意扭開頭。有幾點陽光落在她的臉上，她半瞇著眼，眼梢顯出細細的皺紋，顯得皮膚更加皙白；假如她這兩年不是因為身體有點發胖的話，無論從哪裏，別人都不容易看出她已經是兩個孩子的母親的。

「我以前真有點傻！」她淡淡地說。

「為什麼？」

「我從來都沒想到過，約謀將來會怎樣？」

「妳怕他討小老婆？」

「我不是指這個！」

「哦……」虞太太說：「那妳還有什麼好操心的！」她索性抓住主題：「——將來，老太爺能交給誰？」

「妳講笑話了，約謀是獨子呀？」

「那些算什麼！」虞太太精明地解釋，一邊搬著細細長長的手指來數。「喏，約倫？呆子一個；約翰又是個花花公子，誰相信？約希？談也不要談，妳剛才又不是沒看見老太太氣成個什麼樣子！」

「這妳就錯了！」大少奶奶認真地說：「氣歸氣，老倆口心裏最疼的，還是他！」

虞太太楞住了，但隨即找到了理由。

「不成材，疼死了也沒用場！」她說：「妳想，把公司交把伊，呀可能？」

程曼君冷冷地笑了。

「我才不在乎交給誰呢！少管少心煩！」說著，她忽然想到什麼似的，望著協理太太問：「妳今年多大了？」

「總之比妳大，妳呢？」

「應該算三十了！」

「瞎講！」

「妳日腳過昏了！家琨都十歲了，我還不老啊！」

「別氣人了少奶奶，」胡素珍阿諛道：「妳這個樣子就叫老，我不要進棺材啦？」

「妳也大不了我幾歲嘛！」

胡素珍不敢提自己實歲。

「環境不同呀，」她說：「我們怎麼能比！」

「歲數總歸是歲數！再過幾年，我不就四十了！」

「妳呀，最好明天就變成老太婆！」

於是，胡素珍開始勸說一番，結論是：

「妳放心好了，不出兩年，我敢包——」

「包什麼？」

「到時，妳想怎麼樣，就可以怎麼樣！」

「去妳的！」程曼君笑起來。「神仙啊！也不會那麼簡單！」

「隨便妳信不信——到時可不要忘了照顧照顧我們老頭啊！」

「除非是託你們的福了。」

第五章

為了要請葉婷到碧潭來，這天中午放學之後，華約姿索性逃掉下午的兩堂課。對於這一類建議，「小十三點」總是無條件贊成的。

她們二人同校同班同座，終日形影不離，甚至連上「一號」也要等齊一起去。

葉婷比約姿大一歲——其實只大四天：葉婷的生日是聖誕節過後兩天，約姿卻是新曆元旦。但，她發育得不像一個不足十六歲的女孩子，她幾乎可以說已經長得很像個「女人」了。

這就是約姿喜歡和她一起玩的原因。因為約姿是不足月早產的，從小就很孱弱，瘦瘦的身體，細細的脖子，長長的腿。約希說她像一隻蚱蜢，走路總是一蹦一蹦的。其實，在早兩年，這種比喻並不怎麼使約姿傷心，可是當她在去年「變成大人」之後，她漸漸對自己失望了。因為她的身體始終沒有什麼顯著的變化，胸部仍然是平平板板的。儘管她偷偷的照著報紙副刊和雜誌上那些「如何使妳的身體健美」的方法每天實行，多吃魚類，洗冷水浴，睡前還認認真真的來一刻鐘健身運動，但仍然毫無成效。

不過，她的腿卻是非常夠標準的，與上身的比例是五分之三與五分之二——假如誇張一點的話，幾乎已經接近三分之二與三分之一的國際標準了。由於這個原因，平時她不是故意把裙子弄短，就是愛穿一條又緊又窄的長褲，同時，也時常為葉婷的腿不夠長而大為惋惜。

但，葉婷並不怎麼關心她的腿——其實她的腿並不短。非但不短，而且相當均勻。她的臉是圓圓的，眼睛很大，總是帶著一股還有點「奶瓶氣味」的甜笑。她是獨生女，上面有一個同母異父，比她大很多的哥哥。她的父親據說是某人物的什麼顧問，所以職業和身分都有點神秘。自從葉婷和她的母親從香港回遷（他們在民國三十八年曾經住在臺灣，後來因為局勢動盪，又逃到香港去）臺灣之後，她父親便難得住在家裏，總是來來去去，今天東京，明天馬尼拉，後天香港；她的母親，是當年後方的四大美人之一，社交頻繁，母女幾個月見不到面是常事，所以她把管教女兒的全部責任交給一個梳著長辮子的廣東娘姨「阿銀姐」。

阿銀姐是典型的廣東「媽姐」，這種女人都是抱獨身主義的，以做人家管家為終身職業，大小事情一腳踢。雖然她對葉婷管束得極其嚴厲，但「小十三點」一點也不怕她——葉婷什麼人都不怕。她敢抽香烟，敢喝酒，敢跟男孩子罵粗口，凡是別的女孩子不敢做的事情她都敢，她每天嘻嘻哈哈的，無憂無慮，從來不肯輕易放棄任何一個玩耍的機會。

在私立中學裏，這一類「什麼都不在乎」的女孩子總是最惹人注目的，而華約姿正好最引不起男生們注意；因此儘管約姿的心裏如何妒恨，但仍然樂於跟她「和」在一起。關於她們兩個人之間的矛盾，葉婷很少花心思去想，她總覺得，和華約姿在一起，對自己並無損失；因為男孩子不會喜歡約姿，而且由於約姿的憎恨「男生」，無形中更增加了自己的神秘感。至於約姿，她的想法卻與葉婷截然不同，她和葉婷在一起，是因為覺得葉婷是一個勁敵——她不能，或者說是沒把握可以擊敗的勁敵。而她卻永遠不願做一個失敗者。

現在，走出學校的邊門，為了一個說不出的理由，約姿在同安街口那家藥房裏打一個電話到公司去給她的二哥，叫她的二哥派車子來接她回去。

「我們乾脆坐公路車吧！」葉婷提議。

「那怎麼行！」約姿尖聲叫起來。

在華約姿的心目中，排隊乘搭公共汽車或公路車——說得更明白一點，凡是要排隊的事，她都認為是有傷自尊心的。尤其是在學校的門口，讓同學看見了，多丟臉！在搬入碧潭之前，她和家瑜家琨黃薇上學，都是讓老許先送，再把車子開回公館接老太爺和約謀約倫上公司的，但自從搬家之後，由於碧潭離市區過遠，老許的車子不可能分送兩次，所以這幾天他們都是擠公路車上學的；為了這件事，每天晚飯的時候，她都要向父親抗議一次。原則上，家裏要多添置一輛小車子，只是還沒有買而已。

電話終於接通了。

「要車子妳找胡步雲，」約倫在電話裏說：「妳找我幹什麼？我又不管這個！」

約姿瞟了旁邊的葉婷一眼，故意大聲叫道：

「你就不可以幫我告訴他啊！」

「他不在。」

「那麼久——我才懶得等呢！」

「妳在說什麼？」

「算了，你叫他們不要來接了！」說完，她生氣地用力掛上電話。「真氣死人！」

葉婷吹了一個大泡泡，破了，她一邊用手去撕開粘在鼻子上的糖膠，一邊問：

「怎麼樣，打回票呀？」

「今天家裏請客，」約姿回答：「車子都出去了！」

「我不是說乾脆坐公車嗎？」

「不，我們叫一輛出差車！」

「二二二二二，」葉婷隨口唸：「北一行，我記得這個號碼，來，我來打——他們一聽到老娘的聲音，車子來得個快！」

於是，她接過電話來撥。她告訴那家出差車行，要來一部年份新的，否則她們不坐。

果然，十分鐘不到，一輛漆著天藍和淺灰兩色的新車子開來了。葉婷拖著約姿坐到前座去。

「碧潭！開快點！」

在車上，葉婷不斷地轉著收音機上的旋鈕，隨著音樂哼著。車子過了公館，她向那個頭髮用火鉗燒過的司機要求道：

「喂，溫醬！」

「妳認識他呀！」

「土包子！」葉婷說：「溫醬就是『司機』，日本話嘛——咳，溫醬，素不素？」

那嚼著檳榔的司機笑了。

「素，素！」他解釋：「就素書機啦！」

「對了吧——讓我來開開好不好？我會開呢！」

司機沒答應。約姿叫起來：

「好了，妳還是安分一點吧！」

「妳怕什麼？」

「妳幾時開過車子？」

「我當然開過！騙妳不是人！真的，誰也沒教過我，我就把吉普車嘟嘟嘟的開出巷口！」她又轉過另一個電臺，正色道：「不過，好洩氣，吧的一聲，前面輪胎掉到溝裏去了！」

那個司機樂了，向車外噴了一口檳榔汁，又回過頭望著葉婷笑。

「真的，你給我開開看，」她認真地表示：「這次我保險不會開下陽溝——我已經知道了，方向盤要慢慢的轉，再回過來。丟唔丟？」

司機又點點頭。

葉婷伸手去，又換了個電臺。還故意將音量扭大。

「呃，溫醬，」她打著臺灣國語，問：「你有沒有租到，跳舞——鄧士？」

「小十三點！」約姿鬼叫起來。

葉婷奇怪地回過臉來望又傷了她的「蕩婦心」（自尊心）的華約姿，解釋道：

「妳叫什麼？我是說車子跳舞呀！」

「車子怎麼跳舞？」那個司機好奇地望著這兩個「高錐高錐」的小客人。

「我說你不懂了吧！」小十三點比著手勢。「喏，華爾滋，慢華爾滋：嘭恰恰，嘭恰恰——呃，你的方向盤要跟著兩邊轉呀！」

司機緊張地推開她的手，把方向盤轉回來。

「膽小鬼！」她批評道：「還開車子呢！」

現在，華約姿開腔了。其實，她知道這句問話是多餘的。葉婷最大的優點，就是不大願意掃別人的興，不管是在哪一種情況之下，也不管是好意還是壞意。

「今晚妳可以不回家嗎？」華約姿問。

「玩通宵呀？」

「住在我家。」

「有地方給我睡，我就不回。」她爽快地回答。

「妳媽媽在不在臺北？」

「那有什麼關係！我跟誰睡？」

「我家有間客房。」

「那多沒有意思！」

「那妳就跟我睡一張床。」

「妳不怕呀？」小十三點用一種狡黠的怪聲恫嚇道。

「怕什麼？」約姿有點不耐煩起來。

「我不是告訴過妳嗎？」

「妳沒有告訴過我——不要這樣神神經經的好不好！」

葉婷玄惑地笑。華約姿恨透了她這種笑，但，又忍不住問：

「什麼事，說呀！」

「晚上在床上再告訴妳。」

「我不要聽了！」

「真的不要聽？騙鬼！」她吐掉口中的糖膠。「告訴妳吧，我知道一種非常有效的方法。」

約姿馬上猜出葉婷說的「方法」是指什麼。於是扭開頭，讓車窗的風吹拂自己的臉。

「妳以為我騙妳？」葉婷一本正經地說：「至少比妳吃沙西米，洗什麼冷水澡——哦，妳以為我沒有看見妳的那些剪報呀？怎麼樣，還不是一塊『搓板』！」

現在，約姿真的開始後悔自己不該請這小十三點去碧潭玩了。至少，她也應該讓她自己去。

「怎麼，說妳是搓板妳不高興啦？」

「才沒妳那麼無聊！」

「好，我們談談別的——妳五哥今天在不在家？」

「妳問他幹什麼？」

「問問都不可以呀？他在不在？」

「誰知道？」

葉婷俏皮地咬咬嘴唇，忽然很冷靜地說：

「不騙妳，我很喜歡他。」

華約姿嚇了一跳。其實，葉婷時常這樣說，說過好多次了，只是語氣沒有現在那麼肯定而已。

「我先警告妳呀，」約姿慎重地說：「妳千千萬萬不要去惹他啊！」

「我才不怕呢！」

「隨便妳，他最近在鬧彆扭，誰碰了他誰倒霉！」

「為了什麼？」

「不為什麼。妳又不是不知道他的脾氣——他說的，他哪天高興了，就哪天砍掉家裏那棵樹！」

「就是妳說的那棵樹呀？」

「嗯。我爸爸最喜歡的。」

「真有意思！」葉婷沉默下來了。但並不是在思索，而是想把話說得更恰切一點。

「約姿呀，」她注視著約姿，很冷靜地說：「妳覺不覺得，我的性格有點像妳五哥？」

「那妳有同志啦！」

「我爸爸喜歡的東西，」葉婷說下去：「我就想把它弄壞——妳不是看見過我撅斷他的烟斗嗎？」

約姿不響，因為她從來沒見過小十三點這樣。

「我喜歡這種有個性的男人！」

「個性個屁！」約姿詛咒道：「有天他揍妳一頓，就好玩了！」

「那才有意思呢！」葉婷興奮起來。「妳知不知道，我有被虐待狂！」

「什麼被虐待狂？」

「我在一本雜誌上到的，要填二十四條正負題，然後翻開後面對答案——結果證明我真的有。妳說老實話，我究竟有沒有？」

「我說妳有神經病！」

葉婷大聲笑起來。

「是的，」她說：「上面也是這樣寫的：要不然，你就可能有神經病！後來我告訴我媽，把她嚇死了！」

那個司機大概一直在聽她們談話，現在忍不住回頭去看看這個可能真的有神經病的女孩子。

葉婷忽然尖聲叫起來。

「噢！糟了……」

司機一怔，直覺反應地猛踏下剎車的踏板。子胎發出刺耳的怪聲，停住了。

「什麼事？」約姿坐直了身體，驚問。

「妳看！」葉婷向車後望。「妳看是誰——喏！」

原來華約希正叉著手，站在路邊，他的前面，停放著一輛七匹半馬力的哈雷機車。車子旁邊，擱著一隻鼓得滿滿的綠色帆布行李袋。

葉婷跳下車，向約希奔過去。約姿跟在她後面。

「嗨，五哥！」

「是妳們呀，」華約希有意味地望著約姿笑。「怎麼樣，妳認輸了吧？」

「你們賭什麼？」葉婷問。

約希仍然望著約姿。說：

「我不是說妳第一個就請小十三點嗎？」

「第一個不可以請我呀？」葉婷轉問約希：「五哥，你在這兒等誰呀？」

「等鬼！我的車子油箱乾了！」

「沒關係，我幫你去想辦法。」葉婷熱心地說，馬上向出差汽車跑回去。

約姿帶著一種揶揄的笑意去踢踢那隻行李袋，報復地說：

「哦，原來也『文天祥』不下去啦？」

在華家小一輩的語彙裏，「文天祥」就表示固執、不妥協、還含有些取笑的成分。

「妳們以為我要回去呀？」約希笑著說。

「這一包是行李吧？」

「對不起——書！」

「哦。你不是說，家裏那棵樹不砍，你一輩子也不回去的嗎？」

華約希皺皺眉頭，本來想問這句話是聽誰說的，但隨即又打消了這個念頭，改用一種半真半假前口吻說：

「妳又怎麼知道，我現在不是回去砍掉那棵樹呢？」

約姿怔住了。

小十三點指揮那輛出差車子倒回來。那司機熱心地取出一條細細的橡皮管子，替約希的油箱裝上半加侖汽油。

「好了，謝謝妳們，」約希說：「妳們走吧——記得替我付汽油錢給人家。」

「不，我要坐你的車子！」

還來不及讓他們反對，小十三點已經命令那個脾氣好得出奇的司機將那隻帆布袋搬上汽車，自己跨著腿坐到機車的長坐墊上。

約姿意外地沒有反對，因為她想早一點將約希要回家砍樹的消息帶回家去。約希等出差車開走後，他一邊用一塊棉布抹拭著手上的油漬，一邊注視著葉婷的臉。

「妳有膽子坐我的車子嗎？」他挑釁地問。

葉婷那像個小天使的臉上露出一種奇異的光澤。

「我希望你真的是神風特攻隊！」她笑著回答。

約希咬咬嘴唇。因為葉婷的膽子大是出了名的。這時，他驟然發現她的確長大了，在他的印象中——就說幾分鐘之前吧，她仍然是一個穿「妹妹鞋」的小女孩，亂說話，笑聲比女高音還大，但是現在，假如她不是穿著這種傳統的黑裙白襯衫學生服的話，她就是一個相當誘人的少女了。

「妳真的敢？」他大聲問。

「你敢開，我就敢坐——走呀！」她不甘示弱地說。

「要是妳摔了下來呢？」

「那你自己也不會好過！我是抱著你的！」

「抱著我？」

「當然啦！這是規矩嘛！」她說：「開哈雷，那個不是坐在油箱上，雙手叉開，我抱著你，才夠帥嘛！」

「那不行，」約希認真地說：「妳還是叫部出差車去吧！」

「奇怪了，為什麼？」

「我怕癢！」

小十三點尖聲狂笑起來。

「那你將來一定怕老婆，」她說：「怕癢的男人都怕老婆——我就不怕癢，不信你呵呵看！」

「好了好了，」約希摸摸鼻子。「我還是給妳叫輛車子，算我倒霉，我付錢。」

「不，我抱住你的胸好了。」

「那更厲害。」

「那麼——這樣吧，我在後面抓住你的皮帶，人格擔保，絕對不碰你。」

約希想了想，終於答應了。但，他將車子踩發動之後，再三吩咐她要安分一點，摔下來可不是玩兒的。

「ＯＫ！」葉婷叫道：「——癲死狗！」

機車搖搖晃晃的開走了。在開頭的一段路上，葉婷乖乖的雙手抓著約希的褲帶，但過了十二張，她開始不耐煩了。

「我打賭我跑路都比你快！」她靠過去在約希的耳邊說。

約希怕癢，縮起肩膀，把車子慢了下來。

「開快點呀，」葉婷警告道：「要不然，我可要抱著你啦！」

她這一說，約希索性關掉電門，車子滑停了下來。

「怎麼啦？」她問。

「拋錨！」

他支起機車的腳架，裝模作樣地蹲下來檢查機件，然後不開電門拚命踩……

「老爺車！」她批評道。

「我叫妳不要坐的。」

「修不修得好？」

華約希站直身體，說：

「大概電瓶的電力太弱，要推才能發動！」

「要我推？」她叫起來。

「只有這個辦法了，很輕的，妳試試看。」

小十三點嘟嘟嘴，想了想。

「好吧！算老娘倒霉！」她無可奈何地搓搓手，開始推機車。

約希打開電門，進了排檔，當他認為葉婷已經累得叫不出聲音時，他左腳鬆開離合器，機車一震動，「吧」的一響，右手用力一旋油門，一陣風似的溜掉了。

約希頭也不回，用高速將機車開到碧潭，轉入園子時，看見約雯、約姿和老黃幾個人如臨大敵似的守在門口。

「約希！約希！」約雯大聲叫著，奔過去。

他剎住車子，平伸開雙腿，等她們跑過來。

「咦，」約姿詫異地問：「葉婷呢？」

「她說她喜歡走路。」約希淡淡地回答。

「走路？」

「也許是因為我開得太快了。」

「你不是把她摔了下來吧？」約雯擔心起來。

「我記不得了，」他笑笑。「不過你們放心，她一點也沒有傷，很快就可以到的。」

「可是小十三點不曉得地址呀！」約姿叫道。

「啊……」

鬧了一陣，總算是約雯叫約姿坐家裏的車子趕回去接。但等到老許剛將車子開出來，葉婷已經坐計程車進園子來了。小十三點大模大樣的下了車，向約希做個鬼臉。

「夠快吧，」她說：「趕快替我付車錢！」

在約雯付車錢的時候，約姿拉著她問：

「沒有地址，妳怎麼找到的？」

「妳不是告訴過我，圍牆是一個孔一個孔的嗎？」小十三點精明地說：「我就順著找過來——算你們運氣，一找就找到了！要不然車錢夠你們付的。我身上只有素科（四塊錢）！」

華約希仍坐在機車上，他忽然發覺自己有點喜歡小十三點。但是他仍然不知道他究竟是喜歡她這種滿不在乎，大而化之的性格？還是僅僅是喜歡她現在這種半生氣半喜悅的樣子？

「你瞪著我幹什麼？」葉婷坦率地問約希。

約希摸摸鼻子，讓手遮住自己的嘴。他在笑。

「妳不要惹他了好不好，」約姿去拖她。「走，我先帶妳到河堤那邊去看吊橋。」

「五哥，你等著，」葉婷認真地說，嘴邊又浮起那種甜甜的笑意。「——我會跟你算賬的！」

她們走了之後，約雯才緩緩回過頭來注視著約希，使約希不耐煩起來。「老處女，」他說：「我又有什麼不對啦？妳叫我今天回來，我不是回來了嗎？」

「我知道你回來要幹什麼！」老處女冷冷地說。

「回來就回來，還幹什麼？」

「我問你，你是不是真的要那樣做？」

「做什麼？」

「砍掉那棵樹！」

「哦……」約希回過頭去望園中的樹。

它仍然和那天他所見時一樣醜陋——甚至可以說更加醜陋。因為這個園子已經修葺得很美了。

「是不是一定要那樣做？」她逼問。

「約姿告訴妳的？」他仍注視著樹。

「不管是誰告訴我，我在問你！」

他回過頭，望著姐姐的眼睛，誠實地點點頭。

「我會的，」他堅決地說：「總有一天，我會把它砍掉的。」

「你瘋啦！」姐姐大聲斥責：「爸說過他要留下它！」

「妳真的以為爸是那麼想嗎？」

「你也聽見的。」

「我知道，」他執拗地說：「他心裏不是這樣！」

「不管怎麼樣，你絕對不可以那麼做！」

他苦澀地笑了。

「我問你，」姐姐正色地問：「你為什麼那麼恨這個家？」

「恨？」

「你問命自己。」

約希低下頭，用力打開電門的旋鈕，又用力關上。

「我大概真的就像你們所說的那樣！」他自嘲地笑笑。仰起頭，望天。

他這種動作，使約雯驀然記起他小的時候：當他做錯了事，或者當他認為自己沒有做錯，而受到責備時，他就會這樣：仰起頭，苦惱地望著天，小嘴嚅動著……

約雯終於笑了，她憐惜地說：

「你又發什麼呆了？」

他也跟著聳聳肩膀，將鼻子皺起來。

「大姐，」他認真她問：「妳說我一個人能砍得下這棵樹嗎？」

「見你的鬼！」約雯嗔責地催促：「走吧，我帶你去看看你自己的房間，我替你佈置好了。」

「急什麼，房間又跑不掉的！」

說著，他站起來發動車子，嘩的一聲，便離開車路，衝進草地上。約雯追上去。他的車子繞著那棵老榕樹轉了幾圈，然後向園門飛馳而去，跑掉了。

約雯呆呆的站在草地上，一時不知道該怎麼樣才好，直到她發覺約姿和葉婷已經站在自己的旁邊時，她才想起應該馬上去找老黃，研究如何能夠防止這小瘋子做出那種事。

葉婷跟著約希的機車車輪壓過的印子，跑到榕樹下面。

「小十三點！」約姿在後面大聲警告：「當心這棵樹裏面有蛇呀！」

葉婷從來不怕蛇。她回頭望望約姿，然後故意伸手去摸著樹身，繞著大樹轉了一圈。

「妳五哥要砍掉的，就是它呀？」

「嗯。」

「我贊成！」葉婷把右手舉起來。

第六章

這天晚上，華家的宴會進行得非常愉快，何小薏拜乾爹媽這一幕，自然是整個宴會的大高潮。在土包子堅持要跪下磕頭行禮之後，老太爺和老太太特地送了一只大紅包，和兩件小禮物，作為見面禮；入席時，把乾女兒的坐位排在兩老之間，連吃菜老太太都幾乎要親自餵進她的嘴裏，才稱心如意。

約翰由於輩份，坐在另一桌。從這次再見到何小薏的第一眼開始，他有點舊情復熾起來；他奇怪為什麼以前從來沒有發現她那麼美過？當何小薏在隔座偶爾向這邊瞟一眼，兩人目光相遇時，約翰認定對方仍然是對自己有情的，因此不自覺的燃燒起來，心中充滿悔意。他忘了去年是怎麼跟小薏疏遠的——對了，他記得那個雨天，他們在什麼地方的一家幽暗的咖啡座內，他曾經伸手進她的襯衣裏面撫摸過她的胸部。總之，她的溫馴使他失去了興趣。他認為她應該生氣，假的也好，甚至要怫然離座……或者就像上個禮拜泡上的那位會計小姐，乾脆就給他一記耳光。今天早上他躺在床上還在計劃如何死皮賴臉的再給她服務的公司去個電話。女孩子都是這樣的，他想：女孩子只要愛上一個男人，就是一輩子的事。

藉故過去敬了兩次酒，約翰肯定何小薏要想跟他說什麼話。她的眼這樣告訴他的。

大嫂不懷好意的目光瞅著他，他心虛起來。

「來，大嫂，」他拿起銀酒杯。「我敬你！」

「你還是敬敬虞媽媽吧。」程曼君幸災樂禍地笑著說。因為從入席椅不上「上桌」開始，虞太太的臉色就沒有好看過，就像她的老胃病發作似的，眨著翻白的眼睛，嘴角的肌肉僵硬，連面前那小碗雲腿排翅都沒碰過一下。

「喝點酒暖暖胃，」看見協理太太心不在焉的樣子，大少奶奶把自己的杯子拿起來。「我也陪你。」

胡素珍心裏在責怪自己的丈夫，剛才他也不應該坐那一桌的，憑什麼要去湊這個熱鬧？她喝了酒，沒有半點辣味，只覺一嘴苦澀。

「管家婆」華約雯每一桌都給她留了空位，但她始終沒坐下來過，她忙進忙出，照顧著場面，同時還要裝作若無其事地和老黃保持連絡。約希要砍樹的事，她只告訴老黃一個人，而且再三叮囑約姿不要多嘴。小孫已經派到大門去，只要看見五少爺回來，便馬上用對講電話通知他們。黃三豐有這份自信，他能夠制止約希做出這種事。

剛才約希開著哈雷機車在園子裏兜圈子的時候，客廳裏的人都看見了。何小薏高興得跳起來，要跑出去叫她的「五哥」帶她過過坐機車的癮，被老太太按住。

「妳讓他先去瘋吧，」老太太笑著說：「妳還怕他不進來呀！」

但是現在酒席都快完了，約希還沒有回來。老太爺覺得奇怪，但幾次約雯走到他的身邊問菜式合不合口味時，他都沒說出口。不過，他相信他會回來的。

當酒席終了，送上甜點時，留給約希的菜已經擺滿了桌子的一角。這都是葉婷替他留的。坐在她旁邊的約姿沒理會她，約姿第一次發現保守秘密是一件那麼痛苦的事。

約希遲遲不回來，無形中增加了這件事情的嚴重性，約雯愈來愈覺得其中必定有什麼蹊蹺，於是她索性走出門廊外面，免得去接觸父親那種不知道有什麼含意的目光。

老管家和她在光線黯淡的門廊下默默的站了一會兒，終於說：

「妳還是進去吧。妳還沒吃過東西呢！」

大小姐不響。半晌，她詛咒起來：

「這個鬼！」

「他說不定已經回臺北了！」老黃說。

「怎麼會！」她肯定地回答：「他一定又在搞什麼名堂！」

「不過，我總不相信他真的會砍這棵樹。」

「他親口告訴我的！」

「這棵樹，妳以為一個人三幾個鐘頭砍得下來呀？」

「他只要砍一斧頭，」約雯不以為然地嚷起來：「就夠老太爺受的了！你又不是不知道！」

說著，屋裏突然揚起一陣鬨笑，胡步雲跟著急急的跑出來。

「大小姐，」他習慣地叫道：「媽在叫妳呢。」

「什麼事？」約雯煩亂地問。

「還不是為了寶貝乾女兒。」

華約雯本來想叮囑老黃幾句什麼話，但又忍住。終於隨胡步雲進屋裏去。

他們這邊剛走，約希的機車進園門了。在進園門之前，他先關掉引擎，靠著衝力使車子無聲地向園中的那棵老樹滑行過去，小孫趕忙撥電話，正巧約雯上樓拿東西，所以接電話的桂姐就像生怕說遲了會變了樣似的馬上過來通報。

「五少爺人呢？」大少奶奶故意提高嗓門問。

「就要進來了。」桂姐陰笑著回答，眼睛瞟向另外那一桌。

對於華約希，何小薏始終對他存有一種說不出的微妙感情：說是愛他，又有點恨他。因為他從來沒有跟她好言好語過。當她正想站起來，要出去叫他時，老太太抓住她的手。

「妳急什麼，讓他自己進來。」

但，華約希並沒有打算進屋裏去——至少，他打算做完了這件事才進去。

黃三豐氣急敗壞的奔到大樹跟前，可是，他只看見機車，而見不到約希的人。

「五少爺！」他困惑地在黑暗中低喊道：「五少爺！」

「我在這兒哪！」

老管家吃驚的抬起頭，藉著屋內照射過來微弱的燈光，他發現約希跨坐在樹上一條粗大的橫幹上。就是那天約希跳起來要摸的那條橫幹。

「你在上面幹什麼？」老黃低促地說：「當心摔下來。」

華約希一手抓住樹枝，俯下身來。

「你跑過來幹什麼？」他問。

「五少爺！做不得呀！」

「你以為我要做什麼了？」

現在，老黃看清楚約希的臉了。

「來，」約希指著機車。「把後邊皮袋子裏的鐵碼遞給我。」

老管家楞了一下，順從地到機車後輪兩側的皮袋裏拿出一包沉重的鐵鏈。

「這是做什麼的？」

「反正不是砍樹就是了！快拿來吧，那兩隻大鐵碼可能擱在那邊皮袋子裏。」

老管家終於找到了那兩隻兩頭套有螺絲的大鐵碼。當他舉起來遞給約希時，約希忽然叫起來。

「老黃，」他說：「趕快去攔住大小姐！讓我弄好了再讓人過來！」

老黃回轉頭，果然發現約雯正在踮著腳，一步一步的走過來。於是老黃連忙向她迎上去。

「他在幹什麼？」約雯焦急地問。

「沒事情，妳不要過去。」

老處女驟然激動起來。

「他一定已經砍了！你讓我過去，我要好好的打他幾個耳光！」

「他沒有砍。」老管家認真地說：「我負責他沒有砍，妳該相信了吧。」

「那他在那邊搞什麼鬼？」

「別急，等一下妳就知道了，」老黃推著大小姐的背，說：「走，我們先到那邊去。」

他們走到花圃的前面，華約雯回身向那黑暗的大樹望望，然後滿臉狐疑地注視著老管家，雖然背著大廳透射出來的光線，但她仍然非常清楚地看見，老黃的眼內充滿了喜悅。

發覺約雯在瞪著自己，黃三豐裂開他那濶大的嘴，笑著說：

「進去吧，他弄好了，我就來叫妳。」看見約雯走進客廳，何小薏大聲嚷起來。

「大姐，五哥怎麼還不進來？」

「他就進來了。」約雯望著母親，在葉婷留給約希的空位子上坐下來。

「大姐。」約姿輕輕地叫。

「妳給我少煩！」約雯白了她一眼，連忙又拉開笑臉去敷衍對座的兩位女客人。那邊，大家再繼續催促何小薏唱一段平劇。何小薏再三推辭，不敢獻醜，但做母親的反而替女兒拿了主意。

「難得大家高高興興的，」何太太撇著官話說：「就唱『貴妃醉酒』好啦！」

「我怎麼會唱嘛！」

「又不是叫妳去登臺，唱給乾爹乾媽聽都不會！」

為了讓女兒去跟一位據說曾經教過大京角兒的名琴師學兩段兒，「士包子」不知跟丈夫吵過多少次。何叔齊認為小薏有點五音不全，別說戲，連流行歌曲也唱不好；既然一樣花錢學，為什麼不學學英文、會計、打字，或者乾脆去學烹飪，總比「直著嗓子鬼叫」強。但是何太太的理由是絕對不能推翻的——即使毫無理由。反正學定了。讓女兒多學一點東西總沒有壞處。

大家鼓掌催促。何先生感覺混身不自在。何太太鄙夷地瞟了丈夫一眼，過去拉女兒起來。

「我先說，我唱不完的！」何小薏忸怩地聲明。

「不要緊，」老太太說：「唱到哪裏算哪裏！」

於是，座上懂戲的人便開始「哩格弄哆」地哼著，用筷子去敲著桌子。何小薏滿像那麼一回事地背身向著牆，彆著尖說的假嗓子唱起來……

從何小薏一開腔開始，小十三點和約姿便彆住笑，最後實在不像話了，才被約雯將她們二人拖出飯廳去，推進洗手間，讓她們在裏面笑個夠。

不過，事實上何小薏的確沒學周全，只唱了一小段，就忘了詞兒；雖然旁邊有人提，但她唱不下去了。何太太難過得要死，她還指望日後有機會，讓女兒在老太爺他們棉紗幫的票房裏票一臺戲呢。

儘管這樣，大家依然鼓掌叫好。等到掌聲漸漸少了，最後只剩下一個人在繼續用力拍。大家循聲回頭去看——原來是華約希。

這位五少爺站在廳門口，滿臉滿手的油污。身上穿著那套屁股和膝蓋都磨破了，舊得發白的藍布水手服。這身打扮，十足一個機械修理工人。「再來一個！」他怪叫著，熱烈地鼓著掌。

華老太爺皺眉頭，約雯已經迎上去。

「不先去把衣服換換。」她低聲說。

「為什麼？」約希大大不以為然地叫起來：「這套衣服見不得人呀？」說著，他不理會他的姐姐，逕自向父親那一桌走過去。大家都望著他。他走到母親的座位後面，向在座的人點頭招呼，然後俯下身去興奮地說：

「媽，我帶妳去看一樣東西！」

「你把我的衣服弄髒了。」母親慈愛地望著他。

約希這才發覺自己的手按在母親的肩膀上。

「走吧，」他催促道：「就在園子外面。」

「什麼東西？」

「妳會喜歡的。」

何小薏親熱地拉開自己的位子。

「你先坐下——你還沒有吃飯吧？」

「沒有，我連午飯都沒吃呢。」約希誠實地回答：「等一下，我可以到廚房去跟飽師傅他們一起吃。」

這句有失身分的話，使在座的人很尷尬。但約希表現得極其自然，他伸手去拈起一塊燒鷄，放進嘴裏。

「要吃，就坐下來好好的吃。」父親沉肅地訓誡道。

約希的嘴不動了。頓了頓，他把嘴裏的那塊鷄肉拿出來，放到桌子上。

「媽，走吧！」他索性伸手去扶起母親。

老太太無可奈何地搖搖頭，彷彿在向座上的客人致歉。

「這孩子就是這樣！」她笑著說。

「我陪您去！」何小薏走到老太太另一邊。

「不！」約希伸手去阻止。「你們等一等，我要先讓媽第一個看！」

何小薏生氣地嘟著嘴，一屁股坐下來。

「那我以後都不要看！」她賭氣說。

約希衝著何小薏笑笑。然後扶著母親走出大廳，一直走到園子的那棵大樹下面。然後，他放開母親，走到前面去。

「這是我替妳做的！」他用摯愛而柔和的聲音說。

「啊……」母親低喊起來。

她發現這棵老榕樹的橫幹上，掛下來四根鐵鍊，下面吊著一張鋸了腿的小籐椅。約希伸手去推一把，那張小籐椅便前後盪動著……

「妳坐上來看，」他熱望地說：「很舒服的！」

母親搖搖頭。

「妳不喜歡？我是特地為妳做的！」

「我不敢坐。」母親歉仄地回答：「一搖動，我就會頭暈。」

「噢……」約希懊喪地吁了口氣，緊緊的咬著下唇。突然，他使性地猛力摔動那張搖椅——搖椅不規則地晃動著，發出乾澀的怪聲。

「約希！」母親慈愛地喊著他的名字，走近他。

他自嘲地笑笑。說：

「我送妳進去。」

「只要不搖動，我也可以坐的。」

「但是我做的是搖椅！」

「我坐坐看。」

他阻止母親走過去，固執地說：

「不要坐！我另外給妳再做一張，不搖動的！」

他們正要離開，屋子裏的人已經出來了。前庭那四盞強光燈突然開亮，他們一起向大樹走過來，都想看看這位五少爺這次又做出了什麼稀奇古怪的東西？

華老太爺本來不想出來的，但由於客人們都喝了酒，興致勃勃，於是只好跟著出來。他走在前面，發過誓不要看的何小薏挽著他的手臂，其餘的走在兩邊。

「這搗蛋鬼會弄出什麼好東西！」老太爺一邊走一邊說，嘴上含著笑意。

約姿和約雯一樣怕蛇，所以拖著葉婷走在大人的後面。

「他一定是打死了條蛇！」葉婷說。

約雯知道不是。但是她永遠不會忘記，她的生日蛋糕裏切出一隻活的蛤蟆那回事。現在，走在前面的人已經看清楚那棵榕樹了，葉婷突然搶先奔過去，坐到搖椅上，兩腳一撐，搖起來。

「約姿，」她興奮嚷道：「快來啊！」

他們很快的走過來。約姿拖住椅背，要葉婷下來讓她坐。就在她們亂嚷亂叫的時候，約雯提議道：

「妳們還是讓爸先坐坐吧！」

何叔齊和虞庭彥慫恿老太爺去試試，但華之藩先生擺擺手。

「這是小孩子的玩意兒，」他笑著說：「讓他們玩吧。」

「那麼我來坐！」何小薏過去大模大樣地坐下來。「媽，來推我一把嘛！」

「妳究竟叫哪個媽呀？」胡素珍怪腔怪調地問。

「我兩個都要，」何小薏說：「一個推前，一個推後——推嘛！」

「土包子」笑得連眼睛都不見了。

「你們聽她的口氣，」她得意地說：「妳以為妳是西太后老佛爺呀！」

「嗳！推——嘛！」

虞太太正想要挖苦一句，約姿已經挑釁地叫起來。

「妳剛才不是說不要看的嗎？」

「約姿！」大姐制止道。

「要是我，說得出就做得到！」

做母親的馬上知趣地拉住那搖椅。

「對，小薏，」她巴結地說：「妳應該讓約姿先坐，人家坐完了才輪到妳。」

何小薏不情願地站起來。

「不坐就不坐——小器！」

「妳大器？」約姿反駁。

老太太馬上責罵約姿，何太太不得不打圓場，怪小薏不懂事。約雯解救這個僵局，提議道：

「我們到那邊去看看吊橋的夜景吧。」

「可以看見吊橋嗎？」

「他們說看得見，」老太太拉著還在生氣的乾女兒的手。「妳陪我過去看看。」

這時，母親才突然發現約希不知道在什麼時候已經走開了，她心中有一種說不出的悵惘，而且慌亂——約希四歲的那年，也曾經在街上走失過……

大家走到河堤的盡頭，老太太仍在想這件根本早就已經忘了的事。

虞協理提議在河堤邊建一個小碼頭，買一條木船。

「最好裝成畫舫，」他比手劃腳地說：「南京夫子廟啊，老底子秦淮河上頭……」

「你說的是河對面什麼『十八』街的那些堂子吧！」虞太太正有氣沒處發，給他接上一句。

「女人哪，就是記住這些！」

年紀大的客人們全笑起來。

比笑聲更響亮的，卻是戴志高的叫嚷。他出現在門廊前面，強光燈照著跟在他後面的幾個穿白制服的西餐店侍者；侍者的手上，捧著大紙盒，玻璃鷄尾酒缸。

「快點過來七蛋糕呀！」他用滾動的，夾雜著喘氣和笑聲的廣東官話叫道：「中國鷄友社叫來的，賣老面子，你們來看看借隻大蛋糕，哈，三層新鮮奶油……」

原來戴公的突然失蹤，就是去忙活這件事。凡是他做的，都是「險招」，往往出人意表，他的神來之筆給家家都留下最深刻的印象。

為了這隻特製的大蛋糕，他還親自到麵包房去幫忙，那位威海衞蛋糕師傅簡直對他服透了，還留下他的電話地址，改天一定要專程去向他討教。總之，戴志高是為一張嘴而活著的：吃，和大聲說骯髒話。

現在，等到華家大廳進入一種新的熱鬧氣氛之後，戴志高大聲叫起來。

「叫鮑師傅來！叫鮑師傅來！」

約雯把廚子帶上來了。胖廚子一邊扣著扣錯了一個鈕門的香港衫扣子，衝著比他小一號半的胖子傻笑。

「把七剩的東西，含把朗統統燒，」戴公吩咐道：「鷄道嗎？泡飯呀——我還沒有七飯呢！」

聽說戴胖子還沒有吃飯，老太爺堅持叫約雯吩咐下去，重新好好的給他弄幾個菜，而戴胖子則「文天祥」到底，如果見外，他馬上走，最後拗他不過，依了他，只是送上來的時候，卻是兩菜一湯，老太爺還特地抓著一瓶三星斧頭牌白蘭地酒，讓他自己飲。

「呃——我的乾兒子呢！」戴志高四邊望。

他指的是約希。

約雯這才想起，於是上上下下找了兩遍，問過所有的人，連黃三豐和始終在門房裏聽收音機的小孫，都不知道五少爺什麼時候又離開的——但他的哈雷機車，則仍然斜擱在大樹前面。

這個晚上，鬧到很夜。約翰並沒有放過這個機會，把自己那套電唱機搬下來；索性開起舞會，最後，連老太爺都躲不過，讓何小薏拖起來，跳一二三，一二三了。

約翰一心一意要重拾舊歡，臉上幾乎抹了小半瓶鬍子水，一有機會跟小薏跳的時候，就故意跳到靠甬道那一頭去，右手猛在小薏的腰上使壓力；當他們正要貼上臉，溫存一下時，約姿和小十三點又神不知鬼不覺的出現了。總之，大家玩得很盡興，宴會十二點多才散。

現在新房子已經有間客房，老太太當然要留乾女兒在碧潭住。老太太親自帶何小薏上樓，生怕她睡得不舒服，吩咐宋媽先用扇子搧掉房間裏幾隻草蚊子。臨走的時候，再三叮囑乾女兒多睡些時候，明天不要起得太早。

「我等妳一起吃。」老太太說。

「不，我們要早點起來，」何小薏說：「早上散散步，呼吸點新鮮空氣，您這樣身體才會好得起來。」

「好好！妳快睡！好好睡哦！」

「我送您下去。」

爭持一陣，老太太只好依從她。她們走出甬道時，約姿和葉婷穿著寬大的印花睡袍，正要走進樓梯邊的浴室去洗澡。約姿鼻管裏輕輕的哼了一下，頭一歪，先進浴室，而何小薏早就將晚餐前後發生的不愉快完全忘了。

「約姿！」何小薏在梯口叫道。

約姿沒理會她，葉婷不好意思地笑笑。

「約姿！」

「妳進來嘛——十三點！」約姿在浴室裏喊。

老太太正想責備女兒，何小薏已經向浴室門走去。她站在門外向正在瞪著鏡子的約姿說：

「妳真的生我的氣啦？」

「我怎麼敢？」約姿生硬地回答。

「小器鬼！」何小薏笑責道：「呃，妳們等一下，我馬上上來——我跟妳們一起洗。」

約姿沒答話。小十三點已經接下去。

「歡迎歡迎，」她快活地說：「這樣我們正好兜一個圈，大家幫大家擦背。」

約姿等到何小薏和母親下了樓，才回過頭來對著已經用快動作脫個精光的葉婷抱怨起來：

「妳為什麼要答應她嘛？」

「妳知道個屁！」葉婷狡猾地解釋：「我是故意的，我要看看她是真的還是假的——那麼『塔夫』？」

「妳知道她幾歲了？像我們哦！」

「妳真差勁兒！」葉婷用學校裏那些粗野的男生們所慣用的口吻批評道：「年紀大就有呀？我跟妳打什麼賭，妳將來三十歲，還是飛機場！」

這句話比要約姿去死還難過。

「快點脫呀！」葉婷一邊踮起腳跟對著鏡子扭著身體，一邊催促道：「還磨菇什麼？」

約姿沒有動。這時，葉停才發覺了些什麼。

「妳還怕羞呀！我又不是沒見過妳的。」

「妳陪她洗吧，我等一下自己洗。」

葉婷想追出去，但覺得再穿衣服太麻煩。她剛旋開淋蓬，何小薏抱著一條大毛巾和一套寬紋的睡衣進來了。

「約姿呢？」她問。

「不要理她！」

看見葉婷赤裸裸的對著自己，何小薏不自覺的臉紅起來，因為自從自己長大之後，她從來沒有跟別人一起洗過澡，她有點後悔。

但，只略微遲疑，便開始用髮針夾住挽到頭頂上的頭髮，然後脫去身上的衣服。

從鏡子裏，她發現葉婷一邊擦著肥皂，一邊定定的盯著她。

「妳好棒呀！」葉婷說。

「什麼？」何小薏縮著肩膀，匆匆的跑到淋蓬下面，交抱著手臂。

「妳有多少寸？」葉婷很有興趣地問。

何小薏連忙背轉身。

「有沒有三十二？」

「我沒有量過。量它幹什麼？」

「那妳怎麼買奶罩？」

「都是我媽媽替我買的，不對了她再拿去換。」

葉婷走到何小薏面前。

「我的三十二，」她說：「我可以用我媽媽的，我媽媽穿旗袍就用三十四的，裏面墊了東西——我一直以為妳是假的呢！」

何小薏笑笑。她發覺她有點喜歡葉婷，剛才唱戲的時候她曾經恨死了她。

「噯，妳有沒有發覺妳的跟我的不同？」

何小薏不明白她指的是什麼。

「妳看，妳的是A型，我的是B型！」

「亂說，」何小薏拍了她一下。「又不是驗血，還有A型B型的！」

「哈，妳真土！」葉婷一本正經地說：「圓圓的，就是B；尖尖的，像這樣就是A型——在外國買奶罩要這樣分的呀！」

「妳懂得比我多嘛，」何小薏問只比她矮一點點的葉婷：「妳今年幾歲？」

「比約姿大一歲，十六。」

「十六？」

「是不是不像？」小十三點得意地說：「告訴妳吧，我前年就這麼大了——這是我自己訓練出來的！」

何小薏聽不懂她的話。

「我有一種方法可以使它大起來。」

「哦？」

「妳信不信？」

約姿拍打著浴室的門，在外面叫起來。

「小十三點，妳淹死啦？」

「淹不死，我們洗的是淋浴。要不要進來？」葉婷大聲問。

約姿沒有回答，但她不願走開。其實，她已經在門口站了很久，她聽得見裏面的談話，她不願意小十三點將那種「方法」說出來。雖然她不相信葉婷真的有什麼方法。

也許由於這個緣故，浴室裏的談話聲突然低下來，像是有意不讓約姿聽到似的。過了一陣，何小薏抑制不住大聲說：

「哪有這種事情！」

「愛信不信，」葉婷也提高了聲調：「不信拉倒！」

沉默了一陣，她們又開始低聲談話，接著便聽見何小薏顫聲笑起來。門外的約姿本想敲門進去，但最後仍然決心賭氣回到走廊盡頭的臥房去。

她在房裏發了一陣悶氣，後來走到大鏡子前面，定定的諦視著自己。她刻意要想像出，自己二十歲或者二十五歲時的樣子；她用雙手收緊身上那件寬鬆的睡袍的腰部，側著身體。但她馬上又鬆開手，絕望起來，因為那樣會更顯出她的胸部的缺點——飛機場嘛！

不過，她馬上安慰自己，她認為自己的體型很像外國雜誌上的時裝模特兒：她們都是高高瘦瘦的，像支竹竿，頭髮燙得怪裏怪氣的，眼睛像是沒睡醒似的，吊著，板著臉，像誰欠了她的錢。她們的胸部，就像自己的一樣，扁扁的，塌塌的，一點都沒有負擔——學校巷口賣魚丸湯的頭家娘的那對大奶子就累死人——她們不是蠻高貴的，好大方，手叉著腰，一隻腳斜斜的伸開，有說不出的味道。

她開始對自己的一雙長腿感到驕傲起來。

大奶子有什麼好?她想。好賤!在臺灣——就說亞洲吧,腿長得美的,有幾個?她記得曾經看過一部香港出的國語片,有一個只露了一次臉就再見不到的新明星的腿長得好美,可惜右腿上有一塊大疤痕,好煞風景!而她自己的,別說疤痕,簡直連被蚊子咬的小印子也找不到。

所以,當葉婷洗完澡,帶了足夠消磨一整夜的談話資料回到房間時,約姿已經換了一條白短褲——因為當時做得太短,所以一直不敢穿出去,現在穿起來有點緊,但反而顯得更有曲線。上身,她穿了一件大花的夏威夷襯衫,把衣腳打一個花結,露出一條白肚皮。

葉婷站在門口,向約姿嘲弄地吹了聲口哨。

「乖乖弄的咚,我還以為哪來的正牌排骨明星哩!」

約姿白了她一眼,望著自己的指甲。

「妳自己呢?」

「我是小蹄膀!」

約姿突然變得無話可說了。同時,她知道下個星期旅行子潭(碧潭上游山窪裏的一灣小潭,名字是她們取的)的計劃非取消不可,因為她這次下定決心再不理睬葉婷了。

葉婷放下手上的東西,跳到床上。

「妳還不快去洗。」

「洗過了。」

「什麼時候?」

「……」約姿淡漠地回答:「在大姐的房間裏。」

大姐的房間裏有一間浴室，粉紅色的。約姿一上樓就向葉婷介紹過，所以葉婷相信了。她將枕頭墊在背後，舒舒服服地靠下來。

「熄燈吧！」約姿說。

「怎麼，妳真的要睡啦？」小十三點馬上明白是怎麼一回事了，她舐舐嘴唇，故作神秘地說：「妳猜妳那個乾姐姐……」

「妳關不關啊！」

「妳真的不想聽？」

「我想睡！」

葉婷翻翻眼睛。

「OK！睡！」她拿起枕頭。「怎麼睡——我主張睡一頭！誰也不聞誰的臭腳！」

約姿站了起來，冷冷地說：

「妳一個人睡吧，我到客房去睡。」

「那太好了，」葉婷不假思索地回答：「這樣我睡得更舒服一點！」

約姿沒想到葉婷會這樣。其實只要她說一句抱歉的話，便可以下臺階了。現在既然傷了「蕩婦心」，為了面子，她只好走出房間。

「要關燈嗎？」拉上房間時，她板著臉問。

小十三點忽然忍不住把頭埋在枕上，發狂地笑起來。約姿困惑地望著她。最後，她坐起來，摯切地向仍然站在門口的約姿說：

「進來吧，不要『文天祥』了！」

「誰跟妳開玩笑，」約姿拉下臉來。「要不，妳就過去跟她睡，可以痛痛快快的談呀！」

現在，葉婷明白了，她不以為然地喊道：

「妳以為剛才我跟她談什麼呀？」

「妳真的以為我沒聽見？」約姿學著她的腔調說：「我的A型妳的B型——還有X型Y型呢！」

「還有沒有？」

「把那個方法告訴她呀！」

「說夠了吧？」

「夠了！」

「那麼我告訴妳一件事，」葉婷作態地眨眨眼睛。「妳聽了一定會跳起來。」

果然，約姿的神情變了。於是葉婷故意將身體躺下來一點，用手肘支著自己的腰，把雙腿向上直直的豎起來。

「妳這樣可以來多久？」她彆著聲音問。

約姿回到床邊來了。

「妳剛才說什麼我聽了會跳起來？」

「我是騙妳的。」

「我不信，」約姿板下她的腳。「什麼事情嘛？」

「妳不是要去別的房間睡嗎？」

「好，我不去！」約姿馴服的爬上床，緊靠著葉婷，然後催促道：「說呀，什麼事？」

「你先發誓，不再告訴別人？」葉婷認真的聲明。

「我發誓！」約姿舉起手。

「她的咪咪好大，好漂亮！」

「哦……」

「妳知道為什麼？」

「什麼意思？」

「她說，只要跟男生打過『啵』（四川土話：接吻），馬上就會大起來！」

「啊……」約姿張著嘴，怔住了。

對約姿來說，這的確是一個沉重的打擊，接吻？多噁心的事！也等於是宣佈：她對自己平坦的胸部絕望了。葉婷並沒有覺察到約姿的反應，她仍繼續在做她睡前的健身運動。突然，她停下動作。

「噯——」她想起來。「妳五哥不是已經回來了？」

「……」

葉婷霍然坐起來。

「他住在哪一間？」她問仍在發呆的約姿。

「妳要幹什麼？」

「找他算賬呀！」葉婷腿一伸，已經跳下床。

「妳發什麼神經病！」約姿制止道：「現在幾點鐘啦——葉婷。」

葉婷光著腳，穿著那件大睡袍，走出通道。她一間一間的走過去，在第二間的口，因為房內有燈光，於是她有節拍地敲敲門。

「什麼人？」房內有重濁的聲音問。

她不回答，繼續敲門，房內開始有響聲，門開了。約倫頭上套著一頂樣子很可笑的壓髮帽，睡眼惺忪地探出頭來，瞪著小十三點。

「哦，對不起！」葉婷連聲道歉：「我找錯了房間。」

她要走開，他卻緊張起來。

「妳，妳……是誰？」約倫因為沒戴上眼鏡，又聽不出是誰的聲音。

「是我，葉婷，五哥住在哪一間？」

「哦，」約倫笑了，他紅著臉，吶吶地說：「他好像就在隔壁，我，我也不大清楚。」

「謝謝你，明兒見！」

約倫的頭縮進去了。

葉婷忽然後悔，剛才應該扮鬼嚇唬他一下。這個園子裏有鬼，是前天約姿告訴她的。她小的時候，家裏的那個廣東娘姨時常用鬼嚇她，使她就範；但等到她長大懂得怎樣去反抗那「老姑婆」的管束時，她漸漸也變得不怎麼怕鬼了。但，現在，她忽然有一個怪異的想法：希望真的那麼巧，能夠遇見約姿所說的那個鬼——或者，乾脆自己就扮那個鬼。

於是，當她走到隔壁，發現裏面沒有燈光時，她先將自己的頭髮弄亂，披一點到前面，然後踮起腳跟，輕輕的推開那扇房門。

她發出一種類乎呻吟的顫聲，增加一點陰森的鬼氣。她想，當約希醒過來，一定會嚇一大跳。但是，聲音叫完了，房內還沒有動靜。走廊外面的燈光把她的影子貼在牆角上，氣氛有點恐怖。她本來想再叫「冤……枉……啊……」的，但忽然聽到一種又乾澀又清脆的聲音，像是在自己的背後，或是一個遙遠的地方發出……

她渾身的汗毛跟著豎了起來。

就在這剎那間，她看清楚了，房內是空空的，什麼東西都沒有——但那怪聲仍在空氣中顫抖著……

其實，這種怪聲的確是華約希弄出來的。

他靜靜的坐在樹下那張他花了一個下午的功夫做成的搖椅上，定定的凝望著前面的新房子，他的腳下意識地在草地上一下一下地撐著，使搖椅保持著一種刻板單調的節奏；樹幹上的鐵碼套和鏈條因搖動發出一種乾澀的響聲。

他在那兒已經坐很久了。有些草蚊子在叮他，後來他不再理會牠們了，他發現草蚊子似乎並不叮人，即使叮了，也不像花腳蚊子那麼痛癢；他曾經想過以後要怎麼消滅這種草蚊子？還有這棵老榕樹裏面的蛇——他不能肯定裏面真的有蛇，但他知道榕樹裏的蛇是沒有毒的。這還是西門市場口那家蛇店的光頭老闆告訴他的。那天他去吃蛇肉，還吃了一副毒蛇膽，和在酒裏喝下去；因為有很多人不敢吃，他要試一試，只是為了這個原因。當他想到怎麼替母親在樹下做一張不搖動的木椅時——他已經決定了，圍著樹身，做一張圓形的椅子。他曾經在一張照片或是什麼雜誌上看見過這種樣子的木椅？好像在公園裏也有的，很有趣，還可以坐很多人。他決定明天去問問那位殺蛇專家，用什麼方法可以驅走老榕樹裏面的蛇。

除此之外，他什麼都沒有想，他只是那樣靜靜的坐在搖椅上望著前面的屋子。

現在，他看見有人向他走過來了。

因為是對著屋子的光線，他看不出那個人是誰。他不響，仍然搖動著搖椅。

那個人離他遠遠的站定了，好像害怕什麼似的。

「是五哥嗎？」那人低聲的問。

聲音雖然很低，但是他可以聽出是葉婷的聲音。

「是不是五哥？」她的聲音有點顫抖了。

「幹什麼？」他生硬的說。

葉婷深長地吁了一口氣，激動地向他跑過來。

「你剛才把我嚇死了！」

「……」

「這種吱吱咯咯的聲音，在屋子那邊聽了好怕人！」

「那妳還敢跑出來？」他的聲音柔和下來了。

「最初不敢，」她說：「後來知道一定是你！」

「唔……」

「你死到哪裏去了，我幫你留了好多菜——讓開一點！不，我要和你一起坐，這張椅子很大嘛！」

約希來不及起身，小十三點已經在他的身邊擠著坐下來。不過她側著身體，右手擱在椅背上，使自己盡量不要碰到他。

「是不是，你看！」她得意地說，然後建議：「不過你為什麼不做大一點？美國西部片上不是有嗎？在走廊上，月光照著，一對情人坐在一起……」

約希打斷了她的話：

「我明天就把它拆掉！」他望著樹頂。

「為什麼？好好的嘛！」

「不為什麼，我不喜歡就要拆掉。」

葉婷定定的望著他，遲疑一下，才低聲問道：

「你不是不喜歡這棵樹嗎？」

「妳在想什麼？」約希認真地說：「這跟拆掉這張搖椅是兩回事！」

「你這個人好怪。」

「回去睡覺吧。」約希說。

「你如果不喜歡我跟你坐在一起，」她真摯地說：「我可以起來的。」

「回去睡覺吧！」

「好，我起來──那麼你呢？」她站起來，轉身問。

「我還要坐一會兒。」

「那麼，」她一邊向後退，一邊平靜地說：「我也等一會兒再回去。」

她回身向黑暗的河堤那邊走去……

華約希望著她的身影，初露的月色使她身上的長睡袍反射出一層幽光，終於溶化入黑暗裏。

他的心中忽然升起一種罕有的神妙感覺：他覺得這個小女孩子不是葉婷，葉婷不是這樣的！他不認識她──但他知道自己現在正需要去認識她，去接近她，甚至去愛她。

嚴格點說，華約希從來沒有愛過任何一個女孩子。他從來沒有關心過類似「愛情」的事。電影上的，小說上的，太瑣碎了，好煩人，他討厭那些為了女孩子而弄得神魂顛倒，不像個人的男同學，他認為他們不值得那樣做。男人，女人；女人，男人——就是那麼回事。

這並不是說，他冷酷無情，麻木不仁。他也曾經想去親吻一個女孩子——一個非常非常怕羞的女同學，別班的，他沒打聽過，只是偶爾在圖書館碰到而已。她很瘦弱，他從來沒聽到她說過話，那天他突然想吻她的原因，其實很簡單，他只是覺得她的嘴唇太蒼白而已。

當然，結果也沒有去吻她。她被他那種顯得極其怪誕的神態嚇跑了。以後他碰到過她幾次，她躲著他，他奇怪自己當時為什麼會產生這種意念？

華約希平常不修邊幅，對女生們出言不遜，但他仍然不是女孩子不樂於接近的那種男孩子。相反的，在大多數女孩子的心目中，他是頗有魅力的；他的狂放不羈，富有彈性的動作，低沉的聲音和粗野的笑，當他像是冷漠，又像是真誠地注視著她們時，時常會使她們感到一陣心跳。她們喜歡他，但有點怕他；雖然她們也知道，他從未傷害過任何一個女孩子，也從未發生過任何感情上的糾紛，但跟他在一起，總不免有點戰戰兢兢，不穩定的感覺。

至於華約希，假如說他討厭女人，不如說他討厭虛偽更來得確切。他喜歡自然和真實，不隱瞞自己的感情，處處隨自己的意。

現在，他發覺自己真的有點喜歡葉婷了。於是他忍不住喊道：

「葉婷！」

「唔。」她在黑暗中回答。

「妳過來！」

「不！」

「妳過來！」

「為什麼？」

「我要看看妳。」

「……」沉默一陣，她說：「你會害怕的。」

「害怕妳？」

「嗯。」

他自嘲地笑笑，很柔和地說：

「妳今天晚上很特別，妳知道嗎？怪怪的，妳以前不是這個樣子，妳忽然好像大了好幾歲——妳聽到嗎？」

「聽到。」

「那妳說話呀！」

葉婷站在原來的地方。他側著身向後面望著她。

「你今天晚上也很特別！」她平靜地說。

「哦？」

「真的！我從來沒有聽見過你說那麼多話。」

「……」他笑起來。「唔，我想說話！」

「要是我沒下來呢？」

「我就自己說給自己聽！」他懇求道：「妳過來，我想看看妳！」

「不要！」她固執地說：「我們還是看不見臉比較好，我可以坐在草地上，聽你說。」

又沉默了一下，葉停開始緩緩的向他走過來，然後在他的面前停下。

他仍然坐在搖椅上，現在，雖然光線仍然那麼黯淡，但他可以看清楚她的臉。她的神情是平靜的，只是呼吸較為急促而已。在她的眸子裏，有一種奇異的光澤在閃爍。

他們默默的對望了一下。

然後，他緩緩的伸出他的手。她仍然望著他的眼睛，也緩緩的伸出手。它們接住了。他拉她再坐下來。他仍然捉住她的手，互相注視著。

她忽然用一種非常清晰的聲音問道：

「你曾經和女孩子接過吻嗎？」

他沒有回答。

「我可以吻你嗎？」

他仍然沒有回答。

於是，她緩緩的將身體靠近他，湊過去輕輕的吻他的嘴唇。

當他們的嘴唇接觸在一起時，華約希有一種暈眩的感覺；同時，他還感覺到葉婷的嘴唇有點潤濕，柔軟而灼熱，她的身體在微微地顫抖……陡然，她的身體縮了回去，垂下頭來。

他們仍然沒有說話。

華約希漸漸從一種神奇的迷惘中清醒過來，第一個感覺，是發覺自己的右邊臉頰有點搔癢，他摸到一些水份；最初，他竟然以為是自己流下來的眼淚。

「啊……」他幾乎聽到眼淚滴落在衣服上的聲音。

他吃驚地伸手去摸葉婷的臉，眼淚滴在他的手上。

「妳哭了？」他說。

她抬起頭，向他展露出甜甜的——有「牛奶味兒」的微笑。

「我沒有哭。」她說。

「這是什麼？」

「我真的沒有哭！」她真誠地解釋：「因為我從來沒有真正的接過吻。」

「哦……」華約希止不住發出低喊。

「你呢？你曾經吻過多少女孩子？」

「只吻過一個！」

「誰？」

「妳！」

她大聲笑起來。

「騙鬼啊……」她說。

「真的，我不喜歡說假話。」

她止住笑，開始在他的臉上搜索。因為她仍然不相信像約希這種男孩子竟然沒有接過吻。半晌，她半信半疑地側著頭問：

「那麼他們為什麼把你看得那麼可怕？」

「誰說？」

「反正大家都說——你有虐待狂，喜歡捉弄女人，還打女人。你打過嗎？」

他摸著鼻子笑了。

「妳當心，今天下午我就想揍妳！」

她想起來了，於是抓著他的手臂問：

「你是說，在你帶我坐摩托車的時候？」

「嗯！」他回答：「我把妳丟在路上，還算是妳的運氣！」

「那個時候你為什麼不打呢？我真喜歡你打我！」

「為什麼？」他的眉頭又皺起來。

「因為我從來沒有被男人打過！」她正色地繼續說：「一個男人要是不愛那個女人，他絕對不會打她的。」

現在，接觸到那個問題了——愛！

華約希忽然問自己：那就是「愛」嗎？剛才他吻了她，儘管不完全是自己主動的，但在接觸到她那濕潤，柔軟而灼熱的嘴唇之前，他曾經也有過相同的慾望……

「你愛我嗎？」他聽見葉婷用平靜的聲音問道。

他震顫了一下。因為他還不敢肯定，剛才那種激動的感情，是不是就是愛？

「妳多大了？」約希用一種嚴肅的聲調問眼睛張得大大的葉婷。

「十六！」她嚷道：「那跟愛我有什麼關係？」

十六？啊，老天！這個年齡使華約希的心中驟然充滿了罪惡感。

「妳太小了！」他帶著一種譏誚的意味說。

「剛才我吻你的時候，你覺得我太小嗎？」她認真的問。

他回答自己：不覺得。他甚至根本沒想到過這個問題。

「在以前，十三四歲就可以結婚了！」她又說。

「妳想到哪兒去啦！」他開始有點害怕。他不得不認真地聽清楚她所說的每一句話，先要考慮過，然後再回答。這都是他所不習慣的。

「你呢？」她忽然問：「你二十歲？」

「十九，我才十九。」

「唔，你比我大三歲，我們的年齡很配。」

「什麼很配？」

「結婚年齡呀！」

華約希霍然從搖椅上跳起來。

「見妳的鬼，」他大聲喊道：「結什麼婚？」

葉婷在搖椅上格格地大笑。

「你現在相信了吧，」她要挾地說：「我說你會怕我的！」

他站著，定定的眈視著她。

「你現在又想打我了，是不是？」她挑釁地問。

是的，他真想打她一頓。不過他忽然記起了剛才她說過的話，於是連忙動別的念頭。

「其實，你用不著怕我的。」她輕輕鬆鬆地說。

「誰怕妳！」他生硬地截住她的話。

「那最好──你放心！你愛我，用不著負什麼責任的！」她的語氣活像一個飽歷滄桑的風塵女人：「你知道我不是那種會哭哭啼啼的女人！我不喜歡那樣！愛，就愛！不愛了，就拉倒，乾乾脆脆！我自己早就計算過，我至少會給三個男人丟掉──或者四個五個！」

華約希楞住了。

「你不相信？」她叫道。

華約希沉吟半晌，才沉肅地低聲問：

「這些是誰告訴妳的？」

「我不是說，我懂得很多嗎？」

「妳沒說過。」

「那不要緊，」她繼續喋喋地說下去：「其實，多少個男人丟掉我都不在乎──嗨，你看過『虎魄』沒有？真的，只要我喜歡他！所以我倒希望，第一個丟掉我的，是你──你遲早會丟掉我的！」

他雖然沒有回答，但是他開始覺得這件事清很有趣了。不知為什麼，他忽然想起那個瘦弱蒼白的女同學。於是他笑起來。

「你是不是在笑？」她說：「你笑的時候總是先哼一下，好像瞧不起人似的！其實你並不是那樣？你還沒有回答我的話吶？」

「什麼話？」他淡漠地應著。他決心明天再到圖書館去碰碰，她也許會在那兒。

「你不要老是站著好不好！」

是的，他不能老是這樣站著，他想起來，那天他一定是站得太久了，而且盯著她望，才會使她害怕。

他再到她的身邊坐下來。

「對了，」葉婷微笑著，「我喜歡你這樣望著我！你的眼睛很壞，會笑，會說話，有時候好怕人——嘰哩咕嚕屁客（好萊塢著名的男明星）的眼睛也是這樣，我好喜歡！我好喜歡你這樣望著我！」

她喜歡嗎？約希繼續想：也許像小十三點那樣——不是沒有可能的。女孩子的心理多少有些共通的地方，比方對男人在美和愛情的觀點上，女人就和男人不同。自然也有例外的，什麼事情都會有例外的……

「我知道你在想什麼？」她說。

不會知道！假如那天她知道，她就不會嚇跑的。也許葉婷說對了，他看人的樣子有時會使人害怕。這樣想，華約希的眼睛露出一點笑意了。

「啊……」她激動地靠著他，喃喃道：「我知道你喜歡我！記著，你一定要愛過我之後再丟掉我！我要嚐嚐失戀的滋味！」

華約希撫摸她的頭髮，他覺得她的頭髮很柔軟。

「剛才我吻你，」她抬起頭，要求道：「現在我要你吻我！」

他輕輕的撫摸她那柔軟而灼熱的嘴唇，然後湊過頭去吻她。他打算明天一早先去打聽出她的名字。笑話吧，他還不知道她的名字。那個圖書管理員一定知道的。

第七章

程曼君在第二天的下午，就把華家昨晚發生的「大新聞」帶到虞家去，虞太太當然馬上就能夠把宴會前後的每一個細節都記起來，半點不漏。她說她早就發覺葉婷這個女孩子不大對了，沒有一點規矩，笑得賤；從她一直在替約希留菜這一點上看，說不定事情還不是昨晚才發生的，要不然怎麼會那麼巧，像是大家約好似的。

「大少爺不在，」協理太太故意挑撥地說：「家裏的事，妳真真假假，也該在邊上管管呀！」

這句話把程曼君的舊恨新仇一起勾了起來。

「得了，」她輕蔑地說：「他們家的事，幾時輪到我來說話呀！」

「唉，也是的，」胡素珍嘆了口氣才表示關切地問：「老太爺老太太也知道啦？」

事情只要經過桂姐的嘴，還有誰能不知道？

「知道。」

「那不氣死了？」

「老太爺還好，」程曼君用不帶絲毫感情的聲音說：「不過老太太的毛病又犯了！」

「作孽呀作孽呀——那麼他們自己怎麼說呢？」

「我們那位五少爺連屁都不放一個！」

「他還好意思開口哦？」

「他怎麼不好意思？他還笑得開心呢！老太爺就是氣他這一點，平常那副愛笑不笑的死樣子，妳又不是沒看見過？」

「我看呀，華家將來可能就敗拉迭個小赤佬格身郎！」

程曼君對這句話很反感。華家到底不是只有他這一個兒子，一切撇開不談，一個個數，也要輪到最後才挨得到他。

看見大少奶奶的神色不大對，胡素珍才發覺自己說錯了話，於是連忙將話岔開。

「那個小姑娘，姓什麼——我又忘了！」

「葉！」

「對，是姓葉，她又怎麼說？」

「她呀，才真是十三點呢，」大少奶奶將剛才的不快忘了，很有興趣地說：「她一五一十，什麼話都統統說了出來！」

「要死快哉！女孩子家呀，虧伊講得出口！」處太太做作地用手絹掩住口。「她到底說了些什麼？」

「還有什麼好聽的！還不是那一套，什麼抱著啦，親嘴啦，摸她啦，胃口倒好，兩個人就有本事在樹下面談到天亮！」程曼君興奮起來。「要不是約姿這個多嘴婆吃早餐的時候給抖出來，一家人都蒙在鼓裏。」

虞太太作了一個並不表示什麼的手勢。

「噯，他們究竟有沒有……」

「就是有也不會說呀！」

「妳不是說小姑娘什麼都數出來了嗎？」

「那，也許沒有當著大家說吧。」

「我看就一定有——坐在草地上談一夜？哼！」

「她說他們坐在椅子上。」

「椅子上？」

「就是約希做的那張搖椅呀。她說他們擠著坐。」

「擠著坐？」虞太太不以為然的翻翻眼睛。「那還不坐在身上！那張椅子坐得下兩個人嗎？根本就是鬼話——約希還一本正經做戲，說那張椅子是給老太太做的呢！」

「管他的！」程曼君向周圍望望，這是她第一次到虞家來，要不是虞太太到巷口等，她怕還找不到呢！「你們這裏還蠻清靜的，有幾間房？」她問。

虞太太急起來，她抓住對方的手。

「後來事情怎麼解決？」

「我剛才真不應該跟妳提！」大少奶奶笑道：「妳說的麻將搭子呢？」

「馬上就到了——後來怎麼樣嘛？」

「妳這個人真是的，」程曼君白了她一眼，簡截地說：「還有什麼解決不解決！大小姐關照約姿以後不要再把那小姑娘帶到家裏來……」

「有啥用啊！」虞太太大驚小怪地嚷道：「這種事只要有了開頭，以後那還禁止得了！他們就不可以在外頭亂來呀！到了哪天挺了個肚子回來，才好看呢！」

程曼君雖然覺得胡素珍這種想法太過分，但她不想表示什麼。反正那是「他們」的事，而且對於這種事，她心裏多少有點幸災樂禍的感覺。

「我們不要光談這個，」她問：「妳的搭子是什麼人嘛？」

「很好的朋友，」虞太太回答：「不好我怎麼肯約來認識妳。」

「哪家的太太？」

「不，是位小姐——剛離婚不久，另一位是先生，人很正派。」

「妳跟我說過了。」

「他是北方人，」虞太太連忙解釋：「就是那位趙小姐的男朋友，斯斯文文的。說句開玩笑的話，我要離了婚，也會喜歡他的！」

「要死了！」大少奶奶到底平常很少聽到過這種粗俗的話，因此不自覺地臉紅起來。

就在這個時候，門鈴響了。

「一定是他們來了，妳坐一下。」說著，主人急急的走出園子去開門。接著，一個女人高亢的聲音從外面開始一直說進來。

這個女人看上去有三十上下，因為人長得不怎麼高，而且有點胖，所以她那束得過分小的腰看起來使人有一種不自然的感覺。當胡素珍挽著她的手走進來，主人還沒有來得及開口，她已經親熱招呼起來。

「這位就是華家大少奶奶吧？」

程曼君有點不好意思地站起來。

「來，我來介紹，」主人連忙用矯飾的聲調說：「這就是剛才我向妳說的趙小姐……」

「妳說了裁些什麼？」趙小姐截住虞太太的話：「一定又在擺我的浪漫史了，是不是——大少奶奶，她的話呀，妳非但不要打折扣，還要加三成！我還有好多醜事情還沒有告訴她哩！」

「我沒有說錯吧！」主人向大少奶奶表示。

程曼君有教養地笑笑。她忽然接觸到站在趙小姐旁邊的那個男人的眼睛。

「這位是朱先生。」胡素珍繼續介紹。

「朱青。」那男人用一種低沉的聲音說，同時微微向程曼君點點頭。

他的眼睛仍然停留在程曼君的臉上使她感到一陣灼熱。

朱青的個子很高，要比趙小姐高出一個頭，頭髮薄薄的，梳理得很妥貼；那長而顯得有點瘦削的臉使他的神情永遠帶著一種沉靜的意味，眼和嘴含著笑意——不多也不少，就如同他那修刮得青青的下巴和那雪白挺硬的白襯衣領一樣，顯示出一種並不使人討厭的矜持。

當虞太太催促大家到小客廳已經擺好的麻將桌上坐下來的時候，程曼君還聞到一絲不知是髮蠟還是什麼的香味。屬於男人的香味。

「我們打多大？」把四個門風找出來之後，主人向客人們說。

「反正我們是陪大少奶奶消遣，」趙小姐笑著說：「怎麼說怎麼打。」

「那麼大少奶奶決定好了。」

程曼君笑笑，瞟了朱青一眼。朱青在望著她。

「我沒有意見。」她說。

「那麼小朱你來做主。」趙小姐接住這位主客的話。

朱青又是笑笑，然後慢條斯理地用低沉而頗為悅耳的京片子說：

「我們打小一點好了，大了我怕輸不起。」

「你今天輸定了，」虞太太嚷起來：「三娘教子呀！」

「一塊兩塊怎麼樣？」朱青問程曼君。

程曼君點點頭。於是大家先決定打新章還是舊章，有什麼特別的名堂，然後搬位子。結果虞太太和程曼君一家東一家西，對著坐，朱青正好是程曼君的上家。坐定之後，程曼君低聲說：

「朱先生，不要扣我的牌啊。」

「妳放心好了，」朱青掏出一塊雪白的麻紗手絹抹抹手，一邊說：「我要是知道妳要什麼，我一定拆牌打給妳！」

「妳聽小朱的嘴有多甜！」趙小姐用手推推胡素珍，向朱青瞟了一眼。

「甜不甜，只有妳才知道呀！」胡素珍打趣地說。

朱青仍然微笑不語。第三副牌，他就放了程曼君一個滿貫。虞太太心急手快，一把攤倒了朱青的牌，於是大聲挑剔起來。她怪他先前不該拆萬子，後來，又不該扣那張什麼牌。總之，她認定是朱青有意放的。

「我一坐下不就說過了嗎！」朱青數籌碼給大少奶奶，一本正經地解釋：「誰坐在我下家，誰就討了便宜——甭急，下四圈換了位子，我再放給你。」

「那麼我呢？」趙小姐插嘴問。

「咱兩個是寃家，」朱青說：「所以對著坐！」

「不管你怎麼說，當心我輸了不付錢！」

他們就這樣有說有笑地打下去，幾圈牌之後，程曼君已經弄明白趙小姐是四川成都人，身分是個「二嫁半」夫人——她替自己安的綽號。幾個月前，她才和她的第二任丈夫分手。那西藥商已經有三房太太，著實有幾個錢，看準了這一點，她就成天跟他過不去，鬧到最後不得不答應她的條件，給她五十萬塊錢，各走各路。分開之後——說穿了也就是分開之前，甚至可以說完全是為了朱青他們才會分手的——她便和朱青搞在一起。

朱青據說以前做過古董生意，好像是北平一家什麼「齋」的老字號出來的，究竟實不實在，也無從考究。總之，認識他的人不多，也沒聽說過他在臺灣有親人。但，從他的衣著的習慣上看，可以相信他的確曾經見過些大世面，相當講究，有時，他也穿起長衫，顯得超逸而瀟灑。至於食這一道，更是諸多挑剔，幾乎天天都進館子。虞太太剛認識他的時候，就會經向他打聽過，最後也相信他不像一個靠什麼職業可以養活他自己的。最大的可能，準是一個靠放拆息過日子的有錢少爺。

至少，趙小姐是這樣想的。

這天他們一直打到晚上十一點多鐘，牌局才結束。本來虞太太還嚷著再加四圈的，但由於大少奶奶從未在外面單獨的玩得那麼晚，最後只有順從她。

結帳的時候，主人說：

「妳就算再晚一點回去，還怕有誰說妳不成！」

「說是沒人說，」程曼君歉仄地解釋：「不過太晚了總不好，而且回碧潭還有一段路呢。」

「哦，華太太住在碧潭？」朱青隨口問。

程曼君不自覺地望他一眼。

「剛搬去的，和大家住在一起。」

於是，虞太太開始向這兩位客人描述華家這幢別墅的氣派，這樣好那樣好——要是能夠在那裏打場麻將，那才是最好。

「隨時都歡迎呀！」大少奶奶礙於面子，不得不表示。

「方便嗎？」趙小姐問。

程曼君忽然想到許多許多問題，但是嘴裏仍然說：

「哪有什麼不方便？只是家裏人多，怕沒有這兒清靜——不過只要你們有興趣，不一定打牌，隨時來玩玩。虞太太幫我約好了。」

「說去就去，」虞太太興致勃勃地說。其實她是想順便去聽聽五少爺那件事的發展。「明天怎麼樣？」

「好像妳就是主人似的！」趙小姐笑起來。

「小朱你呢，明天有空嗎？」

朱青掏出小手絹，明事達理地說：

「事情是沒有，我只是覺得這樣太冒昧。而且，大少奶奶也沒個準備，反正以後日子還長，隨時都可以去的。我提議明天還是在這兒，我叫松鶴樓小蘇州送幾個菜來，大家痛痛快快吃一頓。現在呢，我們叫一部車子來送華太太回家，順便兜兜風，如何？」

程曼君對朱青，心中一時有說不出的感激。其餘兩個人，自然不好意思反對。雖然程曼君再三推辭，但仍然拗不過他們。結果，他們用電話叫來一部出差汽車，朱青讓三位女士上了後座，自己坐到司機的旁邊去。

在路上，虞太太忽然向坐在當中的程曼君問：

「大少爺什麼時候回來呀？」

「信上說在下個月中。」程曼君回答。朱青從前座轉過身來。

「華先生不在臺北嗎？」他問。

「不，他現在在美國。」

接著，虞太太把大少爺的情形向朱青和趙小姐解釋一下，最後有意味地說：

「不過，有時候先生太能幹也不好。」

程曼君似乎聽不懂她這句話的意思。胡素珍眨著那雙長眼睛，用手輕輕的拍拍這位大少奶奶的腿，笑著說：

「冷落了好太太呀！」

大家跟著笑起來。趙小姐接著說：

「但是碰到那些像橡皮糖一樣死粘著的先生也受不了！」

「所以妳不願意嫁給我。」朱青又回過頭來。

「哦，原來小朱是這種德性呀？」

朱青不承認，也不否認，只是抿著嘴笑。程曼君這時才發現，那種香味是朱青的小手絹上發散出來的。

朱青又用那塊手絹抹抹手，有意無意地問：

「大少爺回來之後，您出來玩的機會就少了？」

「我平常很少出來的，」程曼君誠實地回答：「算起來，今天真可以說是頭一次呢！」

「那我們真是太榮幸了！」

坐在右邊的趙小姐睃了朱青一眼，她忽然想說什麼，但又把話忍住。然後她微微側著身體，開始打量著程曼君。最後，她在心裏承認，這位大少奶奶長得很不錯，假如再瘦一點點的話——想到這兒，她馬上提了一口氣，收縮一下小腹。不知是誰告訴她的，時常注意這種小動作，可以阻止女人身體上這個討厭的部位發胖。

「呃，小朱，」她嚷道：「明天你要特別關照小揚州，那種短命的油膩菜少來點呀！」

「妳放心，明天妳想吃油膩也吃不著！」

「什麼意思？」

「我改變主意了，」朱青說：「我們明天吃蛋席！」

「什麼淡席？」

「他的名堂多得很！」

「我知道妳們沒吃過，」朱真地望著程曼君。「華太太吃過嗎？蛋席。」

「不放鹽呀？」她小聲問。

「雞蛋鴨蛋的蛋！」

趙小姐開始有點恨朱青，因為他們認識那麼久，也沒聽見他提起過。

「就光吃雞蛋鴨蛋呀？」程曼君笑起來。

「嗯，八道菜一個湯——統統是蛋！」

「聽都沒聽說過，那會有什麼好吃？」

「吃過了再批評好不好？」朱青對趙小姐笑笑，然後回過來向程曼君說：「這種吃法是有名堂的……」

「什麼名堂，還不是蒸蛋煮蛋滷蛋皮蛋鹹蛋炒蛋——再加一個混蛋！」

「妳呀！」

虞太太已經知道要發生什麼事了，她向趙小姐伸手甩了一下，再向朱青追問：

「什麼名堂你說下去呀！」

朱青遲疑了一下，輕輕的清清喉嚨。

「真該死，我忘了趙小姐是不吃蛋的！」

程曼君認真地回頭望趙小姐。

「她蛋白質過多。」朱青補充道。

趙小姐勉強笑笑。僵了一陣，虞太太趕忙說：

「那我們還是叫小揚州送幾個拿手菜，清淡一點的！」

「我想到吃蛋，就是想要清淡一點。」

「朱先生，你剛才的話還沒說出來呢，」大少奶奶很有興趣地問：「你說這種吃法有什麼名堂呀？」

「淡淡之交。」朱青一個字一個字地唸。

程曼君和虞太太都似乎沒完全聽懂。趙小姐忍住笑，故意向窗外望。忽然她叫起來：

「噢！到什麼地方了？」

「還沒有到！」司機說。

他們向窗外望。

「快了，」朱青再扭轉有點發酸的腰，繼續向程曼君解釋：「就是『君子之交淡如水』的淡！」

「哦……」程曼君微笑起來。

趙小姐忽然覺得自己是個「小人」，至少她和朱青，都是小人——下面一句不是「小人之交甜如蜜」嗎？因此，直到車子在華家的園門外停下來，她一直沒說過話，也忘了他們曾經說過什麼話。

小孫睡眼朦朧地從邊門探出頭來，發現是大少奶奶，連忙要去開大門，讓車子進去。程曼君喊住他。因為她怕車聲會吵醒屋裏的人。

「那還要走一段路呀，」虞太太關切她說：「要不我下來陪妳進去。」

「不用了，」她連忙攔住要跟著下車的虞太太。「讓小孫陪我進去好了——再見，謝謝你們呀。」

「那明天呢？」虞太太接著問。

程曼君猶豫了一下，終於說：

「明早先打個電話來給我吧，不知家裏會有什麼事。」說著，她彎下身來再向車裏的另外兩個人招呼一下，然後進去。

車燈照著她走進邊門。坐在前座的朱青覺得這位大少奶奶有一種說不出的風韻，雖然他也說不出究竟是由於她的體態、談吐，或者氣質上有什麼特殊的地方吸引住他。但是，他很清楚的知道，她和那些他曾經接觸過——愛過、玩弄過、欺騙過，和遺棄過的女人是截然不同的。

車子調過頭，再開動之後，趙小姐用一種酸溜溜的腔調說：

「小朱，開心吧！」

「妳又來了！」朱青諂笑著。因為剛才一直扭轉身體，腰部現在有點酸痛，於是趁勢叫車子停下，擠進後座去。

虞太太早已料到將會發生什麼事，等朱青剛拉上車門，她便聲明道：

「你們不要吵，等我下了車，吵翻了天我也不管！」

但，趙小姐馬上用高亢而快速的四川土腔表明自己的態度，根本沒有心思吵架。而朱青則更加理直氣壯，因為事實上沒有什麼事值得吵的。只是他一點也不激動，仍然用他那徐緩而悅耳的聲音說話。

他的話剛告一段落，趙小姐馬上就在節骨眼兒上挑剔起來。

「現在，當然不值得吵了！」她冷冷地說。

朱青想說什麼，沒說，吁了口氣。

「有屁請放！」

「玄了，真不知又為了什麼？」

現在，虞太太把頭回過來了。她故意望望趙小姐那張嚴肅的臉，笑道：「你們要不要聽我說一句話？」

他們沒回答。

「我講捺兩人是神經病！」虞太太的家鄉話脫口而。

「他才是神經病！」

「好，我是！」朱青笑起來，伸手去摸摸趙小姐的腿。

趙小姐用力打了他的手一下。

「你還不是呀！」她悻悻地說。

「是是是，好了，沒事了？」

「什麼叫做沒事！那麼簡單！」

朱青知道這一場彆扭有得鬧了，反正不是第一次。這樣想，反而有點心安理得起來。

進了市區，司機回頭問他們要到什麼地方？

「先到剛才我們上車的地方，」虞太太搶先說：「我下了車，你再送這兩位去——」

趙小姐馬上把話接過來。

「不，先送他——就在前面，金門街！」她用冰冷而堅決的聲音說。

「妳是怎麼了嘛！」朱青低聲抱怨道。

「沒什麼，今晚上本姑娘要想清靜清靜！」

於是，朱青不再說話了。當車子開進虞家的小巷子，虞太太下車的時候，他才問：

「大姐，明天怎麼樣？」

「不是都說好了嗎？」

「素珍呀，」趙小姐怪腔怪調地說：「妳明天約約關太太吧，我不想打了。」

「好了好了，」胡素珍簡截地說：「隨你們的便，明天早上通個電話再說吧。」

結果，這天晚上趙小姐和朱青吵鬧了一夜。當然，大部份的話都是趙小姐一個人說的；朱青只是很有耐性地微笑著，最多，在她過於激動的時候才低聲下氣地解說兩句，表示自己的關切和歉意。她卻反反覆覆地數了好幾遍，從那天他們在西門町吳抄手吃東西認識起，小朱就如何如何欺騙她，怎麼怎麼看不起她，還用過她多少多少錢……等等。歸根結底，鬧到最後就是要小朱發誓不去惹程曼君。因為她已經猜透了朱青安什麼心——早上虞太太打電話來的時候，他就在電話裏問長問短，臨走之前，還特地刮鬍子，手帕上不知灑了多少香水。

「難道我平常就不是這樣了嗎？」朱青無可奈何地申辯道。

「不管是不是這樣，」趙小姐橫蠻地結束自己的話：「總之有我在一天，你就休想再動什麼女人的腦筋！」

「妳這樣說，好像我已經動了誰的腦筋似的。」

「你去動呀！」她認真地說：「只要我們把帳算算清楚……」

朱青的臉色隨即陰暗下來。

「妳這句話未免太過分了，」他不快活地問：「妳放出去的幾筆款子，哪一筆不算得清清楚楚——妳以為錢是我用的嗎？」

「總之是你經手的！」

「利錢妳都拿到了？」

「拿到了！」

「那不就結了！」

吵鬧的結果，趙小姐不再堅持非要朱青走不可。朱青為了順順她的氣，說了幾句讓她最後忍不住笑起來的俏皮話。然後雙方約法三章：在別人面前，趙小姐要顧及朱青的面子和自尊心——到底是男人，還要在社會上混的；而朱青這方面，除了提出若干口頭保證之外，最重要的，就是以後不許單獨行動，即使出去辦事，至少也要讓對方知道行蹤。

結果第二天早上，虞太太的電話還沒有打來，他們已經嘻嘻哈哈的到虞家去了。

一見了面，虞太太打量了一下趙小姐的臉色，便拖腔拖調地譏誚道：

「唷！不是說不來了嗎？」

「本姑娘今天高興！」趙小姐瞟著朱青。「叫華太太快點來吧。」

「真的要吃什麼蛋席呀？」

朱青微笑不語，趙小姐接下去：

「為什麼不吃？我還沒有吃過小朱煮出來的東西呢！」

於是，胡素珍馬上掛電話到碧潭，催促大少奶奶。差不多費了五六分鐘的口舌，程曼君才答應出來。然後，朱青開始忙著開出要實的配菜和作料，好讓阿春上菜場的時候帶回來。忙完這些，虞太太拖著趙小姐到房間去陪她打扮。

在那張舊式梳粧臺前坐下，她低聲向趙小姐試探。

「怎麼又突然放心了？」

「放鬼的心！妳沒看出我在作戲呀？」

「作什麼戲？」

「這個死人對哪一個剛認識的女人不是這樣——關太太，崔小姐，我是故意先來一手，以絕後患！」

「妳這個鬼！」

「我少說也嫁過兩次了，像他這樣的男人有什麼毛病，我還會不知道——噯，這位大少奶奶怎麼樣？」

胡素珍放下手上的粉撲，回過頭來困惑地望著她。

「妳指什麼？」

「男人呀！」

「哦，」胡素珍再回過頸來對著鏡子。「妳不要瞎說，人家是規規矩矩有身分的！」

「我趙若莊以前還不是一樣！」

胡素珍忍不住笑了。因為剛撲上粉，臉上顯出好多皺紋。

「個個都像妳呀，天下大亂了！」

「所以我要先問問妳呀，」趙若莊馬上把自己的話圓回來：「其實，我擔心的不是她……」

她們的談話，就這樣沒有結束地結束了。

這天，他們打了二十圈，吃過朱青親自下廚動手弄的「蛋席」；趙若莊雖然心存芥蒂，但總算相安無事。從此之後，一方面由於瞧不慣家裏那位乾女兒的肉麻勁兒，和那位表姑不可一世的樣子。同時也為了寂寞，所以三幾天牌打下來，要是哪天沒上牌桌，大少奶奶就覺得混身上下不自在，像是少了點什麼似的。

至於朱青，也許是由於趙若莊盯得緊，在這些日子裏，的確安安分分，沒有耍出什麼花樣。虞家的牌局，除了他們之外，還加入一位贏了錢唱戲輸了錢罵人的關太太，和一位悶聲不響死做大牌的崔小姐；有時，虞庭彥湊巧也會上場摸兩圈。這並非純粹是為了禮貌，應酬應酬這位大少奶奶——他的眼光放得很遠：即將完成的「東亞二廠」是個發亮的大目標。他們夫妻二人慎重而小心地先佈下每一隻棋子，他知道，這些眼前並不起什麼作用的棋子，總有一天會派上大用場的！

第八章

華約謀比預定的日期早幾天便從美國飛回來了。

接著，華家便開始忙著幾件大事：新廠落成開工、約雯結婚，和老太爺九月間的六十大壽。當那天決定約雯的婚期之後，大家都認為這幾件事最好能合併舉行，熱鬧熱鬧。老太太當然不會反對這個提議，只是她堅持先去問問卦，再作最後決定。

大凡上了點年紀的中國人，對神鬼卜易命理，即使並不篤信，但總是存有一種根深蒂固的虔誠，認為這些都跟他們本身的命運，乃至於家族的盛衰是互為因果，息息相關的。因此，連華之藩先生在內，將一切聽命於冥冥中的——那些天干地支，乾坤五行，太歲宮星……等等去決定一切，是理所當然天經地義的事情了。

推算的結果，這三件事互相間非但並無相冲相尅，而且更有相輔相成之吉運。

老太太一連喊了好多聲阿彌陀佛，再三吩咐黃三豐和約雯謹記著好好的酬神。

於是，華家一家上下又開始忙碌起來。

華約謀回國之前，新廠早已落成，而且已經安裝好大部份主要的機器，只等最後檢驗，便可以正式試庫，開始生產了。因此他回來之後，幾乎把全副精力和時間放在這件工作上，一早入廠，半夜回來。眼看著丈夫這樣辛苦，程曼君自然不好意思再去參加虞家的牌局；虞太太當然也沒理由去勉強她，反而天天都到碧潭來，表面上是來陪伴老太太，其實是不讓何家母女把什麼事情都搶過去做。

從約雯的婚期擇定開始，何太太幾乎就沒有離開過華家。她晚上和女兒同睡在客房裏，白天就陪著大小姐滿街跑，準備嫁粧。胡素珍認為土包子狗拿耗子，這門婚事是他們胡家與華家的事，用不著他們姓何的瞎操心；也為了這一點，她罵過胡步雲好幾次，要他把「狗眼珠子」睜大一點，提防這種「小人」！

本來，老太爺有意把杭州南路老宅後來買進來的那幢房子賣掉，把前座重新裝修一下，給約雯作新房的。但是老太太極力反對那樣做。因為老大結婚之後也沒有搬開，這個例子不能改，否則將來這個家，怕只剩下老頭子和老太婆兩個人了。同時，這個家也實在需要約雯，假如約雯搬開住，任誰也沒有本事能將上上下下的繁雜瑣事打理得好。老先生的原意既然只是以那幢房子作為女兒的妝奩，不如乾脆給她開一個銀行戶頭，替她存一筆錢進去生息，豈不皆大歡喜。

虞太太這位「親家代表」當然極力贊成老太太這個決定。為了他們胡家的面子，她忍痛花了萬把塊錢送給胡步雲全套相當體面的傢俬，和一對鑲有水鑽的白金結婚戒指；新郎的那對象牙圖章，是總務部的職員們合送的。總之，每一筆大小支出，胡素珍都非常仔細的記下來，存好那些收據發票，打算將來連本帶利的跟胡步雲好好結算。

家中對這件喜事唯一提不起勁兒的，只有約希。他從大姐和胡步雲談戀愛開始，就大為反感，不知是什麼原因，他直覺的討厭胡步雲這個人。現在，為了眼不見心不煩，在碧潭沒住幾天，他又不聲不響的搬回那間學生宿舍去。

那是在學校附近一家兼賣粉麵魚丸的小冰菓店的二樓。這條巷子可以說全是違章建築，各式各樣的小食店，一家挨著一家，以做學生的生意為主。這間十二蓆大小靠窗的房間是約希出面租的，和一個本省同學蔡文輝合住。

蔡文輝是臺中鄉下人，又瘦又土。約希從高一起，就跟他同班，這個「草地人」用起功來不要命，但天資平平，唯一的長處就是窮得有骨氣，餓三幾頓依然面不改色。華約希就受不了他這一點，從無意間發現事實的真相之後，他便義不容辭的負起照顧這位窮朋友的責任。為了要使蔡文輝不傷感情，華約希故意弄一本小簿子記他們的「公賬」——反正今年元月份立法院已經通過「耕者有其田」的實施條例，三七五減租，不怕這個小佃農將來還不出來。

平時，不知道是語言或者生活習慣上的不同，「阿山」（大陸來的）和本地阿土總是玩不到一起的，甚至分得清清楚楚；比方，「耍太保」的，清一色是外省人；抓球棒皮手套的攏總是「老土」。而蔡文輝由於跟華約希接近，幾年下來，逐漸被同化了——唯一打死了也「化」不了的，就是有些字眼的發音。拿他的名字來說，「文」和「輝」怎麼唸都不對，後來約希乾脆就跟他唸成「魂飛」或者「溫灰」。也因為學他，所以「比較有好」之類的臺灣國語也朗朗上口，有時想改都改不過來了。

現在，蔡文輝的統一諢號是「三七五」，完全是跟著時代潮流走。這一陣，這三個數目字他沒離過口。因為這個土地改革政策實施之後，佃農們的收益增加，他對於老家心理上所擔負的責任驟然輕鬆下來了。本來，他的計劃是今年高中畢業之後，先服兵役，然後，找一份合適的工作，幫補家裏。再然後，結婚，生育子女，老、死，如此而已。儘管約希向他保證過多少次，鼓勵他繼續唸大學，他始終不存奢望，能夠這樣唸完高中，他已經心滿意足了。但是，最近他突然對於大學裏的「院」和「系」開始熱衷起來。

「三七五呀，」約希時常半開玩笑地對他說：「你還是學醫吧——學醫將來大賺錢啊！」

約希記得他家附近一家臺灣人家嫁女兒，嫁給一個臺大醫學院畢業的，嫁妝從巷口排到巷尾，還附送一家診所。

蔡文輝傻笑。他說他大概會入農學院。

為了這個緣故，約希雖然搬回碧潭，但這個房間並沒有打算退掉。畢了業，暑假還得準備聯考，再說，這個地方——甚至這條小巷，已經住出感情來了，實在捨不得離開。所以那天他將一大帆布袋的書搬下樓來，房東太太阿吉嬸問他還要不要住下去時，他不假思索地回答。

「怎麼不住！哦還要在坐裏娶波哩——哈，妳都沒有租道！」

阿吉嬸差一點把嘴裏那副假金牙笑出來。

「溫灰呢，」她問：「伊搬嘸？」

阿吉伯趕忙罵她的婆娘：

「三八呃！別人不住當然會告訴妳——你們畢業了，還要住呀？」

「大學還要四年吶！」

約希曾經去過臺大的學生宿舍，怎麼也沒有這兒好。想吃什麼只要用腳跟在榻榻米上踩幾下，大吼兩聲，東西馬上就送上來，而且還可以掛賬。

所以，這天早上華約希拎著一隻小旅行袋回來，襯衫袋口冒出一支鬈了毛的舊牙刷，三七五正要下樓。

「那麼快就被趕出來啦？」三七五打趣地問。

「我捨不得你呀，土豆！」約希瘋瘋癲癲的在蔡文輝的身上連續的打了幾拳。「——你要出去？」

「嘸代志！我想去圖書館。」

圖書館？不知道她在不在？約希想。

「去不去？」

「急什麼？你選定啦？」

「農化。」

「要得！」約希打了句中學生通用的四川話：「第二志願呢？」

「農化！」

這下，約希重重的打了他一拳。說：

「對！做事情要有決心！」他馬上想到等一下如果那個臉色蒼白的女孩子真的在圖書館的話，一定要走過去，大大方方地說：

「我叫華約希！中華民國的華，約，約會的……」

他突然又心灰意冷起來，她不一定在。他以前也去碰過好幾次，都沒見過她。

「怎麼啦？」小佃農問。

「太無聊了！」他向自己說。

「那就去呀！」

「我不是說這個——你一個人去吧。」

蔡文輝走了。

華約希豎起一個枕頭，靠在牆上坐下來。他呆呆的望著右邊那一排晴天下雨都要咬牙切齒的木格窗，木簷下掛著的那隻竹鳥籠是三七五從鄉下帶出來的；他們養過麻雀、檳榔青，弄死了一對「愛情鳥」之後就沒養了——哦，有，養過一隻小松鼠，後來放掉了……

可憐！又不是在樹林裏。一隻小松風的自由在城市裏比關在籠子裏更慘！太殘忍了，當時為什麼沒有想到這一點？好傢伙，蠻哲學的嘛！

「唸哲學大概也挺棒的！」他向自己說：「那有什麼關係——噹！敲定了，哲學系！」

他已經想像出，三七五聽到之後吃驚的樣子。三七五時常捏捏他的手臂，勸他入師大唸體育。說他的運動神經比較有發達。見他的鬼！

他吁了口氣，閉上眼睛。一個又青又黃的光暈在他那黑暗的腦門裏變幻，漸漸放大，然後又縮小，成為一小點。怪事！他驀然張開眼睛，奇怪自己為什麼竟然又想起小十三點葉婷來？

自從那次「事件」發生之後，他根本沒想過她。但，現在，他清清楚楚的記得那晚上葉婷所說的每一句話，每一個動作……他的嘴唇似乎還殘留著初吻的神奇感覺。

最後，他決心寫信到臺南去，告訴他的三舅舅。

顧夢初是華家在臺灣所有的親戚之中最親的一個——他是華老太太最小的一個同胞弟弟，但也是在華家出入最少的一個。

華家小的一輩雖然叫他三舅舅，但事實上他們從來沒有看見過大舅舅和二舅舅；大舅舅在十多歲就得癆病死了，二舅舅書還沒唸完便上了北方以後就不知下落。他們小時候所認識的三舅舅，印象上就是一個天天醉酒，什麼事情都不做的人。

他總是瘋瘋癲癲的。喜歡說話，大聲笑，任性，講究飲食——但食相非常不雅，時常張著嘴剔牙，然後將剔出來的肉屑吐得老遠。除了約希，大家都有點怕他。老太太時常說外甥像娘舅，由於這個關係，每次他從吳興到上海來，便喜歡帶著約希到處跑：聽書、看戲、上澡堂，甚至還去過陶公館（妓院）打茶圍。

在約希的記憶中，三舅舅還有一種嗜好：買書。他能夠在那些舊書鋪裏泡上一天，每次回吳興去，行李全是書。除了愛書，他也喜歡字畫；他自己的字也寫得不錯：瘦金體、狂草，恨透了不會寫毛筆字的人。他的手指細細長長的，左手小指的指甲留得好長好長；他會刻印，還會用竹片和紡紙條紮燈籠和風箏——尤其是風箏：瓦塊的、蝴蝶的、麻鷹的，連蜈蚣都會。總之，他一到上海，約希就跟他「野」個把月。所以現在每當老太太罵約希的時候，總要把他帶上一筆，認為是他帶壞的。

可是約希從來不那樣想，他喜歡三舅舅，因為沒有人能比他和三舅舅在一起時更能使他快樂。大陸淪陷的時候，顧夢初還留在吳興老家，大家斷了音訊。前年冬天，他突然不知用什麼方法逃了出來。當他站在杭州南路老宅的門外時，大家簡直都不認識他。他又瘦又黑，頭頂已經半禿了，穿著一件骯髒的中式黑呢大衣，手上拿著一把破傘，樣子很古怪。

「我是三舅舅呀！」他笑著指指自己，眼角全是皺紋。

那天，華老太太的眼淚沒有停過，而他卻興高采烈，把被共產黨清算鬬爭，公審，掃地出門……的經過說得像「乾隆皇下江南」一樣好玩，引得約希抱著肚子蜷在沙發上狂笑。吃了飯，喝夠了酒，連衣服都沒換，就施著約希逛街去了。

本來，華老太爺有意安排這位在香港吃盡了苦頭的舅老爺在公司裏做一些文書工作，但是他拒絕了；他說他這一輩子都沒坐過辦公桌，凡是刻板的有時間性的事情他都沒有興趣；即使每天起床，吃飯，大便，他都是在興之所及時為之。照他的說法：一個人總有想多睡一會兒的時候，總有胃口欠佳的時候，也總有拉稀或者便秘的時候，假如什麼都按著時間做，豈不成了機器，做人還有啥意思？而最重要的理由——就是吃不慣親戚的飯。

結果，老太爺當然不便勉強他，反正家裏也多不了他一個人。在臺北玩了個把月，他向老太太要了一筆錢，環島旅行去了。

這一去，足足去了三個月。時不時寄張明信片到冰菓店來給約希。約希把這些明信片小心地保存下來，當寶貝。在那幾個月裏面，他一直在南部打轉：嘉義、臺南、高雄、屏東，去過一次臺東，又回到臺南。於是大家開始忖測，他可能迷上了哪個女人？但是老太太否定了這個想法，因為他身上錢不多，除非那個女人養他。而他又是個一般女人不願意養，也養不起的那種男人。

弄到後來，老太太反而時常向約希探聽他的消息。每次，他們說的總是這幾句話。

「老五，三舅舅呀有信來？」老太太用家鄉話問。

「剛收到一封。」約希懶懶散散的回答。

「伊蹬拉啥地方？」

「在臺南吧！」

「臺南就臺南，還吧格啥？」

「他說他又要去屏東了！」

「伊呀有講，伊蹬拉格面做啥？」

「誰知道。」

「伊唔呀寫？」

「沒有！」

「我關照儂寫信叫伊回來，儂寫啦？」

「他不回來我有什麼辦法！」

總是說到這個地方，談話結束了。

其實，顧夢初在南部的情形，華約希一清二楚，因為他幾乎每半個月，都用郵滙寄一點錢去給他的三舅舅。那些錢是他「做生意」賺來的，他不願意讓家裏的人知道這件事。而三舅舅那些向他要錢的信，就好像約希本來就欠他的一樣，規定數目，指定時間（這是極端違反他的做人原則的）；而約希卻從來沒有為這些事煩惱過，每次接到信，他總是一邊讀一邊大笑。約希想，共產黨放他出來，是有充分理由的，否則——他總有一天會反過來也共掉他們的產！

對於這位舅老爺，華家的人只有一次機會，猜摸出一個大概。那是當他離開臺北的第五個月，約希突然失蹤了？

其實，約希是經常在失蹤的狀態之中的，他在冰菓店的木樓上蹺起二郎腿，比做王子還適意，十天半個月不回家是稀鬆平常的事。只是那一次的情況有點特別，要不是因為蔡「魂飛」沉不住氣，找到華家來，家裏的人都被蒙在鼓裏。

總之，那一次華約希在失蹤之前，他在家裏向鮑師傅、宋媽、許司機和阿蘭他們都借了錢，而且連他那輛三槍牌腳踏車以及那些「娃兒」們的幾隻破手錶都一起拿去當掉。起初，大家都以為他又在天母談上了一筆什麼大買賣，急於要「提貨」。

「是不是一部汽車？」趙娃兒忍不住問。

他笑笑，一邊整理著那隻綠帆布揹袋。

「什麼牌子？」

「掛什麼牌照的？」

於是，另一個懂得行情的提醒他：

「當心領不出牌照呀！將來脫不了手就慘了——我看你還是先去監理所去查查清楚！」

約希還是神秘地笑笑，把揹袋子搭在肩上。

「娃兒們，再見！」他說。

「你要去哪裏？」

「下南部。」

「旅行？」

「去會情人——再見！」

他就這樣走了。

當天晚上，他搭南下的快車，天亮之前趕到嘉義，然後找到了三舅舅曾經住過的那家小旅館。旅館的賬房聽到顧夢初的名字，用不到翻登記簿，就告訴他已經走了半個月了。於是，約希再坐公路車趕到新營……他一站一站的追踪過去，果然，第二天中午他終於在屏東的一家小旅館裏找到了他的三舅舅。他有兩個多禮拜沒接到過他的信，他預感一定發生了什麼事，於是趕來了。

旅社裏的女中知道約希是來找這個客人時，臉上頓時露出一種興奮之色。

「你來得嘟嘟好！」她雜著臺灣話說：「哎喲，早兩天，驚死人咧，燒咯！」

於是她急急的帶他到那間只有六蓆大小的房間去。四月天的屏東已經很熱了，但房間裏紙窗拉得嚴嚴的，光線暗淡，充溢著一種藥水和汗臭的混合氣味。他看見三舅舅臉色灰敗，蜷著瘦長的身體躺在角落上，陷於昏睡中。

約希用手制止那個女人出聲，然後用手勢告訴她，他可以在房間裏等他醒過來。那女人出去了，約希輕輕地拉開一些窗子，然後在一張堆放得亂七八糟的矮桌前盤膝坐下來，定定的望著他的三舅舅。

等到顧夢初醒過來的時候，華約希已經把矮桌上一大疊寫得潦草而零亂的原稿和筆記都看完了。從那時起，他開始真正抱認識他的三舅舅，於是更加憐惜起他來。

顧夢初看清楚是約希，馬上掙扎著要坐起來。

「你來幹什麼！」

「我來看看你。」約希極力要裝出笑容，只覺得鼻子發酸。

「傻瓜！」

「你不喜歡我來看你嗎？」

三舅舅不回答，低頭掠掠頭髮。

「出去叫茶房給我買一包新樂園！」

約希出去帶了一包雙喜煙回來。他已經略微整理過了——尤其是矮桌上的那些文稿。約希知道三舅舅是為了收起這些東西才叫他出去的。

三舅舅接過那包香煙和火柴，抬頭有意味地望著約希笑。

「你以為我吃不起雙喜煙？」他問。

「他們沒有新樂園，」約希回答：「我在外面櫃檯上拿的。」

「雙喜煙太淡！」他點燃一支。他左手的食指和中指黃得怕人，劃火柴的時候不住地顫抖。

「他們知道你來嗎？」

約希搖搖頭。覺得無話可說。

「我病了，茶房大概已經告訴過你。」

「嗯，我們回臺北去吧，三舅舅。」

「你姆媽叫你來的？」

「沒有人知道我來。回去吧。」

三舅舅搖搖頭。

「為什麼呢？」約希忍不住問。

「我不想讓別人知道……」

「沒有人會知道什麼！」

「我不是指這個！你知道我向來不在乎別人笑話我的！」

「那又為什麼呢？」

「我要考驗考驗自己——你看我說得多嚴重！考驗！我真的是這個意思，最近我時常這樣想，你知道我以前很少想過什麼的。」顧夢初微笑起來。「我出來之前，共產黨的一個小幹部——這個人還不錯，我現在懷疑他以後是不是可能變成一個好的共產黨員。他就時常指著我的腦子說：你要用這個東西呀！唔，幸虧那個時候沒有用它！」

「……」

「要不然我就沒有機會逃出來了！」他頓了頓，然後開始用一種感傷的口吻說：「是的，人是要改變的！

年齡、思想、愛好、生活習慣等等。我以前愛過一個女人，愛得要死要活，後來她嫁了別人，我那個時候什麼都想過了——其實不是想，是一種直覺，我認為如果不自殺，就要痛苦一輩子！因為我肯定自己不可能忘得掉她。後來，我當然沒自殺，我還看見過她！」說著，他又回復那種笑意，把瘦弱的身體靠著牆角。「我記得第一次看見她的時候，我還滿臉妒意！」

「而且還希望她看見，希望她知道我很痛苦。但是第二次看見她，就好多了，我還向她笑，好像大家只是個初識的明友。後來有一兩年，我們沒再見面。有一天，突然在一個朋友的家裏遇，見了——我的乖乖！」

「怎麼樣？」

「你猜她怎麼樣？真的，我一點也不誇張，喏，有那麼大，像隻啤酒捅一樣！」他接著說：「有些女人養了孩子，就會發胖的，我幾乎認不出來了。後來吃過飯，我偷偷的問她究竟有多重——用心理分析，我這種舉動可能出於報復，但當時我一點也沒有報復她的意思。她很不自然地笑了，說我太瘦，要多吃點東西，女人就是這樣的。總之，那天我高興得要命，我真替她的先生難過。他跟我一樣瘦，或者更瘦。到現在，我連她的臉是長的圓的都記不起來了，因為最初是長的，後來圓了！」

約希也跟著他的三舅舅笑起來。

「所以我說，人，是要改變的——不斷的在改變！我總不能永遠是個大而化之，老不更事的公子哥兒，而且早就不是了！他忽然沒頭沒腦地問：「我欠了你不少錢吧？」

「你沒有欠我，」約希回答：「是媽叫我寄來的。」

三舅舅不響，注視著約希的眼睛。

「真的？」

「……」

「約希，」他認真地說：「你知道在你們兄弟姐妹當中，我為什麼最喜歡你？唔？」

約希摸摸鼻子。

「因為你和我一樣傻——也許比我更傻！」三舅舅突然哽咽起來。他連忙仰起頭，閉著眼睛。

「三舅舅！」約希喊道。

他看見眼淚沿著三舅舅枯黃而瘦削的臉頰落下來。

「我不是哭，」三舅舅很快的便回復過來，說：「我覺得好笑，因為我居然還會流眼淚！」

於是，約希馬上把話題岔開，說些關於他的大姐和二哥談戀愛的趣事去逗他笑。

「約倫是個老實人。」三舅舅說。

「我總是懷疑他不是我們家的！」

「怎麼說？」

「他跟誰都不像！」

「兄弟姐妹不一定全都像——你說我像你的媽媽？」

「……」約希很莊重地說：「他說不定是宋媽的孩子！」

「胡說！」

「我在書上看過。有些奶媽故意把自己的孩子換到大戶人家來，讓孩子將來可以過好日子……」

「現在哪裏還有這種事！」三舅舅打斷他的話：「約倫一生下來就是這個樣子，我抱過他。」

「但是他沒有一點我們華家的性格。」

「什麼是你們華家的性格？」三舅舅笑起來。

「三舅舅你有沒有仔細分析過，」約希說：「華家的人——我是說小的一輩，有一個特點：不是好得壞！就是壞得壞！」說完，他馬上把眉頭皺起來。因為他發現自己這句話有語病，不容易聽得懂，於是搖搖頭。

「這樣說也不對——總之，都很壞！」

「那麼你呢？」

「我當然是最壞的。」約希嘆了口氣。「我不是不想做好，真怪！開頭明明是好的，我知道，可是最後總是變了樣！不知道是什麼鬼道理？」

「那你可以反過來做呀？」

華約希定定的望著他的三舅舅，彷彿聽不懂他這句話的意思。他在心裏重複著這句話：「是的，我可以反過來做，我可以反過來做……」

但，三舅舅開始搖頭了，像是完全窺透了他的心意，他很認真地說：

「我就是這個樣子做的，不過完全失敗了——我從來沒有為我們顧家做過一件有意義的事情。只有一件，就是我從大陸逃出來。」

「……」

「你想這些事太早了，」三舅舅繼續說：「應該留到我這個年紀再想，要不然，到那個時候你會覺得一個人活著很無聊。」

約希入神地聽著。三舅舅頓了一下，從悔恨中再把頭揚起來，說：

「其實我不該向你說這些話！那都不是我真正要向你說的話，但是當一個人發現自己老了——突然的，好像昨天還很年輕似的！」

「你並不老。」約希說。

三舅舅乾澀地笑起來，他帶點嘲弄的口吻問道：

「你還記得我的年紀嗎？」

華約希這才想到他根本沒有真正記得過三舅舅的年紀。剛才在他沒有醒過來之前，他曾經估計過，因為他覺得他很老了。至少比他想像中——比他離開臺北的時候要老得多了。

「三十多，是嗎？我忘記了！」他回答，而且希望能夠換一個話題。

但，三舅舅告訴他：

「我四十五歲了，前幾天我剛剛過四十五歲。」

「你應該寫信告訴我。」

「所以，我想到要改變自己。」

「你不是要結婚吧？」約希低聲問。他在嘉義那家小旅館裏，聽到他們說過他有一個女人。

「我早就沒有這種打算了，」三舅舅說：「一個男人過了四十才想結婚，他的目的就不是真的為了要結婚，而是為了怕寂寞。我不怕寂寞！」

約希笑了，他很想將嘉義那個女人的事說出來，但又忍住。他只說：

「有好多人並不很寂寞，但是六七十歲還要結婚的，前幾天報紙上就有一個，你看到過那段新聞了吧？」

「那是為了恐懼！」

「恐懼什麼？死？」

「一個人有很多事情可以使他恐懼的，到了老年，死的恐懼只能算是最小的一種。」

「我們倒有些像柏拉圖和蘇格拉底了！」

「約希，」三舅舅忽然嚴肅起來。「我不希望你受到我的影響，你可能只學到一些壞的，再過一些時候，當你再長大一點，你也許會轉過來輕視我——我知道，你一直是很崇拜我的！」

「是的。」

「那是很可怕的事。」

「所以你不再寫信給我？」

「唔，並不完全是這樣，」三舅舅捏著手，說：「我說過我要改變自己——我已經找到了一份工作了！」

「工作？」約希驚異地低喊起來。

「我就不能工作嗎？」三舅舅正色地反問。

「……」約希摸摸鼻子。「是幹什麼的？」

「你先別笑！我還是正正式式地參加考試，從幾百個人中考取的呢。」

「教書？」

「不是！是在中華日報做校對。」

「哦，校對！」

「你像是不十分贊成似的？你認為這個工作對我不合適？」

「不，太好了！」

「尤其是這種工作，並不影響我的生活！白天，我照樣睡大覺！就等於一邊看書一邊賺錢。」

「待遇很低吧？」

「試用一個月！正式錄用之後，維持個人生活毫無問題。他們告訴我，將來幹得好，還可以慢慢的升為助理編輯……」

「最後升為總編輯，社長！」約希打趣道。

「那一定是世界上最老的社長了，」三舅舅接住他的話：「那個時候至少也有百把歲了吧。」

「什麼時候開始上班？」

「大後天。」

「那我們應該好好的慶祝一下！」

「免了，」三舅舅說：「你還是把慶祝的錢替我配一副老花眼鏡吧，要雙光的。」

於是，第二天華約希陪著他那身體仍然孱弱的三舅舅到大街的眼鏡公司去驗光，配了一副黑框的眼鏡。那次，他在南部一直玩到顧夢初正式到報館上班。他利用三舅舅上班的時間，留在旅館裏偷偷的抄下三舅舅那一堆雜亂的文稿；等到全部抄完，他才表示興盡回臺北去。

然後，他開始用心地把它們整理出來，把其中兩篇寄到文藝氣息比較濃厚的中華日報副刊去。而那兩篇散文很快的便刊登出來了，作者的署名是他用幾個晚上替三舅舅起的「莫索」。

當第一篇登出來之後，華約希便開始緊張地等待者，他相信三舅舅一定會讀到這篇文章的。

果然，第二天他便收到三舅舅的來信。信裏附有一頁剪報——就是那篇刊登出來的散文，在報紙的空邊上，有一行紅筆寫的字：

約希：我介紹你讀讀這篇文章，它是我近年來讀到過的好文章之一。三舅舅。

以後，「莫索」的文章一篇篇在不同的報紙和雜誌上刊出，約希也將收到的稿資一筆筆的寄去給三舅舅。但奇怪的是，三舅舅從此不再給他寫信，當然更沒有把剪報寄來給他了。直到有一天，存稿完全登完了，約希把那本剪貼得好好的冊子用掛號信寄去臺南，同時問三舅舅有什麼新作時，回信馬上來了。

約希收到那本剪貼簿，在扉頁上，顧夢初用潦草的字寫道：

「我讀過了，簡直不知所云！以後不要再把這種東西寄來給我。」

從此，約希再也讀不到三舅舅的文章了。但，他保存著那本剪貼簿，遇到愁悶的時候，就拿出來翻翻，每一次，他都能從這些幾乎可以背誦出來的文章裏，體會到一種新的意義。同時，他也有一種罪惡感，但一點也不後悔。

從那一年起，約希沒有再去看過他的三舅舅，但他肯定他仍然在臺南那家報館裏工作。他幾乎每個月都寄信給他，從來沒間斷過；他開始習慣於不再企求他給他寫回信。

就拿這次來說，約希把葉婷的事在信上告訴他，他並不徵求他的意見或什麼，只是他認為——在寫信的時候，他應該把這件事告訴他而已。

結果，出乎意料之外，三舅舅的回信竟然來了。但，信中只是寥寥數字。

把它寫成小說吧！

華約希把這幾個字讀了好幾遍，他有被侮辱的感覺。他把那張編輯部的便條紙撕碎之後，幾乎忍不住馬上搭火車趕到臺南去。不過他終於又打消了這個念頭，以三舅舅這種方式覆了一對信去。他寫道：

只不過是一篇「小說」嗎？

三舅舅的覆信又來了。

把它當成一篇小說。

他的信又去了。

是把它「寫」成小說？還是「做」成小說？

這一次，三舅舅的信沒有來，人卻來了。

顧夢初從南部回臺北，對華家來說，簡直是件大事。但，事實上，他到碧潭是他回到臺北的第二天早上。

那天，他下了火車，便逕自坐三輪車到那家冰菓店的木樓上去。

果然，如他所料，華約希還像條死狗似的蜷睡在靠著矮窗台的榻榻米上，他的身旁——幾乎是整個房間，都橫七豎八地睡滿了和衣而臥的小伙子們。從牆角堆疊的那些空罐頭、汽水瓶和碗碟杯筷，可以想像得出昨晚這裏曾經有過盛會。

第一個發現這位來客的是蔡文輝，他迷迷糊糊地瞪著顧夢初，突然緊張起來。接著，經過一番騷動，那幾個「娃兒」總算把華約希弄醒了。

起先，華約希只睜開半隻眼睛，這是他要伸出那條飛毛腿來踢人的前奏，但等倒發現站在門口的那個人竟然是三舅舅時，他突然像一根彈簧似的坐了起來。

「三舅舅！」他激動地喊道。

然後，他手忙腳亂地整理衣服，一邊替大家介紹，連臉都不抹一把，便將顧夢初拖到巷口一家克難食堂去。

「坐夜車很累吧？」他問。

「比以前坐京滬路火車舒服多了，」顧夢初說：「有一次我從蘇州去南京，車上連站的位置都沒有，倒霉的是那天我鬧肚子，一直忍著，過了無錫，我實在忍不住了，只好一步一步的向前擠——走道上都是人和行李，好不容易擠到了廁所，乖乖！裏面連站帶坐一共有五個人，其中兩個還是蠻摩登的大姑娘呢？」

「那一定很有趣！」約希笑了。

「當然有趣，」他接著說：「當時我連腰都直不起來了，事實上只有一個辦法，那兩個擠坐在馬桶蓋上的小姐先站起來，和站著的人換個位置，讓我在他們的面前坐下來。那簡直尷尬死了。要命的是拉屎的聲音比火車的笛聲還要響，其臭，就更不用提了！」

「要是我，就寧可拉在褲子上！」

「早就拉在褲子上啦！」三舅舅大聲說：「我情願死掉，也不願再碰到這種事！」

「我倒希望碰到一次。」

「為什麼？」

「我想看看那兩個大姑娘的樣子。」

這天，他們就這樣天南地北地閆扯，一個地方一個地方的換，大家都希望對方先把「問題」說出來。最後，天黑了，他們泡了一個晚上的咖啡室也打烊了。

「回碧潭嗎？」約希終於問。

「急什麼！我還沒有跟你談過半句話——我是特意來找你談談的。」

天！華約希想：他們已經談了一整天，幾乎什麼想得到的話題都談完了，只是沒提到最近通信中所提及，葉婷的事。

「我們可以走路去，」約希提議：「一邊走一邊談，你走得動嗎？」

「走走看，我們並不急於非要在什麼時候走到吧。」

於是，他們開始走起來。在最初的一段路上，顧夢初沒有說話，直到過了臺灣大學，約希實在憋不住了，才故作輕鬆地問：

「你不是說有話要跟我說嗎？」

三舅舅沉吟了一下，問道：

「你今年多大了？」

「十九，」約希困惑地回答：「還沒滿。」

三舅舅認真地回過頭來打量著他。其實什麼都看不見，這一段路很黑。他繼續問：

「你玩過女人嗎？」

約希停下腳步，三舅舅笑著伸手去圍住他的肩膀，他們繼續走。

「緊張什麼！」這位校對先生若無其事地繼續說：「我是說，真正的——有過那種關係？」

「沒有！」華約希用一種生硬的聲調回答。

「哦！」

「你想到哪兒去了！你以為……」他敏感地聯想到葉婷。

「在你這個年紀，我已經很有經驗了！」

華約希不敢說話，也不敢去望對方。

「那麼，」顧夢初接著問：「你至少有過，呃，我是說，一般男孩子們的那種習慣？」

他當然知道三舅舅所指的是什麼，於是驟然感到有點不自然起來。他無意識地做了個手勢，摸摸鼻子，然後用一種含糊的聲音回答：

「有……有的——可是我討厭這種事！」

「我也討厭和女人在一起？我是說，假如你和一個什麼女人——比方，就是那西洋新名詞：『做愛』，對了，就是那種事，你也會討厭嗎？」

「你要我怎麼說！」

「但是你曾經想過的，對嗎？」

華約希有點煩躁起來。他不明白三舅舅為什麼從老遠專程趕來和他談這種鬼問題？其實，他不是怕這種問題，假如在宿舍裏，那麼他和那些娃兒們幾乎把什麼不堪入耳的鬼話都會說出來的——他們還傳閱過幾本黃色小冊子，和一套毫無美感的春宮照片；他從來沒有半點羞澀和罪惡感。可是現在，他感到為難起來，彷彿自己很虛偽。

「當然想過！」他厭煩地說，有點在生自己的氣。「想過不算什麼壞事吧。」

「誰說是壞事，正常得很吶！」

「三舅舅，」約希懇求道：「我們可以不談這種事嗎？」

顧夢初拿下圍在約希肩膀上的右手。

「但是我就是為了這件事才從南部趕來的！」他認真地說：「要不然，照那樣你一句我一句地通信……」

「是你自己起頭的！」

「我知道，我知道，」三舅舅說：「照這樣發展下去，我怕事情還沒有談出結果，你突然就寫來一句『完蛋大吉』！或者『現在已經沒有再討論的必要了』！你會那樣的，我知道。」

「但是事情沒有你認為的那麼嚴重呀！」

「這就是我認為嚴重的理由——因為你認為一點都不嚴重！」

「那我真的不懂了。」

「這就是你們這一代人的習慣——我不懂，我不知道，甚至你們把事情做出來了，也可以這樣說：天！我不知道我剛才在做什麼？」

現在，華約希似乎已經接觸三舅舅和他正在談論的問題的邊緣了。

「哦，」他說：「你是說哪種事？」

「什麼這種事哪種事，走！」顧夢初停下腳步。「我們不要回碧潭了，我現在就帶你去——我有錢，我帶來還給你的。」

「去哪裏呀？」

「你聽著，小傢伙！」三舅舅憎惡地指著華約希。「我要帶你到北投去！北投你應該知道的，風化區。」

「……」

「我要讓你真正的認識一下，那根本不是一件神秘的事！」

華約希傻了。

「不要怕，」三舅舅鼓勵道：「同時，你也可以認識認識自己！」接著，他露出一副莊嚴的神情，非常清晰地說：「明天，我們再好好談論一下你的問題——愛情！」

第九章

華約翰下意識地翻起眼睛望著壓在頭頂上的那根木條，微微將腳後跟踮起一點。

身高：一五八。

唔，不錯，騙到了兩公分。

「喂，過來量體重呀！」那個人在叫他。

他有點失措地過去踏上那座很大的自動磅秤，又開始心跳起來。他感到耳鼓內有點脹痛，那種有節奏的響聲彷彿來自一個什麼奇怪的地方。他不斷的警告自己：支持下去！一定要支持下去！否則這整整一個月的努力和犧牲都白廢了。那個戴眼鏡的小胖子用手摸摸眼鏡。

「請你下來一下。」他向約翰說。

華約翰下了磅秤。小胖子仔細的檢查了一下，發覺磅秤很正常，但他仍然用手拍了拍，然後再笑著向約翰說：

「我們再磅一次。」

華約翰又站上去。心跳已經過去了，現在他深深的吐出肺裏和胃部的空氣。

小胖子的眉頭又皺起來，他的從磅秤的指針落到華約翰的臉上。

「八十二點六！」他怪聲喊道。

「公斤？」華約翰嚇了一跳。

「磅！」小胖子簡潔地回答，然後問：「你一直都是那麼重嗎？」

「哦，」他故意吶吶地說：「我，我最近還胖了一點——有，有什麼不對嗎？」

小胖子不自然地笑。

「你的體重不夠，太輕了！」

為了要裝得更逼真一點，華約翰急急地解釋。

「我，我會胖起來的！這——體重不夠會怎麼樣，不可以錄取呀？」

「你繼續檢查吧——下一個！」

一個鐘頭之後，華約翰的那張體格檢查表體位攔上，被蓋上「丁等」紅印。那就是說：他喪失了服兵役——接受軍事教育訓練的資格：免役。

帶著激動的心情，他走出醫院，和在外面等候「好消息」的徐子斌熱烈擁抱起來。

「喳個？」徐子斌緊張地打著四川話問：「成不成功？」

「百分之百！」華約翰興奮地回答：「要是不成功，我真的『不成人』了——騙你是王八蛋，我差點就昏倒在裏面！」

徐子斌快活地用拳頭捶了他兩下。邀功地說：

「我沒說錯吧，你還不肯呢！」

「開玩笑，要減二十多磅呀！你說我一塌括子才有多重！」

「這呀，就叫一分耕耘，一分收獲！要不然，別說調去金門馬祖了，光是三個月入伍訓諫，就夠你少爺捱的！」

「好了好了，誰也搶不去你的功勞。」約翰不耐煩地說：「快陪我去吃一頓飽飽的，再睡兩天兩夜的覺！」

總之，這個逃避兵役的計劃，完全是徐子斌挖空心思設計出來的。

他是華約翰念高中時的同學，身材矮矮壯壯，說話的聲調和動作總是帶有點浮誇的意味，喜歡說話，處處都刻意要突出自己。正好華約翰本身就是一個缺乏個性的人，從小就養尊處優慣了，樂得身邊有個人替他拿主意。因此，雖然徐子斌在大二那年因父親去世停學，到一家進出口行去混個差使，但他們兩人依然經常見面，吃喝玩樂，比親兄弟還要親密。

在臺灣，不論貧富貴賤，要想逃避兵役，根本是不可能的。徐子斌因為是獨子，而且要照顧寡母的生活，所以根據新兵役法可以請求「緩役」，由於這個緣故，讓他在法令中找到這個小小的漏洞，而為華約翰設計出這套計劃來。

總之，在這三個星期裏，他在旁邊幫助（幾乎是強迫）華約翰節食，吃輕瀉劑、熬夜，想盡種種方法去消耗體力，使他的體重降到最低的健康標準之下，終於讓他成功的逃過了這一關。

但，華約翰幾乎也因此而送了命。當天晚上，就因腸胃在長期飢餓狀態中突然飽食而引起胃炎，結果被送進醫院，足足折騰了半個月，他的體力才漸漸恢復，等到出院，他這一屆畢業的同學快要南下入營受訓了。

為了餞別——和「慶祝」自己，前後吃足兩個月苦頭的華約翰決定舉行一次盛盛大大的惜別舞會。

辦理這一類的事情，徐子斌可說是個中能手，經驗豐富。向約翰拿了點籌備費，當天他就在松江路借到了地方；房子的主人出國，獨門獨院，雖然是改造過的日式木屋，但可以容納下四五十對人；然後，印帖子、約人，舞會的一大早就去親自佈置場所，像聖誕節一樣，掛上彩色的縐紙和彩色小燈泡，唱片和音響設備是借來的，還向美而廉訂了茶點，連撒在地板上的滑石粉和託熟人到派出所去打招呼備案，都無一疏漏。

下午，華約翰理過髮，換上鐵灰色的西裝，顯得神采奕奕，特意先彎到松江路去看看。他到的時候，正好碰到徐子斌在路口貼指示會場的路標。

「我怕黑不溜鰍的，有人找不到地方！」他一邊揩拭手上的漿糊，一邊向這位華四少爺解釋。

「都弄好了吧？」約翰問。

「你自己看看。」

華約翰滿意透了。

「還差點什麼？」他隨口問道。

「這個！」徐子斌搓動兩下右手的拇指和食指。

「要多少？」

「最好多留一點，你給我的錢，早就超出了。」

「人呢？」

「我只擔心這個，女生怕不夠啊！」徐子斌看了看袋裏的名單，問：「你家裏來幾個？」

「糟啦！」約翰叫起來。

「什麼事？」

「我只顧得約外面的，忘了告訴他們！」

於是，他馬上趕回碧潭去。

關於華約翰逃避兵役的計劃，他是瞞著大家自己偷偷進行的，而且家裏的人，也從來沒有留意過這件事，只是在這場大病之後，老太太特地關照老黃，要好好看著他，不許他整天亂跑而已。所以當他剛踏入園門時，黃三豐便氣急敗壞地向他走過來。

「四少爺，」他抱怨道：「你出去也不說一聲！」

「怎麼啦？」

「下午有人來找過你。」

「是誰？」

「好像是市政府，兵什麼科的吧。」

「哦，」約翰頓了頓，「有沒有留下什麼東西？」

「沒有，」黃三豐回答：「待會兒你問問五少爺，他剛好在。」

華約翰想，大概是催他去辦理「免役」的手續吧。

進了屋裏，正好要開晚飯，所有的人都在場。沒讓老太太先開口，他搶先將畢業同學開惜別舞會的事說出來，同時邀大家一起去參加。

「大嫂、大哥，」他開始數：「大姐……」

「你不要算我們，」程曼君瞟了約謀一眼，說：「我們還跳什麼？」

「好玩嘛——還有……」

「我！」約姿截住約翰的話，把手舉起來。

「妳會跳嗎？」

「笑話，只有你才會呀！」

「好，算妳一個！」約翰發現約希古裏古怪地望著他，於是隨口問：「老五，你怎麼樣？」

「我又不會跳舞。」約希冷漠地回答。

「聽聽音樂呀！」

「要去，大家都去！」約雯插嘴說：「我去給小薏打電話——噯，老黃，薇薇在嗎？」

聽到約雯提起薇薇，約倫幾乎脫口而出：「她上課去了」——但，說話的是老黃。

「她上課去了。」老管家小心地回答。

「晚上還要上課？」

「她去學打字。」

「好吧，」約翰說：「大家吃飯的動作快一點，我們七點鐘出發！」

這頓晚飯比往常結束得早一點。約希一反常態，一直坐到大家都離開了飯桌，他仍然用一種並不怎麼快活的目光望著還在慢吞吞地吃飯的約倫。因為剛才約翰提議大家去參加舞會，並不包括約倫在內——無論任何事情，他總是在「外面」的。但，這可能只是約希的心理，約倫自己卻沒有這種感覺，他並不想加入他們裏面去，他覺得和他們在一起，並不是一件怎麼可以使自己快樂的事，甚至還有點拘束和厭惡。

現在，約倫發覺約希在瞪著他，他知道他心裏在想什麼。在兄弟姐妹之中，他比較能夠了解和願意去接近的，只有約希一個人。雖然約希時常會捉弄他。但他很明白，這種捉弄，就是約希去愛一個人或者表示喜歡一個人的方式——當然，當他憎恨一個人時，他也會那樣。

當他放下飯碗時，約希摯切地說：

「二哥，你也去吧！反正我也不跳舞。」

「我……我有點事。」約倫低聲回答。

屁的事！約希在心裏詛咒起來；還不是呆呆的站在窗口等，偷偷的看薇薇下課回來！

「你真的有事？」他不懷好意地又問。

「嗯……」

約希的嘴角又浮現出那種令他不快的笑意了。他低著頭，抹了抹嘴，離開餐室。

但，約希卻跟著他走出來，一直跟著到樓上他的房間裏。

進了房間，猶豫了一下，約倫終於轉身向懶懶散散地倚在門邊的約希問：

「是不是要錢？」

「不是！」約希搖搖頭，然後緩緩地說：「不過有人會向你借的——哦，剛說到曹操，曹操到了。」

約翰手上拿著他那本專門記錄女人電話和地址的小記事冊，從走廊走過來，一見約倫就馬上開口：

「二哥，跟你商量一件事。」

約倫還沒有表示什麼，約希已經表示了。

「我要不要走開？」他認真的問。

「不是什麼秘密的事。」約翰說，同時伸出手：「借點錢給我。」

「你——你們總以為，錢，錢是我的。」約倫摸摸眼鏡嘀咕起來：「沒，沒有！」

「是急用呀！」

「跳，跳舞！玩！急什麼？」

約翰摸透了他的脾氣，笑笑。

「月初讓你扣，好了吧……」

「你，你還有什麼好、好扣的？」

「好，說借，行不行——給我一千。」

「沒那麼多！」

「那就八百。」

約倫瞟了約希一眼，約希望到別的地方去。於是他又摸摸眼鏡，委屈地說：

「我，我只有五百！」

「好吧，五百就五百。」

約翰接過約倫遞給他的錢。

「恭喜你呀！」約希不懷好意地對約翰說。

「恭喜什麼？」約翰一時沒想過來，接著「啊」了一聲，把約希拖到走廊外邊，緊緊張張地問道：「今天來找我的那個人，怎麼說？」

「他只是找你，什麼都沒說。」約希回答。

「後來呢？」

「走了！」

「你沒告訴他什麼？」

「我告訴他，」約希真誠地說：「今年要是我大專聯考沒考上，我就去考空軍官校！」

「哦……」約翰支吾著，然後含糊地說：「你的身體行──還不快去換衣服？」

「我身上這套見不得人呀？」約希平淡地聳聳肩膀，「要是怕我丟了你們的人，那我不去就是了！」

「好好好！」約翰屈服了，不過他認真地叮囑：「不過，你可要幫幫忙，千千萬萬不要像上次一樣……」

「一句話，」約希舉起手。「只要她們不要先惹我！」

約翰走了。約倫隨即走近約希。

「你──你剛才是說著玩兒的吧？」

約希沒聽懂二哥的話。

「你真的去考空軍？」

「為什麼不可以？」約希不以為然地反問。

「你想把他們嚇死啊？」

約希想解釋什麼，但，舉了舉手，隨即放棄了那個念頭。深長地吐了一口氣，他眉頭一皺，轉身就走。

「約希！」約倫叫道。

他停住腳步。

「你，有什麼事？」二哥低聲問。

約希轉身，定定的注視著他的二哥。忽然用非常平靜的聲音問道：

「你今年多大了？」

「二、二十八，」約倫回答：「你問這幹嘛？」

「薇薇呢？」

「……」約倫霎霎眼睛，沒有回答。

「你生什麼氣？」

「我，我不喜歡談——談這種事！」

「你怕什麼？」約希走近他，真摯地說：「這件事已經不是秘密了！有人覺得這件事不對——甚至你也會這樣想！其實，有什麼值得大驚小怪的？如果說，因為薇薇是老黃的……」

「噓——」

「你再這樣，我就當著大家再說一遍！」

約倫慌亂起來。

「你，你……」他幾乎在懇求：「你可以，聲音小點嗎？」

「可以！」約希爽快地說：「再見！」

「約希！」

「噓——」約希學著二哥剛才的腔調：「你放心，我不會告訴別人的！」

約倫眼看著約希走掉。他咬著嘴唇，後悔剛才自己說的每一句話。於是，他想追下樓去，或者乾脆跟他們一起去參加舞會；但，他始終沒有移動過腳步。

外面，開始亂起來了：約姿下了樓，忘了拿什麼，又跑上來；約翰三番四次的大聲催促，約雯還在給何小薏打電話，最後總算等齊，車子開走了。

約倫很想到走廊上看看，可是忽然害怕約希會站在外面什麼地方等著他——他肯定約希會那麼做，因為剛才他沒聽到約希上車的聲音。於是他索性留在房間裏，不再出去。他想薇薇回來的時候，他仍然可以聽見她的腳步聲，然後（等到約希走開後），他便藉口下樓去找宋媽，這時，薇薇可能在吃晚飯，或者還沒有吃，或者已經吃過了。總是這樣，她會問他要什麼？他說只是找宋媽，然後就沒有事情了。

而在那個熱鬧的派對裏，約希也在想這件事。他不明白這件事情為什麼老是纏著他。他不斷的向自己說：讓約倫這個「老處男」去害單思病好了！他在窗口等薇薇放學和在薇薇的打字行對面街角等，又有什麼分別？他愛上了她和根本愛不上又怎麼樣呢？無聊的事！他躲在角落裏的一張單人沙發上，故意扭熄了那盞日本棉紙燈罩的落地燈——對角那個和一個妞兒正在親熱的小胖子還回過頭來向他擠擠眼睛，表示感謝。見鬼！他心裏想，真是無聊透了。他忽然又想起三舅舅帶他去北投那件事，使他對剛才看見的那個瘦瘦的，有點像圖書館那個女同學的女孩子都厭惡起來。那個妓女也是瘦瘦的。起先來了好幾個，在紙門外面露一露臉，讓他們挑選；然後三舅舅要了一個又胖又蠢的，他忘了那個瘦的究竟是不是自己選的？也許是，就因為她也是瘦瘦的吧。後來她問他要不要洗澡？他搖搖頭，於是她便哼著國語流行歌曲，開始脫去她的外衣。她的奶罩後面的帶子至少有一千個交叉，就像那種義大利式的長統軍靴；她至少反過手去拉扯了十分鐘，後來她索性不脫了，只把乳房露出來。

她告訴他這是例外，因為她喜歡他——她摸了一下他的臉，他推開她的手，她一點也不生氣，反而大聲笑起來。她的笑聲和說話的聲音是沙澀的，一定是抽了太多的香煙；她的小腹鼓起來的那塊肉跟著顫動。

「脫衣服呀！」那妓女說。

他沒有脫，傻乎乎的摸著鼻子。他的樣子把這個年紀雖然不大，但是已經懂得很多的妓女笑死了。

「很好笑嗎？」他平靜地問。

「你是沒有玩過女人的！」她說。

「妳怎麼知道？」
「可以看出來！我見過很多像你這樣的男孩子！」
「很多？」
「至少幾十個！呃，你不想摸摸我？」
「……」
「你付了錢的，怕什麼？」
「誰說我怕？」
「那就好！」她平躺下來。「你相不相信，平常客人給我多少錢，我都不肯脫胸罩的。所以我才故意用這種胸罩。」
華約希忍不住笑。
「你笑什麼？」
「妳根本就沒有胸部，」他老老實實地回答：「脫跟不脫還不是一樣！」
她霍然坐起來。
「那你剛才為什麼不叫鳳凰？」她怏怏地嚷道：「鳳凰的奶子那麼大——你們男人都是喜歡大奶子的！」
「不對！」約希仍然那麼平靜地說：「心理分析，只有小時候吃人奶長大的人，才喜歡大一點的！」
顯然，她聽不懂他說的話。不過，適才的不快過去了。她下意識地望望自己的胸部。
「他們說我失身太早，所以長不大——你究竟要不要睡覺嘛？」
華約希連忙搖搖頭。

「我不是來睡覺的。」

「什麼意思？」

「我只要看看！」約希坦率地回答：「現在我已經看過了！」

她驟然跳下床，用忙亂的動作去穿上她丟在那張小沙發上的衣服，一邊大聲抗議，彷彿受到了侮辱似的。

「你去死吧！」她詛咒：「我們是來陪客人睡覺，不是來給人家看的！算我倒霉，我只收你休息的錢好了！」

這是什麼邏輯？那妓女氣咻咻地走了，華約希對於自己竟然能夠那麼老練的——一點也不慌張，就能對付下這種想到都會令人發毛的事，反而有點擔心起來。結果，這天晚上他失眠了一夜，一直在想：我心理上不是有什麼毛病吧？照那幾本黃色小說上說，這種事會令人瘋狂的！

他驟然想起那天晚上在搖椅上吻葉婷的事……

——那個正在和那個妞兒接吻的小胖子忽然向這邊望過來。約希很窘。其實，他根本不是在偷窺，但他總覺得即使自己是無意的，也是一件並不怎麼光明磊落的事。於是，他藉故站起來，溜到外面去。

他們正在熱烈地跳著水手舞，他們好像老是在跳這種舞，一點也不疲倦似的。約姿在教老處女跳，後來被兩個男孩子分開了；約翰從派對的一開始，就纏著何小薏，只有他們這一對在跳慢四步，約翰右手緊緊的摟著對方，貼著臉，只在靠假壁爐那邊比較暗的地方移動……

落地窗那邊一排椅子上坐著一個穿百褶裙的女孩子，只有她一個人。她望了約希一眼，也許她以為約希正在培養過去請她跳的勇氣，所以有點故作矜持起來。約希機械地向她裂嘴笑笑，望到別的地方去，等到他們的目光又再度相遇時，約希走開了。

就在這個時候，音樂停了，他突然看見葉婷挽著比她矮一點點的小平頭走進客廳來。客廳的燈接著就亮起來了。

那些剛要回座的男孩子們圍上去，熱烈的搥打著這個遲到的男孩子，而目光卻落在打扮得相當入時的「小十三點」的身上。

「格老子，怪不得那麼遲才來啊！」

於是，這個男孩子很得意地向他們介紹葉婷。約翰拉著何小薏的手走過去，葉婷已經發現約希了。

「嗨！五哥！」她興奮的大聲叫起來。

華約希楞著。所有的人都回過頭來望著他。葉婷隨即撇下他們，向約希走過來。

「怎麼不理人呀——不認識啦？」她歪著頭問。

葉婷穿著一件黃色的「V」字低領口的緊身上衣，脖子上圍著一條中間鑲有一粒水鑽的黑緞帶；下面穿著一條紫色的，被一層一層的花邊襯裙鼓得寬寬的裙子，顯得她的腰特別細；腳上，穿著一雙與上衣同色的半高跟鞋。

華約希打量了她一下，笑笑，然後很認真的說：

「妳又長大了。」

「有沒有比以前漂亮？」她認真的問。

約希點點頭。

「來，」她去拉約希的手。「我們先跳一支舞。」

約希把她的手從自己的肩上拿下來，低聲說：

「帶妳來的那個娃兒生氣了。」

「活該——喂，怎麼不放音樂呀！」

「不，妳知道我是不喜歡跳舞的。」

「那我也陪你不跳！走，我們到外面去！」

「葉婷，」約希向那邊的人瞟了一眼，靦腆地說：「妳先陪大家玩，還早得很呢。」

約姿走過來了，帶葉婷來的那個男孩子跟著她。

「怎麼那麼巧呀！」約姿陰陽怪氣地向葉婷說。

「我幸虧來了！」小十三點快活地向那男孩子說：「謝謝你哦，小騷包！」

這個被稱為「小騷包」的男孩子極力抑制著，而且極力表示出一點點風度。

「謝什麼？」他冷冷地問。

「我要是不跟你來，就見不到五哥了！」葉婷連忙為他們介紹：「他叫華約希，就是華約姿的五哥。」

「我叫胡世達。」小騷包很大人腔地向約希伸出手。

約希用力一握，胡世達幾乎痛得叫起來。

音樂又響了，約希將葉婷向胡世達那邊一推。

「你們去跳吧。」

「那你不要走開啊！」葉婷叮囑道：「今天晚上我要跟你再談一個通宵！」

燈光又暗下來了。站在約希旁邊的約姿忽然有意味地說：

「怪不得今晚你也來啊！」

「我跟她約好的！」約希故意騙她。

「哦……」

「我每天都跟她在一起呀，妳不知道？」

「——她裝得真像！」

約希想大聲笑，但，他湊近約姿，神秘地低聲說：

「幫幫忙，可不要說出去啊！」

約姿回頭望望正在跳舞的葉婷，然後白了她五哥一眼，走開了。約希知道，這就是傳遞消息最快的方法。

那張唱片放完了，約姿連忙從大姐的身邊向小十三點走過去，將她拉到一邊。

「妳為什麼要瞞住我？」她向葉婷質問。

葉婷猜到她所指的是什麼，所以她故意裝作心虛似的，遲疑了一下才說：

「我……我瞞妳什麼？」

「還裝傻！」

「妳是說，妳五哥？」

「還有誰？」

葉婷笑起來。她向那邊瞟一眼，發現約雯和約希正在望著她。

「妳還笑呢，」約姿冷冷地說：「妳不是說一直沒見過他嗎？」

「他怎麼告訴妳？」葉婷突然變得認真起來。

「緊張什麼？我問妳，妳跟他究竟到了什麼程度？」

葉婷想了想，說：

「他說什麼，妳就相信什麼好了。」

約姿馬上聯想到約希要搬回學校宿舍去住，葉婷近來鬼鬼祟祟，等等。她認定他們一定「出了事情」，於是，她微微有點激動地問：

「妳將來會不會嫁給他？」

「嫁給他？」

「你們總考慮過結婚吧？」

「哦……」現在，小十三點明白過來了，她作出一個輕鬆的表情，說：「我看他不像一個怎麼喜歡結婚的人——我不是告訴過妳，看相的說：我將來至少要給三個或者四個男人丟掉嗎！」

「妳沒有跟我說過！」

「真的？」她想了想：「哦，對了，是那天晚上我告訴他的，我說我希望第一個丟掉我的——是他！」

「那比買保險都靠得住！」

胡世達嬉皮笑臉地伸頭進來。

「妳們的悄悄話說完了？」他問。

「滾遠點！」葉婷張開手指把他的臉推開。「別的女生你就不可以請呀！」

「我請華小姐跳總可以吧！」胡世達用一種略微含有點矜持意味的聲調說，同時大模大樣的向約姿伸出手彎來邀請。

華約姿遲疑一下，葉婷已經向約希那邊擠過去。但，她找不到約希。

「大姐，」她問正在和徐子斌說話的約雯：「五哥他人呢？」

「他走了！」老處女冷淡地回答。

「走了？剛才我還看見——」

「誰知道。」

葉婷連忙追出去，一直追到橫街，都找不到約希。

這一帶是臺北市向東發展的新市區，都市計劃的新道路只開了兩條幹道，但仍在施工狀態，路旁堆著砂石；有幾棟新起的樓宇，只起了個外殼，連街燈都是臨時掛在木柱上的，隔老遠才有一盞。

其實，葉婷追到橫街的街口時，約希是看見她的。他就坐在前面不遠的公共汽車候車亭的木椅上。他看見那盞黯淡的路燈下面的葉婷阻處張望。然後又急急的走了。他仍然一動不動地坐著，過了一會兒，一輛只有幾個乘客的公共汽車停下來，車掌小姐開了門等他上車，他搖搖頭，車子開走了。蚊子好多，以後他沒有看見再有道子駛過。他想，大概是二十分鐘一班，或者半個鐘頭。他看看錶，突然感覺到自己的心裏就像這條馬路一樣空虛。於是站起來，走了幾步才發現褲子上黏滿了油漆；他才發現這個候車亭是新建的。於是他走回去，終於在地上找到了那張「油漆未乾」的紙牌，他把它擱在自己坐過的地方，還找一塊石頭將它壓著，不讓風吹跑。

然後，他決心回碧潭去，他相信他的二哥還沒有睡著。

第十章

華約倫最後發現約希真的走了之後，他才走出前廊，習慣地站到排窗的前面去。在那個地方，他可以看見房子的前庭，那些花圃，和整個園子。車路是向右邊的園門伸展的，他總是喜歡熄掉走廊上的燈光，佇立在黑暗中。

這天晚上，黃薇顯然比往常遲一點回來。她一向是很準時的，九點半鐘下課，只要走三分鐘路，就可以到西站，搭上九點五十分開的直達車，坐在最前面的那個單人位子上；當車子到了碧潭，她總是走堤邊的那條小路，然後再從吊橋那頭轉入馬路，步行回去。當她走進園門，門房裏面那隻帶電鐘，總是在半到十點三十五分之間。

她的生活，就和這隻鐘一樣刻板而準確。她做什麼事情都是有分有寸的，由於環境的關係，她從小就懂得如何照顧自己。

而更難得的，她始終能夠不亢不卑的和華家上下老小相處在一起，不怎麼親密，也不疏遠。目前，按照她自己的計劃，明年高中畢業之後，她便可以找一份打字工作，她曾經學過簿記；普通一點的會計出納工作，她有信心應付得下來。可能的話，到適當的時候她便搬出華家，住進婦女會宿舍去。打字班那位，蕭小姐就住在那裏，她早就向她打聽過了。等到在外面工作幾年，她認為很可能會碰上一個大家比較合得來的同事——當然，他最好也是單身在臺灣的。於是他們戀愛一個時期，便公證結婚。她不敢想像她的爺爺以女方家長的身分，穿得整整齊齊的站在禮堂上的樣子。然後，當然兩個人都去工作，維持一個小家庭的生活。自從進了打字班之後，她要離開華家——以及她的祖父——到外面去過自立生活的決心更堅定了；她總覺得一般的外省小姐太過躭於享樂，像是生活的目的只是等待長大嫁人似的，羞於「拋頭露面」；而本省籍的女孩子卻恰恰相反；當然臺灣盛行的養女制度間接形成了這種現象，但很多家庭環境很好的女孩子，對婚前或婚後在社會上工作，都認為是一件十分正常的事。

她想：等到自己有了孩子，生活安定下來了，她便會接她的祖父到家裏來奉養（她一定要堅持這是嫁給對方的先決條件），雖然她也知道，那並不是一件絕對有把握的事，但她認為自己應該那麼做。

這天晚上，打字班下課之後，那位蕭小姐特意約薇薇到中山堂對面的宿舍去坐坐。所以華約倫在走廊上看了好幾次錶，才看見她走進園子。

華約倫的心突然不克自制地猛烈跳動起來，他非常害怕這種感覺。在剛才那種焦灼的等待中，他已經決定要正正式式——面對著她，坦白的向她表示：他愛她！對，他愛她！這有什麼值得羞恥和隱瞞的？他每天都重複著這句話，每天都有過相同的願望和決心，只是從來沒有勇氣說出來而已。

但今天晚上不同，華約倫覺得今天晚上是一個非常理想的時機：大哥在新廠裏忙，大嫂帶著家瑜和家琨到臺北看電影去了，家裏只剩下他一個人。他想：他可以約薇薇到大樹那邊坐坐。約希曾經弄來一種專門驅除蟲蛇的藥在樹上噴灑過好幾次，他們可以安安心心的坐在那圈已漆成白色的木椅上聊聊天。約她的理由他也想過——不是今天，是以前所想過的，最好還是談談關於她明年畢業後的工作問題。這個問題家裏的人也曾經在閒談時提起過：華之藩先生希望老黃能夠說服他的孫女兒，繼續去唸大學；以黃薇讀書用功的程度，考取臺大是十拿九穩的。老太爺叫他們不要考慮錢的問題，反正公立學校的學雜費很有限，東亞紡織公司每年都有十個獎學金的名額，公開的給社會上貧苦的失學青年，家裏的人不去唸，應該是一件悖理的事。不過，他們也了解薇薇的個性，她是不容易被人說服的，即使是她的祖父。而黃三豐本人，也並不怎麼贊成自己的孫女兒接受東家的這份好意，他始終認為女孩子家，高中畢業已經足夠了。在他的觀念裏，還說不上什麼「女子無才便是德」的舊思想，只是高中這兩個字他時常聯想到那個年代，科舉上的「高中」！已經很了不起了，還要唸什麼大學？唯一和薇薇不同的地方，就是他希望薇薇能夠進公司裏做事。他覺得黃家的人替華家做事是一件天經地義的事，多多少少含有一點「報答」的意味在內。這件事，華家的人也認為，假如薇薇堅持要做事，那就在公司裏給她一份工作好了。

對華約倫來說，當然求之不得。他希望薇薇能夠到會計室，就坐在他的對面，幫助他做出納工作。所以，他估計過時間，等到他認為薇薇已經回到屋裏，略微休息過了，他才拿著熱水瓶走下樓去。黃薇正好就在通向廚房的甬道上。

約倫看見了她，一時感到有點慌亂起來。他總是這樣的，倒並不是只有看見薇薇才這樣，只是他看見薇薇時表現得更加嚴重而已。對於華約倫這種窘態，黃薇可以說是司空見慣，反而有一種親切的感覺。

現在，約倫的喉管裏發出一種輕微的，像是要咳嗽，又像是想說話而突然改變了主意的怪聲。

黃薇望著他。她手上拿著一隻便當盒子。剛才在蕭小姐那裏，她正好談及過華家這幾位少爺——尤其是約倫。因為薇薇雖然很少和他接近，但她仍然可以從他那雙被兩片厚厚的玻璃隔著而顯得更加無神的眼睛，和那種木訥拘謹的神態中，發現他是一個易於接近的人。從她在打字班裏第一天認識蕭小姐開始，她便想到約倫；她也不明白為什麼會有這種聯想？也許她覺察到蕭小姐意態上有一種特殊的什麼——那種寂寞和孤獨的感覺，和約倫有點相似吧！後來她們相識了，她便想過要把她介紹給約倫。剛才在談話中，她就一再的暗示過，她還請她下個星期天到碧潭來玩。據蕭小姐說，她來臺灣之後，還沒有到過碧潭。從那年搭中興輪到基隆上岸，坐火車到臺北之後，她只去過一次草山，連三重埔究竟在哪個方向，都茫無所知呢！

因此，黃薇覺得這是一個很難得的好機會。

「要開水嗎？」她微笑著問約倫。她沒有喊他們名字的習慣，因為加上「少爺」兩個字，總覺得拗口，很不自然。

「是，是的。」這位二少爺含糊地應著。

她大大方方的過去接過他手上的熱水瓶，一邊問：

「你怎麼不跟他們一起去玩？我爺爺說連大姐都去了呢。」

「嗯，是的。」他點點頭，沒有跟她進廚房去。

他在心裏向自己說：她出來的時候，你就應該約——不，隨便和她說什麼。於是，他在這一段短短的時間裏，努力地要想出一句什麼最適當——最易出口的話。妳才回來呀？這句話毫無意義！妳今天晚上怎麼晚一點回來？哦，不行！這就說明自己一直在注意她的行動！那應該說什麼呢？天氣？唔……黃薇已經走出來了。

他接過了熱水瓶，含糊地說：

「謝謝妳。」於是，轉身走了。

黃薇望著他的背影，想笑。因為她已經看出了他要向她說什麼話。果然，在甬道的轉角，他頓住了，然後遲滯地回轉身體。

「嗯……」他想說什麼。

她向他走過來。

「你還要什麼？」她笑著，想用笑消除他的緊張。

「不，不是要什麼，」約倫吶吶地說：「妳，還……還沒有吃晚飯吧？」

「吃過了，」她回答：「我在外面吃的。」

「約翰出院了！」

「是的，我昨天就見過他——聽說他用不著去受軍訓？」

「我不大清楚，好，好像是吧。」

「他得的是什麼病？」

他尷尬地笑笑。他真的不知道。

「那他馬上就可以出國了。」她接著說。

「他最好早點走！我，我怕他的頭……頭油味道——我，我的鼻子敏，敏感呀！」

她想起他怕貓，看見貓他就會打噴嚏的。她知道她應該換一個話題了。

「哦，」她說：「我差一點忘了。」

「什，什麼事？」他緊張起來。

「我在一個朋友那裏，」她不敢馬上將蕭小姐說出來。「替你找到幾張郵票——也許這些郵票你已經有了。」

「哪，哪裏的？」

「西德。」

「哦……」

「我去拿給你！」

「不，不用急！」

桂姐忽然從後屋走出來。

「啊，二少爺，」她瞟了薇薇一眼，慇懃地問：「要灌開水呀？」

「已，已經灌好了。」說著，約倫像是逃避什麼似的轉身要走。

為了在桂姐面前表示並沒有什麼，薇薇故意大聲說：

「等一下我就送上樓來給你。」

等到二少爺走出了甬道，桂姐才滿臉狐疑地問：

「他要什麼東西？」

「舊郵票。」

「舊郵票？」桂姐詫異地尖起聲音問道：「要舊郵票做啥？」

黃薇想了想，才耐心地向桂姐解釋關於集郵的事。但是說到後來，她感到是多此一舉，因為她看見桂姐的嘴角已經露出一種令人厭惡的冷笑，像是早就洞察了別人的什麼見不得人的隱私似的。

「哦——是這樣！」最後桂姐表示：「我真是鄉下人！要不是妳告訴我，打死了我也弗相信，舊郵票有啥好白相！」

事實上，黃薇知道她仍然不相信，同時也知道，最遲明天，她就會聽到這件事情的閒話。不過，她向來並不太在乎那些閒話。因為在華家的下人裏面，也只有桂姐一個人在說而已。

現在，等桂姐含著一種陰詐的笑意走開之後，黃薇頓了一下，便回自己的房間去。她決心從一本什麼書裏找出夾在裏面的幾張舊郵票，然後索性大大方方的送上樓去給華約倫。

黃三豐從薇薇在翻書開始，就問過他的孫女兒在找什麼。現在，薇薇拿著郵票出來，他才忍不住問道：

「上哪兒去？」

「拿去給二少爺。」她小心地回答。

「是他問妳要的嗎？」

「嗯，他一直在收集這些東西。」

黃三豐想起一件什麼事，但最後終於，打消了要問薇薇的念頭，只說：

「明天再給他吧，樓上沒有什麼人了。」

黃薇這才想起自己忽略了這一點，於是驟然臉紅起來。

「或者就交給宋媽吧。」黃三豐補充道。

當宋媽把煮好的桂圓鵪鶉蛋端上樓去給約倫的時候，約倫還以為是薇薇上樓來了。及至發現進來的是宋媽，他失望地再把身體靠下來。

「你怎麼還不換衣服？」宋媽奇怪地問。因為平常這個時候，他早就換上睡衣，躺在床上了。

看見他不響，老奶媽接著關切地說：

「來，快點趁熱吃！」

「我……我吃不下。」約倫有氣無力地回答。

對於約倫身體的孱弱，宋媽始終認為是自己在他小的時候沒有帶好所致——尤其是對飲食這一方面，她持有一般老年人的傳統想法：認為只要吃得下，總不會錯的。但是華約倫從小對於吃就不發生興趣，他對什麼都不發生興趣。他吃得少，話說得少，整天纏在奶媽的身邊，像個怕羞的女孩子；後來，在家便喜歡把自己關在房間裏，在學校總是一個人躲到一邊，終於「悶」出肺病來。等到他病好了，進公司工作之後，情形非但沒有好轉，反而變得更少活動。所以，宋媽只好指望能從飲食方面對他的身體有所補助。每天早上，她總得強迫他吃完她送去的早餐，魚肝油維他命之類的藥品，當然更不可缺少，而晚上睡前這一頓補品，她認為比正餐更重要。所以，現在當約倫咕嚕著吃不下時，她不以為然地嚷起來。

「什麼吃不下？這一點點東西，你給我吃！」

看見宋媽把碗端到他的面前，打算要餵他，約倫不得不屈服了。

「好，好，我自己吃。」

「快趁熱吃，冷了會傷腸胃。」

「晚上吃煮蛋，本來就傷腸胃，」約倫說：「蛋不容易消化。」

「什麼消化不消化，我不懂這些文明詞兒——你快給我吃下去。」

約倫再延宕一下，知道自己不吃下去，這位老奶媽是絕對不會走的，於是只好勉強把碗接過來，宋媽慈愛地注視著他，憐惜地說：

「你知道你最近的臉色又不好了！」

「我本來就是這樣。」

奶媽嘆了口氣，向房間兩邊望望，有所感觸地說：

「約雯都快要結婚了……」

約倫一口把剩下的一隻小鵪鶉蛋吞下去，然後滿臉厭煩地把碗重重的擱在桌上。

「好了吧、好了吧！」他說：「妳要唸多少回呀！」

「我知道你不喜歡聽這些話，」奶媽悲抑地用哽咽的聲調說下去：「你當然不在乎，可是我在乎，我帶你——都快三十年了呀！」

接著，她哭泣起來。

約倫生平最怕的，就是碰到這種場面。自從約雯訂婚開始，他就感覺到老奶媽的心理已經有點反常了，現在眼看約雯馬上就要結婚——妹妹在哥哥之前先結婚，她總覺得有什麼不對似的，眼看著她越哭越傷心，他一時不知該勸好還是索性不說話。

發覺約倫苦口苦臉的楞著，奶媽有點氣起來。

「你說呀，」她瘖啞地說：「我指望什麼？我又不是你的什麼人！」

華約倫愧疚地低下頭，吸吸鼻子，半晌，才低聲懇求道：「奶媽，不要這樣嘛！」

宋媽極方抑制自己，然後用攙有點自責意味的語調緩緩地說出心裏的話：

「你心裏想什麼，我全知道，你什麼事都瞞不過我！」她用手阻止約倫打衝她的話，接著說：「我一直不開口，是因為我知道這件事成不了——就算大家都不反對，單憑你自己，還是不會有結果的！」

他不響，茫然地瞪著奶媽。

「我不怕你知道，」老奶媽避開他的目光，「本來，這件事，我一直是反對的！」

「妳，妳反對什麼？」他開始口吃起來。

「薇薇！」她抬起頭，「我不是說，薇薇有什麼不好，只不過……」

約倫好像從椅子上彈了起來，他惶亂地喊道

「妳，妳說……說些什麼呀！」

宋媽的嘴唇微微痙攣著。她真想像早些年那樣，好好的打他一頓，或者把他推進一間黑暗的屋子裏。

「奶媽！」他驟然軟弱地垂下頭。

沉默一陣，宋媽深深的嘆了口氣。痛惜地嗄聲問：

「你到底要想慾在心裏多久？」

「一輩子？」

他仍然不響。她忽然非常認真地提議：

「阿倫，你說不出口，我可以替你說——我相信，你姆媽會答應的……」

「妳，妳統統——統統弄錯了！」

宋媽困惑地張著嘴。

「你不想娶薇薇？」她低聲問。

「我，我跟，跟她什麼事也沒，沒有呀！」他生硬地說。

奶媽以冷峻的目光注視著他。

「我，不配嘛！我……比她大十幾歲！」

「……」

「真的，我，我不騙妳，」他愈說愈感到昏亂，臉色異常蒼白。「而且，我——我也並不怎麼喜……喜歡她！」

宋媽吁了口氣，點點頭，然後平靜地從圍裙的小袋子裏拿出黃薇剛才在樓下交給她的那幾張郵票。

「喏，」她遞給他，冷冷地說：「她叫我帶上來給你的！」

宋媽出了房間，華約倫呆呆的坐在原來的地方，定定的望著手上那幾張郵票。

他開始後悔今天晚上所做的每一件事。他簡直不明白剛才自己是出於一種什麼心理？因為他跟奶媽之間，根本不應該有所謂自尊心的問題，而且她的提議，也並沒有傷害到自己。這件事情，遲早總要解決的——除非他真的決心放棄了這個願望！

但，事實上華約倫等於放棄了。

驀然，他揚起頭，望著剛才宋媽站立的地方，向自己抗議：

「不！我不放棄！我為什麼要放棄！」他要求自己：「這是我自己的事，我有權去告訴她，親口告訴她，我不需要誰去幫我說！」

於是，他站起來，摸摸眼鏡。

「我現在就去！」他堅決地說。

他走出來。走廊上空空的，他聽到自己的腳步聲逐漸低緩下來，在樓梯口，終於停住了。

「薇薇已經睡了吧？」他問自己。

可能已經睡了，她總是睡得很早的。即使沒有睡，也會和老黃坐在房間裏。華約倫知道這位思想陳舊而頑固的老管家絕對不會同意這件事。猶豫片刻，他開始說服自己」，明天再去找薇薇攤牌；他可以到打字行對面去等她，她出來了，就假裝無意間遇到的，於是便可以——至少，也可以和她一起坐公路車回家。在車上，她沒有理由不讓他坐在她旁邊，從西站到碧潭，他有足夠足夠的時間和她談話。而且，誰也不會知道。

想到這個地方，他慶幸自己剛才沒有莽莽撞撞的走下樓去，因為那樣很可能把事情弄糟的。他確信會那樣。以這半個鐘頭所發生的事情來說，他已經把這個非常難得的好機會錯過了。他想：他應該和他們一起去參加派對。

而且，在吃飯的時候，約希就慫恿過他，他看得出他很懇切，同時還覺察到約希似乎有什麼話要向他說——他總是時常覺得約希有什麼話要向他說，而始終沒說出來。

當華約倫剛回到自己的房間，便聽到下面園子裏有急促的跑步聲。

「老五回來了！」他興奮地說。

於是他連忙返身走出房間，靠近長窗向下望。而華約希已經奔上樓來了。

發覺二哥站在走廊上，華約希突然頓住，喘息著大聲說：

「噢，我還怕你已經睡著了呢！」

華約倫驟然緊張起來，他不知道發生了什麼嚴重的事？要不然對方不會那麼急著跑回來的。

「什，什麼？」他不順嘴地問。

約希走近他，拖著他便向樓梯那邊走。

「走！」他簡截地說。

「去哪裏？」

「我們下去再說！」

他們下了樓。走出前廊，約倫實在忍不住了，於是有點著急地低聲追問：

「我們要到哪兒去呀？」

二哥這種畏畏縮縮的樣子使華約希生氣。

「你怕什麼？」

「……」

「我們到樹下面坐坐吧！」約希淡漠地說。然後逕自向園子當中那棵老樹走過去。華約倫踟躕了一下，終於跟在他的後面。

走到樹下，約希沒有理會約倫，便坐到那張他曾經花了一整天時間造的木頭圈椅上，平伸出雙手，圍著椅背，然後抬頭望著黑暗的樹頂，深深的吐了一口氣。

約倫站在他的面前，遲疑一下，才靜靜的在他的左邊坐了下來，雙手放在膝上。

約希閉起眼睛，沒有說話。這種意態愈加使約倫感到不安。最後，他回過頭來了。因為他是面向著屋子的所以約倫看得見他的眼睛裏閃爍著一種怪異的光澤。

「究，究竟，是什麼事呀？」約倫再低聲問。

約希忽然惡作劇地怪聲笑起來。

「沒有什麼！」他抬起頭望樹頂，直直的伸開他的雙腿。「我只是忽然想找你聊聊天！」

「啊……」約倫將眼睛瞇起來。他不相信約希急急忙忙的跑回來，只是為了這件事。

「你不相信？」約希仍望著樹頂。

「……」

「我寂寞透了！」

「寂寞？」約倫詫異地望著約希，他覺得這句話應該是他說的才對，現在出諸於約希之口，似乎是一件很滑稽的事。他問：「你也會寂寞？」

約希緩緩的回過頭來望身邊這位老實得又可憐又可恨的二哥，沉鬱地反問：

「我為什麼不會寂寞？」

約倫習慣地摸摸眼鏡。

「我，我是說，」他含糊地回答：「像，像你這，這樣……」

「像我這樣，」約希替他把話接下去：「應該不知道什麼叫做寂寞才對，是不是？」

約希嘆了口氣。

「你不懂，」他解釋道：「你寂寞，但是你用不著去裝出你並不寂寞！可是我不行！」

「為什麼？」

「誰相信？大家都以為我這個人是莫名其妙的，不用大腦的！」

「我，我可沒這麼說！」

「可是你也不反對別人這樣說。」

約倫靦腆地用小手帕抹著手心，不敢去望約希，約希笑起來。

「你知道我為什麼那麼早回來嗎？」他問。

「我，我正想問你。」

「他們現在正跳得起勁兒！」

約倫現在比剛才輕鬆得多了，因為他已經知道並不是發生了什麼事，只是約希一時心血來潮，拖他出來談談天而已。所以，現在他只是望著約希，微笑著，等著他把話說下去。

「我在那裏碰見了葉婷！」約希終於說。

「誰？」

「小十三點！」

「哦。」

沉默。

約倫不明白約希為什麼碰見了小十三點便要跑回來，而且為什麼要將這件事告訴他。於是試探地問：

「後，後來呢？」

「我就回來了！」

「為什麼？」

「不為什麼！」

「……」約倫又問：「你們吵嘴啦？」

約希困惑地回頭望著約倫，然後認真地說：

「這是我自從那天晚上，跟她在這裏坐了一晚之後，第一次再看見她。」

約倫相信約希說的是真話，因此不免大為驚異。

「你一直沒有跟她在一起？」

「嗯。」

「那，那麼他們說，那——那些話的時候，」二哥幾乎叫起來：「你，你為什麼，不響？」

約希冷冷一笑。

「那有什麼關係？」他聳聳肩膀，平淡地說：「我跟她在一起，和不跟她在一起，都是我自己的事！他們說他們的。」

「哦……」

「哦什麼？」

「你，你不喜歡她！」

「誰說？」約希連忙更正他的話：「我喜歡。」

約倫頓了頓，才用一種顯然已經對這件事發生了興趣的聲音問：「那，你為什麼要回來呢？」

約希一時不能回答這句話，真的，他實在不明白，自己為什麼要離開舞會？當葉婷和約翰進屋子去的時候，他的確並沒有打算走開的。但，他結果還是身不由主的離開了舞會，回家裏來了。在見到約倫之前，他覺得自己有滿肚子的話，要向約倫說，可是現在，他竟然連一句都想不起來了。

看見約希不響。約倫說：

「她好久沒有來了。」

「誰？」

「葉，葉婷呀！聽，聽說是他們叫約姿不——不要帶她來。」

「我知道。」

「你，你既然喜歡她，那——」

「我明天要去找她，」約希說：「我早就應該去找她！是不是？」

約倫笑了。他似乎希望從約希這件事情上使自己能夠增加一點勇氣。

「你會帶她回家來？」他問。

「怕什麼？」

「對，怕什麼？」約倫點點頭。「他們反對，是，因為——呃，那，那天晚上，你和她，在這裏……到天亮，是真的嗎？」

「你怎麼想？」

「我，我想是真的。」

「當然是真的。」

約倫移動了一下身體，緊張的追問下去：

「你——你真的跟她……」

約希哼了一下，想笑。但是沒笑，他又抬起頭來望著樹頂。他看見那兩隻大鐵碼仍留在樹的橫幹上，他後悔自己為什麼要把那張搖椅拆掉？要不然，明天晚上，他又可以和葉婷坐在搖椅上面談天了，怎麼找她呢？到她的學校？或者……不，他忽然想馬上再趕回舞會去，葉婷也許還在哪兒。

「你怎麼了？」約倫的聲音問。

約希醒覺過來，發現自己仍然望著樹頂。於是，他隨即打消了再回舞會去找葉婷的念頭，而且也記起自己趕回家來找約倫的真正原因了。

「我問你怎麼樣？」他注視著他的二哥說。

「我怎麼？」

「薇薇。」

「哦……」約倫驟然感到渾身灼熱。

「你為什麼不約她到這兒來坐坐？」

「……」

「你怕，我知道你怕，你怕她會拒絕你。」

約倫仍然低著頭，只是掩飾地用手帕擤著鼻子。

「要不要我幫忙？」約希摯切地提議。

約倫不解地抬起頭。

「我真的可以幫你的忙。」

約倫從喉管裏發出一種乾澀的聲音，但並沒有說話；他極力要表示此一種自己並不期待別人幫助的神態。同時，他心裏有一種被壓迫的感覺，因為奶媽剛才也提起過這件事，他不喜歡別人干預或接觸他內心中的那個秘密；他承認自己並不是能夠與別人分享快樂和分擔痛苦的那種人。再說，他已經拒絕過奶媽的好意，現在當然沒有理由再接受這個可能會把事情弄得天翻地覆的弟弟的任何幫助的。

約希的聲調變了。

「你真的決心打一輩子光桿兒嗎？」

二哥摸摸眼鏡，他忽然想起一件事，於是用一種平靜的聲音回答：

「打，打光桿兒，有什麼不好？三舅舅也沒結婚，你，你說他生活得很可憐嗎？」

「他跟你不同！」

「為……為什麼不同？」

約希的嘴角，著輕笑，他挑釁地說：

「三舅舅玩過幾百個女人，你敢嗎？」

「……」約倫頓住了。

「我打賭你連想都不敢去想！」

這是真的。華約倫從來不願去想男女間那些猥褻的事，他在浴室的鏡子裏看見自己的裸體都會覺得彆扭的。

「我早就分析過了，」約希繼續用那種微微攙有點譏誚意味的口吻說：「你的毛病就是——你害怕女人！」

「我，我怕什麼？」

「你怕她們不喜歡你！你又怕她們喜歡上你！」

「見鬼！」

「你否認吧！那是你自己的事！」約希指著他的二哥。「你已經有點變態了，你知道嗎？」他強調這句話：「心理變態！」

華約倫震顫了一下。

「沒，沒有的事。」他不以為然地嚷道。

華約希忽然想到一個怪念頭，那種狡黠的笑意開始從他的嘴角流瀉出來。

「要不要我替你證明一下？」

「……」約倫惶然瞪著他。

「你身上有多少錢？」約希問。

約倫困惑地搖搖頭。

「你，你不是看見，」他吶吶地回答，「我，我統統給約翰了。」

「那去問宋媽要！」

「現在？」

「當然是現在。」

「這麼晚，還，還要錢幹什麼？」

「你別管！你只要跟我去——走吧！」

約倫並沒有站起來。說實在話，他希望不要站起來。儘管他仍然不明白約希在搞什麼鬼，但他肯定這絕對不會是什麼好事。他不可能做出什麼好事。

「快走呀！」約希不耐煩地拉拉褲帶，催促道。

「你，你先說，去，去什麼地方。」

約希的眉毛緊緊的皺起來。

「我要是說出來，」他痛惡地說：「你就更加沒勇氣去了——我帶你去找女人！」

「什麼？」二哥失聲叫起來。

「不錯！」約希重複道：「去找女人！」

「我，我不去！」

華約希突然吼起來，他指著約倫威脅：

「你非去不可！」

約倫被他這突如其來的態度和聲音嚇了一跳。

「我不跟你開玩笑，」約希繼續說：「你最好還是跟我去！用掉多少錢，算我的，我會還你！」

「我，我絕對不去！」約倫固執地宣示。同時，他生氣地，站起來，打算走開。

約希玄惑地了。等他走了幾步，才冷冷地問：

「你真的不肯去？」

約倫不理會他，彎著腰一步一步的向前走。

「你真的不怕我造你的謠？」

約倫驟然停步，回轉頭。

「造，造什麼謠？」

「當然是不大好聽的！」說著，約希走近他，目的是讓對方可以看見自己的臉，增加一點嚴重性。他狡猾地說：「比方，我說你今天不肯跟大家一起去參加派對，是因為你和薇薇——」

約倫驚惶地打斷他的話：

「你，你不可以胡說八道！」

約希獰笑著。

「胡說八道？」他繼續說下去：「你們兩個就坐在這裏，讓我抓到了——你說他們會不會相信？」

約倫茫然注視著約希。

約希知道事情已經決定了，於是他說：

「我先到大門口等你——只等十分鐘。」

第十一章

華約希在第二天中午果然跑到同安街強恕中學前湎去等葉婷下課。本來，他曾經打算向約姿問葉婷家裏的電話號碼的，但昨晚當他架著二哥，從西門町大世界戲院對面巷子一家黑茶室胡鬧到茶室打烊，再回到碧潭家裏時，已經是深夜了。

現在，在學校前面那家小冰菓店裏，約希喝完第三杯大家都叫做「牛屁水」的日本式飲料乳美素，放午學的學生都走先了，仍然沒有看見葉婷。

其實，葉婷非但沒來上課，甚至連家都沒回。

這種事，對葉婷來說，根本就是一件稀鬆平常的事。她媽媽曾經三番四次的，要將她送回香港去，希望葉婷進她曾經唸過的貴族學校「聖瑪利書院」，原因是臺灣的學生制服「難看死了」，白衫黑裙，說多難看就有多難看，尤其是那被剪成個馬桶蓋似的頭髮，簡直使她無法忍受。

「香港就不同！」她時常這樣說。她說話時總喜歡一句英語，半句中國話，也不管對方的英語程度如何；事實上她也是習慣說給人家聽的，而不是跟對方交談的。

「女孩子家嘛！」她認為，再那個也要打扮得漂漂亮亮的，同樣是一套制服，人家的穿起來就討人喜歡！花格子短裙，淺色的圓領襯衫，領口結一條小領帶，外套用薄呢做的，墨綠色，棗紅色，杏黃色，個個學校都不同——尤其是胸口上繡的大校徽，多有氣派！

因此，當這位出生在香港豪富之家，從小接受殖民地教育，把大英帝國當「祖家」的葉浩東夫人一碰到什麼不稱心的事，就後悔前年不該再從香港搬回臺灣來。

總之，由於眉心的那一顆痣，她沒有理由不相信自己三輩子之前就註定的是「富貴命」。她娘家姓何，這個姓在香港的某一種解釋上與「尊貴」是同義字，族中至少也出過三、四位「太平紳士」。其餘的就不必再多加解釋了。不知是平素保養得好還是什麼，她四十二歲了，而即使細看，也只像三十剛剛出頭，高高的身量，細腰，皮膚皙白，那雙長長的鳳眼顧盼之下，給人一種高貴而冷豔的感覺。

她十九歲嫁給年輕得志的葉浩東，第二年便隨丈夫外放到歐洲去，由參事而公使，而大使；抗戰期間，雖然葉浩東曾內調回國，但這位葉夫人卻帶著幼小的葉婷住在香港，勝利復員後，一家人再在上海重聚；直至共匪倡亂，南京淪陷，葉家才隨著政府撤退到臺灣來。

由於當時大陸的局勢日非，人心惶惶，及至李代總統稱病離國飛美，一些已經逃到臺灣的悲觀人士敏感地認為大禍將臨——剛調為閒職的葉浩東就是其中之一；他很技巧地以探親為由，讓葉婷母女二人先到香港去，留個退步。位於九龍塘高等住宅區的那棟豪華花園洋房就是那年的年底買的。如果臺灣局勢不穩，一張機票，葉某人既可穩坐在大沙發上做其大英帝國庇護下的寓公，而且還可以隔岸觀火的心情靜待其變，假使情況好轉，他照樣可以捲土重來。

民國三十九年三月一日，蔣總統復行視事，葉浩東並沒有放過這個突出他自己的機會，又「轟轟烈烈」的以「赴義」的精神再舉家「投回祖國的懷抱裏」，返回臺灣，除了幾十件大行李，連那個叫做銀姐的廣東娘姨都一起帶了回來。

可是，事情並不如葉公所想像的那麼美滿，鑽營的結果，最初他只被安置在一個什麼委員會裏，掛個空銜；最後連這個起碼的「後補委員」都失去了。葉浩東失意之餘，在窮則變的心情下「出國考察」；憑他以前的地位和國外的一些關係，不到一年功夫，竟然讓他在美國闖出了一個小局面——在一個美國半官方的「亞洲問題」研究機構裏面，一本正經的「顧」而「問」之起來。於是，這個葉博士（他的博士榮銜是在中南美洲一個小國任內被一家什麼大學贈與的）便以專家的身分，不時飛回國內來晃晃，頗為風光；而這位駐顏有術的博士夫人，在那些冠蓋如雲的社交場合，自然更顯得雍容華貴，豔光四射了。

這兩年，由於韓戰促成日本戰後的復興，葉氏夫婦經常勾留在東京，據說正從事於一種什麼新的事業；但也有些消息傳來，他們經常酬酢於一些失意政客——某個小集團之間，頗耐人尋味云云。但，由於他們是屬於漸漸被淘汰，漸漸被淡忘的人物，因此，所謂「消息」，也僅限於一些故舊部屬的閒談而已。

今年年初，葉夫人從日本回來，又嚷嚷著要把臺灣這個「家」，搬回香港去。

從懂事開始，葉婷對於「家」，它的意義只是一個讓她睡覺的地方而已，正如「父母」之對於她一樣；說得更真切一點，在情感方面，她寧可去接受銀姐給予她的。因此，當她的父親或者母親突然像個遠客似的回來之後，最讓她失望的，就是虛應故事地擁抱著親吻一下，說一句「啊，又長高了嘛！」之後，他們忙著翻記事簿打電話，向那些什麼公什麼老問好，一臉假笑；然後換衣服，打扮，又出去應酬拜會去了。留下的，是一大堆特意買給她（表示愛和關懷）的玩具和衣物。

久而久之，葉婷變得對任何事物都抱著一種既不熱衷也不冷漠的態度，隨遇而安，而性格上的那一點執拗，使她更加任性、反叛、不受管束；她不珍惜東西，喜歡把自己房間弄得亂七八糟，說粗話，無緣無故地怪叫，作為一種報復。

夜晚不回家，當然也是報復之一。因為她知道，這個晚上，銀姐一定會一把鼻涕一把眼淚的，像那些臺灣哭調一樣，哼著那種難聽的順德土話，詛咒她，詛咒自己的命運，直至第二天看見葉婷回來為止。

昨晚，葉婷沒有回家。

當她在舞會中突然發現華約希失蹤之後，她急忙追出園子，她肯定華希約不會走得很遠，因為在一二十秒之前，她還看見他站在那兒。但，在外面泥濘的街巷找了一圈，她絕望了。看見自己滿腳泥濘，想離開舞會。她不明白華約希為什麼會失信，他曾經答應了她的。她忽然想追到碧潭去，如果約希還沒回家，她可以在門房等他。她認識小孫。由於自己的手袋擱在壁爐架上，她再回到舞會去。

她剛要伸手去撳園門的門鈴。

「葉婷！」有人在後面叫她。

她回轉頭，發現小騷包胡世達坐在他從家裏偷開出來的驕車內。車子就停在前面不遠的圍牆邊，於是她向車子走過去。

「你坐在車裏幹嘛？」她問。

「等妳呀！」

「哦……」

胡世達自嘲地乾笑著說：

「我還有臉在裏面跳呀——上來吧！」

「我要進去拿皮包。」

「在這兒，我已經替你拿了。」

葉婷歉仄地頓了頓，打開車門，坐進去。胡世達把那隻小珠子皮包遞給她，盡量想表現出一點不大在乎的樣子，問道：

「沒追上他呀？」

「沒有。」她爽朗地回答。

「要不要我開車送你去找他？」

「你肯？」

「笑話。」小騷包習慣地歪歪嘴巴。「我才不會那麼小器！」

「那走呀！」

胡世達猶豫一下，又將身體轉向她。

「我想問妳一件事。」

「我跟華約希？」

「……」他沒想到她會先說出口，因此反而不知該怎麼問才顯得恰當。

「問呀，」她挑釁地說：「你不是想知道嗎？」

「我，我……」

「不要這樣娘娘腔好不好——我最討厭男孩子這副德性！」

「那是他們在說！」

「他們？」她向園子那邊膘一眼，想了想，然後非常認真地向他提議：「呃，有沒有興趣我們再進去跳？」

「你說什麼？」

「走，下車！」

胡世達發現其中一定有什麼蹊蹺。

「慢點，」他連忙拉住她。「妳先說，妳想幹什麼？」

「不要這樣沒有出息好不好！」她叫起來。

「算了，讓他們去說……」

「妳以為我進去打架呀？」

他不響，疑惑地望著她。她最後只好妥協了。

「好，」葉婷舉起左手宣誓道：「人格擔保，我絕對不惹麻煩，好了吧？」

胡世達雖然仍然心存戒懼——因為他認識小十三點那天，就看見過她在幾個小太保面前撒野；但，當她聲言即使他不願意她也要再進去時，他屈服了。

第一個看見葉婷和胡世達再進來的是華約姿，她正好靠在門邊過道上抓她滿臉不耐煩的四哥教她跳「吉利巴」。老處女在旁邊跟著學。

「咦！」約姿停下動作，詫異地問：「妳不是跟我五哥走了嗎？」

小騷包開始緊張起來。但葉婷卻親親熱熱地伸手去勾住他的手膀，作態地責備道：

「妳不要在我的男朋友面前拆我的臺好不好！」

大家的目光落，到胡世達的臉上。胡世達尷尬地摸摸領上那隻怎麼打都歪歪的領結，露出一絲苦笑。音樂剛好在這個時候完了，燈亮了起來。

於是，在旁邊的娃兒一起向他們圍過來。那個叫做「饅頭」的中號胖子重重的在胡世達的胸上捶了一下。

「騷包，你龜兒真有一手！」他說，眼睛瞟著婷葉。

另外一個像伙不懷好意地接腔了：

「大方一點，跟大家介紹介紹嘛！」

胡世達只是傻笑，嘴角兩側現出好多皺紋，他支吾了一下，又靦腆又興奮地望著葉婷。葉婷俏皮地向他嘟嘟嘴。她知道華家大姐他們正在注視著她。等到胡世達再摸領結，她調侃地大聲嚷起來：

「算了算了——老娘自己介紹！」她清了清喉嚨，向那群大孩子做個姿勢；欠身，右腿一退，像舞蹈家謝幕那樣。然後以時下學生們流行的四川腔調說：「不客氣，本人就是葉婷！樹葉的葉，婷是亭亭玉立的亭字加個女字旁，今年芳齡十六，是強恕中學低材生！」大家笑了，她瞟身旁的小騷包一眼，發現胡世達神氣得像個人似的，於是調侃地說：「——你得意什麼？做我的男朋友，你知道你排第幾？」

小騷包酸溜溜地笑了，他緩緩地伸出兩隻手指。

「二？」

「馬不知臉長！」葉婷頭一歪，半真半假地說：「輪十個，還不知道輪不輪到你娃兒呢——二？」

大夥兒亂了起來。現在連那幾個始終躲在一角落聊畢業後大計的老學姐們都對這個「小不點兒」發生興趣了。華約翰從看見葉婷跟胡世達走進來開始，就巴不得早點將老是「粘」著自己的何小薏給推銷出去，他一次一次的跟別人在跳的時候交換舞伴，結果小薏仍然回到身邊來。現在，他聽見她用低而帶膩的聲音在他旁邊說：

「怪不得你們叫她十三點！」

小十三點突然改變主意，決心再回到舞會來，胡世達就肯定她一定是為了報復，至少也要惡作劇一下的。

她這種作風，從認識她的第一天他就領教過。但進來之後，竟然出乎他意料之外，葉婷表現得就像根本沒發生過任何事情一樣，這才安下心來。現在，饅頭他們幾個平常喜歡鬧的小伙子故意向他的身上擠，一邊撥弄他的頭髮。

「騷包，這趟又栽了吧！」

為了要將氣氛弄得輕鬆一點，胡世達裂開嘴傻笑。

「那，我排第十一好了，」他向葉婷自嘲地說：「有個『一』字，討個口彩！」

「還招不招『新生』？」有人打趣地問。

「照招不誤啊！」葉婷快活地回答：「多多益善，老娘不怕多，就怕沒人追！」

「那我掛號第十二！」

「十三號不吉利，」另一個馬上舉手。「我跳號——我登記第十四！」

「我第十五！」

接著，大家開始起鬨……

「呃，胖子，」葉婷問：「你呢？」

饅頭彈彈眼睛，一本正經地說：

「我不打沒把握的仗！」

「你又怎麼知道我不喜歡你？」

「話不是那麼說，」他很精明地解釋道：「我要算算或然率，成功的機會不大我就不參加！」

「這還有得算的呀？」

「當然有！比方——我想先知道，排第一號的那個傢伙是誰？」

「哦……」

「能不能公開？」

葉婷笑了。她有意地瞟了約雯他們一眼，發現華家大姐正以一種冷漠而略帶輕蔑的目光注視著她。她遲疑半響，終於打消了原來的那個念頭，淡漠地說：

「算了，還是替自己留點面子。到底人家家裏認為這是一件很下流的事！」

她這句沒頭沒尾的答話使饅頭他們大感困惑，而胡世達卻鬆下一口氣，因為他已經覺察到，危機已經過去了。這一點，約雯和約姿也大感意外一尤其是約姿；她從來沒見過小十三點那麼穩重和成熟。從葉婷進來開始，她已經提心吊膽的等待著那個毫無疑問會被弄得很可怕的局面。現在，她感到有點內疚。

而葉婷已經大聲嚷起來了。

「嗨嗨嗨！是誰管音樂的？」

「你還沒有說呢？」

「——放支森巴！」葉婷不理會饅頭，索性把鞋面上沾滿泥濘的鞋子脫了下來，隨手丟到門旁的鞋櫃那邊，赤著腳走到客廳當中。「來，我做龍頭，大家一個一個接下去！」

總之，這個晚上，葉婷成了這個舞會的中心。她簡直沒有停過，盡情地跳；那些大孩子們輪流的請她，大家興奮地交換舞伴，音樂一支連著一支；後來連那幾個「老大姐」和兩個不會跳舞的害羞傢伙，都被她捲進歡樂中。胡世達不知道在什麼時候溜回家去，弄來兩瓶洋酒，徐子斌將其中半瓶攙進那缸檸檬水裏，到了十一點休息切大蛋糕的時候，差不多每個人的臉都是紅通通的，帶點酒意。

那個大蛋糕是徐子斌奉華約翰之命在美而廉定製的，二十寸，兩層，上面用紅色奶油擠「精忠報國」四個大字，極為醒目。

「嘩！那麼大！」饅頭嘟著嘴叫起來：「一個人要攤多少錢呀？」

徐子斌連忙向大家說明。

「不要緊張，不要緊張，這隻蛋糕是約翰自己掏的腰包，向各位表示一點『惜別』之意！」

不知道實情的人困惑地望著手上拿著一把長刀子的華約翰。

「你惜什麼別？」

華約翰露出一副矜持的神態。

「非常抱歉，」他怪腔怪調地說：「兄弟我先天不足，後天失調，小身體實在太差，體檢只『撿』到個『丁』等，所以未能追隨你們哥子左右，報效國家，實為終身之憾事也！」

說完，他得意地笑起來。但這群即將入營的預備軍官沒有笑，大家瞪著他。他止住笑。

「呃……」他尷尬地解釋：「你，你們知道的，我病了好久，剛剛出醫院……」

不知道是那一個突然衝口而出：

「你們華家真有辦法！」

華約雯和華約姿發覺大家都在望著她們。頓然覺得渾身不自在。

華約翰陪著笑，把刀子遞給站在桌邊的葉婷。

「來，妳幫忙切！」

「非常抱歉，」葉婷學著約翰剛才說話的腔調：「我格小身體也弗靈光，這個蛋糕太大，怕切不開，儂哥子還是另請高明——也！」

由饅頭帶頭，大家跟著熱烈地鼓起掌來。華約翰一時失措地怔在那兒。其中有人開始唱：

反攻，反攻，反攻大陸去！

反攻，反攻，反攻大陸去！

大陸是我們的國土，

大陸是我們的家園……

就這樣開始，他們激動地齊聲唱著，唱完一支又一支，軍歌唱完了唱抗戰時的救亡和藝術歌曲。他們忘了跳舞，忘了華家的人在什麼時候走掉了。當這個「惜別」舞會結束的時候，他們已經喝光了胡世達帶來的酒——而那個大蛋糕，仍完完整整的放在客廳正當中一張方桌上，沒有人碰過。

走出屋子，清涼的空氣將已有醉意的葉婷裹著，她深深的吸了一口氣。

「好有意思！」她笑著向身邊的小騷包說。

小騷包覺得現在的葉婷，有一種他以前從未發覺到的特殊氣質在吸引住他。

「葉婷！」

「啥事？」

胡世達想了想，在心裏略微修正了自己要說的話。

「我受訓的時候，妳會回我的信嗎？」

「你給我寫信？」她問。

「唔。」他點點頭。「妳有沒有去過鳳山？」

「沒有。你們在那裏受訓？」

「好像是剛入伍的時候，以後要分發出去。」

「去金門？」

「金門、馬祖，到處都有。」

「多久？」

「兩年——妳只要寫幾個字就行了。」

「好吧！啊……一顆流星！」

他定定的望著她。她仰著頭，像是在找尋另一顆流星。她的側臉好美，尤其是那半張著的彎彎的嘴角。剛才下車他故意伸手去替她開車門時，他就曾經想趁勢去吻她，但臨了他沒有做。現在，他又有那種慾望，可是馬上又灰心起來。他想起華約希。

「你怎麼了？」她笑著問。

「……」他搖搖頭。忽然鼓起了勇氣，問：「排第二的是？」

葉婷忍不住笑了。

「你真的以為我有那麼多男朋友呀？」

「至少華約希是真的！」

「對！只有他！」她甜蜜地說：「他是第一個吻我的男孩子！」

胡世達苦澀地笑笑。看看錶，才發覺只剩下他們兩個人。徐子斌在幫著下女和一個男工人在屋內收拾，那幅棗紅色的落地窗幔現在已經拉開。

「我們還站在這兒幹什麼？」他說。

他們走出園門。胡世達掏出車匙去開車門。但葉婷並沒有上車。

「上來呀，」他說：「我送你回去！」

「你走吧，我想走走路。」

「妳不是想去碧潭吧，那麼晚！」

「我幸虧沒去！」她誠摯地說：「走吧——記得寫信給我！」

胡世達將車開走了。

葉婷在那扇紅色的大門前站立了一會兒，才向左邊黑暗的馬路走過去……

「——嗨！」突然有人在背後叫她。

她回轉頭。看見一個身材高高瘦瘦的女孩子從黑暗中向她跑過來。走近之後，她認出在舞會裏見到過她。

「我在等妳呢！」那女孩子坦率地說。

「等我？」

「如果妳上了汽車，我就白等了！」

「哦……」葉婷困惑起來。

她大概猜出了葉婷的心意，於是笑著介紹自己。

「我叫方菁，金甌女中的。」

「我叫葉婷，」她問：「妳的男朋友呢？」

「我只有一個人，」方菁回答：「我表姐拖我來的，就是近視眼有五六百度的那一個。」

她們開始走。葉婷這時才發現方菁的頭髮，說話的意態，甚至動作，都有點像男孩子。

發現葉婷望著自己，方婷笑笑。

「我是打籃球的，校隊。」

「我說呢，我一定見過妳。」

「可能，我們喜歡在外面野嘛！」方菁習慣地用手掠掠左邊老是搭下來的頭髮，忽然問：「要不要加入我們？」

「……」葉婷沒聽懂。

「我就是為了這件事才等妳出來的，怎麼樣？」

「什麼怎麼樣？」

方菁停下腳步。說：

「我好欣賞妳，妳有性格！」

「妳還沒有說出，要我加入什麼？」葉婷固執地問。

「妳聽說過『七姊妹』嗎？」方菁變得嚴肅起來。

葉婷點點頭，她記得有一次在三軍球場的球員更衣室外面走廊上，看見克難球隊的「老么」左右擁著兩個瘋瘋癲癲的女娃兒。他們說她們是「七姊妹」的。

「很出風頭！」她回答。

「我們本來是想組織個球隊的，」方菁說：「其實『七姊妹』也不是我們自己起的。大家都這樣叫，叫出名了。」

「名字不錯——七虎，就很神！」

方菁嘆了口氣，又開始走。

「就是因為太有名，」她說：「學校、教務處、老師、教官，死釘著我們幾個『K』，怕開除嘛！大家早就不玩球了！」

「我還以為妳要我加入妳們的球隊呢！」葉婷頓時感到輕鬆起來。

「不，球隊早散了！連人都散了。現在，只剩下，我算算看，唔，小五，老么，我，只剩下三個。」

「那妳們就叫『三劍客』！」

「這個名字犯忌，不行！」

「犯什麼忌？」

方菁進一步了解這個「小不點兒」還很嫩。當她看見葉婷大模大樣地跟大家鬥嘴的時候，還以為葉婷有點來頭呢。

「女孩子不可以隨便用『劍』字，」她解釋道：「黑話裏面，好難聽的！」

「哦，妳還懂得黑話！」葉婷有點驚訝。

「一點點，」方菁為了證實自己懂得比她多，從褲袋裏摸出一包香煙。「要不要抽一支？」

別說香煙，大雪茄葉婷也抽過。哈瓦拿的、盒裝的、一支一支用金屬管子裝的。但她搖搖頭。

「現在我不想抽——妳說妳懂黑話？」

方菁應著，一邊用一只頗為精緻的打火機將香煙點燃，深深的吸了一口，然後很老練的吞了進肚子裏去，再讓那絲絲白煙從鼻孔裏流出來。

「很簡單的嘛！」

「香煙黑話怎麼說？」葉婷好奇地問。

「薰條。」

「哦……誰教妳的？」

「還教什麼——我哥哥就是個太保。」

「十三太保？」

「正宗的，他是老七。空軍官校把他『刷』了下來，他就去耍太保！」

發現葉婷沒接腔，方菁很認真地表示：

「妳不知道，他們開始耍的時候，滿規矩的，都是好好人家嘛！才不像現在那些下三爛，只曉得打架，耍流氓！」

葉婷本來想把自己那次對付幾個孬種小太保的事告訴方菁，但沒有說。她心裏想，跟人家比，真是太小兒科了。至少，人家還會說黑話。

她們已經走到南京東路了。時間是午夜一點十分，還有幾檔食攤在開夜市，路邊的三輪車班頭停滿了三輪車。

看見葉婷看錶，方菁問：

「要回去啦？」

「很夜了。」

「妳還沒有回答我呢。」方菁笑著說。

「妳要我做什麼？」

「我是說——呃，妳是不是急著要回家？」

「我不急，自由得很！」葉婷老實地回答：「我甚至不回去都沒人管我！」

方菁興奮起來。

「那棒極了！」她提議：「我們現在就去小五家！就是剛才我說的，她叫唐琪。」

「那麼晚了還到人家家去？」

「不要緊，他們一家都是夜貓子。她很逗的，妳一定會喜歡她！」

葉婷沒讓胡世達開車送她回家，就是因為拿不定主意，是不是打個電話去給華約希？或者索性闖到碧潭去？當時，她的情緒十分紊亂，而且低落。但，經過這一段不算太短的路程，她起先的一點點酒意完全消失了，燈光之下，她發現身旁的方菁有一股說不出的魅力，感覺上比剛才初見時更美，更自然。因此，當方菁再問她「如何？」時，她馬上不假思索地回答：

「好呀，聽妳的。」

方菁一把抓住她，連價錢都不問，便跳上排在最前面的那輛三輪車。

「中和鄉，踩快一點。」

過了螢橋。三輪車轉進左邊傍著一條大水溝的竹林路。路面崎嶇而黑暗。方菁顯然是時常來的，她指揮著那位在大陸幹過連長的三輪車伕，再拐入右邊一個大園子門前停下來。

下了車，方菁塞給他二十塊錢。

「太多啦，小姐！」道位山東老鄉大聲說。

方菁生怕對方會將多付的錢還給她。

「太晚了，」她說：「你還要踩空車回臺北呢！」

沒等他接話，她已經熟練地從竹籬旁邊伸手進去拉開那小園門的門扣，拖著葉婷進去。

這一帶的土地，原是一大片竹林，是這幾年發展起來的。現在，不規則地蓋滿了一戶戶木頭和紅磚房子，居住的人幾乎全部是從大陸撤退到臺灣來的中產者。

唐琪家和別家一樣，也有一個小院，單層的大木屋右側有茂密的竹叢。房子不是日本式，半中不西，屋內的地面鋪著紅方地磚，頗為雅致。

方菁和葉婷進來的時候，門開著，一把電扇在左右搖擺，但屋裏沒人。

「小五！」方菁向內屋大叫。「小混球！」

一個個子並不高大，有一頭褐黃色短頭髮的女孩子從甬道中的浴室急急走出來。她的身上裹著一條黃色的大浴巾，露出一雙線條相當動人的小腿。

「我還以為你們又擺空城計呢！」方菁說。「妳媽不在？」

「嗯。我剛剛才回來！」她好奇地望著葉婷。她的眸珠是深褐色的，俏皮的嘴角上和頰邊，有很重的汗毛。

「來，給妳介紹——她叫葉婷。」

「妳就是唐琪，」葉婷笑著瞟方菁一眼。「我們在三輪車上，一直在談妳！」

「那可有得談了！妳們坐，我去穿衣服！」

唐琪進去之後，方菁向葉婷約略提及一些關於唐琪家庭間的事。原來這個「家」實際上只有唐琪和她的母親兩個人，她的父親跟另外一房太太是住開的，究竟身分和雙方的關係如何，連方菁都不大明白。方菁說她只見過那位唐代表兩次，年紀至少也有五六十唐太太，則頗有來頭，是旗人，算起來還是滿洲的皇族。她四十一二歲，說一口韻味十足的北平話，這個家唯一使她關心的是那頭長得又醜又作怪的小北京狗：「小混球」，她把牠寵得簡直連吃飯都要上桌，而這頭醜八怪更有察言觀色的能耐，當主人有點不順意的時候，牠便懂得避開，平常總是跟唐太太形影不離。唐家的下女做不長，就是為了牠。因此，每當唐琪為了什麼事跟母親鬥氣，就累次發誓要毒死牠，讓母親緊張。

現在，唐琪已經穿上一件半透明沒袖的睡袍出來了，她一跨腿，就盤膝坐在那張單人沙發上。葉婷發現她裏面什麼都沒穿。

「熱死了，我最怕熱。」唐琪用手甩了甩頭髮，向方菁問：「那麼晚了，妳們怎麼想起到這兒來的？」

方菁點上一支煙，把腳伸到矮几上。

「找妳來共商大計！」

「又有什麼絕事？」唐琪問。

「妳打個電話去找老么來！」

「現在？」

「打鐵趁熱！」

唐琪瞟了同樣顯得有點困惑的葉婷一眼。

「究竟是什麼事情嘛？」

方菁沒回答，她伸手去圍住葉婷的肩膀，用力摟了摟，向唐琪宣佈：

「我想重頭來過！」

唐琪馬上了解這位「老大」指的是什麼。她望望葉婷，低聲問：

「不怕學校開除呀？」

「改變戰略嘛！」方菁將香煙揿熄。「你我老么，其餘的向別的學校拉，化整為零，他們曉得個屁！」

現在，葉婷明白方菁所說的「加入」是什麼意思了，但，她依然不響，看事情的發展。

「怎麼樣？」方菁追問。

「我還有什麼問題，」唐琪輕描淡寫地聳聳肩膀。「字號還是『七姊妹』？」

「唔唔，要跟男娃兒看齊！」

「看齊？」

「他們不是『十三太保』嗎？」方菁傲然地說：「乾脆，我們就叫『十三太妹』——葉婷算一個！」

葉婷依沒有說話，她只是不置可否地笑笑，雖然這並不表示她已經同意，但絕對沒有半點反對的意思。她心裏想：反正這次跟華約姿的「鬧翻」已成定局，以後也不用愁沒人陪她「瘋」了。

結果，電話打去不到一刻鐘，「老么」陳家珍騎腳踏車來了。她家就在金門街河堤邊，一河之隔，說到就到。於是她們便在唐琪家慎重其事地開起「籌備會議」來；最後的結論是：在招兵買馬之時，以組織一個熱門音樂隊為掩護。況且唐琪會彈幾下吉他，也算是一個什麼「合唱團」的準成員；而葉婷有的是膽量，學校開同樂晚會，她一向用踮踮腳跟伸伸手這種她即興胡來的「芭蕾舞」唬土包子，同時自信自己的音色還不錯，站在後面配和聲是絕對勝任愉快的；至於方菁和陳家珍，前者的運動神經本來就比別人好，而且人又長得有點像男孩子氣，正是做鼓手的最佳人選；後者人生得嬌小，彈「貝士」怕沒有樂器高，只配搖搖沙槌之類。

她們已經把組織人選和經濟來源等等大大小小的問題，紀錄在一本練習簿上——只缺一個「主唱」。外面，天已經透亮了。

「這樣，」方菁提議：「現在我們先睡它一覺，下來之後，大家分頭去找！」

因此，華約希在那家小冰店等不到葉婷，而帶著一種失望的心情離開時，葉婷她們仍擠在唐琪的那張小床上，高臥未起。

以後，有很久很久的時間，華約希沒有再看見葉婷道個人。

他也沒想到過再去找她。

第十二章

華約翰最後還是白費心機，沒逃得掉服兵役。

那個舞會的第二天，臺北市兵役科派人專程到碧潭華府來「請」華四少爺去複檢體格，結果是「乙」等，時間上也正好趕上大專畢業生南下入營的日期。

這件事，真正知道實情的只有約希一個人。因此，那天在臺北火車站的歡送場面上，饅頭他們發現這位面色蒼白神情呆鈍的華約翰竟然和大夥兒一樣，胸前橫掛著一條「為國爭光」的紅綵帶，在喧鬧騷亂的人叢中出現時，先是一怔，隨即便蜂擁而上，激動地以他們表達親熱的方式捶胸拍肚，最後大家七手八腳將他整個人拋起來……

然後，華約翰從地上爬起來，一臉尷尬。

饅頭伸出他那肥大的手膀，用力摟一摟他。

「格老子，你龜兒居然還會良心發現啊！」他大聲說，四面望望。「呃——你家裏的人呢？」

華約翰吶吶地回答：

「只有我弟弟來送我。」

其實，這是他故意這樣安排的。當他那天體格複檢回來之後，他只把這個消息告訴約希一個人，希望約希暫時替他保守秘密，這件事，他甚至連徐子斌都隱瞞著。

現在，華約希替他提著一只旅行箱，站在一邊。他們的注意力突然被小騷包送行的新女朋友引開了，約翰才拉約希到一邊。

「你回去吧。」他要伸手去接旅行箱。

「急什麼，反正我也沒事。」

頓了頓，約翰問：

「你打算什麼時候才告訴他們？」

「我不告訴，」約希回答：「你為什麼不自己寫信回來，寄張相片——你不是有相機嗎？」

「這樣也好。」

十天之後，華約翰的信和穿著軍裝在營房大門口拍的幾張照片寄回來了。

晚餐桌上，老太太叫約姿將信唸了兩遍，把那幾張照片看了又看，忍不住又傷心起來。

「作孽呀，」她喃喃道：「小鬼哪能吃得下迭格苦哇？」

華老先生笑著向老伴解釋，說現在軍隊不比以前，而且年輕人也應該磨練磨練。

老太太還記得抗戰期間在雲南為約謀「買壯丁」的事，大家向她解釋半天，她認為「總歸是去當兵」，說老四不會吃什麼苦頭，怎麼也不肯相信。

最後，她再三關照約雯記得馬上給約翰寄點錢去，還有維他命和魚肝油……等等。總而言之，她擔心軍隊會虧待她的兒子。

這頓飯她連半口都吃不下，便嚷著心痛由宋媽扶著回房去了。

飯後，華老太爺可能為了這件事，特意叫約希到書房去。生怕會發生什麼事，老處女藉故跟在約希後面。

「你高中畢業了？」父親以一種攙有點兒自疚的語調問。因為事實上這幾年他完全忽略這些事。

「嗯。」華約希點點頭。

「大學也去考了？」

「我考乙組。」

父親想問「乙組」是什麼意思，但沒開口。

「馬上就要放榜了，」大姐插嘴道：「乙組比較容易錄取，老五大概不會有問題的。」

父親認真地繼續問。

「聽說，考不取，就要去當兵。是不是真的？」

「本來就是這樣嘛。」約希平談地回答。

現在，父親的神態突然變得嚴肅起來了。

「你怎麼沒告訴過我？」約雯緊緊張張地問。

父親伸手阻止。然後盯著約希，又問：

「你有沒有把握考得取？」

「這很難說，」約希摸摸頭，奇怪父親為什麼突然對自己關心起來。「大學的名額不多，大概三個只能錄取一個。」

「哦……」

「不要緊的，」約希接著說：「放完榜還有第二次招生。」

「哪裏招生？」

「軍校呀！」約希說：「如果考不取，我就去考空軍官校。」

「空軍？」華老先生失聲叫起來：「你要去當空軍？」

華約希不響了。他突然醒悟父親問這些事情的真正用意。果然，父親忿懣地咬著牙，生硬地點點頭。

「你是存心要把你姆媽早點弄死啊！」

這一次，老太太病了好一陣。直至大專聯考放榜，華約希竟意外地被錄取了。一直為這件事牽腸掛肚的華約雯這才鬆下一口氣。

當電臺廣播錄取名單，播到臺大文學院哲學系喊出華約希名字時，約希並沒回家，約雯問了胡步雲兩次，證實自己沒有聽錯，這才迫不及待地跑下樓去將這個喜訊告訴父親。她知道父親也正為這件事煩擾著，只是並未形之於色而已。

約謀正好在跟老太爺談廠裏的事。老太爺聽到這個消息，嘴角露出一絲寬慰的笑意，但卻裝出冷漠的樣子把手上的文件交還約謀。

「迭格小赤佬！」這句本來是咒詛的話，現在聽起來便充滿了誇讚和愛意了。

「他是很聰明的，」大哥扶了扶眼鏡，很有分寸地說：「就是不好好的用心，不學好。」

華約謀站起來，把文件小心的放進他經常帶在身邊的皮公事包裏。

「我現在就去！」他向父親說：「順便買枝派克二十一送給老五，恭喜恭喜他。」

「爸送他什麼？」約雯問。

約謀在門口停步，回轉身。

「我可以一起帶回來。」

華之藩先生極力隱藏住內心那種無以名之的激動。這種感情，說來奇怪，他只發生在約希一個人的身上——當約希生病、摔傷、生日，或者是惹他生氣的時候，他就接觸到這種情愫。

「再說吧，」他含糊地說：「考取大學，也算不了什麼。」

約謀走了。他先上樓回到自己的房間裏，一邊換衣服一邊將約希考取臺大的事告訴太太。等到他換過一套顏色比較淺的米黃色凡力丁西裝再走出小客廳時，程曼君感到有點意外。

「你還要出去呀？」她用一種略微顯示出自己不快活的語調問。

「還不是應酬！」

「天天都有應酬！」

「累都累死了，」約謀索性面向著她含著苦笑。「誰叫我坐上這個位子——我寧可當廠長。」

由於老太爺健康的關係，華約謀實際上從這年七月份起，已經接替了董事長的職位，只是他仍然在原來的辦公室辦公，名義上還是總經理而已。這一點，的確滿足了程曼君的虛榮心，但遺憾的是，約謀所謂的「應酬」，幾乎是無日無之，晚飯難得在家裏吃一頓，總是半夜三更才醉著回來。最近，還開了徹夜不歸的例，原因是「棉紗幫的那些老舉三」花頭經多多，誰逃得掉？

「又是『棉紗幫』啊？」程曼君冷冷地問。

「不是，」華約謀總算把領帶打好了，正正的三角形，他挺了挺脖子，對著大鏡子回答：「是馮『軋俚』他們招待幾個日本蘿蔔頭，我做陪客。」

約謀說的馮軋俚，就是馮中貴。他是這兩年混起來的，在上海根本算不上是個什麼角色。來臺灣那年，「一榻括子」只有十來架破舊的木頭毛巾機，在三重埔租了一家老式磚房作工場，辦公住家都在裏面；連送貨都自己包辦。後來跟一位姓章的小同鄉合起來，在衡陽路大萬商場的舊木樓上租了一小間寫字間，從香港辦些熱水瓶搪瓷臉盆之類的雜貨來臺灣，生意不惡，七搞八搞，現在也算是城中區上海幫的人物了。在早兩年，逢年過節，他還拎著隻金華火腿到杭州南路來走動，程曼君對他的印象頗為深刻，因為他那雙「賊骨頭眼烏珠」總是色迷迷地在她的身上打轉。

因此，當丈夫提起這個人時，程曼君生起氣來。

「你就是喜歡跟這些人走！」，她不以為然地說。

「有啥辦法，要求人家嘛！」

「求他？」

「妳知道他現在是什麼身價？」

程曼君表示沒有興趣聽下去，她截住他的話：

「反正弗是啥個好東西！」

說著，她誇張地扭著腰肢進臥室去。接著，衣櫥的拉門嘩啦的一響，華鈞謀知道她又要換衣服，賭氣要出去了。

華約謀看看錶，距離去接「寶寶」的時間還有一個多鐘頭，於是索性大大方方地說：

「時間還早！妳要到哪裏去我車子可以先送妳。」

「謝謝一家門！」程曼君用俗話回答。她的手無意識地將那些衣架一件一件的向左邊撥，並不是找衣服，只想發出一點聲音。

丈夫的聲音從外面傳進來，很親切的。

「去看場電影吧，大世界的片子不錯。」

她很想衝出去質問他片子的名字，看他說不說得出來！走就走吧，偽君子！她後悔剛才沒答應趙小姐和朱青他們。最近——可以說自從約謀回國之後，他們只見過幾次面。最近一次是趙小姐在中山堂對面開的那家「貴夫人委託行」開張，吃過一次飯，後來他們時常打電話來，約程曼君聚聚，還半開玩笑地問她是不是忘了請他們來碧潭玩那回事？

約謀在房門口出現了。

「怎麼，生氣啦？」他笑著打圓場。

程曼君故意不理他，用力抽出那件絲質的湖水藍色裙服；這件衣服是低領口的，只上過一次身，胸口拉了半天總覺得太「惡形」。現在，她決心穿它出去。

「妳想去哪裏？」約謀又問。

「去找男朋友！」她開始脫身上的衣服。

約謀笑得更得意了。他過來從她的後面摟住她。她掙扎著。

「死開，少來格一套！」

「我就喜歡看見妳這個樣子。」

「我的樣子怎麼樣——老了，沒你那個什麼白秘書好看！」

約謀突然停下動作，臉色隨即陰暗下來。那天程曼君路過公司，順便上去坐坐而發現總經理室外面多了一張桌子，看見那位打字小姐白芝蘭長得不錯之後，先是旁敲側擊，問長問短，後來便認定白小姐是「花瓶」，近水樓臺，絕對跟他有點什麼關係。對於這種無中生有的事，約謀早就厭煩透了。

「妳怎麼還這樣說呢！」他惱怒起來。

「我就要這樣說！」她不甘示弱地把頭一揚。「如果你不做虧心事，你怕人家說什麼？」

「無——聊！」他用手摸摸眼鏡，大步走掉了。

程曼君在床邊頹然坐下，她忍住哭，手上扭扯著那件衣服。突然，她抬起頭，發現梳粧檯鏡子裏面的那個女人正以一種厭惡的神色在瞪著她。這樣僵了一陣，她緩緩起立，向梳粧檯走過去，坐下，仔仔細細的端詳著自己：她摸摸眼梢，發覺還沒有虞太太那樣的魚尾紋，只是眼睛下面略微有點浮腫，也許是睡多了，也許是腎臟不大好。但，不管怎麼樣，自己還不至於變成了黃臉婆。

於是，她開始刻意地修飾起來。

當她過去再拉開衣櫥，選一件合適的衣服時，電話響了。家裏一共有三個電話，連號的，他們單獨佔用一個；為了方便，臥室裏裝有分機，現在，她回頭望著擱在約謀睡那邊床頭櫃上的電話機，心想一定又是趙小姐打來的，不想接。但電話卻一直響下去。最後，她終於過去把話筒拿起來。

原來竟是約謀。

「喂，」他說：「曼君呀？」

「你說嘛！」她頓了，才有氣無力地說。

「別再生氣，算我不好——剛才……」

「還有什麼事？」

華約謀耐著性子不發作。這個電話是他在新公園中國之友社打回來的。「寶寶」大概快要到了，她先來過電話。現在，賴利林他們那幾個天天泡在這兒的老 Play Boy 在他面前走過，習慣地彈彈眼眉向他打招呼。

「好了嘛，」他言不由衷地說，因為眼睛一直在望著門口。「又不是為了什麼事，多划不來。」

「……」程曼君不響，連唔都沒有唔一下。

「曼君？」

「說完了？」

「我走的時候本來要告訴妳的——今晚我回來可能要晚一點。」

「不要緊，」這位大少奶奶以平靜得出奇的聲音回答：「我也一樣。」

華大少爺機警地一頓，問：

「妳去哪裏？」

「去打通宵麻將！」

對方把電話掛斷了。華約謀手上仍抓著電話。打麻將？她沒有這種習慣。他清清楚楚她在臺灣一共有幾個親戚朋友——幾乎沒有一個有密切往來的。他想，等一下記得彎到老大房去一趟，給她買兩盒她最愛吃的綠豆糕和葵瓜子。

再回到大廳的座位上，他抿了一口馬丁尼。賴利林隔著一張大沙發向他打哈哈。

「妹妹還沒有到呀？」

華約謀禮貌地向他們笑笑。他並不認識他們。他只知道他是北平人，在上海唸大學，洋文很不錯，看他們天天衣冠楚楚在這兒泡的悠閒樣子，可能是吃洋行飯的。餐廳的小徐——徐經理曾經告訴過他，賴利林在「女人地界」很吃得開，他的「妹妹」沒有一個是不漂亮的。現在，約謀發現賴利林站起來，為了怕他會過來坐，他故意將身體移向另一個方向。

「寶寶」進來了。

她穿著一套剪裁貼身而式樣簡樸的米色洋服，一雙淺咖啡色的高跟鞋，身材不高不瘦，除了戴著一副細邊的平光眼鏡和一隻手錶，並無任何裝飾，甚至連臉上的化粧，都幾乎淡到看不出來。進來之後，她站在門前，雙手握著一本硬封面的英文書籍平放在前面，予人一種超脫、含蓄、略帶孤傲的感覺。她一進就成為大廳裏所有的人目光的焦點。

華約謀有點緊張地站起來，她發現了，於是含有極其自然的微笑向他走過來。

「對不起，我遲到了。」坐下之後，她說。

「我也剛到——喝點什麼？」約謀慇懃地問。

王美寶想了想，低聲說：

「我們在這兒吃飯？」

「隨妳，如果妳不喜歡，我們換個地方。」

「這裏不是不好。」她瞟賴利林那邊一眼。「我總覺得人太雜。」

「去吃日本料理怎麼樣？」

「沒意見。」

「那我們走。有一家蠻清靜的。」

按照華約謀原來的計劃，他打算就在中國之友社吃西餐，然後跳舞。在臺北，由於處於國難時期，原則上是禁舞的，中國之友社是少數在週末或節日可以跳舞的地方之一。從認識這位王美寶小姐開始，約謀始終沒有機會單獨跟她在一起。每次見面，她總拖著一位徐小姐作伴。這委實是一件很煞風景的事。他喜歡她——從第一眼看見便喜歡她。他們的認識是很富傳奇色彩的，華約謀認為這是「緣」：他那天本來就不打算去參加那個撈什子同學會的，他恨死了夏祖德，因為這個什麼「籌備委員」是這傢伙硬把他拖進去的；雖然那天晚上他意外的遇見好些老同學，但，整個聯歡的氣氛十分沉悶，只有幾個尚未結婚的「老天真」在鬧，個個都一臉假笑，到底，大家都已四十上下，哀樂中年了，當年那股銳氣，滿腔抱負已被現實消磨淨盡，加以目前臺灣社會的經濟環境，還處於半農業的侷促景況之下，雖說有些已經淺淺的「扎了根」，而所見的，仍是些嫩芽而已。

因此，談話間的牢騷便從韓戰刺激了日本戰後的經濟復甦而拉扯到我們是否應該「提倡消費」，而不是「克難節約」的這個時髦問題上。總之，見仁見智，嚷嚷而已。

華約謀始終沒有插嘴，同時一直在心裏盤算著，究竟要用什麼理由去——而且不露痕跡的，推辭掉「副會長」這個倒霉差使。否則將來可有得煩了。

十點過了，會散了。他正要拖住夏祖德埋怨他幾句時，這位老學弟狡黠地先伸出手。

「你先別生氣，」他玄惑地說：「跟我走——你不是開車來的嗎？」

「幹什麼？」

「我介紹你認識一個人。我替你約好的。」

「免了。」華約謀馬上就走。「再見！」

夏祖德讓他走開兩步，才慢吞吞地問：

「你聽說過『寶寶』嗎？」

「什麼寶寶？」

「有些時候，我真可憐你！」

「……」

「人生只是為了賺錢嗎？」這位現在又已經改行辦起內幕雜誌的「主編」有意味地說：「剛才你看見了：一個個眼花了，頭禿了，背駝了……」

「對不起，我走了。」

週刊主編冷冷一笑，伸了伸手掌，簡截地說：

「再見！」

華約謀這下真的走了他。他一路開車回碧潭，心裏仍在樂。因為想起剛才夏祖德的窘態使他獲得一種報復的滿足。活該，這傢伙不知道又想攞什麼噱頭？

第二天上午到公司，白小組照例將幾隻不同顏色的卷宗和一疊拆了口的信件平平正正的擱在他的大辦公桌的右側，同時將一本薄薄的十六開本雜誌特意放到他面前的玻璃墊上。這本雜誌印刷簡陋，封面外邊是一個大紅框，上面印有兩個黑色的美術字「內幕」，下面是一箱圖片——新聞人物王美寶小姐，旁邊蓋著一個「贈閱」的藍印。

但，當時華約謀沒注意。

「又是來拉廣告呀？」他將雜誌擱開一邊，淡漠地向仍站在桌邊的秘書小姐問。

「不是，」白小姐說：「是他們派人送來的，還特別關照要交給您。」

華約謀才想起夏祖德辦雜誌的事。他伸手過去——但隨即又將手收回。

「給我沖一杯咖啡。」他說。

白小姐出去了。華約謀拿起雜誌。那張封面的銅版圖片雖然印得很壞，但仍然可以看出王美寶是一個十分迷人的女人。照片下面印有一排黑體字說明：「耳光風波女主角名交際花王美寶小姐玉照」。

名交際花？他將雜誌移遠一點，再仔細的端詳一下。一點也不像。她只像個很有教養的大學生。

於是，華約謀翻開雜誌，找到那一篇耳光風波的「餘波」內幕特寫，然後靠在皮椅上，以一種悠閒的心情閱讀下去。

在這篇報導裏面，王美寶被描寫成一個傳奇人物。她的身世，是個謎。今年才二十一歲，但從民國四十年開始，她已經是臺北社交界極惹人注目的鋒頭人物，如某青年外交官、某鉅公的公子、某大實業家……等等，都曾經拜倒她的裙下，甚至還鬧出過悲劇，轟動一時。

華約謀想：這段時間他可能正在國外，否則他不可能對這個「悲劇」事件毫無印象，因為他對社會版，通常也很注意的。

至於最近所發生的所謂「耳光風波」，他倒略有印象，因為另一個「當事人」陸雲妮——西藥鉅子祝雨笙的情婦，曾經跟他在應酬的場合見過兩次面。她長得很高大，濃粧豔抹，風華絕代。那次在一個盛大的宴會上被情夫的新歡當眾掌摑，報紙上曾經當作花邊新聞刊登過，只是為了祝雨笙的面子，名字用××代替，而且事情後來並沒有驚動官府，雙方同意「和解」云云。這篇報導，就是詳述和解的經過。

華約謀再看看封面。電話響了，白小姐告訴他是一位夏先生打來的。

「接進來。」他說。

夏祖德一聽見華約謀的聲音，馬上開門見山地問：

「雜誌你看到了？」

「剛剛在翻。」

「你覺得怎麼樣？」

「唔……」約謀隨手翻翻雜誌。「跟別的這一類雜誌差不多嘛——印刷太差！」

「誰問你這個——我是說寶寶、王美寶！」

「哦……」華約謀這才醒悟夏祖德的真正意圖。

夏祖德在話裏抱怨道：

「你昨晚真是害苦了我！」

「我害你什麼？」

「見面再說！這樣吧，中午下班我們在老大昌見面。」

「嗯……」約謀一邊用手指在圖片上勾「寶寶」臉上的輪廓，裝作並不十分熱心地說：「我怕……你知道我有多忙！我盡量趕來好了。不過沒把握。」

「隨便你——這是我給你第二次機會啊！」

華約謀正想問，對方已經掛斷了電話。

結果，這整個早上華約謀總覺得心神不寧。是為了這位「寶寶」嗎？太荒唐了，不可能的。他雖然並沒有經常在外面玩，但漂亮的，有名氣的女人他也認識不少；比方顛倒眾生的潘家姐妹，女明星張丹妮……等等。最後，他索性將那本雜誌夾在那疊報紙中，叫白小姐拿出去。

可是，十一點半剛過，他已經離開公司了。老大昌在衡陽路新公園門口，離東亞公司很近，時間還早，他先彎到街角的一家書局去看看，目的只是想消磨掉這段尷尬的時間，因為他不希望讓夏祖德認為他急於要想見到王美寶。他自己也不肯承認提早出來是為了這個原因。

在書局裏，他在那排書架前，無意識地望著架上堆疊得滿滿的各種書籍，他隨手抽出一本，宋詞選粹。他連翻都懶得翻，便放回去，再從另一頭抽出一本——一轉臉，他發現王美寶就在他的旁邊，她手上翻著一本書，正好接觸到她的目光。

只是短短的一瞬，他們的視線同時移開了。華約謀心中突然升起一種奇異的感覺。

「你要這本？」店員在問。

他忘了自己在想什麼。總之，他離開書店時，店員已經將剛才約謀遞給他的那本「育嬰需知」包好了，八塊錢。

王美寶已經轉到那一邊去了。

華約謀看看手上的書，啞然失笑。他知道王美寶一定也是因為跟自己一樣，因為約會的時間還早，才進書店來的。夏祖德在電話中說的最後一句話，就暗示已經約了她。因此，約謀索性先到老大昌去。

果然，他剛點了飲料，便看見夏祖德陪著王美寶上樓來了。

王美寶發現是他，忍不住笑起來。

「怎麼，你們識的？」夏祖德詫異地問。

「早就認識了！」王美寶裝作一本正經地說。

「真的？」

「信不信由你。」從王美寶的眼色中得到鼓勵，華約謀也變得活潑起來。夏祖德沒趣的嘟嘟嘴。

「那我真是十三點了！」他無精打采地坐下，隨即又霍然站起來，說：「你們先點，我去打個電話！」

夏祖德走開之後，他們兩人默默的對望一下，會心地笑了。

「我叫華約謀。」約謀先開口。

「對我，你一定是『久仰』了！」王美寶帶點自嘲的口吻笑著說。約謀看得出她的笑裏含有一種淡淡的愁緒。

約謀搖搖頭。

「兩個鐘頭之前。」他回答。

「……」她向梯口那邊望望。「在夏先生辦的那本雜誌上？」

「嗯。」

「這樣也好，我用不著再介紹自己了。」

王美寶給華約謀的印象，跟那本雜誌上所描述的這個「寶寶」完全是兩個人。她不施脂粉，衣飾素雅，很沉靜的望著對著她坐的華約謀，含著一種溫婉而略微矜持的微笑。

「你覺得不像是不是？」她先說話。聲音很平靜。

華約謀掩飾地摸摸眼鏡。

「呃，」他說：「照片上妳戴眼鏡。」

「我故意戴的，我沒有近視——看起來是不是很有學問的樣子？」

他沒回答。她得意的笑起來。他覺得她的確真心地在笑，沒有絲毫做作。

「妳是不是笑我戴眼鏡？」他笑著問。

「啊，別誤會，我是笑我自己。」

「怎麼說？」

她搖搖頭。

「不要一下子把什麼話都談完了。」

華約謀認為這是對他的一種暗示，陡然興奮起來。夏祖德仍在櫃檯那邊打電話，他要把握住這段時間。

「王小姐！」

「就叫我寶寶——寶寶是我的小名。」

「可不可以告訴我，妳的電話？」

「你哪裏有空找我？」

「我明天就找！妳有空嗎？」

第二天，約謀就約了「寶寶」到中國之友社吃午飯。之後，他幾乎每天都打個電話到她家去。有時她在，有時電話沒人接。不過，王美寶的反應並不如華約謀那麼熱烈，但並不冷淡，只是她有意要跟他保持著一種適度的、安全的距離，後來她也答應跟他見過幾次面，但每次她的身邊，都有一位年紀在二十五六歲上下，長得並不怎麼漂亮的徐小姐跟著。王美寶曾經告訴過他，徐小姐是跟她一起從大陸逃出來的，兩人住在一起，相依為命。因此，華約謀心裏儘管對徐小姐有點不太那個，但表面上多少有點故意去討好她。

今天晚上徐小姐竟然沒跟寶寶一起來。進了博愛路頭那家著名的日本料理店樓上的一間鋪著榻榻米的小房間之後，華約謀的情緒顯得格外輕鬆起來。

「妳覺得怎麼樣？」他笑著問。

王美寶放下手上的東西，有意味地說：

「這就是你所說的清靜了！」

「妳不喜歡？」

「你們男人喜歡！」她說：「摟摟抱抱，反正在房間裏，誰也看不見。」

華約謀頓了頓，儘量抑制住心中升起的輕微的不快。

「要不要換個地方？」他矯飾地問。

「不要那麼小器！」說著，她先在那張長方形矮几旁的軟墊上跪坐下來，指指對面。「來，坐下。」

這一頓飯，開始的時候頗為沉悶，華約謀對日本料理並不在行，最後由那位據說在臺灣光復之前當過藝妓的老板娘替他點了「梅」字的「定食」；菜色放在考究的日本漆器食具內，一道一道的送，紙門一次一次的開，氣氛冷冷的，大家都無話可說。

吃到一半，王美寶忽然用力拍拍手。

「嗨！」那位嬌小的服務生急急地應著，用碎步走到門外，跪下，拉開紙門。然後說了一句他們聽不懂但意會得出的日本話。

「妳想要什麼？」約謀小心地問。

「酒！」王美寶說：「我想喝一點酒！」

華約謀露出一絲淺笑。

「我陪妳！」他轉向仍跪在門廊上的服務生。「燙一小壺日本酒！」

「殺蓋！知道嗎？一瓶——月桂冠！」

他吃驚地望著王美寶。她笑笑。

「你怕我喝不完呀？」

他當然沒有理由反對，酒燙來了，裝在只有六寸高的日本瓷酒壺裏，酒杯也是小小的，他們一杯一杯的喝，場面逐漸活潑起來。華約謀的心裏，忽然產生一個邪惡的慾念，他窺伺著她的神色，幻想著當她醉倒之後所發生的情況。

最後，那瓶帶有點甜味的日本清酒只剩下兩小杯了王美寶兩顴酡紅，已有酒意，但仍然沒有醉。

「來，」她舉起杯子。「喝完它。」

他們特意碰碰杯子，乾了杯中的酒，但，放下杯子之後，王美寶一直用一種非常嚴肅的神態注視著華約謀的眼睛。

華約謀震顫了一下。

「坦白告訴我，」她用平靜得出奇的聲音問：「你對我最後的目的是什麼？」

「……」華約謀怔著，無從回答。

「純粹做朋友？還是想得到我的身體？」

「寶寶……」

「不要拖泥帶水！」

「這……」他打著不必要的手勢，困難地想表示什麼，但，一句話也說不出口。

王美寶的嘴角泛出一層輕蔑而冷酷的笑意。

「——男人！」她吐出這兩個字。

華約謀突然對面前這個女人感到陌生起來，他感到酒精在體內燃燒，呼吸有點沉重。

「你記不記得？」她繼續說：「我們初次見面那天，我說過一句話——我說：我是在笑我自己！」

他極力想表現得更自然一點。

「我當然記得，」他緩和地說：「妳始終沒有回答我的話。」

「現在我要回答了！」

「妳說。」

王美寶怠倦地低下頭，半晌，忽然很快的再將頭抬起來，臉上顯示出一種固執的，不妥協的決心。

「你現在所看見的，」她用毫無感情的聲瞀說：「不是真正的我！那是『寶寶』！大家只認識寶寶。」

華約謀收斂了嘴角殘餘的笑容。

「你想要的是我？還是寶寶？」

「……」

王美寶並不需要他回答，她繼續說下去：

「寶寶是賣的！雖然價錢高一點，只要我看了中意，真的，說穿了就是那麼一回事！」她伸出手。「讓我把話說完！但是如果你想要的是——我？那辦不到！」

「妳喝多了！」華約謀說。

「不要逃避——你要誰？」

「幹嘛要那麼認真呢！」

「我要走了！」她隨即要站起來。

他慌忙把身體湊過去按住她的手。

「好，我說！」他表現出滿臉真誠。「我要妳！」

王美寶露出一種憎惡的神情。

「你們男人為什麼那麼虛偽！」她詛咒道。

「我說的是真心話，」他說：「不要把我當做那些、那些無聊的人！」

「你希望我相信你的話？」

他馬上舉起左手。

「不信妳可以去問夏祖德，我幾時在外頭亂來過！」

介紹他們認識之前，夏祖德曾經在王美寶的面前約略介紹過華約謀這個人，以及他的家世。當時王美寶只是聽聽罷了，經過幾次交往，她也發現到華約謀並不如她想像中那麼壞，但這並不是說就是「好人」。從她十五歲懂事的那一天開始，她只認識過一個（僅有的一個）對她的肉體沒有慾念的男人。她肯定這個世界上不可能再有第二個。華約謀只是屬於到了中年才想學壞，而又沒有機會壞的那類男人而已。根據王美寶的經驗，這類人要比那些年輕時就壞過來的那些人更可怕。

「妳不相信？」華大少爺認真起來。

「我相信。」

他笑起來了。

「妳這個人好怪！」他說。

「我已經說過，沒有人認識我！」她接著問：「那麼，你同意了？」

「妳指什麼？」

「做純粹的朋友。」

華約謀想了想，點點頭。

「好，」她變得快活起來。「那麼以後不要叫我寶寶，叫我囡囡。」

「囡囡？」

「王美寶不是我的名字！」

於是，王美寶毫不隱瞞地向華約謀坦白自己悲慘的身世。她沒有父母，是由兩三個不同的家庭養大的，十五歲就開始在上海虹口一家小舞廳裏當舞女，兼操皮肉生涯；上海淪陷之前，她和當時也在舞廳裏貨腰的徐小姐一起在混亂中跟隨一個好心的海軍士官撤退來臺灣。之後，她們在左營住了幾個月，跟那個士官分開了，便到臺北來闖天下。

「王美寶就這樣開始了。」她結束了她的話。

華約謀始終以一種關注的心情，默默的聽王美寶的敘述。現在，他不能確定自己是不是已經相信了她的話？他是一個思想縝密的人，他覺得，如果這個「故事」是真實的，那麼王美寶——囡囡，這個人如果不是一個單純的人，就是一個別有用心的「老油條」；否則，她沒有理由將自己的隱私告訴一個在感情上跟她毫無瓜葛的男人。

「妳沒有告訴過別人？」他試探地問。

「告訴過。」

「誰？」

「那些答應過不動我腦筋的男人！」她真誠地說：「既然他遲早總會聽到些不三不四的話，不如我先坦白告訴他；如果他認為划不來，朋友不交，大家都沒有損失。你說是不是？」

「對，」華約謀只好應著：「對！」

看見對方的神情那麼不自然，囡囡展露出一個溫暖的微笑。她安詳地說：

「如果你以後不再找我，我也不會怪你的？」

為了表示自己還不至於那麼現實，華約謀含蓄地向王美寶伸出手。

「把手給我。」他說。

她帶點困惑地把手伸出來。

華約謀接住她的右手，再將另一隻手按在她的手上，裝作十真摯地說：

「囡囡！妳放心，我絕對不會勉強妳，做出妳不願意做的事情的！」

「謝謝你！」

走出那家日本料理店，因為華約謀的車子停在新公園那邊，反正不遠，王美寶提議步行回中國之友社去。這一帶是城中商業區，店鋪大都已經打烊了，行人走廊黑沉沉的，一開始走，她便很自然的將左手挽住他的手彎，他聞到淡淡的馨香。剛才的那點不愉快的感覺很快的便消失了，不是酒精在作祟，他驟然有點興奮起來。

這天晚上，當他們跳完舞，當他送她回到她的家，當他獨自駕車回碧潭，他仍然不斷的問自己：這個出身低賤、毫無學識、談吐淺俗的女人，到底在什麼地方有那麼大的魅力，能使接近她的人沉迷於她那淺笑與輕顰之間？

她的美？不！不完全是因為她的美！

華約謀終於自嘲地笑起來。

「可能是因為她那套欲擒故縱的戰略吧！」

這樣一想，他後悔自己所做的每一件事，所說的每一句話。他應該一開始就開門見山的表明自己的態度：本來就是存心找點刺激，玩玩，為什麼還要裝模作樣的跟她談什麼鬼的「感情」？實在太滑稽了！

於是，他決心明天一早就打個電話去給她——故意要「寶寶」聽電話。

回到家裏，車子一轉入園門，他便發現樓上右角屋裏的燈亮著。他想：太太也許還在賭氣，故意要等他回來。

但，他上樓一開門進去，便發現桂姐靠在小客廳的沙發上打盹。

「哦……」桂姐慌忙站起來：「大少爺！」

他過去推開臥室的門，床褥鋪得整整齊齊的，程曼君並沒有在房間裏。

「太太呢？」他生硬地問。

「打牌去了。」

「打牌？去哪裏打牌？」

「沒說在什麼地方，」桂姐小心地回答：「太太打電話回來，說是可能打通宵，不回來了。」

華約謀一頓，打發掉桂姐，他落寞地在床邊坐下來。這是第一次，程曼君從來沒有這樣過。想一了想，他拿起電話，想打個電話到虞家去，剛撥了兩個號碼，又打消了這個念頭。他驟然感到煩亂起來，他幾乎要想報復——對，就去找王美寶！甚至明天晚上都不要回來。

但，結果他沒有那麼做。吃完桂姐送上來的蓮心湯，洗了澡，他便拿了晚報躺到床上去。

電話突然響了。他故意不去接。他知道這個電話一定是程曼君打回來的。

第十三章

華約謀和程曼君之間的「冷戰」，整整持續了一個月。開始的時候，這位大少奶奶在心理上的確有點歉疚的，但由於華約謀的態度強硬——尤其是他總是裝得那麼滿不在乎，傷了程曼君的自尊心。因此，當她碰過他幾次「愛理不理」的軟釘子之後，索性也跟他「蠻」到底，看最後誰強得過誰。

反正華約謀難得回家，每天晚飯過後，程曼君便打扮得漂漂亮亮的到臺北去了。

趙若莊趙小姐開的那家「貴夫人委託行」，就在中山堂斜對面，是一座小木摟裝修過的，樓下店面，樓上住家，相當寬敞。那天晚上當程曼君跟丈夫拌了嘴，無聊地看了半場電影，順便從西門町彎過來串串門子，結果就在兒打了一次通宵麻將之後，她更變成了每天必到的常客。

牌搭子都是女人。一位是靠放印子錢過日子的翁太太，脾氣很好，據說她比她先生小三十歲，是三姨太，她幾乎天天都輸，但依然天天上；另外，馬太太也時常來，還有一位先生在船上工作的鄭太太和一位陳小姐，搭子不夠，趙小姐便湊齊，反正店面雇有兩位國語說得蠻流利的女店員照顧。飯菜和宵夜更是方便不過，前頭靠衡陽街那條巷子附近，就開有五六家小食店，隨叫隨到。

同時，朱青對於招呼女客人，本來就有一手，再說大家熟了，毫無拘束，一些粗俗的葷話不時脫口而出，非但不覺得過分，反而有說不出的親切。

十天之前，朱青有事去了香港，在起程的前一晚，他特意要在鹿鳴春鴨子樓做了一次小東。程曼君自從吃過那桌「蛋席」之後，一直嚷著要回請一次，意思意思。但是每次請完客付賬的時候，賬單總是讓朱青搶著付掉了。所以這次怎麼說也得算她的，為朱青餞行。

飯吃完了，朱青舉起杯子。眼睛注視著因為喝了兩杯白蘭地而雙頰泛紅的程曼君，說：

「這頓飯我叨擾，等我回來，賺到錢，再好好的回請。」

因為還不知道朱青到香港去的目的，所以程曼君對他說的「賺到錢」有點困惑，她問坐在她身邊的趙小姐，趙小姐放低了聲音回答：

「他去跑單幫呀——委託行裏面的貨，不都是這樣來的。」

關於「貴夫人委託行」的貨品來源和利潤，開幕來道賀的時候，程曼君就從這位老板娘的嘴裏聽到一點。七八百塊錢的進貨，標價居然敢標兩三千的。理由是：

「不怕東西貴，只怕東西不好！」

現在，看見華家大少奶奶半信半疑的樣子，朱青笑著解釋：

「反正沒事兒嘛。人家能帶，我為什麼不可以？」

「坐飛機？」

「去坐飛機，回來坐船——坐船可以多帶些東西。」

「你要帶很多嗎？」

趙小姐搶著回答：

「十萬八萬，小做做嘛！」

程曼君向馬太太和另外幾位客人望望。

「那麼多，」她關切地問：「你回來不怕被海關扣呀？我先生從美國只帶一兩箱東西回來，就打了不少錢的稅呀！」

朱青露出一種玄惑的笑意。

「那就要看是什麼人帶了！」他矯飾地說。

「你有什麼特別關係？」

「回來再告訴妳！」

散席之前，朱青半開玩笑地向在座的客人要求她們搭股——每股一千元，說是要「靠靠大家的福氣！」不過，這一千元股本則由他先墊，回來再結算。

昨晚，朱青回來了。

這天晚上他又把這些「股東」們請到一家西餐館裏，一見面，他把預備好的小禮物送到大家的面前，另外，還附有一隻紅封包：每隻紅封包裏都裝著六百元。

「這算什麼？」程曼君不解地問。

朱青微笑著解釋：

「紅利——每股分到六百塊錢！」

客人們叫起來。程曼君認為自己沒拿出本錢，沒有理由拿這筆紅利的，這一說，其他幾個人當然也不好意思收下。大家推讓一陣。

「何必那麼認真呢？」朱青誠摯地說：「好玩嘛！那麼不算紅利——吃紅！你們可以收下來了吧！」

趙小姐在一旁勸說，最後大家只好收下了。不過，程曼君提議：既然是「吃紅」，就得設法把它吃掉。

「也好！」朱青終於同意了。

「主隨客便，」程曼君代表大家說：「我們請你，你是客，你說個地方。」

朱青想了想，忍不住笑了。

趙小姐甜蜜地白了朱青一眼。

「鬼主意真多！」

「什麼鬼主意，」朱青連忙分辯：「我敢打賭妳們絕對沒去過！」

「啥地方？」程曼君問。

「觀音山。」

「人家在說吃呀，」趙小姐叫道：「去觀音山吃觀音土呀！」

朱青慢吞吞地清了清喉嚨，開始解釋。

「我就說妳們不知道吧！咱們天天魚呀肉的，把人都吃膩了！我主張明兒個大夥兒上觀音山，一來借這個機會到郊走，二來順便拜拜菩薩，然後，在廟裏吃一頓齋，清清腸胃。」

「吃齋？那有什麼好吃！」

「妳知道什麼！」他斜睨著旁邊的趙小姐。「妳以為吃齋就是吃青菜蘿蔔呀——告訴妳，照樣是一桌酒席，雞鴨魚肉，樣樣齊全。」

「你少誆我！」

「不過，」朱青加以強調：「樣子雖然『葷』，但都是素菜做的。絕對讓你吃出葷的味道就是了。」

華家大少奶奶曾經聽說過，不知道是何叔齊還是虞庭彥建議老太爺今年九月做六十大壽時請「素席」；還說非但樣子做得像葷菜，連味道都吃不出來。因此，現在她很感興趣地問朱青。

「你吃過的？」

「吃過好幾次了！」話剛說出口，朱青馬上發現自己說話又漏了嘴，因為這位委託行的老闆娘的右嘴角馬上拉了下來。

但，出乎他意料之外，趙若莊卻說：

「這倒新鮮——妳們怎麼說？」

其他的人當然不會反對。等到大家把日期定了——就是明天。早點去，在山上吃午飯，下午回來還趕得及開檯。由於人多，一輛車坐不下，正在研究怎麼調度時，趙小姐忽然用手推了推程曼君。

「呃，」她說：「要不要也約虞太太一起去？」

從「貴夫人委託行」開張到現在，虞太太只來過一次，沒打牌，只在店裏替她先生買了兩條白色麻紗手絹，以後連電話也沒來過。

「算了，」程曼君表示：「人家最近忙得很呢！」

趙若莊聽出話裏的意味。

「她有什麼好忙的？」

「她弟弟要做新郎倌啦。」

「哦，就是跟妳的小姑呀——幾時？」

「十月。」程曼君輕蔑地哼了一下。「他們真想得出來，老太爺不是陰曆九月過六十大壽嗎？他們想湊在一起，說什麼『雙喜臨門』！」

「那不快到了！」

「所以呀，最近我見她忙進忙出的——約雯嫁了還要住在家裏嘛！」

華家的事，趙若莊和朱青從胡素珍的嘴裏知道一點，尤其是關於她兄弟胡步雲與華家大小姐的婚事，說得最多。委託行籌備開張的時候，趙若莊就曾經向她開過口，邀她參加一點股；而胡素珍卻始終沒有一個明確的答覆，最後才表示，等到她弟弟結了婚，她有一筆錢才套得回來。至於是一筆什麼錢，則語焉不詳，趙若莊也懶得追問。

「那就算了。」她說。但是，她提醒自己，晚上一定要關照朱青將這件事記下來，好好的準備一份賀禮。

第二天一早，程曼君起來的時候，華約謀已經上班去了。她梳洗完畢，因為朱青昨晚會經吩咐過不要穿高跟鞋，要步行一段山路，所以她在衣櫥裏挑了半天，仍決定不下穿什麼衣服，去配她僅有的一雙平跟鞋。

忽然，她聽見約雯的聲音在小廳外面說：

「大嫂起來啦？」

她正想回答，桂姐走進來，鬼鬼祟祟的向她暗示。於是她隨手抓起已經搭在床上的一條寬裙，向身上一套，然後一邊拉一邊走出去。

「我還以為妳在睡呢？」約雯說。

「有事？」她仍在整理著衣服。

華約雯望了桂姐一眼，桂姐知趣她走出小廳，隨手將門拉起來。

「妳要出去？」

「還早呢，坐呀！」

老處女坐下之後，隨即關切地向她的大嫂說：

「我早就想問妳了，妳跟大哥為了什麼嘛？」

大嫂的臉色馬上陰暗下來。冷冷地反問：

「妳有沒有問過他？」

「沒有。」約雯搖搖頭，她希望對方先把事情說出來。

「他的事，你們一點都不知道？」

「妳指的是什麼？」

「——白小姐！」程曼君斬釘截鐵地回答。

「妳是說公司裏的那個英文打字小姐？」

程曼君不說話，但目光仍緊緊的盯著忽然鬆下一口氣的華約雯。

「那是多久以前的事了！」約雯說：「那位白小姐早就不幹了！大哥要她走的！」

大嫂沉默一陣，露出一絲苦笑。

「那不就更方便啦！」

老處女仍然望著大嫂，神情極為嚴肅。

「原來妳是真的一點都不知道！」約雯自語道。

「什麼意思？」程曼君問。

「另外一個人。」

「誰？」

「一個很有名的交際花，都叫她做『寶寶』的。」

「……」

「最近他們天天都在一起……」

「妳怎麼知道？」

「我怎麼會知道？」老處女誠篤地回答：「還不是胡步雲告訴我的！」

大小姐提起胡步雲，大少奶奶的心裏馬上升起一種不可解釋的厭惡之情，她竟懷疑起約雯向她說這件事的用意來。她的眼睛一瞇，認定對方絕對不會安什麼好心眼兒。

「哦……他的消息真靈通呀！」她嘲弄地說。

「外面都這樣傳呀！」約雯有點著急。

「我都不怕，」程曼君笑起來。「妳怕什麼？」

華約雯說不下去了。她後悔自己多管閒事。

「那就好了，」她怏怏地說，一邊站起來。「我，只不過是……」

「謝謝妳那麼關心。」

老處女出去之後，程曼君開始回想丈夫最近所做的每一件事；她越想越覺得有問題，因為在以前，他們之間為了別的女人鬥鬥氣，是常有的事，大家最多不理不睬的三幾天，他便會找個藉口先說話，或者故意睡到半夜假裝無意擠近床邊，向她伸手過來……

她計算了一下，已經整整的三十天，他連碰都沒有碰過她！

於是，她連忙打開衣櫥，向約謀曾經穿過的衣服口袋裏去翻尋，聞聞衣襟上的氣味，檢查一下他換洗的內衣褲和手帕……等等。但，一無所獲。

電話響了。

她不用去接，就知道準是趙小姐打來的。

她趕到臺北，大家都等得不大耐煩了，臨上車，趙若莊從店裏跑出來。她沒上車，反而將開著的門關起來。

「你們去吧！」

「妳呢？」

「就那麼巧，」趙小姐說：「基隆送貨來，我要留在店裏等他們。」

翁太太望望身邊仍有點心不在焉的程曼君，提議道：

「那我們遲點去好了，少了這個『婆娘』，我們也玩不起勁！」

沒有人反對。但朱青卻表示意見。

「算了，少她一個就少她一個吧，」他從前座回過身來說：「反正也不知道要等到什麼時候，要想把你們幾位湊齊，可真不容易呢！」

「真的，」趙若莊隔著車窗，向車裏的人說：「快去吧，把吃剩的包一點帶回來，讓我也嚐嚐。」

他們終於出發了，比原定的時間足足遲了兩個鐘頭。這輛朱青借來的大房車經三重埔駛向五股鄉的時候，走錯了一條路，所以到達觀音山山腳下那家小店前，下車再沿著一條小路上山；大家喘息著，走走停停，好不容易到了山腰的小廟時，已經餓得連話都說不出來了。

結果，這一頓素席大家的確吃得津津有味，只有華家大少奶奶一個人顯得食慾不佳，朱青挾給她的菜，她幾乎連碰都沒碰過。

「大概不對妳的胃口。」朱青歉然地說。

「哪裏！很好吃，」程曼君解釋：「我本來就吃得很少。」

但，朱青知道這是她的托辭，剛才在上山的一段路上，大夥兒嘻嘻哈哈的，有說有笑；雖說她平常總帶點矜持，不大愛說話，但朱青仍然能夠從她那冷澀的神情中窺出一點端倪。因此，當飯後那位住持在樓上一間古色古香而雅靜的「精舍」裏，奉上香茗，招待他們略作憩息的時候，朱青低聲向程曼君問：

「要不要到外面走走？」

他們單獨走了出來，沿著廟旁一條小路向左邊的林間走去。程曼君一直沒說話。第二次兩人的目光再相遇時，會心地笑了。

「我看得出妳今天有心事。」朱青先開口。

程曼君遲疑片刻，忽然問：

「你在外面玩，有沒有聽說過一個叫做寶寶的？」

「妳問這個幹什麼？」

「你認不認識？」

朱青點點頭。兩年前他就認識王美寶了。那個時候，王美寶剛從南部來臺北，樣子和打扮還有點土氣；那時她曾經愛上過一個在一家工業原料行裏做事的小伙子。後來這家工業原料行受到「七洋行」的倒閉事件波及，宣告破產。

當時從大陸逃來臺灣的「阿山」（外省人）們，手上都有一點錢，其中除了一小部份將錢投資到事業買賣上之外，願意買地置產可謂百不得一，每個人似乎都存著一種客居的觀望心理，就如同抗戰時，那些「下江人」在重慶昆明時一樣，「說不定三幾年就可以回去」！因此，寧願將錢借貸出去，收點利息來貼補著用；

「七洋行」一倒，直接間接拖垮了一二十家——這姓錢的小伙子失了業，仍然時常出現在王美寶的家裏，王美寶倒過來照顧他的生活；直至去年年底，他們才正式分了手。朱青跟姓錢的一個很要好的朋友有點往來，就是這樣才認識王美寶的。

「跟她很熟嗎？」程曼君接著問。

「不算很熟，」朱青回答：「認識就是了。」

「她怎麼樣？」

「妳問她的長相？還是她的為人？」

「長得很漂亮？」

「女人的漂亮，本來就沒標準的，總之，見過她的人，只相信她是一個氣質很高的有錢人家小姐，而不會相信她竟然是，呃——她一個字也不認識！」

「……」

「起先我也不信，是她自己親口告訴我的。她從來不掩飾她的出身！真的，她就是這樣！」

程曼君露出含妒的輕笑，說：「我看出你也蠻喜歡她的！」

「誰不喜歡？」朱青忽然轉問：「妳怎麼會突然問起她來的？」

「……」她望著他，真誠地說：「我想見見她。」

「那還不容易，半個月前，她還到店裏來買東西！」朱青說：「妳知道小趙的脾氣，只要上過門，都會變成朋友！她還特地留下她的電話和地址，說只要入到什麼新貨，馬上就通知她。」

「我要拜託你一件事。」

「還客氣什麼！」

「我不想讓別人知道——連趙小姐在內。」

朱青停下腳步。

「怪不得妳今天總走不對勁兒，」他正色道：「我明白了，是不是因為你先生……」

「你答不答應？」

「幫妳調查……」

她急急打斷他的話。

「不，我不要這樣做！」她說：「我只想先見見她，但是要自然一點——可不可以？」

朱青想了想，笑了。

「但是妳也要答應我，見歸見，可千萬別翻醋罈子，讓我為難。」

「那當然，」程曼君表示：「我還不至於那麼沒修養吧？」

果然，第二天午間，朱青便透過趙若莊，以老闆娘的身分打電話去給王美寶，請她到委託行來看看朱青剛帶回來的那批香港貨。約好之後，朱青連忙轉到美而廉去，用他們事先約定好的方法（鈴響三聲掛斷，再打）通知程曼君，好讓她趕到臺北來。一切都很順利。華家大奶先到，假意在委託行的店堂裏跟趙若莊磨菇，把項鍊胸針等等擺滿了玻璃櫃檯；突然見朱青急急的迎出去，她知道她所等待的人已經來到了。

「王小姐，」朱青一邊搶著替對方付三輪車錢，一邊熱誠地說：「妳請進去，車錢我來替妳付——請！」

程曼君有生以來，從來沒遭遇過這種場面。她驟然感到一陣慌亂，連頭也僵著不敢回，直至她聽見趙若莊打著純粹的四川話去招呼「王小姐」時，她才從牆上的一面照身鏡子上看見一個衣飾樸實淡雅的女孩子走進店裏來。

大衣架就在店堂的左角，老闆娘和那位瘦弱的女店員開始忙著將架子上的洋裝一件一件的拿下來，在王美寶的身上比，介紹著衣服的質料和款式。朱青進來了，向她們走過去。

「我前天才從香港回來！」他向王美寶說。

「東西蠻多的嘛！」

「剛剛才整理出來，」老闆娘搶著用阿諛的口吻解釋：「我第一個就通知妳——這件的顏色不錯，妳真有眼光。玫瑰紅的顏色最欺人了，一點點不對就變得俗氣，還要配人穿，配妳真好。妳在鏡子前面比比看！」

王美寶拿著那件單件頭的洋裝向程曼君這邊走過來，當她將衣服貼在胸前看時，朱青靠近大少奶奶，向她使了個眼色。

程曼君定定的盯住鏡中的「寶寶」望，現在她才開始相信昨天朱青在觀音山說的那句話：的確，「誰都會喜歡她」，但，她仍然不敢相信這位看起來頗有點「內容」的少女是不識字的。

她忽然接觸到王美寶的目光——她正在鏡子裏面注視著她。於是，她有點心虛起來。

王美寶也有相同的感覺。只是，她想不起曾經在哪兒見過——應該說「認識」過這個女人。

於是，她禮貌地轉過身來，向對方笑笑。

「不曉得合不合身！」她向趙小姐說。

「當然合，小朱就是照著妳的尺寸買的。」趙小姐瞟朱青一眼，強調自己的話：「喏，不是中碼嗎，絕對合身的！」

王美寶又不自覺地望望程曼君。這次，趙若莊發現了，她上前一步，將那件衣服拿到程曼君的身上一比。

「妳看，」她向王美寶說：「華太太是穿大碼的，是不是小了一點？」

華太太？現在，王美寶馬上想起來了。是在華約謀的皮夾子上。只是那張照片裏面的人比現在見到的瘦——其實也並不瘦，只是沒現在那麼豐滿；另外一張是一男一女，只有四五歲。那麼，華太太在這兒跟她相遇，不是碰巧，而是事先計劃好的了。這樣一想，王美寶隨即打定了主意，面對這場可能即將展開的挑戰。

「對不起哦！」她向程曼君點點頭。

出乎寶寶的意料之外，對方的反應沒有絲毫不快。這一點連旁邊的朱青都感到困惑。

「趙小姐說得很對，」大少奶奶故意伸出雪白的手臂到這件玫瑰紅色的套裝上比了比，認真地說：「我就不能穿這種顏色的衣服。妳穿剛好。」

「妳聽她的，」寶寶睨了老闆娘一眼。「要是這件是大碼的，會輪到我買才怪！」

「我真的那麼會做生意呀——哦，曼君，我替妳介紹，這位是我的大主顧王小姐！」

「妳好。」

「她就是我的牌搭子，」趙若莊再繼續介紹：「華太太程曼君小姐。」

王美寶故意眨眨眼睛，說：

「我也認識一位姓華的。」

「哦……」大少奶奶一怔，不自覺地瞟臉色驟然緊張起來的朱青一眼。

「你們是不是住在碧潭？」王美寶又問。

「是呀！」趙小姐搶著回答。

「那就是了，」寶寶笑著說：「這個姓好少——妳好有福氣！」

「……」

「他這個人蠻有意思的！」

朱青現在不得不說話了。

「寶寶，」他半開玩笑地想將這種逐漸緊張起來的氣氛緩和一下，說：「說話當心點兒，華太太心眼兒很小的啊！」

「你放心，小夏早就跟我介紹過了！喏，你只要看看人家的眉心，那麼寬，就不是一個像你那麼小器的人——打個八五折都像牙齒痛一樣！」

因為名字沒聽清楚，程曼君低聲問：

「剛才王小姐說是誰介紹過我的？」

「小夏！個子高大，頭髮鬈鬈的——就是辦內幕雜誌的那位夏先生嘛！」

程曼君沒有印象。

「他說碧潭你們華公館的那塊地皮，就是他介紹買的，是妳先生的同學。」

「哦！」程曼君想起來了。

「夏祖德！」

「我只曉得他姓夏。」

「臺北真小呀，」趙小姐開腔了。「碰來碰去都是熟人——給妳包起來啦！」

程曼君想追問下去，但覺得「寶寶」說起約謀一點也不緊張，「事情」可能並沒有約雯說那麼嚴重。誰又能擔保不是他們挑撥他們夫妻感情的？

於是，她有意無意地把話題再拉回來：

「我好久沒見到過夏先生了。」

「他們差不多天天都在我家裏打牌，」王美寶說：「有興趣歡迎到我那裏來打。」

「妳要搶我的生意呀！」趙小姐叫起來。

「我說的吧，小器鬼！」寶寶回頭望著程曼君。「男人打，我要抽頭，我們女人自己玩，免費招待——華太太幾時有空，大家摸幾圈。他們有我的地址。」

王美寶買好東西，走了，她剛離開，老闆娘已經在背後批評起來了：

「你們說她憑什麼穿得起那麼貴的衣服？」

接下來，她開始向程曼君數王美寶的「醜史」，歸根結底，認為程曼君去她家——甚至認識她「這種人」都會失了身分。

程曼君矜持地笑笑。

「我才不會那麼十三點呢！」她說。

「有時我真是越想越氣，」趙小姐意猶未盡地說：「妳沒看見過，那些臭男人看見他，那種骨頭輕的樣子！」

朱青聽出趙若莊又在指桑罵槐。

「不單止我，人家華先生也認識她的。」

「妳可要好好的看住妳先生呀！」

程曼君發現朱青正在望著自己。每當她發現這個男人用這種深沉而詭譎的目光注視著自己的時候，她總是感到一陣慌亂，彷彿內心中所隱藏著的一件什麼秘密被他窺破了似的。她憎恨這種感覺。因為這樣會使她回憶起她初次與華約謀約會時的那種甜蜜面帶點罪惡感的複雜心情。

而朱青總是那麼冷靜——應該是冷酷地——像頭貓似的屏息著呼吸，蹲伏在牠獵物後面，偵伺著她。他那完全裝作不經意的眼神，親切得毫不過分的小動作，偶爾說出一句把她的心事剔破的語句……這些都使她畏懼，使她昏惑，使她茫然若失。她知道，總有一天，那件時常困擾著她的事，一定會發生的。

現在，她忽然有一個非常奇怪的想法，她真的盼望約謀跟王美寶的事是真的，而且已經糟到無法挽回的惡劣地步。假如是這樣，那麼朱青這個人在她的心靈上所造成的威脅便無形中瓦解了；她便可以坦然的去接受他——隨便別人怎麼說都好，這不算是罪惡。

「妳又在發什麼呆了？」趙若莊問。

她醒覺過來。

「我一下忘了，」她掩飾地說：「我關照司機在兩點還是三點來接我。」

然後，她跟他們敷衍幾句，便離開委託行。朱青果然如她所料，她才轉過博愛路的街口，他已經追上來。

「就在附近找個地方坐坐吧？」他提議。

「我想走走。」

朱青馬上轉身向街口的三輪車班頭招手。

「三輪車！」

「叫車幹什麼？」

「一直下去就是植物園。妳不是想走走嗎？」朱青沉肅地說：「我也有些話，想告訴妳。」

到了植物園，朱青領著路，向荷塘那邊走去。朱青本來想靠近她一點，但她避開，落在他的後側一兩步。

他們只是默默的向前走，沒有說話。

朱青終於先將腳步停下來，向著那片荷塘。

「妳覺得王美寶怎麼樣？」他忽然回過頭來問。

「哦……」她回過神，因為她現在並沒有想到她。「還不錯！看樣子她這個人也不會很壞的！」

「這才危險！」

「為什麼？」

「男人不怕女人壞，就怕女人對他太好。」

程曼君忽然對自己的丈夫感到陌生起來。他是不是也有這種與朱青相同的想法呢？她不知道？對華約謀，她知道得實在太少，她也從來沒有去想過這種問題。認識、戀愛、結婚、生兒育女；一天一天的過，從來沒有大吵大鬧過——也沒有癲狂的快樂過。他總是那樣，生氣的時候也會笑得很自然的。他恨死了他這種樣子。

「寶寶不會喜歡他這樣的男人！」

她回頭去望朱青。

「妳不同意我的話？」朱青十分認真地問。

朱青跟約謀，從某一個角度上看，他們有點相似。但，有一點她可以肯定：朱青比約謀壞，而且懂得如何讓女人知道他壞。她想告訴他：現在她所擔心的，不是她的丈夫愛上另一個女人，而是害怕她自己。

但她沒有說。

「呃——」她忽然問：「你見過我的先生嗎？」

「見過。」

「幾時？」

「有天在衡陽街掬水軒門口碰見的。走過了，若莊才告訴我。」

「她也不認識呀？」

「我不清楚——高高的……」

「沒你高。」

朱青狡黠地笑笑。

「也沒我那麼壞！」

「你是不是想說：女人不怕男人壞，就怕男人對她太好？」

「是不是這樣？」

現在，開始輪到程曼君笑了。

「我怕壞的男人，」她極力使自己保持著鎮定，因為，又接近到那銳利的邊緣了，聲音不免有點生硬。

「我一直想告訴你這句話！」

「妳是怕，趙若莊知道了我們的事？」

程曼君像是突然被黃蜂叮了一下似的叫起來。

「我們什麼事？」

「……」朱青想了想，才冷靜地回答：「本來就沒有事。不過，趙若莊知道，我喜歡妳！」

她的呼吸陡然緊促起來。

「當你真正喜歡上一個人。」他繼續說：「你就會不知不覺的露出馬腳，旁邊有心的人，一眼就看得清清楚楚，想賴都賴不掉。」

她不敢回過頭去看他。九十月天不會那麼熱的。她真後悔不該把丈夫的事讓他知道；這正好讓他得到一個藉口——或者說是一個機會，介入到自己的「感情」之中。她忽然清清楚楚的想起這幾個月來，關於朱青與她之間發生過的每一件事：她在虞家初次看見他時的眼神，「蛋席」上的慇懃，坐在她背後看她打牌時的鼻息和手部及肩背上不可避免的接觸，言談間那些很容易體察得出來的弦外之音——尤其是昨天，從觀音山下山時他幾乎半摟著她的……

「我不喜歡聽這種話！」她聽見自己的聲音說。

「這是真的！」朱青繞到她的面前，望著她。

「不要開玩笑了，怎麼可能呢！」

「為什麼不可能？」

「你有趙小姐，我有丈夫！」

「哦……妳是指這個！」

程曼君錯愕片刻，低聲問：

「那你指什麼？」

「我只是說我喜歡妳，」他帶著笑解釋：「妳可以不接受，妳可以拒絕，但是妳不能阻止我是不是？」

她緩緩的低下頭，再抬眼望了望他，內心中一股執拗的力量驟然使她堅強起來。

「朱先生，」她一直這樣稱呼他的，只是現在聲音中含有一種冷澀的成份而已。她說：「男人家在外頭玩，是免不了的，即使我先生真的跟那個『寶寶』有問題，分不開，可是我還是華太太！如果你以為，這樣就……」

「呃呃——」他捉住她的手。認真地表示：「我不是先把話說明白了嗎？」

「那麼我現在也說明白了！」她生硬地說。

朱青的反應很快，他隨即點點頭。

「那也好！」他放開手，帶點自嘲的口吻說：「這樣，我們大家都可以坦坦誠誠的做朋友，用不著擔心這擔心那了。」

「我要回去了。」她說。

「王美寶這件事呢？」

「讓我先生去愛個夠吧！」

程曼君不在乎這件事了。現在，她反而有點急不及待地要見到約謀——當然是在晚上。他最近總是回來得很晚。她要等他，然後出其不意地告訴他：她認識王美寶，哪天湊巧，還可能到她家去打牌哩！

她忘了不知道是誰告訴過她：當妻子發現丈夫有外遇的時候，最愚蠢的解決方法就是跟丈夫吵架。她慶幸自己沒哪樣做。她想：當他聽到了她說她認識「寶寶」後的反應，一定是很有趣的。她忽然有佔了上風的感覺。

但，程曼君始終沒有說出口，也沒有再到趙若莊的委託行去，因為當天晚上，約謀竟然回到家裏來吃晚飯。晚餐桌上，談話仍然是那個「主題」：約雯的婚禮決定在臺灣光復節。因為客人的人數關係，地點決定在中山堂光復廳；帖子已經印好了，重印過一次，因為男方主婚人本來是由胡素珍出面的，但名字跟華老太爺排在一起，虞庭彥總覺得不妥——其實，是戴志高戴公「發現」的，他熱心地在他那本封面早已脫掉的小記事簿上翻了一褲，從那些也姓胡的什麼委員代表，什麼機關首長之中找到了一位他認為非常合適的人選：胡樸老。反正五百年前是一家，都姓胡。第二天拖著胡步雲去拜見一次，樸老礙於情面應承下來，胡步雲算是他的「世侄」。

最初，程曼君還以為約謀回來吃晚飯，是奉召回來商量家務事的，但飯後竟然換起睡衣來，心裏不免有點詫異。她上樓之前，發現約雯的神色有點怪怪的，現在相信這一定跟「那件事情」有關了。

既然是這樣，她索性改變戰略，一邊等著對方先開口，一邊裝模作樣的在找衣服；又怪那死裁縫把腰做得太寬，又怪桂姐沒把衣服燙好。

等到她打扮得漂漂亮亮的走出來。果然，丈夫含著一種讚賞的眼光和口吻說：

「唔，妳身這種顏色好好看！」

顯得比較年輕是不是？她心裏想：

「那就是說我老了嘛！」

她不響，故意檢查一下手袋，表示忘了帶什麼，再返回臥房。她希望約謀會跟進來，但是他沒有。她再出來，他仍然很安閒地坐在他經常坐的那張單人沙發上。

「又出去打牌？」他問。

「嗯。」

「妳先坐下。」他說。

「有什麼事？」她冷冷地問。

「坐下來嘛，要出去也不急在這兩分鐘。」

她略一思索，坐下，不甘示弱地斜睨著他。

華約謀說話的語氣很親切。

「本來，」他說：「妳偶然出去打個小牌，消消遣，我是不會反對的。」

她想機會來了。寶寶不是說他們時常在她家打牌的嗎？她故意不響，等他把話說下去。

「但是打地方，打牌的人，可得注意。」他繼續說。

她冷冷一笑。

約謀變得嚴肅起來，但沒有半點責備。他忽然直截地問道：

「妳知道跟妳打牌那個姓朱的是誰？」

程曼君震顫了一下。

「妳知道他是幹什麼的？」他再補充一句。

半晌，程曼君才讓自己從紛亂中理清出一點頭緒，她仍然有點茫然地望著自己的丈夫，好不容易才從喉管裏迸出一句話：

「他幹什麼的，跟我有啥關係？」

「妳真是太天真了！」他批評道。

她激動起來。這種戲劇性的變化是她事先想像不到的，顯然，這就是他先發制人的一種手法，現在反而反過來變成她的不是了！現在，她正要想找出一句什麼一針見血的話戳穿他，作為反擊時，丈夫接著說了：

「妳大概還不知道，他是一個專門吃女人騙女人的拆白黨！」

她怔住了。

「妳不相信？」

「你認識他？」其實她心裏想說：「是不是那個叫什麼寶寶的交際花告訴你的！」

「我不認識，」約諾誠實地說：「其實這件事，還是我下午才聽到的。」

「夏祖德告訴你的？」

「不是，是一個朋友。」

「男的？」

他想了想，說：

「女的，是一個在外頭白相的女人告訴我的——人家是好意，不可能誣賴他！」

程曼君譏誚地笑笑。

「聽你的口氣，那個女人說的話，你倒是挺相信的！」

「不錯。」

「你不是說她在外頭白相的嗎？」

「對，而且她的名聲還相當糟呢！」

「不會糟過那個姓朱的吧？」

她等待他回答。以一種帶著挑釁意味的姿態注視著他。而華約諾，卻沒有絲毫要逃避的跡象，他望著妻子的眼睛，真誠地說：

「妳不會相信——沒有一個人會相信，她要比好些太太小姐，還要正派規矩呢！」

第十四章

「晚安甜心」這支曲子奏完最後一個音符，空軍第五大隊的小伙子們才盡興地擁著他們的愛人、女友，或者是初次認識的舞伴，離開空軍新生社。

側門的停車場上驟然騷亂起來……

每個週末和假日，都是相同的場面。這群留著小年頭，斜戴著船形帽，穿著剪裁合身的淺藍薄呢的制服，英俊而顯得有點精力過剩的「小空軍」（這是社會上一般人對這些年輕的戰鬥飛行員的暱稱）從老遠的基地到臺北來，盡情享受這種完完全全屬於他們自己的每一分每一秒時間。因為一回到隊裏，他們便屬於一個永遠使他們處於極端緊張狀態的群體之中，生活在與死亡間不容髮的危險邊緣上。

這天晚上，他們道個中隊幾乎完全聚集在新生社的大廳裏，外面是露天舞池，樂隊在演奏，柔和的燈光將這個帶點輕寒的十月初臺北的夜晚裝飾得更有氣氛。但，他們很少跳舞，幾乎一直在興奮地談論著他們的新噴射機。

在今年六月第一批美國軍援噴射戰鬥機運抵臺灣之前，他們飛的是「P五么」，螺旋槳的；這型飛機雖然顯得有點「落伍」，但在海峽上巡邏，依然威風八面，對共匪有相當的嚇阻作用。

前幾天。他們朝夕盼望的新噴射機到了。從第二天開始，他們便開始接受這一新機種的理論、機械常識及飛行訓練。

沈中宇將一張大夥兒穿著高空抗壓飛行衣，左手抱著頭盔，一字並排合攝的照片送給「囡囡」的時候，他便聲明改天一定自己單獨拍一張，再送給她；因為這張照片欠小了，如果他不指出其中那個不高不矮的是他，王美寶很難分辨出誰是誰來──雖然她認識他們整整一年，大家已經熟識到毫無秘密的程度。

「飛得那麼快，不危險嗎？」王美寶憂怯地低聲問。

「飛得不夠快，讓共匪的米格機咬住了尾巴那才叫危險呢！」那個綽號叫做「小鷄」的搶著替文靜得像個女孩子似的沈中宇回答王美寶的問話。然後，再複述六大隊小佘他們飛偵察時，如何擺脫兩架米格的驚險場面。

沈中宇始終含著微笑。王美寶緊靠著他，她將左手從他的右腋下伸進去，握緊他的右手。那個身體肌肉結實的「大力士」羅成帶著他那典型的愉快神情繞到他們的身後。

「王小姐！」他抿著嘴笑，同時伸出他的手彎。

王美寶隨即站起來，打趣地說：「我還以為今晚女孩子多，你忙不過來呢！」

「誰說──我一直在等樂隊敲探戈。」

他們到屋外的露天舞池去。

「小鷄」連忙坐近沈中宇，關切地問：

「你跟她提了沒有？」

「提了。」沈中宇冷靜地回答。

他的冷靜使這位從十三歲開始，就在空軍幼年學校一起長大的同伴感到有點意外。沈中宇跟王美寶之間的感情，「小鷄」可以說比誰都清楚。從性格上說，沈中宇比較內向，因此比他小一歲的「小鷄」有時反而處處照顧起他來。當沈中宇剛開始跟王美寶交往的時候，「小鷄」和另外氣個同伴一樣，是極力反對的。反對的理由並不完全是由於「寶寶」的生活背景和壞名氣，而是認為沈中宇太老實，簡直就是初戀，他們擔心將來萬一起了變化，沈中宇會受不了。

但，一年下來，他們有些人倒反而換了幾個女朋友，而「囡囡」與沈中宇——他們給他取了個名字叫「阿芒」（茶花女中的男主角），卻相愛得令人羨妒。王美寶將她全部的愛去愛沈中宇一個人，而將「寶寶」的軀殼去應付那些狂蜂浪蝶。當他們互相的認識愈深，他們對王美寶由排斥而同情，而終於對她產生一種由衷的崇敬，受到他們這個「大家族」的保護。

主要的原因，還是由於王美寶的愛非常單純——只是為了愛而愛，讓沈中宇在心理上沒有縣毫負擔。這一點，對於一個戰鬥飛行員來說，是極其重要的。因為他們距離死亡太接近，當一個人處於這種絕對的孤獨而幽閉的座艙之中，他們必須具備一副敏銳而清醒的頭腦，任何一絲雜念，都可能於轉瞬之間置人於死。與其說是出於自私，毋寧相信這是由於一種忘我的情操：責任、榮譽、以及一種人類與生俱來的求生本能，逐漸在他們的潛意識中形成一種曖昧的力量，促使他們「逃避」愛！

最難得的，就是王美寶非常了解他這種心理。

兩個月前，隊上一個平常喜歡惡作劇的吳立礎意外失事之後，沈中宇內心這一道無形的防線崩潰了。他驟然發覺，他的生命中不能缺少她。而終於在這天晚上非常慎重地向王美寶提出了。

「嫁給我！」

「囡囡」完全聽不懂他的話。

「不是說笑——我要娶妳！」他沉肅地說。

王美寶突然有一個不祥的預感。

「我們現在這個樣子不好嗎？」她低促地說。

「我要妳真正的屬於我。」

「我本來就是，你不信？」

「信，我當然信！」

「那就好了！其實有什麼不同，你只要高興，可以叫我做太太。」

沈中宇真摯地捉住她的手，說：

「我要妳做真正的沈太太——我帶妳回家！」

王美寶曾經拒絕過很多次，沈中宇也從來沒有強迫過她。他的家在臺北，父親經營航運，非常富有。在家中，他最小，上面還有一個哥哥，兩個姐姐；哥哥一家在「太平輪」來臺時遇難，大姐已嫁，二姐離婚後住在家裏。王美寶不願到沈中宇家去的原因，可能是受他二姐的影響：王美寶曾經遇見過一次，但對方的反應使她寒了心，從此，她肯定自己是絕對不會被沈家接納的。

為了不願意使沈中宇難堪，王美寶故意打岔地站起來，拖大家一起去跳一支大家稱為「空軍舞」的團體舞……

現在，透過大廳的邊門，他們看見「大力士」和王美寶沿著池邊跳探戈舞。

「小雞」陳威關切地問：

「她怎麼說？」

沈中宇蹙起眉頭，沒說話。

「要不要我幫幫腔？」陳威熱心地提議。

「不用了，」沈中宇回答：「把事情弄得那麼嚴重，反而不好——我在擔心羅成會說呢！」

其實，羅成除了專心的跳他改良過的「范倫鐵諾」探戈花步，一句話都沒說。他這一百六十磅重的身軀，跳得輕巧而有韻律。

第一支舞休息的時候王美寶摯切地說：

「羅成，要不要我給你介紹個女朋友？」

「大力士」從來沒有交過女朋友，並不是沒有機會，而是他覺得太麻煩。他是廣西人，不善詞令，他除了熱愛飛行，只喜歡運動：舉重、單雙槓、游泳，跳舞他也列入運動中的一種，五大隊的「吉利巴」向來是別具風格的，文雅之中略帶狂野；不像一般人那麼窮兇極惡，將舞伴拉過來摔過去，缺乏美感。羅成就是這種從容優雅的步法創始人之一。不交固定的女朋友，更有助於他挑選跟自己跳得合拍的舞伴。

他就時常將這種「理論」搬到他的愛情上。

但，今晚他卻改變了自己的論調！

「老實告訴妳吧，」他虔誠地向王美寶說：「我不願意害人家！」

「害誰？」她詫異地問。

音樂又起了。仍然是支探戈。

「你先回答我！」她固執地說，沒有跳。

「愛上我的人呀！」

「為什麼？」

「妳真的不想跳嗎？」

她索性拉他到一邊，定定的望著他。他顯得有點不自然起來。

「妳認識小吳的女朋友的！」他沉鬱地說。他所指的是小吳失事那件事。

「哦……」她明白過來。「你是說這個！」

「妳想不想知道，美國空軍由螺旋槳轉噴射，訓練期間失事的統計？」他笑著說：「聽了保險妳會連覺都睡不著呢！」

「所以你害怕……」

「我們要是知道害怕就好了！」

「……」

「真的不騙妳，我們只有在危險過後才感到害怕。」

她相信他的話，因為沈中宇也說過類似的話，那天他告訴她，他降落的時候犯過一次嚴重的錯誤，飛機失速，幾乎掉到地面上才糾正將機頭拉起來。那晚上，他怕得整夜顫抖。

他繼續以一種平靜的聲音說下去：

「如果碰上了，快得很，根本沒時間讓你害怕——有時候，我們擔心，倒不是擔心自己，是擔心愛我們的人，擔心飛機。飛機太貴了！上百萬美金一架哪！」

還有什麼比生命更有價值的呢？那個該死的暗影一直蒙在心裏，王美寶不敢去想這件事。自從吳立礙失事之後，每次分離，與再度見面之間，她都經歷到一種莫可名狀的痛苦折磨。她是沒有宗教信仰的，但她時常祈禱，唸佛號，非常虔誠的，祈求所有的神靈保護沈中宇——她寧可自己短命，也不要他發生任何事。

現在，分離的時刻又來了。人聲嘈雜，叫喊，笑語，交通車的燈光耀眼，引擎的吼聲，喇叭聲……她似乎又回復到上海黃埔碼頭上那個騷亂的情景：絕望，孤獨，無援。

「妳還沒有答應我呢！」沈中宇說。

她點點頭。

他很快活地在她的嘴邊親了一下。

「禮拜天下午妳先準備好，」他興奮地叮囑道：「在家等我！」

他們走掉了。直至整個停車場再冷靜下來，王美寶才離開這個地方，步行回家去。

徐月娟看見她進來，第一句話就問：

「妳告訴沈中宇了？」

王美寶苦經地笑笑。

「我根本就沒機會告訴他。」她回答。

「為什麼？」

「他先開口——他說，他要正正式式的娶我！」

「那麼這件事不就解決了嗎？」

「開始的時候，我也這樣想，」王美寶說：「至少，不是因為我已經有孩子了，才逼著他娶我似的，可是……」

這位在這幾年來一直跟王美寶相依為命的「大姐姐」靠近她，慰解地說：

「妳又想到歪的地方去了！」

「這只能怪自己，誰叫我走這條路！」王美寶嘲弄地說：「萬一中宇心裏想，不知道那孩子是不是我的？」

「別胡說八道了！」

「叫我，我也會這樣想的呀！一個禮拜只見面一天，六天你在外頭鬼混！」

「妳真的在鬼混嗎？」徐月娟憐惜地捉住她這位小姐妹的手，否定她的話：「如果妳肯，現在也不至於住在這種破房子裏了！」

王美寶有意味地望望這間八蓆大的日式木屋小廳，除了這套籐椅，唯一的家具就是那隻上面可以放東西的五斗櫃，裏面是一間六蓆大的臥房，一張四尺半寬的床已佔去面積的一半；左邊靠玄關有一間三蓆大的「飯廳」，廚房廁所都在後面。這一型的日本房子前後都有個小院的，巷子很靜，偶爾有些推著小車的小食和收酒瓶舊貨的小販彎進巷子裏來。這是她到臺北後的第一個「家」——第一個真真正正屬於她自己的家，後來即使有過好多好多次機會，她可以住入更大的房子，她都不願意搬開。

同時，她亦堅守自己的原則：要爛，就爛在外頭，「家」，一定要「乾乾淨淨」的，甚至沈中宇，她都不允許留在家中過夜。那天在委託行她告訴程曼君，說「他們」時常在她家打牌，那只是隨口而出的謊話，只是應付那個場面而已；事實上，前後只打過五六次，這主意是徐小姐出的，到底這也算是一個賺取生活的方法。這位老大姐的確很慎重的替「寶寶」計劃過。總之，手邊一定要存一點錢。窮困的日子她們已經過怕了，當然最後是找個理想的歸宿。王美寶雖然對打牌「抽頭」不以為然，但那時她的確曾經死心塌地的愛過那個斯斯文文的錢達仁。

錢達仁因公司倒閉而賦閒的那段期間，她甚至瞞著徐大姐暗中接濟過他，直至錢達仁以一種頗為「不夠意思」的藉口向她討回那只據說是他母親送給他作紀念的小鑽戒之後，王美賽才決意離開他，開始以一種玩世的態度在一些較為高尚的社交場合走動，竟然也因為她那點刻意的做作以及那些愈渲染愈加神秘的流言而引人注目起來。

現在，她沉重的吁了口氣，很冷靜地說：

「我想拿掉這個孩子！」

徐月娟不響，從習慣上她知道對方用這種聲調說話，就表示已經決定了。

「幸虧我沒有告訴他！」王美寶顯得有點興奮起來，她自語道：「我憋了一個晚上，就是為了這件事——我好傻！結婚之後，我們還可以有的，是不是？」

「我不贊成！」

「為什麼？」

「妳擔這種心是多餘的，」徐小姐說：「如果沈中宇不信任妳，八百年前他就跑掉了，還會拖上一年才說要娶妳！妳在外頭的事，他聽到的，怕比妳想的還可怕呢！」

「話是不錯，但是我還是覺得對不起他。」

徐月娟困惑地望望她的肚子，然後低聲問：

「妳是說……」

「別瞎猜！」王美寶截住她的話：「這兩個月，我只跟他一個人！」

「那個姓華的呢？」

「妳怎麼不相信我的話呢！」她怏怏地說：「陪他上過北投，就一定要有事啦？我一認識他，大家就約定好的，只可以做朋友。」

關於王美寶的情感生活，包栝最最細微的部份在內，徐月娟可以說是瞭如指掌的，王美寶對她也並不隱瞞。在王美寶這許許多多的男人之中，她對華約謀的印象也是比較好的：他的態度雖然有點嚴肅，但沒有闊少爺的那種倨傲和跋扈，同時，從花錢上看，他不是一個氣量狹窄的人。徐月娟不只一次的想從王美寶的嘴裏多了解出一些關於他們之間的實際情況，而且也不斷的暗示她，不要輕易放棄掉這個「好機會」，因為在外面成天玩的那批人，十之八九是「空心老倌」，只是外表好看而已。現在，她批評道：

「我總覺得，妳這樣對他太過分！」

「妳的心太軟！」王美寶簡截地說。

「哦，妳的就不軟。」

「我知道我自己的毛病，所以從錢達仁之後，我要學硬一點——而且我發現男人都是那樣，妳不答應，妳最狠，給了他，就一個錢都不值了！」

「那麼沈中宇呢？」

王美寶的眸子裏閃爍著一種幸福的光澤，雙頰不自覺地灼熱起來。她記得他們是在一個家庭舞會中很偶然地認識的；這個樣子乖乖的「小空軍」沒帶舞伴，他們只跳了一支舞，幾乎沒說過幾句話，她便跟他走了。第二天早上，醒過來，她發覺自己睡在桃園一家小旅館裏，她記起昨晚主動的叫出差車送他回基地，同時也是出於自己主動的走進這家小旅館來的；天亮之前，他曾經叫醒她，她忘了他向她說了些什麼話。她實在太睏倦了。等到下午再醒過來，她才驚覺，除了他的名字——其實，也是不完全正確的，什麼叫宇宙的宇？下雨，魚，大概就是這個字吧——他是空軍中尉，基地在桃園，其餘一無所知。

直至第三個星期，她才找到他。他們見面的第一句話，是不約而同的：

「你還記得我嗎？」

之後，「囡囡」只屬於沈中宇一個人。

關於這一點，沈中宇始終沒有問過王美寶，簡直連一點點「好奇心」都沒有；開始的時候，王美寶不免有點難過。但一方面又樂於遵守這個默契，他們在一起，相愛，是沒有任何條件的。

而現在，王美寶面臨一個新的情勢所造成的困擾了——就是她肚子裏的孩子。依照她原先的計劃，她打算在一個最恰當的時間，半真半假地告訴他：「喂，我有了！不要擔心，讓他先生下來，如果長得像你，就是你的。」——總不能說：「我發誓，這幾個月我沒跟別人睡過覺。」不是太滑稽了嗎！然後，她再看他的反應，如果不對，就說那是開開他的玩笑的。回來馬上拿掉——但她作夢也沒想到沈中宇竟然向她求起婚來。

從王美寶說出要結婚開始，徐月娟便有一種惆悵而落寞之感，她分辨不出，自己究竟是為對方快樂，還是為自己已逝的青春悲哀，現在，她勉強裝出一副連自己都感到並不十分自然的笑容，慰解道：

「別想那麼多了！他既然決心要娶妳，孩子又是他的，妳還有什麼好擔心的呢！」

「我擔心的不是中宇，」王美寶終於說出心中的鬱結：「我擔心的是他的家！他說下星期帶我回去見見他家裏的人。」

「妳怕他們反對？」

「我怕他們將來會看不起這個孩子！」

「妳這不想得太遠了嗎？」

「遠？既然是結婚，就是一輩子的事了——所以我說，我要拿掉！」她悲切地說：「我不要孩子替我背這種罪過！我也不要中宇嘴裏不說出來，心裏覺得委屈！」

徐月娟沉吟半晌，露出一絲苦笑。

「也好！」她無可奈何地說。

「那我明天就去！」

「妳急什麼？」徐月娟世故地說：「美寶，妳聽我說，什麼事都有個萬一，妳就沒想過——萬一他家裏有意見呢？」

王美寶怔住了。她根本沒考慮過這一點。

「妳又不是不知道他家裏很有錢，而且現在也只剩下他一個兒子了！」

「……」王美寶咬咬嘴角，無意識地瞪著對方的臉，自語道：「既然要帶我回去，中宇至少應該有點把握吧？」

徐月娟真摯地接著用一種安慰的口吻說：

「我想也不會的，他又不是小孩子！我只是叫妳心裏先有個準備——哦！」她想起一件什麼事，看看錶，隨即急急地說：「我差點給忘了！」她一邊拿起電話撥號，一邊解釋：「華先生叫妳一回來就給他個電話。」

王美寶馬上伸手去阻止。

「不是打到他家！」徐月娟說：「他在公司的辦公室裏等，好像有什麼重要的事呢！」

電話接通了，她將話筒遞給美寶。

「喂，囡囡，」華約謀在電話裏說：「我是約謀。」

「那麼晚還在辦公呀？」她問。

「不，在等妳回來。」

「什麼事情那麼重要？」

「明早我有事下臺中，打算自己開車去——妳不是說沒去過日月潭嗎？」

「……」

「喂？」等到對方應了，他繼續說：「妳願意跟我一起去嗎?住一晚，第二天就回來！」

王美寶瞟徐月娟一眼，說：

「我怕我不能去。」

「妳有什麼事？」華約謀心裏在想，那「小空軍」不是回隊上去了嗎？

「明天起，他有三天大假！」

王美寶所說的「他」，就是指沈中宇。對於沈中宇這個人，華約謀自從在那家日本料理店答應過王美寶所提出的那個「約定」之後，她便毫無保留的將她跟沈中宇的事告訴了他。他表現得很有風度，而且還曾經見過沈中宇，每個星期六下午開始到星期天晚上，這段時間是絕對屬於沈中宇的，這是他們之間的一種默契；而且在他們平常的談話中，雙方都極力避免談及這個人。

現在，華約謀不免有點失望。不純粹是失望，還攙雜一點嫉妒。

「真是太巧了！」他怏怏地說。

「嗯，」王美寶避開徐月娟的目光。「我還要告訴你一件事！」

「哦……。」

「我馬上就要結婚了！」

華約謀震顫了一下，沒再說話。

「喂！喂？」她低促地問：「怎麼啦？」

「跟他？」

「當然是跟他！」她說：「不跟他我還會跟誰？」

華約謀深深的吸進一口氣，嘴角不由自主的微微痙攣起來。他知道，自己並不是在笑。

「你笑什麼？」

「恭喜妳！」

掛斷了電話，華約謀渾渾噩噩的離開了辦公室。他開車回家，竟然走錯了路。

他經歷了一個可怕的晚上。失眠。他偶爾也發生過類似的情形，最後總會在疲乏中朦朦矓矓地睡著的，但這次截然不同，他頭腦清醒得如同剛從酣暢的睡眠後甦醒過來一樣。他不斷的思索著王美寶要結婚這個問題。實在是太不可思議了，因為他知道她從來沒有做過這種打算；她是不適宜結婚的，她只能做——即使是那個小空軍吧，她也只能做他的情人。

他反反覆覆地回想著那些使他驟然燃燒起來的情景：在北投靠近硫磺泉口那家叫做什麼「湯」的日式小旅館，那個鬱悶的下午，光潔的落地窗和前廊，窗外那鋪著白卵石而栽種著青翠的觀葉植物的小庭院，美人蕉黃色的花朵在陽光下閃光，空氣中有淡淡的甜味——那是從「囡囡」身上發出的。她浴後從浴室裏走出來了，她穿著那件漿得硬硬的藍紋日本睡袍，顯然是太大了，因此她跪在軟墊上伸手去撩起濕了的髮腳時，他從那半開的領口很清楚的看見她那堅挺的乳房。

她會心地笑笑，重新整理了一下衣襟。

「約謀。」她注視著他說。

「唔？」

「你相不相信，」她說：「我知道你在想什麼？」

他不響。他認為最聰明的辦法，就是盡量讓她去猜，或是先表示出來。當他將車子從紗帽山下的小道駛向北投，同時提議順便去洗個溫泉浴時，他並不期望她會答應的。而她竟然並不反對。他想：可能女人都是這樣。

可是王美寶卻搖了搖頭。

「不要想這些！」她真誠地說：「真的，我討厭裝模作樣——其實我給你，又有什麼難呢？我又不是什麼黃花閨女！」

「……」

「你好像不相信？」

「我相信。」

「如果我們發生了關係，我就會把你當成一個只是存心要把我玩弄到手的男人！跟他們一樣，除了談錢，我們什麼都沒有了！」

華約謀想說什麼，但沒說出口。他只好自我地聳聳肩膀。

「有道理！」他苦笑著說。

她有點激動地移近他，伸手去捏住他的手。

「我知道你跟他們不一樣！」她說：「你並沒有把我看成那種女人——只有你和沈中宇，才不把我看成那種女人！」

「見她的鬼！」華約謀痛惡地在心裏詛咒起來。他有被欺騙，被捉弄的感覺。

第二天一清早，他便開車到王美寶的家去。經過一番纏扯，王美寶終於依從了他，梳洗後再跟他一起出來。

他們上了車。他始終沒有說話，臉色凝重。車子過了臺北橋，經三重埔駛上縱貫公路時，王美寶忍不住用一種平靜的聲音問道：

「要到哪兒去？」

他不響，眉頭皺得緊緊的。她發覺他沒有刮鬍子，於是又問：

「去日月潭？」

他回過頭，一臉嚴肅。

「不錯！」他說：「日月潭！」

她忍不住放聲笑起來。

「妳覺得很好笑？」他惱恨地說。

「我沒見過你這個樣子。」

「妳以為我是個壽頭，傻瓜！」

「哦……」

他再回過頭來望她，生硬地說：

「我要讓妳看看清楚，我真正是個什麼樣的人！」

「我早就認識了！」她不假思索地回答。

於是，她按下車門的保險鈕，搖起玻璃，將身體斜靠在一個較為舒適的位置上。

「我昨晚沒睡好，」她說：「到日月潭之前，不要叫醒我。」

華約謀看見她閉上了眼睛，忽然變得有點沮喪起來。車子過了桃園，有好幾次，他想掉頭回臺北，放棄這個莫明其妙的意念——事實上他仍然不明白，自己為什麼要這樣做？要做什麼？但，心中那個朦朧的，既矛盾而又強烈的慾望卻不斷的在增長，他下意識地望望她的睡態，那淡淡的香味，使他宛如又置身於那個悶熱的下午，那光潔的落地玻璃窗，那黃得發亮的美人蕉，那堅挺的乳房……

他笑起來。他認為在日本料理店就應該明明白白地向她表示的——老天，跟一個毫無學識的交際花談什麼精神上的戀愛，不是太荒謬了嗎？好了，現在把真面目露出來了——沒有什麼值得羞恥的！男人，女人，就那麼一回事。

到了日月潭，他將車子停在潭邊一家旅社前面，大模大樣的在樓上開了一間面對著明潭的房間，隨手將上衣向床上一丟，在那張舊式沙發上坐下來。

他吐了口氣，笑著說：

「累死我了！我昨晚連眼睛都沒閉過——呃，坐下來呀！」

王美寶交抱著手，斜靠著那扇打開的長窗旁邊。外面是一個小小的露臺。她正凝神望著前面潭面上冒出來的光華島。

「寶寶！」他熱切地喊道。

她緩緩的回轉頭去凝望著他。

「寶寶？」她帶點愁意地唸著這個名字。

發覺自己失言，他連忙站起來，過去從她身後摟住她的腰。他發覺她並沒有半點拒抗，只是扭開頭。

「既然已經來了，」他溫柔地說：「就不要想那麼多了嘛——其實我……」

她打斷他的話：

「一身汗，快去洗個澡吧！」

「妳呢？」

「你去洗，我叫吃的東西。我好餓！」

華約謀洗過澡，他們叫的飯菜送來了。食物雖然並不十分可口，但華約謀吃得津津有味，原因是王美寶的態度開始變得沒有剛才那麼冷漠，甚至跟他有說有笑起來。

飯後，旅社的女中剛將東西收走，華約謀便捉住王美寶的雙手。

「唔唔——」她俏皮地搖搖頭。「大白天，多沒有意思。而且，你開了五六個鐘頭的車子，太累了！」

「我一點也不累！」他急急地表示。

「不行！你好好的睡個午覺！」她笑著說：「我們不是明天才回去嗎？」

華約謀想了想，放開她。

「這樣吧，」他提議：「反正我也睡不著，我們現在就去遊潭，然後過對面蕃社去玩，我來做妳的導遊！」

他們玩了整個下午。在蕃社還換上山地服裝，跟蕃社的大頭目「毛王爺」和他的幾位「公主」拍了照，買了幾樣紀念品，再回到旅社的時候，已經是黃昏了。

在樓梯口，他們又遇見住在他們隔壁房間的一對老夫婦，那位老太太戴著眼鏡，樣子很慈祥。當他們挽著手走進來時，他們剛好下樓，雙方都禮貌地點頭招呼一下。

老太太笑著問，眼睛始終望著王美寶。

「你們是來渡蜜月的？」

華約謀有點窘，瞟了王美寶一眼。王美寶不自覺地臉紅起來，他們含糊地應著：「我們剛從蕃社回來！」

王美寶舉了舉手上的東西，把話岔開：「你們二位去過了？」

「還沒有，」老先生回答：「他們說天剛剛亮的時候遊潭最美！」

「希望我能夠起得來！」王美寶誠摯地說：「明兒見！」

回到房間，他們忍不住笑起來。

「真的，」華約謀說：「我們不是來渡蜜月嗎？」

王美寶推開他。

在感覺上，這頓晚飯的時間，華約謀認為有一世紀那麼長；天好不容易才黑下來，飯菜送上來了，收走了，直至王美寶從浴室裏走出來——就像那個悶熱的下午一樣，所不同的，這次她並沒有穿日本式的寬睡袍，而是將浴室的那塊大毛巾將身體齊胸裹住。

坐在床邊的華約謀禁不住一陣顫慄。他們的目光互相交視。王美寶的臉上沒有一絲表情。

華約謀極力抑制著，微露笑意。

「囡囡！」

她隨即伸出手去阻止他。

「叫我寶寶！」她凜然地命令道。

「……」他頓住，右手仍停留在空間。

「你要的是寶寶！」

踟躕了一下，他收回手，嗄聲說：

「快過來！」

她笑了，很認真地說：

「我們還沒有談好價錢呢！」

他心中的不快很快的便消失了。他聽到自己發出一聲乾澀的冷笑。

「對，妳說！」

王美寶的聲音像刀一樣鋒利：

「愛國獎券的第一特獎——二十萬！」

「二十萬？」他失聲叫起來。

「你認為不值？」

「……」

「好吧，」她說：「我做生意公公道道，合適，就成交！如果不合適，拉倒——我先讓你看看清楚貨色，免得你怕吃虧！」

說著，王美寶隨手扯下圍在身上的那塊大毛巾，裸裎在華約謀面前。華約謀怔住了。而她的嘴角和眼睛卻開始露出一種狡獪而冷酷的笑意，緩緩的張開手，轉了一圈，再面對著他，無所畏懼地站住。

「怎麼樣？」

華約謀有被污辱的感覺，他緊咬著牙，嘴上搐動了一下，堅決地說：

「好，我買！」

她馬上向他攤出手。

「錢呢──先收錢，後交易！」

華約謀突然想起，早上離開家的時候，他連公事包都沒帶出來。

「啊……我忘了帶！」他說：「妳總不至於怕我耍賴吧！我的支票──」

「對不起，我只相信現錢！」說著，她馬上拾起地上的大毛巾……

華約謀情不自禁地順勢去擁抱住她，埋下頭去吻她的頸項，她僵立不動。

「快放開我！」她厲聲說：「再不放我就大聲叫了！」

他頓住了。因為他從她的語氣中知道她絕對會這樣做的，於是鬆開手，退後兩步。

「美寶，何必這樣對我呢？」他委屈地說。

王美寶沒說話，連望都不屑於再望他一眼，她急急的返入浴室，很快的便換了衣服走出來，到床頭去抓起自己的皮包，衝出房間。

華約謀像是被凝固在那兒一樣，很久很久，才回復意識，他所想到的第一件事，就是他跟王美寶──囡囡或者寶寶的關係，整個完了！

第十五章

就在華家上下忙著籌備老太爺六十大壽和長女于歸「雙慶」最緊張的時候，老太太的病勢突然惡化，住入馬偕醫院，然後又轉到中心診所去。

這個家，本來已經夠亂的；現在除了亂，還有一種每個人都意識到的不祥的感覺。因為據說老本爺的命，只吃到五十九，去年中風未死，是平常積德積下來的；最近又不知道是哪個好事者把園子裏的那棵老榕樹扯到這幢新宅的地理風水上，硬說這是「破格」，而且還繪聲繪色的連日子都能推算出來，當然這也把老處女的「命」不好牽連進去。老太太曾經在何小薏的嘴裏聽到過——她也是無意間說出來的，話頭由那棵樹引起。

老太太對於這一類的事情，一向是寧可信其有，於是馬上在老先生的面前嘮叨起來。

總而言之，就是希望老先生點點頭，好叫老黃找人來挖掉這棵樹——連根都要挖掉，不是說禍根禍根的嗎？

「而且，沒有一個人說它好看的。」

老先生只是笑，沒表示什麼。同時安慰老妻好好靜養，不要成天胡思亂想。

這天下午，約姿便把道件事當新聞地告訴她這位難得見面的五哥。

「這下可合你的意了？」

「什麼事？」

「要砍掉這棵樹了！」

「誰告訴妳的？」

「不信你去問老黃，宋媽也聽見的！」

華約希不響，整個下午，他都留在那棵老樹的旁邊。自從入了臺大，他仍然保留住那木樓上的小房間，不搬入臺大學生宿舍的原因，完全是由於捨不得離開蔡文輝；他現在也考入了臺大，唸農化。約希曾經帶過這個「草地人」來研究過，用什麼辦法可以將枝椏上那些烏漆馬黑的樹結和氣鬚弄弄乾淨。

「這不是種盆景呀，老兄！」小佃農老實地說。

「老兄，所以我才叫你道個專家來呀！」

「種稻子菜蔬我懂，這個……」

「少囉嗦！出點主意。」

蔡文輝認真地再打量了一下。

「像那麼大棵樹，」他虔誠地說：「在我們鄉下，一定會弄個小土地堂在旁邊來拜拜——老人家說，樹老了會成精呢！」

華約希懶得再跟這個土豆兒說話，塞給他十塊錢，將他趕走。從那天起，只要回家（當他想起來，而又提得起興致的時候，他才回來），他便捲起褲腳，提著一把用掃把改裝的棕毛刷子和一桶水，很細心的一部份一部份的去清理這棵樹。

現在，他又在做同樣的工作。當他在那圈現在已漆成淺灰色的木椅上坐下來休息的時候，頭頂橫枒上那對大鐵碼使他驟然想起葉婷來——還葉婷什麼！連圖書館他都沒進去過。大學生了嘛！「新鮮人」對新環境總有點新鮮感的。

突然，他發覺父親已經在他的背後。

老先生望著樹，說：

「你把它弄得很乾淨了！」

約希站起來。

「水壓不夠，」他指著樹頂說：「要不然我可以拉一條膠管，連那些樹葉都沖得乾乾淨淨！」

「唔……」父親點點頭。

「爸！」

父親回頭去望著他。

「么妹告訴我，您要把它砍掉？」

「你相信嗎？」

約希並沒有表示什麼，他吁了口氣，忽然很認真地向父親說：

「如果你真的要將它砍掉，用不著找別人，讓我來親手砍倒它！」

「你一個人？」

「我不要別人幫忙——你怕我砍不下來？」

「你當然可以！」父親肯定的回答。

但，這棵樹仍然屹立在那兒。直到老太太一倒，這件事又開始被添枝帶葉地誇大起來，因為時間正好與當時的預測吻合。

除了華約翰，連三舅舅都從臺南趕來了。虞家和何家的人，尤其是乖女兒何小薏，幾乎一直陪在老太太左右；碧潭家裏，更是人來人往，川流不息。

兩間客房不夠，連約希的房間都臨時徵用，約希要顧夢初住到他那間小木樓上去。

這天早上。當他們甥舅二人從醫院回到家中時，幾個外穿道袍內著西裝褲皮鞋的道士正在繞著園子裏的那棵老榕樹作法事，他們敲打著法器，嘴上言不由衷地唸著含糊的經咒，將一道紅布帶纏在樹身上——那意思就是將樹上那隻精怪制服了。

大廳中，大家正在商量壽筵和結婚大典是否要延期的問題。顯然，這仍未獲得結論。

最後，老大爺終於拿定主意了。他反對所謂「沖喜」這個提議，而且約雯也再三的要求延期，她認為母親病重在床，嚴格點說，連笑都是一種罪過，至於做壽，帖子既然發了，也沒聽說過做生日可以改期的，所以同意虞庭彥的想法，改為素席，不鋪張不受禮。

老太太真正發病的起因是膽結石，假如不是因為害怕打針開刀，過分相信中醫的話，應該是很容易診斷出來的；她一直以為是「心氣痛」，犯的時候，她持有舊式婦女的那一份堅忍，只是搪住心口悶哼，不肯叫出聲音來。等到這次找到了病源，主治大夫顧不得她體力太弱——當然事先曾經跟華家慎重研究得到同意的——為了恐怕引起其他病症併發而決定替她開刀將膽囊割除。手術似乎很成功，三幾天之後已經能夠很清楚的問約翰有沒有回來了。但，在隔一天的半夜，守夜的宋媽突然打電話回公館來，老黃大聲嚷了半天才弄明白老太太的情況突然轉變，於是一家人慌慌張張的擠滿了兩部車趕到中心診所去。

這個時候，老太太已經進入彌留狀態了。她的鼻孔塞著氧氣管，呼吸低弱而緊促，華老太爺靠在床邊，緊緊的梛著老伴冷冰冰的手。

「阿媚，」他深情地低喊道：「阿媚！」

老大警告約雯和約姿不要哭出聲音，一邊跟約倫圍在床頭前湊近去輕輕的搖撼母親的身體。

「姆媽，姆媽，您聽到沒有？」

亂了好一陣，老太太癟下去的胸口忽然膨脹起來，接著喉間發出一種類乎呻吟的喘息，她那沒有血色而乾枯的嘴唇搐動幾下，眼睛緩緩睜開來了……

他們緊張地大聲叫喊起來。

「我們都在這裏，」老先生痛惜地裝出笑臉，喃喃道：「我們都在這裏！」

病人的目光黯淡，茫然而呆滯地在他們的臉上移動。大家屏息下來，忍住哭，定定的注視著她。

「我知道，我知道，」老人說：「妳放心好了，妳放心好了……」

老太太很困難地迸出兩個字：

「老——五……」

結果華約希並沒有趕上送母親的終。當司機老許按著大小姐給他的地址，好不容易在那條連門牌都沒有的小街找到五少爺，再趕來醫院時，華老太太的遺體已經移入醫院的太平間去了。

三舅舅的哭聲使他從一種虛幻而渾噩的意識中甦醒過來，他遲滯地走近那張現在已經空無一物的病床，無意識地用手撫平摺縐的枕套，床頭那張白色的小方櫃上的東西已經拿走了，空氣中有醫院特有的那種酒精和什麼藥物的氣味，他拾起一片花瓣，淺紫色的，可能是那隻瓶子裏的洋菊落下來的。

奇怪，他不想哭，連一點悲哀的感覺都沒有。

「小五，你的命好硬，」他想起母親曾經這樣說過：「我生你那一年，差一點點就被你剋掉！」

母親死了，是不是被自己剋掉的呢？也許是，也許不是，不管怎麼樣，母親是突然間消失的，昨天早上他來的時候，她還活生生的靠在這兒，望著吊在床邊鐵架子上的那大瓶葡萄糖。她抓住他的手，她的手都是骨頭，虛弱地顫抖……

母親死了！母親死了！母親死了！

華約希看見過杭州南路巷底那家臺灣人家出喪，還雇了人來哭，他們那些眼淚是從哪兒擠出來的呢？而他現在只感到眼睛發澀，沒有眼淚。

他忘了自己是怎麼離開醫院的，街上他看不見一個人，他只聽到自己的腳步聲橐橐地在寂靜的空間響著，街樹、燈柱、房屋，在左右有節奏地晃動，路燈昏濛濛的，有薄薄的霧。一輛吱吱咯咯在發出乾澀的怪聲的三輪車忽然停在他的面前。

「要三輪車嗎？」那車伕問。

他瞪著三輪車伕。

「那麼晚，已經沒有車子啦！」

他瞪著三輪車伕。

那三輪車伕笑了。

「你喝多了是不是？」這位山東老鄉下了車，好心好意地要去扶他。「來，隨便給，我送你回去。」

華約希用力掙開他的手。

「滾開！」他惡聲嚷道：「別理我！」

「呃——你怎麼啦？」

「你管我幹什麼！」

現在，這位老鄉相信這小傢伙真的醉了。

「好好好，」他說：「我不管。」

「不許走——你管我幹什麼？」

「小子，你有完沒完呀！他奶奶的！」

他的話還沒完，華約希已經揮拳向他打過去。於是，這個比對方足足高出半個頭的山東大漢開始跟失去了理性的華約希纏鬥起來。但，這條大漢佔不到什麼便宜，因為對手像頭被激惱的野獸；華約希一邊打，一邊含糊地吼叫著，詛咒著，陷入一種極度的癲狂中……

有人向他們這邊跑過來，一輛在前面路。駛出的車燈掃過，華約希眼前一陣昏黑，嘴內有些濕滑而帶有點鹹味的液體滲出，他看見一個警察驚惶的臉，不，兩個；其中一個晃了晃，向後仰倒，然後他的腰被人抱住了——

「你們管我幹什麼！」他不斷的重複著這句話：「你們管我幹什麼！」

他倒下去，被一個沉重的物體壓著，他只看見好些腳在踏動，柏油路面緊貼在他的臉頰上，沉下去，沉下去……

再醒過來，華約希發現自己被關在一間小小的一個派出所的拘留室裏。室內除了他，還有一個乾乾癟癟的，眼睛鼻子嘴巴皺在一堆的小男人，他蹲坐在靠著木柵的牆角，毫無表情地望著他。

約希想爬起來，感到渾身的筋骨酸痛。

「這是什麼地方？」他問。

「派出所啦！」這小男人用臺灣話回答。

他想起來了。

「你糟糕了！」這小男人幸災樂禍地繼續說：「你把那個警察打得好慘！眼珠都打出來了——打壞眼睛是重傷害呀，你宰羊嘸？」

約希不敢相信他的話。

這小男人將身體移近約希，低聲問：

「你是什麼幫的？」

「什麼幫？」

「你不是太保嗎——我認識一個『四海』的！」

華約希不去理會這個像伙，他靠在牆上，這時他才發覺自己沒穿鞋，腰帶也沒了。木板上有一股酸臭味。兩個鐘頭之後，一個警員進來，打開上了鎖的木柵。

「出來！」他生硬地向約希招了招手。

約希穿好鞋子，一邊提著褲腰一邊困惑地跟那警員走出去，進入外面一間偵詢室。他一眼便看見大哥和三舅舅站在前面。

華約謀臉色沉重。當約希向他們招呼的時候，他輕蔑地哼了哼。

「你真會挑時間鬧事！」他斥責道：「姆媽人剛死，你就……」

一股血液向華約希的腦上冲，他微張著嘴，霎時間失去了一切思考的能力。

三舅舅向他走過來，伸手圍住他的肩膀。

「保交好了，快到殯儀館去吧！」

「姆媽死了！」約希自語著，駭然望著三舅舅。

三舅舅抿著嘴，用力捏緊約希的手臂。約希的嘴角一陣痙攣，陡然靠在三舅舅的肩頭上，悲慟的大聲哭起來，像個小孩子一樣。

顧夢初並不去勸他。他示意滿臉不耐煩的約謀先出去，他扶著約希到牆角的那張長凳坐下，讓他痛痛快快的哭個夠。

「你真傻！」顧夢初哽咽地不斷拍著他的肩膀，慈愛的說：「你真傻——你這樣做就痛快了！這就表示你愛你姆媽？她要是能夠知道，不笑死才怪！」

說著，這位以為自己夠堅強的三舅舅忍不住的跟著啜泣起來……

這件事，被報紙繪聲繪色的渲染起來，認為這是今日「教育失敗」云云。結果，華約希被學校以「品行不端」記大過二次，而案子則由警局移送法院，以「傷害」罪被檢察官提起公訴。

華老太爺表面像是由於老年喪偶，過度哀痛，因此始終沒有對約希表示過一點點責備之意；其實，經過這一件事，老先生才開始對這個狂傲不馴的兒子平常的所作所為，變得關注起來。但，他是一個並不將感情形諸於色的人，尤其是對於子女；所以，當他默默地以那種帶點沉鬱的意態注視著約希時，連約希自己，都認為這是對他的一種怨懟和厭恨。

華約希從未對這件事向任何人加以解釋，事實上也無從解釋。

母親的喪事剛剛忙完，法院開庭的時間到了。

傳票上寫明是上午九時半，地點在地院第五法庭。九點鐘，他們已經到了地方法院。原來說大哥要陪他來的（可能是老太爺的意思），臨時換了胡步雲。這位「準姐夫」一來是由於喪事躭誤了婚期，同時在事務繁雜的喪禮期間肩負「總務」重任，人瘦了許多，而且他平常就跟這位五少爺沒有緣分，格格不入，因此當他們下了車，步上地方法院門口的梯堦時，華約希說：

「你回去吧，我自己會做的。」

「我們先去見見律師。」胡步雲回答。

「陳伯伯？」約希指的是公司的法律顧問，也是父親的老朋友陳彥和。

「不是，」胡步雲精明地說：「這種刑事案，要找比較靈活的！陳伯伯反而不如那些小律師，不想點辦法你非判有罪不可！」

華約希認定自己是有罪的。他一直在想，當他再見到那位「老鄉」時，他要過去向他道歉。多冤枉，無緣無故的。但是開偵查庭那天這位三輪車伕沒來，只來了被他打傷了眼睛的「一毛一」；他很注意看那個警員的眼睛，但看不出一點傷過的痕跡。

先報過到，胡步雲很熟練的帶著約希到律師休息室。那位「小律師」叫汪傑，湖北人，說話快得像滾出來一樣。華約希本來想把當晚發生的經過告訴他，但他似乎並不急於要知道。

「不要緊不要緊，」他向約希說：「很快的，你還可以趕回去上課。」

比原定的時間遲一點點，開庭了。果然，正如汪律師說的，很快——他便向庭上提出，要求再傳那位重要的關係人唐晉福（那個三輪車伕）出庭，因為在黑暗當中，這位警員的眼睛不能肯定證明是被告打的。於是那位表情始終如一的推事把案卷再掩上，向旁邊的人交代幾句什麼，然後向汪律師說：

「十一月十號，還是上午九點半。不發傳票了。」

接著，開始喊下一個案子的當事人。

「走吧！」汪律師向約希說。

「不審啦？」約希不解地問。

「你不聽見了，延期。」律師提起他那隻沉甸甸的皮公事包，半推著約希向牆邊走去。「好好讀書，事情包在我身上。」

胡步雲已經站在第五法庭的門口，看見庭已開完，他急不及待地跟汪律師握握手，說：

「謝啦——我有事，先走一步！」

汪律師搖搖手上，一張紙條。然後向約希招呼：

「下一趟，你不用來了。我還要趕下一庭！」

說完，他踏著那些名律師在法院寬大的走廊上慣常走的快步子走了，黑色的袍腳在身後晃動。

華約希正想走，後面有一個非常熟識的聲音在叫他：

「五哥！」

他發現小十三點葉婷坐在最後的一排旁聽席上，她的旁邊有五六個女孩子，佔著整排座位，她坐在當中。

「葉婷！」他詫異地低喊著。這時才發現這幾對明亮的眼睛盯著他。

葉婷先站起來，擠出去興奮地拉住約希的手。

「我們是特地趕來旁聽的呢！」

她的聲音太大，而且那幾個女孩子跟著起身，顯得有點亂。法警過來制止她們。葉婷俏皮地向法警舉起手掌，腕上那隻扣滿了稀奇古怪小飾物的腕鐲叮叮噹噹的發出清脆的響聲。

「好，別兇！」她說：「我們出去！」

拉著約希走出法庭，葉婷在走廊上將整個身體偎倚在華約希的身上，半轉身，將右手伸過去摟住他，然後用一種膩膩的聲調替約希介紹：

「喏，這是老大，老二，老三，老六，」她回過臉來望著約希，特別強調地指著唐琪。「她跟你一樣，也是老五！」

約希最注意的，也是老五。她頭髮黃黃的，嘴上的笑有一股野野的味道。

唐琪並沒有從約希的目光中逃開，她接著說：

「老四沒來——她是老么！」

葉婷作態地欠了欠身。

「客氣！客氣！」然後向她們說：「喏，他就是我告訴妳們我初戀的男朋友華約希！」

華約希變得不自然起來，他摸摸鼻子，吸了口氣。

「好啦！」他說：「再見啦！」

「什麼？」葉婷叫道。

「我還要趕回學校去！」

「哪有這麼簡單——你知道我找了你多久？走，算我倒霉，到老地方去坐坐，」她說，「我們就是想聽聽你『摺』那個『條子』的事！」

約希眉頭一皺，從葉婷嘴裏說出的新名詞和什麼老三老四，他約略猜出一點情況了。

始終用一種品評的目光打量著華約希的「老大」方菁現在上前一步，習慣地掠掠左邊搭下來的頭髮。

「如果你嫌女娃兒太多，」她望著約希。「那我們放你們一馬——讓你們『單飛』！」

「去吧，」唐琪說：「你們不是很久沒見面了嗎？等到舊情敘夠了，再到老地方來好了，我們等你們。」

看見華約希沒表示意見，葉婷快活的說：

「也好，我們走！」

離開地方法院，他們朝植物園的方向走去，開始的時候，他們都後有說話。華約希感覺到葉婷比以前高了，也許是她的服裝將她襯大了。她身上那件淡紫色的薄毛衣外套忽然使他想起母親病床旁邊那隻花瓶裏的洋菊……

「我到殯儀館去過！」葉婷低聲說。

「哦……」他想，哪天到賣花的地方去，問問洋菊是怎麼栽種的，蔡文輝不一定知道。

葉婷替他將套在袖管上的黑色孝帶摺疊的地方拉拉好，忽然說：

「我可不可以挽著你的手走？」

「隨便妳。」

妳挽住他，情緒顯得比剛才輕鬆了一點。

「我休學了，你知道嗎？」她說。

這又使他想起那天在她的學校門口喝了三杯「牛皮水」的事。已經好久了。

「什麼時候？」他問。

「這假學期我沒註冊。約姿沒告訴你？」

「我很少回家。」

「哦，我知道你住在外面那個地方。只知道是在那條街，但是不知道是哪一家！要找還是會找到的。」

「……」約希在想：好，遲早哪一天她會登登登的找到他的樓上來的，絕對會的。「我要搬了！」他說。

「鬼！」她戳穿他的心事。「你是怕我會來找你！」

他停下腳步，認真的望著她。他不明白——是第六感嗎？為什麼她總是時常猜透自己的心事？不只一次了，記得那晚上在樹下面……

她又露出她那狡黠，而仍然帶有點牛奶味的笑意。

「妳再猜一次，」他說：「我現在在想什麼？」

「不，你來猜我！」

他笑了，搖搖頭。

「我好想你！」她又偎近他，再開始走。「你愛信不信，我每天都向她們說起你，她們都聽煩了！要是剛才見不到你，她們還以為我吹牛呢！」

「對了，她們是誰？什麼老大老二的？」

「嚇！」她不以為然地叫起來：「鼎鼎大名的七姊妹『七鳳』你都沒聽見過？太土了吧！」

即使不是在報紙上，華約希早就聽到一些什麼幫什麼派的不良少年「太保」組織；那年「四海」的人馬甚至還拉攏過他，當時的情勢似乎他不加入就表示他故意「貌」他們似的，為了「好漢不吃眼前虧」，華老五索性成天跟他們「鏢」在一起；故意把自己裝得流裏流氣，猛吃猛喝，成天向他們建議到銀行去「做他媽的一票」，結果那幾位少爺（他們大都是富家子弟）反而寒了心，認定這混小子遲早一定闖大禍，因此避之則吉，於是約希才算脫了身。後來約希偶爾在西門町碰到他們，大家總是會心地笑笑，有次約希開玩笑說「我剛出來」——意思就是自己犯過案子，剛出獄。害得那幾個老幾急忙掏出幾十塊錢塞進他的褲袋裏，像是生怕他會纏上自己似的一擺手就溜掉了。

總之，外面那一幫小混混，都摸不清華約希的路道，不太去惹他反正他也像是一個不大好惹的貨色！現在，他冷冷地笑了。

「原來妳也學人家耍『太妹』呀？」

葉婷將手抽回來，嘴一歪。

「怎麼，」她說，「不像呀？」

約希摸摸鼻子。

「告訴你，」她正色地接著說：「當你知道我們怎麼個玩法時，嚇死你呢！」

華約希現在明白剛才自己為什麼會有她長高了的印象了。他在愛國西路口站住，開始認認真真的再打量這個「小不點兒」一次。

「是不是跟以前不一樣了？」她含著一種玄惑的輕笑等待他表示意見。

他震顫了一下，因為從她那充滿誘惑的眼神中，他隱約窺見一種並不是她這個年齡應該有和了解的罪惡。

「相信了吧！」她得意地說。

約希啞然失笑。心中充塞著一種莫以名之的悲憫。

「你笑什麼？」

「我不是笑——葉婷，妳聽我說……」

她馬上伸手去阻止他說話。

「有話留到晚上說，在舞會，你不是答應過我，我們再談一個通宵的瑪？」

「葉婷！」

「你放心，」她說她自己的：「不到你家——我有很好的地方，走！」

「葉婷！」他第三次喊她的名字。

「你究竟要不要跟我走？」

他困難地搖搖頭，然後真誠地向她解釋：

「要！但是不是在今天——不要勉強我，葉婷，再過一些時候，我會來找妳的。相信我！」

「就像那天晚上一樣？」

「相信我！」他望著她的眼睛，深摯地說：「而且妳還要答應我，好好的當心妳自己！再見！」

說完，他退著走，向她舉了舉手，轉身大步走掉了。葉婷連叫幾聲他的名字，他都沒回過頭……

無疑的，這是一種逃避。但，華約希要逃避的，不是葉婷這個人，而是他心中的那個被他目前認為是罪惡的思想——那個本能的慾念。他要努力的擺脫它！他承認，自己並不是一個怎麼「孝順」父母的人，但他是愛他們的。對「孝道」的解釋，顯然他跟老管家黃五豐不同，如果說他忤逆，那麼他所反抗的，不是孝心，而是那種形式——他憎厭一切形式。他堅持自己的方式去「愛」父母以及其他的人。甚至他從未想過「愛」和「孝」這兩個字。

讓大家把孝——就是那塊黑布袖套——戴起來的時候，老管家便以一種半教誨的語調向大家說：

「按照以前的老規矩，孝要帶滿三年才除下來的！現在再不興這一套，你們也得給老太太多戴幾天！」

當時華約希就曾經想過，他可能就是家中第一個把孝除下來的人，因為他不相信戴著它，就是「孝心」的表現；他認為自己是愛母親的，根本用不著用任何東西來向別人證明。

但，剛才他面對著葉婷時，內心竟然萌發出一種邪惡的念頭，這個念頭使他震駭——因為顯然這就是他心理中對母親的愛的一種褻瀆！

他追悔莫名。在街上茫然地遊蕩到中午，終於決心回碧潭去。

他從車間將以前拆下的那張搖椅重新在大樹的橫幹上掛起來，這個工作他做得很認真，如同那天他所做的一樣；掛好搖椅，他還特意將每一條籐枝都用水洗刷乾淨，打算明天再抽空替它髹上新的白漆。

工作完成了，他丟下手上的抹布，坐到搖椅上，舒暢地靠下，腿一蹬，使搖椅前後擺動……

母親沒有死。

他喊，他叫，他搖動著她身體，等到他急得哭起來了，母親才憋不住了張開眼睛笑起來，緊緊的摟著他搖晃，叫他心肝寶貝。母親——和身邊的宋媽還很年輕，那年二哥才十一二歲，胖胖的，一碰就哭……

母親沒有死。他開始慶幸自己那天凌晨沒趕到中心診所去，他沒看見她死後的樣子，在殯儀館入殮之前，他仍然沒有看。不是怕，而是要留下她仍然活著的印象。

「現在，她坐這張搖椅，不用擔心頭暈了！」

他笑起來。忽然，他想起葉婷她和他擠在這張搖椅上……

葉婷走上「老地方」——那家「純喫茶」的樓上，已經是下午了。

她望著約希走遠了之後，忽然有被遺棄的感覺。在這段稀奇古怪的日子裏，華約希這個名字對她來說，還包含著另一種意義，這是約希本人永遠不會知道的。如同一個守貞的海員妻子對她漂流在海上的丈夫一樣，葉婷全心全意地只等待這一個人。

開始的時候，方菁覺得很可笑，那是小孩子辦家家酒的玩意兒，等到後來她發現這位「老么」竟然那麼固執地等待下去時，她接受了這個事實，而且還時常幫助她擺脫一些男孩子們的歪纏；另一方面，她（和唐琪她們幾個人一樣）渴望著要見見華約希。看看這個男孩子有什麼地方值得葉婷那麼傾心於他。有天她們曾經以半開玩笑的口吻審問過她，甚至很露骨的問過：

「你們已經『污』過了？」

「污」這個字，是被她們廣泛使用的：比如從家裏「拿」點東西出來，形容某個人很不入流……等等。但是現在所指的，是性關係。

因為這幾位「大姐」都曾經向她坦白過她們的「情史」——尤其是老五唐琪，她十五歲就跟一個男生在學校體育場的司令臺後面污過了。當她們幾個人擠在床上談起這種事的時候，就像在談剛看過的電影一樣稀鬆平常，而且充滿樂趣，她們甚至毫不掩飾地描述失貞的經過。

輪到老四謝珍妮。她們都叫她「小乖乖」的。

「我最慘了，」她用貓類特有的那種聲音說：「第一劇場三樓嘛，誰知道一個人都沒有！好了，我嚇得要死！他一定是有計劃的，希區考克的恐怖片，我叫死也沒有用，後來都不知自己怎麼下得了樓的！」

那是她的數學家庭教師，後來連人影都找不到了。

「妳呢？」

葉婷打了個冷顫。她一直在心裏盤算著要怎麼找出一個摧花大盜或者色狼騙子來，好把自己的「經歷」吹得比她們更「污」。她想過乾脆就栽在胡世達頭上，反正他正在鳳山受訓，至可以提出一張剛收到的一張照片證明。照片後面不是寫著「親愛的婷：Love you ×××」的嗎，他的英文式簽名鬼也看不清楚是什麼字。

「喂，該妳了！」她們催促。

不行，照片中的胡世達不夠帥。

「就是妳說的那個華約希呀？」

「當然是他！」她鬆下一口氣。

華約希這個名字她們早就聽煩了，於是再擠緊一點，急不及待地催促：

「那『擺』呀！」

葉婷索性吹到底，把在搖椅上談天談到天亮的經過，「擺」得連自己都相信起來了。她們把她這段戀愛叫做「純情派」的，老二李安安的叫「野獸派」，她三天兩天，就換一個男朋友說話的聲音跟吵架一樣。長得黑黑的老三周小曼和老六陳家珍是「一派不派」——因為還是處女。

現在，葉婷知道這幾個鬼一定在「青龍」等她，那麼快就單獨回去，很難自圓其說。她三天沒回家了，她污在唐琪家裏；她跟小混球有緣，唐太太成天跟她嘟囔著北平的風光日子。於是索性回家去換套衣服，向阿銀姐污她幾個錢，再磨菇到下午才到青龍去，表示跟約希玩到現在才分手，地點就在自己家裏。她們都到過她的家，只要打發阿銀姐去遠一點的地方買東西，你愛做什麼就做什麼，她們沒理由不相信。

當她一走進院子，阿銀姐話都來不及說一句，一把拖著她鞋也不除便踏進屋裏，拿起電話筒向她手上一塞。

「快快快，」阿銀姐操著一口順德口音的廣東話說：「打去俾妳媽咪！妳再唔返嚟，我就要去報差館喇！」

這是她一貫的老手法，於是葉婷隨手放下聽筒，用不十分順嘴的廣東話說：

「妳緊張墨野喎——放水我冲涼！」

娘姨使性的坐下來，聲言她已經決心不做了。她在長途電話裏就告訴過葉夫人，她行李都打好了，只要接通電話，表示自己把人交還給她了，她便回香港去。葉婷在房間裏叮咚咚的找衣服，她奔進去。

「妳要穿哪一件，開口好了——妳看……」

「去——放——水——我——冲——涼！」

看看滿床滿地的衣服，阿銀姐嘆了一口氣，返身走進洗澡間，一邊放水，一邊唸她那本經，從葉婷五歲她踏進她們葉家開始唸起，一直唸到現在，一點也沒有遺漏。最後，忍不住在浴缸邊哭泣起來。

葉婷走進來。

「妳再哭，我就走！」她要挾道：「我這次一走就要半個月才回來！」

阿銀姐說不哭就不哭了。等到小主人洗完澡，她已經把吃的東西都預備好在餐桌上。

「妳媽媽真的打電話來了。」

「她在日本？」葉婷喝了一口牛奶，不經意地問。

「在香港。」

「哦……」她想起要搬回香港的事，於是望著娘姨。「有沒有說什麼時候搬？」

「我怕她連這件事都忘了！」

葉婷早就料到的，這已經不是第一次了。她也記不清母親曾經替她申請過多少張護照，美國的，巴西的，日本的，甚至連簽證都辦好了，最後又沒了消息。但這一次，葉婷真的有點失望。洗澡的時候她想過：約希不要她了——他果然真的是第一個拋棄她的男人！而美中不足的，他並沒有「蹧蹋」過她，親親嘴算不了什麼，似乎他應該在她的身上做出讓她恨死了他而又一輩子忘不了他的什麼壞事情才對！

阿銀姐看見她在轉動著杯子發楞，於是把心裏愁了很久的那個問題索性藉這個機會向她試探一下。

「這幾天妳究竟在幹什麼？」

她翻翻眼睛，大聲回答：

「我還會做出什麼好事？」

「我打過電話去問以前時常來的那個華小姐。」

「妳打給她幹什麼？」

「找妳呀！」阿銀姐憂怯地低聲問：「阿婷，妳不會在外頭做什麼壞事吧？」

「她在電話裏向妳扯些什麼？」

「人家什麼都沒說，是我在想——妳要是做了，妳要坦白告訴我！」

葉婷馬上打定主意。

「妳千萬別告訴我媽媽！」她作態地沉下聲音。

「噢……」

「呃，我……」葉婷眨眨眼，緩緩低下頭，咬咬嘴唇。林黛就是這樣表演的，可惜自己手上沒有一塊可以讓她絞過來絞過去的小手絹。

果然，馬上收到了效果。這位一手將她帶大的「媽姐」（矢志不嫁以傭工作為終身職業的廣東娘姨）對於這位小女主人始終懷著一副母性的情懷，而從葉婷開始發育之後，她就認為自己兼負了某一種責任，整天提心吊膽，因為她了解她的個性，世界上沒有一件事是她不敢做的。現在，她開始相信這次真的發生「事情」了！

「不要怕，」她鼓勵道：「老老實實告訴我！」

葉婷抬眼望望她，極力忍住笑。

娘姨湊近小女主人，低聲問：

「妳……有啦？」

「有什麼？」葉婷叫出聲音，才明白對方所指的，「有」是什麼，於是馬上掩飾地站起來，好像是要避開回答這個問題似的。「他人都跑掉了，我還有什麼！」

「他？他是誰？」

葉婷回轉頭來，認真地說：

「妳發誓不說出去！」

「是誰？」

「就是華小姐的哥哥嘛！」

「哦……」

「給我一點錢──多給一點！我要去看醫生。」

河銀姐從來沒有那麼爽快過。葉婷走出巷子的時候，她知道阿銀姐會立刻掛長途電話到香港去，不過她肯定阿銀姐不敢說出「那件事」，即使說了，母親也不見得會專程為了這件事趕回來的。但，第二個電話就不同了，她相信華約希一家會很快的從約姿的嘴裏聽到這件「嚇死他們」的大新聞。

趕到青龍，她撲了個空。那個梳著馬尾頭的小妹告訴她：她們留了話，到三軍球場去了。

葉婷這才記起，菲律賓的一支什麼菲華籃球隊回國參加國慶杯球賽的事，好像方菁和李安安跟其中幾個球員是老朋友。老朋友的意思，就是說不單純只是認識。

她再趕到三軍球場，方菁發現她在入口處張望，便老遠的向她招呼起來。

「老么！我們在這兒哪！」

穿著白色背心，橘黃色的綢質運動褲，正在場內練球的球員們停了下來，向葉婷這邊望。球場的座位空空的，她們在球場旁邊球員休息的長椅上，跟另外七八個穿著顏色艷外套的球員們「和」在一起。口哨聲突然吆叫起來。

葉婷故意橫跨過球場。那個抱著球的高個兒故意將球拋給她。她接住，連跑帶跳到籃板下投上去。球軟軟的碰了碰板，落在圈邊，晃了晃，入了網。

大家叫起來。

在場的球員們球也不打了，一起跟著葉婷走過去。於是，經過一陣騷亂，方菁糊裏糊塗的算是替大家介紹過了，唸了一大堆名字；有些她叫得出，大部份由那個臉長長的傢伙補充，或被介紹的球員自己說出來。他們一個個都身材高大，充滿活力，操著有特殊菲律賓閩南腔調的臺灣話，國語差勁透了。葉婷很快的便看出那個長臉是方菁的老朋友，李安安那個最好認，臉上的皮膚像顆橘子，頸項上掛的那條金鍊怕有五兩重。他們的身上發出一種刺鼻的香水味。葉婷恨透了這種氣味。華約希身上有一種不知是不是從腋下發出的男人味道，她覺得比這種味道好聞。

「咦，他呢？」唐琪問。

「妳們不是說什麼『單飛』嗎？」葉婷笑著回答：「他飛掉了！」

方菁伸手去圍住葉婷的肩膀。

「飛掉拉倒！喏，這裏一大把，隨妳挑！」

這邊話剛說完，他們的反應比籃下切入更快，一起衝向前，高高的舉起手。

「選我！選我！」

他們你推我擁的亂作一堆，葉婷伸手制止。

「別爭別爭，」她叫道：「公公道道！抽籤！」

於是那些還沒有女朋友的開始慎重其事的在葉婷的手上抽火柴，沒有火柴頭的那一根是中選。顯然，在準備抽籤之前，他們已經有了默契，抽完後，他們跑到一邊，就像一些球隊在賽前那樣圍成一堆，像在商量什麼。最後，那個穿著「九號」球衣的笑著舉起那根沒有頭的火柴向葉婷走過來。

葉婷打量了他一下：身材沒他們高，除了那頭濃黑的頭髮上搽了太多的髮蠟，樣子還不討人厭。

她接過那根火柴，說：

「報名上來！」

九號沒聽懂，那長臉的隊長用菲律賓「達嘉羅」土話向他咕噥幾句。

「哦……」九號說：「我叫蔡建平。」

「他就是莊領隊的小舅子，」隊長再加以強調：「有沒有聽說過莊文棟先生這個名字？」

「管他是誰！」葉婷打趣地說：「反正是人家的小舅子——我就叫你『舅子』算了！」

跟著又亂了起來。

結果，葉婷跟他們大夥兒一起玩到很夜。從葉婷加進來之後，他們虛應故事地練完球，先回到新公園前面的「三葉莊」旅社，經過一番打扮，然後去跳茶舞，吃飯，逛西門町；「舅子」一直纏著葉婷，寸步不離，他那套服侍女人的小功夫是很到家的，親切而一點也不顯得過分。只有老五唐琪冷眼旁觀，笑在心裏。

看電影是方菁臨時提議的，當然沒人反對，而且大家泡在一起，沒有半點機會，因此電影一開始，他們就一對對的在黑暗中親熱起來。葉婷和華約姿曾經見到過那些情侶親熱到六親不認的忘我場面。

男女分隔開坐下之後，她就有點緊張起來了，她一直擔心，不知道「舅子」的手會在什麼時候向她伸過來……

但，出乎她意料之外，蔡建平非但沒那樣做，甚至連肘拐都不敢擱到他們之間的靠手上去。藉著銀幕上的反光，她曾經瞟過他兩眼，發現他正襟危坐，入神的注視著銀幕。忽然，不知道是誰打了誰一下，有人發出乾笑，大家向發出聲音的方向望去，只見李安安和橘子皮摟在一起，吻得比銀幕上更熱烈。

蔡建平向望著他的葉婷笑笑，繼續看戲。葉婷對這傢伙的戒備消除了。

「你在菲律賓有沒有女朋友？」她將身體略微移近他，低聲發問。

「妳說什麼？」

她湊近他的耳邊，再問一遍：

「你在菲律賓有沒有女朋友？」

「有！」他回答：「當然有！」

「有沒有很要好的？」

「有！當然有！」同樣的回答。

她不相信。於是笑起來。以後，他們沒再說話，直至電影快完的時候，蔡建平才靠過來，吶吶地說：

「葉小姐！」

「唔？」

「等一下回旅社去，妳可不可以進我的房間一下？」

「做什麼？」

「我要送一樣小禮物給妳，我不想讓他們知道。」

「你怕他們笑你？」

「不是這個意思。妳敢嗎？」

「我怕什麼？」

他笑了，情不自禁地抓緊她的手，又隨即鬆開。

散場時，葉婷很自然的將手掛在「舅子」的手彎上，擠到樓座的太平門邊，唐琪忽然從後面拖著她的手，要她陪著到洗手間去。

進洗手間的門，老五便非常認真地叮嚀道：

「小鬼，等一下千萬別單獨行動！」

「什麼意思？」葉婷困惑地問。

「妳別管，等一下到了旅社，我們敷衍他們一陣，就走！」

「哦，妳是怕……」

「別嚕嗦，回去再告訴妳！」

他們出了戲院，在「三六九」吃完宵夜，再嘻嘻哈哈的回旅社去。

「三葉莊」樓下是茶室，他們一進來便把原來清清靜靜的氣氛弄得熱鬧起來了，原來沒跟著去的那幾個小伙子，現在竟然也有了新的女朋友了——在西門町剛認識的，大家在拿他們開玩笑。

蔡建平用眼色向葉婷示意，於是他們在混亂中上了樓。其實，葉婷並不是為了要拿他的什麼禮物，才進他的房間的，她甚至希望藉此向她們證明，她比她們更野，更污。否則她的被華約希「遺棄」，便變得毫無足以令人信服的理由了。

蔡建平打開房門，讓葉婷先進去。這是間舊式的旅社，房間小小的，一張床，一只衣櫥，一張桌。她剛要轉身，他已經從背後攔腰抱住她。她極力掙扎，要叫喊，他已經將她壓倒在床上，用強吻去堵住她的嘴……

葉婷只感到天旋地轉，雙手被蔡建平很技巧的抓住，無法動彈；如同陷入一場恐怖的惡夢中，昏亂、窒息，他那沉重的軀體不斷的在劇烈的扭動，她向下沉——突然，完全停頓下來。

拍門的聲音比剛才更急更重。

葉婷藉著這個機會一把推開蔡建平，惶亂地爬下床，衝過去打開房門——唐琪就在門外面。

一直到坐上三輪車，葉婷才偎在唐琪的胸前，哭出聲音來，唐琪用手圍著她的肩膀。

「好了，好了，」老五笑著斥責：「我關照妳的，妳不聽。」

「我怎麼知道他會這樣！」

「妳應該知道！」

「他一直都是規規矩矩的嘛！」葉婷抬起頭，抽噎著說：「原來是個色狼！」

唐琪笑了，她故意問：

「妳以前沒碰到過？」

她老實地搖搖頭。唐琪吁了口氣，然後用一種攙有點兒憐惜的口吻說：

「我早就知道妳不是出來混的材料！」

葉婷止住哭，移開身體去望著唐琪。

「妳為什麼這樣說？」

「妳不會懂！」唐琪說：「我知道妳還是一個好好的女孩子。」

「妳怎麼知道？」

「因為我不是！」

葉婷困惑了。唐琪拍拍她的手背。

「不要多想，」她說：「回家好好的睡，明天我再來找妳。」

「那妳呢？」

「我還要回三葉莊，」唐琪用冷漠的聲音回答：「他們在等我。」

第十六章

華約希並沒有被約姿告訴他的那件「大新聞」嚇倒，他交抱著手臂，斜伸著腿，現出一副悠閒的姿態。

「你以為我騙你？」她提高那永遠像是傷風的聲調嚷起來。

「我相信。」他平靜地回答：「誰說我不相信？」

「那你還站在這裏，好像一點也不緊張的！」

「我緊張什麼？」

這次華約姿由衷的同情起小十三點來了。她後悔那天不該帶葉婷到碧潭來，更不該留她在碧潭過夜，否則，也不會發生這種事。雖然阿銀姐在電話裏吞吞吐吐的，並沒有把「事情」說得怎麼清楚——事實上，她那口一成不變的廣東順德土話連葉婷有時都弄不明白。但，約姿敢肯定的意會出，她指的，就是葉婷有了孩子；要負責的人，就是她的五哥。

可是，她總覺得說不出口，最後只好說：

「你自己做了什麼好事，你自己知道！」

約希又露出他那種邪笑了。

「電話什麼時候接到的？」他淡漠地問。

「剛剛！」她回答：「她家這個廣東娘姨前天就打過電話來問我了，說是她兩天沒回家了呢！」

約希想起早上在法院看見她和那幾個「小太妹」在一起，不自覺的把眉頭皺了起來。原來他以為這是葉婷開玩笑這個想法被否定了。

「好了，這下你笑不出來了吧！」約姿幸災樂禍地瞅著她的五哥。

「妳想到哪兒去了！妳真的以為是我把她藏了起來？」

「她沒在你那裏？」

「見鬼！」約希叫起來：「多久啦？哦——就是約翰開舞會那晚上到現在，只見到過一次，今天早上在法院！就那麼一次，連話我都沒多說幾句！」

「哦……」約姿霎霎眼，很精明地低聲問：「那，在舞會之前呢？」

約希覺察到事情可能並不單純，於是也沉下聲音來：

「妳指什麼？」

「什麼？你跟她呀！」

「妳坦坦白白的把話說出來好不好！」

「……」約姿頭一揚，直截了當的說：「她肚子裏有孩子了！」

「啊……」

「是你的！」

好半天，華約希半張著嘴仍闔不攏來。他直直的瞪著他的六妹，內心只感到一片紊亂。

「這是，她家的娘姨，告訴妳的？」他吶吶地問。

「是葉婷告訴那娘姨的！」

「好！」約希無意識的擺了擺手，深長的吐了一口氣，摸著鼻子轉了一圈，然後再停下來，以一種慍怒的神態注視著約姿，沉肅地說：

「把她家的地址告訴我！」

半個鐘頭之後，華約希伸手去按金華街葉家的門鈴，時間是下午五點鐘左右；這條彎曲而有一道水溝的巷子相當幽靜。出來開門的正是阿銀姐。

他們互相打量了一下，約希先說：

「我要找葉婷。」

阿銀姐一眼便看出這個樣子有點吊而郎當的小伙子就是華家小姐的哥哥，他們兄妹的相貌有點相似，於是緊張起來。

「她，她出去囉！」她不順嘴地用廣東話發音的國語回答。

「她沒說去哪裏？」

她搖搖頭。她想請他進去，又有點怕。約希猶豫一下，向阿銀姐說：

「這樣吧，我留個電話號碼，她回來了，叫她給我個電話。」

約希從記事冊上撕下一張紙，將樓下小冰菓店的電話號碼寫下，交給仍然有點惶然失措的娘姨，然後很禮貌的謝過她，走了。

回到小樓，蔡文輝不在，他心神不寧地不知道該找點什麼事來消磨時間才好。樓下電話一響，他便飛奔下去，不是打給他的。整個下午，他不知道在樓梯口出現過多少次，最後老板娘阿吉嬸打趣地說：

「是不是女朋友打來的？」

他點點頭，連忙又搖搖頭。阿吉嬸笑了。

「免緊張啦！」她露出滿嘴金牙。「她有打來，哦就有叫你啦！」

好不容易挨到夜晚，小佃農上完家教回來了，書本還沒放下他便關切地問約希：

「早上開庭開得怎麼樣？會不會有麻煩？」

約希懶得回答，蔡文輝知趣地沒問下去。自從約希喪母之後，他的脾氣變得更加反常，為了一點點小事，他也會暴跳如雷，牆上的泥灰也被他莫名其妙的捶下了一塊。因此，當蔡文輝發現他將雙手反枕在腦後，躺在榻榻米上望著天花板上那盞用馬糞紙做燈罩的六十支光燈泡發呆時，他索性將自己的鋪蓋一攤，打算睡他的大覺。

「文輝！」約希忽然說。

蔡文輝連忙坐起來，問：

「什麼事？」

頓了頓，約希仍然瞪著燈泡說：

「怎麼樣才知道，女人有沒有孩子？」

「哦……」蔡文輝用左食指頂了頂又落下來的近視眼鏡，為難地解釋著說：「這個，容易得很嘛！你到區公所去拜託查一下——哦，私生子沒有報，就沒有辦法了！」

「我是說她肚子裏有沒有！」

蔡文輝一怔，馬上靠近約希，緊張地問：

「你把誰的肚子弄大了？」

華約希差一點就說出「你奶奶」，但他沒說。他睃了這個死腦筋的「土豆兒」一眼，咧嘴假笑。

「我隨便說的，睡你的覺吧。明天見，呀。」

三七五認定華約希話出有因，而且華約希還曾經跟他三舅舅上過北投，平常一向敢作敢為絕不含糊。現在突然將話打住，他覺得事態一定相當嚴重。於是，他固執地挺直腰，坐坐端正。

「約希呀，」他正色地說：「你還記不記得，陳素卿這件案子？」

華約希一翻身坐起來，伸過手去就將小佃農的頭髮抓弄得亂七八糟——像愛因斯坦一樣。

「你再說一句話。」他半真半假地威脅道：「我就先把你吊起來，再扔到外面去！」

葉文輝撿起眼鏡，向鼻子上一掛，生起氣來。

「好，好，」他結結巴巴地說：「哦們先講好，以後啊，你不要問哦孩主不孩主的樹——嗬？」

約希笑起來了。

「孩子，不是孩主！有記住嗬！」

蔡文輝悻悻地躺下來，用力反身去背向他，不再理會這個「神經病」！華約希歉疚地叫了他幾聲，他沒應，於是躺了下來，停了停，開始喋喋地向他解釋關於葉婷所發生的事。蔡文輝瞇著眼，靜靜的聽，但決心不答半個字。

樓下阿吉伯兩夫婦已經在洗刷鍋子了，華約希不用看錶，知道已經十二點半。他吁了一口氣，後悔今天早上不該那麼不近清理，葉婷也許正要將這件事情告訴自己。

電話突然響起來。

華約希和蔡文輝同時跳起來，互相望望，約希隨即衝下樓梯去。已經走進店裏來的老闆娘舉著油膩膩的手。

「這囝仔啊！」她笑道。

華約希一抓梯口木架上的電話筒，就聽見葉婷的聲音在叫：

「末西末西！」

「葉婷！」

「啊！五哥呀？」她興奮地說：「我就在你們附近，在街口的電話亭裏！」

華約希換了一邊聽，眼睛望著門口。

「妳看見沒有，」他指示道：「街的中段有塊『真川味』的橫招牌？」

「我看見了！」

「我就在斜對面門口——不是有個胖女人坐在那兒洗東西嗎？進來上樓就是！」

「你要我上去？」

「妳先過來吧！」放下電話，約希馬上奔上樓，向坐在被褥上的蔡文輝急急地說：「快穿衣服，快穿衣服！」

「怎麼，她要上來？」

「呃，順便把東西捲起來！你先出去一下！」

然後，約希又奔下樓去。當他走出店門，看見葉婷正向他跑過來。

「原來是這一家啊！」葉婷向樓上望望，說：「你就住在上面？」

約希應著，他發覺張開腿坐在一隻大木盤前面洗盤碟碗筷的阿吉嬸正在用一種詭譎的目光打量著葉婷，於是他半推半拉的說：

「來，上去再說！」

在狹窄的梯口，正碰到蔡文輝結著褲帶下樓。小佃農尷尬地側身讓走在前面的葉婷走過，然後向約希使個眼色。約希停下腳步。

「呃呃，」小佃農低聲問：「你們要搞到什麼時候？」

「搞你個頭！」約希在他的頭上拍了一下。

「總要給我個時間吧，你叫我在街上逛到天亮呀？」

「這樣吧，唔……」約希計算了一下，有點困難。

葉婷在樓上的梯口出現了。

「呃，怎麼不上來呀！」

約希叫她先進去隨便坐，然後急急地打發掉蔡文輝。

「乾脆，你到火車站候車室去熬一夜！」

「什麼？」小佃農大叫起來。

「噓——幫幫忙，明天見！」說完，他不理會對方的反應，返身急步上樓。

蔡文輝仍在樓梯口發呆。向來不管人閒事的阿吉伯上好了門板，攔不住他的太太。阿吉嬸一邊用骯髒的圍裙擦手，一邊很有興趣地走過來問：

「小蔡，是伊什麼人？」

「某（老婆）啦！」蔡文輝悻悻地說。

現在，輪到阿吉嬸張著嘴在那兒楞著。蔡文輝大步跨出小店，走了。

樓上，約希和葉婷仍默默地對望著。約希站在門口，葉婷跪在靠窗邊的約希的被褥上面，手上抓著剛拿起來翻的什麼小說。
半晌，葉婷笑了，她伸手去拍拍前面的榻榻米。
「坐下來！」
「……」
「坐下來嘛！」
約希終於走過來，盤膝坐下。
「這個地方蠻舒服的，」她說：「有一次約姿指給我看，說你住在這條街上。剛才……」
「不要扯別的！」他沉鬱地打斷她的話。
她眨眨眼睛，嘟起嘴來。
「那麼兇幹什麼？」
「妳老老實實說——孩子是誰的？」
當唐琪送她回到家，阿銀姐迫不及待地將約希留下的紙條遞給她的時候，葉婷就知道是為了這件事，只是沒想到約希會看得那麼嚴重而已。
於是，她故意延宕了一下，低下頭。她一邊在計劃，要怎麼好好的捉弄捉弄，報復他早上那麼絕情的走掉。
「是誰的？」他逼問。
「你問這個幹什麼？」
「我要去找這個傢伙！」
「憑什麼？那是我自己的事！」

他站起來！兇巴巴地指著她。

「妳再說一句！我就一腳把妳踢出去！」

「好嘛，」她妥協地說。然後又斜睨著他。「本來就沒你的事！」

「但是妳說是我的！」

「不要緊，如果你怕事，你否認好了——我又沒有一口咬定賴上你！」

華約希那伸著的手無意識地揮了兩下，陡然又頹喪地放了下來，瘖啞地自語道：「妳以為我擔心的，是我自己啊！」

一種溫暖的甜蜜滲進葉婷的心裏。但她作態地說，一臉感傷。

「誰叫你丟掉我！」

「慢點慢點，」他緊張起來。「妳再說說清楚！」

「不說了！」

「我聽見的，妳說我丟掉妳？」

「不是嗎？」

他再跪坐在她的面前，真摯地說：

「葉婷，妳要弄明白！是的，我喜歡妳，但是這種喜歡，妳不能把它，把它——啊，我要怎麼才能向妳解釋得清楚……」

「你是說『喜歡』是喜歡，不是『愛』，對不對？」

「這，多少有點不同吧！」

「你既然不『愛』我，那你吻我幹什麼？」

約希頓住了。他第一次發現，原來「愛」是那麼複雜的。他望著她，心裏真有點恨她。

「我真不明白你們女孩子的邏輯，」他苦惱地說：「如果接一次吻，就表示……」他困難地想用動作去補助語意的不足。「就表示，呃，一定要——妳是不是說，吻過了，以後不在一起，就是妳說的『丟掉』？」

「我就是這個意思。」她真誠地回答。

他深長地吐了一口氣，點了點頭。

「如果我這種喜歡真的就是『愛』妳，」他近乎自語地喃喃起來：「老實說，我也從來沒有想到過以後的事，真的沒想過！太長遠了，我們還沒有長大——鬼知道將來會怎麼樣！」

「對吧，我沒有說錯吧！」

現在，華約希只好承認自己鬥不過她的歪理，於是再將剛才的話題拉回來。他整理了一下思緒，再用一種謹慎的聲音問道：

「那妳是說，事情是因為我『丟掉』妳，妳才到外面去，跟那些小太妹鬼混，結果，就這樣糊裏糊塗的……」

「誰說我是糊裏糊塗的！」她馬上抗議。

他皺起眉頭。

「那妳是故意的？」

「當然！」

「妳一點也不後悔？」

「後悔什麼？」她認真地說：「你記得嗎，我說過的，我希望第一個丟掉我的男人是你！」

華約希閉起眼睛，自嘲地笑起來。他一時感到異常混亂，他需要好好的冷靜一下，否則——他突然感到一陣灼熱，葉婷已經靠緊他的身體，緩緩的將頭埋進他的胸膛裏；他彷彿被凝固了一樣，失去了一切力量。

「我知道，你不是真的想丟掉我的！」她深情地說：「你會要我的！」

他始終沒有移動。

半晌，她困惑地離開他，注視著他。

「你不想要我？」

約希艱清醒的說：

「告訴我，孩子的父親是誰？」

「……」

「是誰？」

「告訴你了，你打算幹什麼？」

「要他娶妳呀！」

「娶我？」

「他敢不娶——我打到他娶為止！」

葉婷放聲大笑起來。最後，她抱著肚子，喘息著，眼淚都笑出來了。他毫無反應，只直直的瞪著她。

「是誰？」他固執地問。

「不知道！」她惡作劇地說：「太多了！張三李四，大哥二哥麻子哥，我曉得是誰的！」

華約希猛然摑了她一掌。

她錯愕了一陣，撫著臉，一絲幸福的笑意從葉婷那瑩亮的眸子裏流露出來，她激動地向他撲過去，緊緊緊緊的抱住他。

「你還說你不愛我！」她激動地喊道：「你還說你不愛我！」

約希驟然軟弱下來。他緩緩的低下頭，伸手去撫摸她那滾燙的臉，歉疚地說：

「對不起，我不是想打妳的……」

她猛抬著頭，將他抱得更緊。

「葉婷！」他低喊道。

「……」

他望著牆上那張小佃農從藥房弄來的什麼牌奶粉月曆，那個抱著肥肥胖胖嬰兒的年輕母親很漂亮，畫面的四周是朦朦朧朧的，有好多閃亮的光點──奶粉、尿片，用一種熟練的動作數鈔票的手，愁苦的臉，被誇大的女人在吵架時的嘴……法院。他又想到法院。

「事情怎麼解決呢？」他茫然地說。

「不要管這些，」她真摯地說：「只要愛我──我不是說過嗎？只要愛我，你用不著負什麼責任的！」

他用力抓緊她的臂，將她推開。

「妳真是一點都不緊張呀！」他生氣了。

「緊張什麼？」她真純地笑著說：「我什麼事情都沒有呀！」

他沉鬱地注視著她，不響。

「你不相信？喏，你可以摸摸我的肚子，有沒有？」她說：「我是騙你的，要不然你才不會來找我呢！」

華約希如釋重負地怪叫一聲，張開手臂，仰身倒在榻榻米上，葉婷快活的俯伏到他的身上。但，他用力擺脫，霍然站起來。他用一種堅決的、生硬而冷酷的聲調向葉婷命令道：

「妳馬上離開我這裏！」

「你怎麼啦？」她吃驚地問。

「起來！」

「你趕我走？」

「對！」他乖戾地說：「快點走！妳還是去混妳的小太妹去！等到妳真的弄出麻煩來了，再來找我！」

她咬著嘴唇，忍住哭。

「你說的！」她低促地說。

「嗯，我說的！」

葉婷一仰頭，不讓滿溢在眼眶邊的淚水滴下來，然後，用一種快速的動作拉好衣服，一聲不響的走掉了。

華約希聽著葉婷的腳步下了樓，出了店門，消失在街上。好一陣，他的目光才移向牆上的月曆——那個被他用鋼筆加上眼鏡和山羊鬍子的小母親對著他笑。也是有點「牛奶味道」的，他奇怪自己剛才為什麼會想到要跟小十三點結婚？她才十六歲。女孩子的法定年齡是多少？十八？好像是二十一。現在，這些都過去了，幸虧他沒說出來。但願她說的話是真的。他相信她說的話是真的。

他苦澀地笑笑，隨手抓起件夾克，下樓。

走出小店的時候，店門已經關好了。阿吉伯兩夫婦仍在店堂內。他們用一種說不上是同情還是譴責的目光望著他。街上有點輕寒，他不是去追葉婷，而是要到臺北車站候車室去。

到了那裏，華約希看見這位仍然保持著純樸的鄉下人氣質的同學呆呆的坐在其中一張長凳上，並沒有睡，而是在思索著什麼，把眉頭皺得緊緊的，使他那兩片厚厚的嘴唇像是在賭氣似的撅著。他到他的旁邊坐下來，蔡文輝瞟了他一眼，沒有一點驚訝的樣子。

「我以為你睡著了呢！」約希歉疚地說。

「她走啦？」蔡文輝冷漠地問。

「走了——我趕她走的！」

小佃農困惑地望著約希。

「我騙你幹什麼！」

「事情怎麼解決？」

「根本就沒有事情。」約希將雙手平伸到椅背上，很輕鬆地斜靠下來。「你信不信，我差一點點，就做了別人的爸爸！」

儘管蔡文輝平常對於約希的這一類怪問題的理解力總是「智商不高」，但這一次用不著對方多加解釋，他認為自己已經明白了。

「哦，孩子不是你的？」

「沒有孩子，什麼都沒有！」

「如果有，你會娶她的？」

「我幾乎已經這樣打算了。」

「是不是即使她真的有了，而孩子是別人的，你也會娶她？」

「你為什麼這樣囉嗦呀？」

「回答！」小佃農嚴肅地說：「會？還是不會？」

華約希微仰起頭，睨望著這位熱心的同學。

「我想我會的，」他忽然又感到矛盾起來。「——我不知道，或者我會！」

「我知道！」

「知道什麼？」

「我知道你真的愛她。這件事，我認為還沒有完！」蔡文輝說：「你看好了！」

華約希心裏相信這句話。

這個時候，葉婷懷著一種迷亂而激動的心情，走進「三葉莊」旅社。已經很晚了，旅社的門叫開的。那個值夜的女服務生認得她，隨口問道：

「妳什麼時候出去的？」

「他們都睡了？」

「快兩點啦！」

「我自己上去。」

葉婷上了樓，站在梯口的走道上，樓下的燈又熄了，她茫然地站在那兒；她不知道唐琪會在哪一間。唐琪要好的那一個「十一號」頭髮鬈鬈的，不太像中國人，可能是混血兒吧。在唐琪家裏她看見好多唐琪男朋友的照片，有好幾個是外國人；唐琪好像進過美國學校什麼的，這些人裏面算她英文最棒，作風也最洋派——反正這家旅社幾乎住滿了球隊的人，她打算一間一間的敲門問。但，隨即又打消了那個念頭。到底她還沒有跟方菁、李安安和唐琪她們這樣出來玩過。

乾脆，她想，反正已經跟華約希吹了——既然要混太妹，就要混個「資格」！周小曼、陳家珍和自己不是時常給老大老二她們幾個笑是「半吊子」嗎？好，華約希，不稀罕你一個，喜歡老娘的人多得很呢！

於是她決心向「九號」住的那個房間走過去，用力去敲他的房門。

裏面有了反應。她再敲門。

「什麼人？」蔡建平用閩南話問。

「你老母啦！」葉婷大聲用臺灣話回答。

一陣忙亂，房門打開了。蔡建平只穿著一條三角短褲，發現是葉婷，傻了。葉婷看見一個化粧得很席俗的女人滿臉驚惶的躺在床上。

「哦……妳等一下，等一下！」他再關上門。

但葉婷隨手就把門推開，大模大樣的走進去。她相信床上那個女人是個妓女——搭在椅子上的那件衣服的花式就不像什麼好人家女人穿的。蔡建平背轉身連跳帶扯地將長褲穿起來。

「你叫她出去！」葉婷叉著手，向九號命令道。

「啊……」

那妓女接過蔡建平丟給她的衣服，一句話也沒說，接過這個客人塞到她手上的錢，拎起手袋踏著鞋子急急的逃出房間。

現在，剩下他們兩個人了。他含著一股猥褻的輕笑注視著這個脾氣古怪的小姑娘，等待事態的發展。

「看什麼，」她裝作滿不在乎地說：「不歡迎我就到別間！」

蔡建平放心了。他連忙過去扣上房門。然後走近葉婷。

「不要碰我！」葉婷說。

他笑著攤開手。她心跳得厲害，喉嚨發乾，她極力要想從什麼地方獲得一點力量使自己鎮定下來。

「要喝杯水嗎？」他說。

她一眼就看見桌上那大半瓶洋酒。她望望他，他會意地過去斟了兩杯。

「這杯斟多一點！」她用連她自己都感到奇怪的聲調說。

「妳真的能喝？」

「斟嘛，你怕什麼？」

他在其中一杯多斟了一點，然後將那杯酒遞給她。她接過酒杯，只是略微遲疑一下，隨即舉杯一飲而盡。

以後的事，她一點也不在乎了！

第十七章

王美寶總覺得這幾天的日子過得特別長，尤其是今天，時間像老是停留在哪兒一樣。從早上開始，她就問過徐小姐好幾次，今天是不是星期六；她怔忡不安，午飯都沒心思吃，等到洗完頭回來，她又坐在床邊，對著那只從廈門街買回來的廉價衣櫃發愁，她拿不定主意，究竟要穿那一件衣裳才合適。臉上的粧，她平常是化得很淡的，這天她竟然為了是不是要將兩邊的眉梢加濃一點而踟躕半天，最後，她還是把畫上去的地方抹掉，保持著以前的樣子，看起來就像完全沒打扮過那麼自然。

從日月潭回來之後，華大少爺不斷的打電話來，甚至還親自到家裏來過兩趟，一趟她沒在，一趟她躺在房間裏，避不見面。

現在，電話又響了，今天已經是第三次。

「妳接一接又有什麼關係呢，」徐小姐說：「也好讓他死掉這條心。」

「就是因為他不死心！」說著，她過去恚恨地拿起電話，還沒讓對方開口，她便惡聲惡氣地嚷道：「華大少爺，我請你……」

「囡囡，是我啊！」

「噢！」她低喊起來，是沈中宇的聲音。「中宇，你在哪兒呀？」

「我們提早搭大隊長的便車出來，」沈中宇在電話裏說：「別跑開，我四十分鐘之後到家裏來接妳！」

掛上電話之後，她還是決定穿回原先已經穿了上身的那件素色的旗袍，在鏡子前面，她側著身體刻意的摸摸自己懷了兩個月身孕的腹部。

「妳說看不看得出來？」她向徐月娟問。

「放心好啦！」徐小姐安慰她：「小肚子哪個女人都有的！我真不知道妳擔心什麼！」

「對，只有我自己知道。」

為了將來打算——如果王美寶結得成婚的話，徐月娟計劃在基隆跟一個在大陸認識的朋友合夥開一家小館子，賣川菜，兼做擔擔麵紅油抄手一類的小食；地點也看過了，在車站附近。王美寶曾經答應過她，她會替她籌措十萬元左右的資金；關於金錢上的問題；事實上，只要王美寶開口，別說區區十萬，即使十倍二十倍，也不算是一件什麼困難的事。因此，這位飽經憂患的徐月娟明白她要嫁給沈中宇的決心堅定不移之後，嘴上儘管不表示，心裏那點點失望和遺憾自然是理所當然的了。

為了要強調這一點，徐月娟看了看錶，說：

「那我到基隆去了，他們約好今天要下定的。」

「錢妳提出來了？」王美寶關切地問。

王美寶在彰化銀行城中分行的那本乙種存摺，一直是徐月娟保管的。早上提了一萬，所餘的不足三萬塊錢；這幾天王美寶幾乎摒絕了所有的應酬，成天在計算著日後搬入「空軍眷區」的生活，所以她真的有點為了這件事擔心。現在既然對方提到了，她索性藉著這個機會再向她提示一下。

「提了，」她回答：「還剩下兩萬多——摺子放在味精罐子裏。」

「妳放心去吧，」寶寶懇切地說：「我都替妳準備好了，用之前早兩天告訴我。」

徐月娟走了。不久，吉普的喇叭聲在巷子口響起來。

敞篷的吉普車上擠滿了小空軍，由他們的冷大隊長親自駕駛。這位筧橋英雄四十出頭，永遠那麼精神奕奕，老一輩的空軍都管他叫「瘋子」——他真的瘋，瘋起來這些三十來歲的小伙子根本就不是他的對手。他的「行」，是多方面的：帶兵，為人，以及飛行的技術和膽色。有次美國空軍的韓戰英雄來基地訪問，這位英雄據說打下過十幾架米格，顯得有點得意忘形，結果「瘋子」兩杯啤酒下肚，答應跟他「上去」見識見識；「瘋子」先讓這個美國佬「咬住尾巴」，結果三兩下，就把他「甩掉了」；然後輪到「瘋子」咬住他，這位英雄上上下下左左右右耍盡了法寶，最後竟然以為脫身了，心裏剛一得意，「瘋子」在話機裏用比子彈頭更冷靜的聲音告訴他：「兄弟，我在你後邊吶！」後來這句話在別的大隊都大為流行，意思是說：老兄，你呀，早得很呢！

王美寶跟大家在一起玩過好幾次。這位對部屬比親兄弟更愛護的「大家長」現在看見王美寶跑出巷子，他連忙下車，很親切的擁抱了她一下。

「嘩，今天特別漂亮！」他說。

王美寶用目光詢問臉色發紅的沈中宇。

「放心，我只負責送你們到小沈家，」大隊長馬上知趣地聲明：「主要是替他壯壯膽！喜酒，留到以後再好好的喝——上車吧！」

軍車照規矩是不可以坐「老百性」的，尤其是漂亮的小姐，更加惹眼。最後還是「瘋子」想到個好主意，讓王美寶擠坐在後座的人堆裏面。

「萬一逃不過，讓我來犯一次法！」說著，他像駕駛P五么緊急起飛一樣，油門一踏，離合器猛一鬆，全車人尖叫起來。

十分鐘之後，車子安全的剎停在青田街一幢高圍牆的大宅門前。他們下了車，大隊長用力捏緊沈中宇的手臂，勉勵道：

「打個勝仗啊！」

沈中宇笑笑，把翹起的右拇指向上比比。

「晚上新生社見！」羅成說。

「我們呀，」小鷄誇張地比劃著手勢，「給你們準備了一個那麼大的大蛋糕！」

吉普又像瘋了似的「飛」走了。

在沈中宇要伸手去按門鈴時，王美寶抓起他的手放到自己的胸口上，甜蜜地說：

「你摸摸看，跳得好快！」

「傻瓜！」他說：「有什麼好怕的，我爸爸和媽媽又不是什麼喫人的妖怪。」

「呃，對了，我應該怎麼稱呼？」

沈中宇想了想。

「含含糊糊就行了，」他說：「他們人很好的。」

「我怕的是你的二姐！」

「哦，妳放心，她剛好不在臺北。她也並不是壞，就是沒人緣就是了。」

開門的是一個老媽子。她顯然是沈家的老家人，穿著一件鐵灰色的粗毛線背心，花白的頭髮梳著一隻髮髻。

「不是說六點鐘才來的嗎？」她慈祥而帶點興奮地說，一邊用眼睛打量著有點緊張起來的王美寶。

「囡囡，」沈中宇說：「這是李媽，我小的時候是李媽帶大的。」

王美寶連背都背得出來，只帶到十三歲，以後沈中宇便進了空軍幼校。

「他們呢？」沈中宇問。

「剛剛午覺起來。」

「我們在客廳坐，不要催他們。」

這是一幢二層樓式的日本建築，前院高牆邊植有一排高高的大王椰，後院很大；和一般的日本式房屋一樣，那兩間相連的大客廳外側，是一道光潔的地扳外廊，和落地玻璃窗。但，仍然保留著榻榻米，紙門都是用考究的日本綉金絲棉紙糊的，擺的是大陸帶過來的家具，雖然不怎麼合適，但是仍然顯示出往昔的那一種氣派。

下女獻過茶之後，沈中宇翻出幾本大相簿，和王美寶並坐在長沙發上，一頁一頁的翻，向她解釋大陸的家和自己小時候的情形。就在她第二次想問，怎麼他的爸爸和媽媽還不出來的時候，外面走廊上有咳嗽的聲音，然後大廳的紙門被拉開了。

看見走進客廳的那兩位老人家，王資美的心驟然向下一沉，他們也在這一瞬間呆住了。沈中宇的父母，竟然就是王美寶在日月潭旅館裏遇見的那一對老夫婦。

這種混亂是無止境的，比她逃離那所妓院在黃浦碼頭擠在惶亂癲狂的人潮中所感受到的更加可怕。現在，她所記得的，只有那個愕然相對的印象：那種不知道是不是表示輕蔑的眼神、那聽不到聲音的談話、那微微在戰慄的手、歪歪斜斜的房屋，然後，經過一段空白，她又被擁擠在歡狂的人堆裏……

「囡囡，妳怎麼啦？」沈中宇抓住她的手。

樂隊正在奏節奏一頓一頓的「空軍舞」……

「讓我休息一下好嗎？」她要求道。

「我們一個舞都沒跳過呀！」他深情地望著她，關切地問：「妳是不是不舒服？」

「嗯……」她支吾著。

「不要緊吧？在家裏，我就覺得妳有點不對了。」

她的心感到一陣抽搐，她要逃避開那個印象。於是，她帶點驚惶地站起來。

「去哪裏？」

「一號！」

衝出新生社，她跳上一輛三輪車，要回家去。但車子才蹬過一個街口，她改變了主意，她知道沈中宇會追到家裏來的。她要避開他——至少暫時她要避開他。她不能忍受，當沈中宇從他的父母的嘴裏，聽到關於日月潭這件醜惡的事實之後，他會怎麼樣？不相信？置之不理？向她查問？還是從此決絕？雖然她相信，沈中宇絕不會是那種絕情的人，他可能仍然跟以前一樣，對她的事不聞不問，但，結婚？簡直就是夢想了！

既然這樣，她不得不開始重新考慮自己將來的問題。她想得很遠很遠。最後，她認為自己眼前只有一條路。拿掉孩子！這件事不再是為了沈中宇，而是純純粹粹為了她自己。

於是她吩咐三輪車夫到公路局東站去。她搭上一班直達車，趕到新竹，終於讓她找到了那家小醫院。這地方是她第一次懷孕時錢達仁帶她來的。事隔兩年，那位兼任護士的醫生太太還認識她。

「又有啦？」醫生娘問。

她苦笑，沒答話。

「妳先生呢？」

「死掉了！」她隨口說。

「啊……」

看見這位老闆娘的表情不像是同情，她問：

「可不可以拿？」

「是這樣的，」老闆娘困難地說：「妳先生不在，沒人替妳簽字呀！妳知道的，我們是合法的醫院，這是手續！」

談到結果，主美寶願意付加倍的手術費，請她幫忙通融，最後答應了。

她在醫院附近的一家小旅館裏住了兩天，整整的哭了兩天。第三天午間，她再到醫院去搽點藥，拿了幾包藥粉和消炎片再回到臺北。

一踏進門，王美寶便發現徐月娟孤孤獨獨的將頭伏在籐椅的靠手上。她抬起頭，兩眼哭得腫腫的，臉色比自己的更蒼白難看。相望一陣，徐月娟的嘴角起了一陣痙攣，又沙啞著聲專悲痛地哭起來。

王美寶急忙走過去，撫著她的肩，慰解地說：

「我回來了嘛，還哭什麼？」

徐月娟猛然抬頭，瞪著她。

「妳不知道？」

「知道什麼？」

「噢……」

「妳說呀！」王美寶焦急地催促：「什麼事妳說呀？」

徐月娟悲切地抽咽著，斷斷續續的迸出幾個字：

「沈……中宇——他，失事了！」

王美寶的嘴巴張著，僵在哪兒，她的眼睛因受到極度的驚嚇露出一種令人寒慄的光澤。

「不會！」她夢囈地唸道：「不會！他不會！」

驟然，她的眼神一散，整個人癱跌在地上……

這一場病整整拖了半個月，王美寶才逐漸恢復過來，但，她仍然深陷於痛悔之中；她譴責自己不應該去拿掉孩子——如果是男孩的話，他就是唯一延續沈家香火的親骨肉。

這期間，華約謀曾經來過兩次，但都被她摒絕了，她不願意再見到這個人，因為她覺得這整個不幸的事，都是因他而起的。

一個週末的下午，羅成和陳威來了，他們帶著一小把黃色帶有紅斑紋的跳舞蘭。在小客廳裏見面的時候，氣氛很沉重。

「妳身體好了！」陳威終於先開口。

王美寶不自覺地摸摸略顯清癯的臉頰，淒然笑笑。

「其實，也沒什麼。」她說。

「瘦了一點。」羅成侷促地捏著手上的船形軍帽，瞟了他的同伴一眼。「我們大家都很記掛妳！」

王美寶低下頭，大家又顯得無話可說了。

忽然，王美寶輕聲說：

「我希望你們肯告訴我，事情是怎麼發生的？」

「啊……」

她抬起頭，竦然注視著他們。

「我一點都不知道！」她說。

考慮了一下，陳威將身體坐坐直，沉肅地說：

「是在降落的時候，」他比著手勢，「結果，飛機衝出了跑道！」

王美寶曾經聽沈中宇解釋過，那天他在餐桌上又擺筷子又擺匙羹的。於是她接著問：

「不是說，跑道底，有一道什麼什麼——安全網，可以把飛機拖住的嗎？」

「是的，有！」羅成搶著說：「大概，當時他想再拉起來，就是這樣吧！」

「後來呢？」

「妳已經知道了。」羅成含蓄地回答。

一顆晶瑩的熱淚從王美寶孕滿了愁怨的眼角滑落下來，她的目光失落在遠遠的地方。

「不要再難過，」羅成摯切地說：「這種意外，我們比誰都清楚，中宇覺得遺憾的，恐怕就是沒有死在作戰的時候吧！」

羅成的微笑，給王美寶一種說不出的慰藉。

「我們走了！」

他們同時站起來，羅成緊緊的握住王美寶的手。

「妳永遠是屬於我們五大隊的！」他說：「隨時歡迎妳回『家』來玩。」

「謝謝你們。」

王美寶堅持送他們出門口。等到他們走遠之後，她還站在那兒發呆。從背影看，小鷄很像沈中宇，空軍幼校出來的都不很高，只是沈中宇走起路來，有一種穩重的帥勁兒。

「請問王美寶在不在？」

問話的是一個騎在腳踏車上的郵差，手上拿著一疊信。

「我就是。」她說。

「掛號信，請妳在回條上蓋個圖章。」

收妥了信，王美寶急忙將那隻中式大信封塞到剛叫醒的徐月娟手上。

「妳看是誰寄來的？」

徐月娟看清楚了信封左下角的幾個紅色大字，把眉頭皺起來。

「律師——端木悌律師事務所。」

「不會又是上次那件事吧？」

王美寶所指的，就是她打陸雲妮耳光的那回事，後來祝雨笙拉了幾個有頭有臉的人出來，雙方庭外和解。所以當只有小學程度的徐月娟緊緊張張地拆開信，小心地一個字一個字唸的時候，她一邊催問：

「說什麼呀？」

信讀完了，徐月娟說：

「只是叫妳後天——後天是星期一沒錯哦？後天上午十點鐘，到事務所去一趟！」

「沒提什麼事？」

「沒有，我看不是那件事！」

王美寶本來想打個電話給夏祖德，因為他在外頭跑得熟，但又害怕會傳到華約謀的耳邊去，終於放棄了這個念頭。到了星期一上午十點，她推開那扇上面漆有金字的玻璃門，竟然發現沈中宇的父親和母親站在裏面。他們也是準時到的，那位戴著一副深度近視眼鏡的女職員正要請他們到裏面那間休息室裏坐下來。

端木悌律師是沈家的法律顧問，一開始，他就直截了當的告訴王美寶：

「我們請妳來，是為了沈中宇撫恤金有關的事！」

「什麼負息金？」王美寶不解地問。

「政府發的，另外還有一筆保險。」律師一邊翻著文卷，一邊慢條斯理地回答。

王美寶望望坐在一邊的老夫妻一眼，他們的反應很和藹；老先生不時瞟著王美寶衣襟上的那朵小白花結，老太太一臉慈祥，悲痛中透著一些憐憫和同情，還有一些情懷使王美寶感到不安和困惑。

端木悌律師嚴肅地抬起頭。

「沈中宇在失事之前，」她注視著王美寶，說：「他曾經重新填過一張表。喏，就是這一張，字也簽了。可是沒有寄出去。」

「……」

律師望望沈本頤夫婦，繼續說：

「雖然這樣，但是他的父母——沈先生和沈太太認為這是他生前的意思，所以才通知妳來，妳是受益人。」

「我不懂，」王美寶誠實地說：「請你說明白一點，我是沒有什麼知識的，我沒讀過書。」

「……」律師點點頭。「就是說，這兩筆錢，要歸妳所有！」

她感到震駭。

「為什麼？」她急急地喊道：「不！我不能要！我不能算是他的什麼人呀！」

沈老太太去按住王美寶的手。

「妳收下吧，本來就是妳的！」老太太摯愛地說：「妳跟他的事，現在我們都明白了。」

「啊……」

「中宇平常不愛說話，但是他寫日記，我是這樣才知道的。」老太太解釋道：「王小姐，妳知道我們家，只有中宇一個兒子，所以說……」

王美寶等待她快點把話說出來。老太太頓了頓，然後帶著一種懇求的心情和語氣說下去：

「我們想，」她再望了望始終沉默的丈夫：「等到妳孩子生下來之後……」

「孩子？」王美寶劇烈的震顫了一下，低促地問：「你們怎麼知道的？」

「在中宇的日記裏面，不是說妳有一位姊妹……」

那就是徐月娟告訴沈中宇的了。

「王小姐，妳願意嗎？」老太太急急地說：「只要妳肯，我們——」

王美寶霍然站了起來，發出一種悽楚的、絕望的、類乎獸性的哀號：

「我求你們不要再說了！是我錯，我對不起中宇！」

「王小姐！王小姐！」

「你們罵我，打我，殺我吧——孩子沒有了！」

沈本頤夫婦楞著。

「我對不起你們！」王美寶泣不成聲地說完這句話，奪門而出。

第二天，當王美寶完全冷靜下來之後，她打了個電話去給端木悌律師，說如果沈中宇所留下的兩筆錢仍屬於她的話，她想轉送給吳立礎的太太，她帶著兩個孩子，這也許對他們有點幫助；只要通知她，她會隨時到事務所去辦理手續的。

另外，她決定要為自己的將來，做一件事——她親自打電話到東亞紡織公司去找華約謀，約他到中國之友社見面。

王美寶從來沒有這樣打扮過她自己，雖然她顯得比以前消瘦，但卻增加了一份特殊的，帶著些少婦愁怨意味的風韻。她故意比華約謀早到幾分鐘，戴著眼鏡，靜靜的坐在那次他們曾經坐過的座位上。

華約謀進來，發現跟他有很長一段時間沒見過面的「寶寶」正望著他微笑，於是驟然興奮起來。

「我真沒想到，妳會給我電話！」

「來，坐了」

華約謀在王美寶身旁的沙發上坐下，雙肘支膝，俯近她，很親切地問道：

「找我，是不是有要緊的事？」

「對，」她平靜地說：「我們談談，我們的那一筆買賣！」

「哦……」

「你還記不記得？」

「記得，當然記得。」華約謀矯飾地笑笑，然後緩緩的將手指交叉地合著手掌，放到嘴唇上，似乎在考慮怎麼回答。

「怎麼啦？」她問。

「我在奇怪，」他很冷靜地說：「什麼事情會使妳突然改變了主意的？」

「人，是要長大的。對不對？」她記得沈中宇向她說過這句話，她永遠記得這句話。

「很有道理！」

「還有意思交易嗎？」

他狡黠地笑笑，把背靠到沙發上。

「我怕，我只能夠開出支票。」他坦誠地說。

「總不見得，要開一年期的吧？」

「妳等錢用？」他精明地問。

她點點頭。

「那麼急？」

「所以我才肯賣呀！」

想了想，華約謀收斂了嘴邊殘餘的笑容，慎重地問：

「什麼時候？」

「我先問你。」她說：「你相信得過我嗎？」

「妳是要我先給錢妳？」

「可不可以？」

「一句話！」他爽快地回答，「然後呢……」

「明天你先到日月潭，」她說：「我們約定還是在那家旅館，晚上之前，我人一定趕到——你覺得怎麼樣？」

華約謀毫不猶豫的拿出支票簿，開了一張二十萬元的即期支票給王美寶。

「喏，是即期的，我沒劃線，」說著，他看了看錶，「現在過去，還提得到錢！彰化銀行就在衡陽街那邊。」

「謝謝你那麼相信我。」

「算是賭博，我也要再賭一次吧，」華約謀有意味地補充道：「上一次我輸得多慘，妳知道嗎？」

「其實，我也沒贏！」王美寶在心裏重複著這句話。

再叮囑一遍，華約謀挾著那份抑制不住的激動，匆匆的走了。他說他得趕回公司去，安排一個明天必須下南部三兩天的理由。

走出中國之友社，「寶寶」並沒有急著到博愛路口彰化商業銀行去提款，而是趕到「美而廉」去。因為當她約好華約謀見面之後，她曾經打過電話到碧潭去給華太太程曼君。

果然，按照電話中的約定，華家大少奶奶只有一個人來，她神情激動地坐在角落的卡座上。「寶寶」一坐下，她便開門見山的向嘴上仍含著笑容的王美寶冷冷地說：「有話請說吧！」

王美寶沒回答，她先向跟著她走過來的夥計叫了杯熱咖啡，然後把那副平光眼鏡拿下來，放進手袋裏。

「華太太，」她誠摯地說：「我們都是女人，我雖然沒真正的嫁過人，但是我想像得到，妳現在的心情。」

「哼！謝謝妳！」

「妳真的以為我跟華先生發生過什麼關係嗎？」

程曼君極力抑制住自己的不耐煩，同時又裝出一副矜持的神態說：

「這有什麼稀奇，我知道他跟幾百個女人都睡過覺！」

「只有一個爛女人他一直想玩她，而沒有玩到！」

「妳說就是妳？」說著，程曼君故意尖聲笑起來。

「不錯，」寶寶一點也不生氣，「就是我！」

華大少奶奶頓了頓，不甘示弱地譏誚道：

「怎麼，是不是嫌他給的價錢太少？」

現在，輪到王美寶笑了。

「妳太抬舉我了，」寶寶說：「其實我賤得很，根本就不值錢——寶斗里，江山樓，妳聽說過嗎？我以前只不過是那一種貨色！我也告訴過妳丈夫的！」

程曼君的鎮定逐漸失去，她振作起來。

「妳約我出來，不是為了介紹妳自己吧，」她輕蔑地說：「而且我們做人家太太的怎麼會知道什麼貨色值多少錢！」

「所以我想告訴妳！」

「哦，那麼我請問，妳值多少？」

寶寶沒回答，她打開皮包，將華約謀那張連摺都沒摺過的支票拈起來，讓華家大少奶奶瞧瞧清楚。

「這是我剛拿到的，」她挑釁地說：「一個晚上的價錢——是定金，還沒有交易呢！」

「噢……」程曼君隨即失聲低喊起來。華約謀的簽名，別說她一見就認識，她甚至還簽得維肖維妙——結婚的第一年，她閒著的時候，就學著他的簽名來消磨想他的時間。現在，她感到震驚的，不是這個簽名，而是這張支票上填寫的金額：新臺幣貳拾萬元正！

王美寶忽然換了一種語調。

「華太太，」她懇切地說：「妳先生這樣亂花錢，遲早要失敗的，妳要好好的勸勸他！」

程曼君這時，才想起約謀那天晚上在房間裏向她談及王美寶的那些話，現在她相信是真的了。至少，她不是一個壞女人。

寶寶收好支票，站起來。

「我要走了，」她提示地說：「華先生明天晚上在日月潭明潭旅社等我，麻煩妳告訴他，我王美寶不會去的！謝謝妳！」

回到家裏，王美寶用一種堅決的口吻叫徐月娟放棄基隆合作開川菜館的計劃，犧牲掉一點定金算不了什麼！

「太小兒科了！」她說：「要玩，我們就玩大一點的！反正就是那麼一回事！」

兩天之後，她便用十八萬塊錢買下中山北路六條通中段的一幢小花園樓房，西式的，外牆佈滿爬牆虎；外表看雖然稍嫌式樣古老，但她相信只要再花下幾萬塊錢好好的重新裝修，一定很夠氣派。

那天當她佈置好新買回來的全套家具，坐下來休息的時候，她就在嘀咕著：「入伙酒」要分幾次請？第一批請的客人名單當中——她搬著手指計算：邵委員、「乾爹」劉將軍、龔老、王董事長。哦，對了，祝雨笙、大小開、小翁，不行！小翁只排得上第二批！

「最要緊的，」她關照徐月娟：「別忘了發張帖子給華約謀！」

「別開玩笑了！」徐月娟說。

「開玩笑？」她正色地說：「第一杯酒，我要敬他才對呢！」

但王美寶心裏面馬上更正這句話：不！不是敬酒，是罰酒。她很有把握，華大少爺一定會來的。

「男人啊，就是那麼賤！」

第十八章

在善導寺為了超渡老太太打的七七四十九天醮才打完，民國四十三年的舊曆年就快到了。接下來，華家再辦一次儀式隆重的家祭，喪事才算正正式式的告一段落。

碧潭華家內唯一改變的，就是在樓下書房右側的牆角上，增加了一座相當引人法目的神龕。這座雕花鬃金的神龕是老管家黃三豐從萬華祖師廟前頭那家專門製造神器的老店定造的，一早一晚，他總要提醒這幾位少爺小姐點香。

雖然只是「家祭」，但這天晚上竟像是辦什麼喜事似的，虞家和何家的人都來了。何小薏打從老太太病倒開始，她幾乎沒回過自己的家，她住在樓上其中的一間客房內，直至過了「頭七」，她才回去。不過，她仍然三天兩頭到公館來陪陪老太爺。其實，這是她母親的主意：「土包子」自從約翰去服兵役之後，忽然對平常拘謹木訥的二少爺開始注意起來，何庭彥就曾經半勸告半責備地戳穿了她的心事，她老羞成怒地發誓要將這個寶貝女兒嫁給阿貓阿狗算了。將來她住到庵堂去做居士。這天她來的時候，特地將一瓶青不青綠不綠的什麼「芫菜」交給宋媽，說是她特地託人從香港帶回來的，專治氣喘；同時還囑照宋媽這樣那樣，使比她早一點到的胡素珍幾次想找句話來挖苦她，都被程曼君按住。

最難得的，要算戴志高，他竟然記得日子。一進來，就到那神龕前面恭恭敬敬的鞠了個躬，然後到華老太爺跟前去，以他一貫的高亢的腔調，打趣地笑著說：

「老太爺，我問過老太太了，她說答應讓你娶個填房！」

大家跟著笑起來。

「荒唐荒唐！」

「荒唐？我要是你呀，嘿，才舒服呢！」他坐下來，像是想起什麼似的向周圍望。「咦，老五呢？」

「要不要去叫他？」在桌子那邊的約雯說。

「不用，我只不過問問。」戴志高隨即又站了起來。「對了，大小姐，帖子發了改期——妳真的打算守滿三年孝呀？」

「戴叔叔——」

「妳地真係唔化嘅！」大聲公用廣東話批評起來，他說：「現在是什麼啦？孝？孝什麼——喏，老太爺，不怕你生氣！還是我那句話，能風流快活就風流快活！你不看看人家黎博士，八十幾啦，不照樣做新郎！」

總之，戴志高一向口沒遮攔，大家也只當笑話聽。然後他又談到太極拳，勸老先生早上運動幾下，他負責找一個很出名的形意太極拳師傅來教。

老先生笑著說：

「你還是先想想你自己吧！」

「這你不用替我擔心，」他說：「只要我口袋裏有鈔票，說結就結！沒有何小姐這樣『水』（漂亮），我老戴還看不上呢！」

「那你等吧！」老太爺也打起哈哈來。

「我等什麼？」他馬上大聲嚷起來：「我等吃飯呀——來來來，大家上桌吧，我餓壞了！」

總之，這頓飯由於戴志高有意讓老太爺高興，裝瘋賣傻，把氣氛弄得相當輕鬆，連平日難得露出笑臉的華之藩先生也主動的多斟了半杯酒。飯後上甜品水果的時候，戴志高忽然問：

「老太爺，你上過阿里山嗎？」

華老先生記得來臺灣四五年，只去過兩趟高雄，別說日月潭，連臺北近郊的烏來都沒去過。

「那就更應該去一次了！」戴志高說：「阿里山的櫻花快開了，漂亮得不得了！聽說有一棵『九重櫻』呀，連日本小蘿蔔頭都專程來看呢！」

「你看見過了？」

「當然見過了。怎麼樣，上去住幾天，散散心嘛！」

老太爺只是微微點著頭笑，沒答話。華家小一輩的，在吃飯的時候向來只有聽大人說話的份兒，除非被問到，否則很少開口的。現在，約謀瞟了約倫約希他們一眼，附和地說：

「爸，戴叔叔說得對，您就去玩玩也好。」

虞太太馬上插嘴進來。

「是呀，」她阿諛地說：「公司的事體既然已經交給大少爺打理，您就好好的享享福，就叫小薏陪您一道去好了，在身邊也有個照顧。」

「去幾個人？」戴志高問：「決定了，我明天一早就去電力公司找詹科長，山上有家招待所，讓他們好留下房間。」

「我也要去！」約姿第一個舉起手，然後尖著嗓子說：「還有大姐、二哥……」

「我我……」約倫含糊地要表示什麼。

始終沒說過半句話的約希突然抬起頭。

「要去，我主張大家都去，」他說：「大哥大嫂、胡步雲、薇薇，還有……」

聽到約希提到薇薇，本來對這件事一點也不熱心的老二約倫驟然興奮起來，他下意識地瞟了後側的老黃一眼。

「難得嘛，」胡素珍望著神情冷漠的大少奶奶，有含意地說：「如果我跑得開呀，我都想參加！」

「妳又有什麼事了？」

「怎麼能夠跟妳比呀，虞太太！」

約姿已經開始很認真地數人數了。

「大嫂，給不給家瑜家琨去？」她問。

程曼君還沒回答，老太爺已經開口了，他問戴志高：

「怕不怕人數太多啊？」

「這你放心，」戴志高哼哼哈哈地回答：「人太少，也熱鬧不起來——么妹，幾個？」

約希馬上伸出手。

「不要把我算進去！」

華之藩先生感到有點意外地蹙起眉頭來。老處女看得真切，於是用一種帶有點暗示意味的語調向約希呵責道：

「你又要『與眾不同』了！」

「我是不能去嘛！」

「你有屁的事，」大聲公嚷起來：「統統去！誰都要去！」

「我不能去！」約希固執地說。

華之藩先生的目光又落到約希右臂的黑布孝帶上——當約謀他們換成一塊小黑帶，扣在襟口上，約希反而戴了起來。對於老太太在臨終之前喊約希的名字，而他竟然沒在她身邊「送終」這件事，老先生心中有一種說不出，也無從解釋的怨懟，雖然他知道這件事情不應該責怪約希，但是總覺對得老妻的「抱憾」而未能釋然於懷。現在，他用一種顯得並不怎麼快活的聲音問道：

「你又有什麼大不了的事？」

大家都望著約希。

「學校裏的事。」約希說。

大少爺輕蔑地笑起來。

「哦，學校裏的事！」

父親注視著他。他沉鬱地抿著嘴，用力捏了兩下拳頭，站起來。

「你們聽說過，在韓國聯軍俘虜營裏面的一萬四千個中國反共戰俘的事嗎？」

除了華老太爺和戴公，其他的人只能說是約略從報紙的大標題上看到過，知道有這麼一回事而已。從去年六月下旬傳出他們用血書向韓國李承晚總統請願，要求遣返自由中國開始，而至前天——一月廿日爭取到自由，達成他們來臺的志願為止，這期間在報刊上不斷的報導出關於他們冒死犯難可歌可泣的悲壯故事。

「我們派去接他們的船，昨天就已經從韓國開出了，」約希激動地說：「這幾天就要回到基隆——我們要去接船！」

「我還當是什麼大事呢！」約謀冷漠地說。

華約希想要發作。這種心情正如他在電影院開映之前唱國歌時發現有人不願起立，或者虛應故事地斜站著在嗑瓜子時所感受到的一樣。但，他極力抑制著。

「是的，很小的事！」他苦澀地點點頭，吁了口氣：「怪不得我們會到臺灣來了！」說著，約希離開餐室，走出園子裏去。當他走近那棵大樹時，他發覺自己哭了。他時常會莫名其妙地哭的。他始終不明白，國歌為什麼會永遠那麼感動他——還有：一個骯髒而長得很可愛的患有小兒麻痺的小女孩；一個盲目老人在吹口琴；望著黃昏中層層疊疊的遠山；孤獨時聽到舒曼的「夢幻曲」……等等。

現在，他輕輕的伸手去推那張搖椅。鐵鏈發出乾澀的響聲。他忽然有一種被遺棄的、與世隔絕的感覺。他真想馬上去找葉婷，他知道她們時常出入的地方。現在「七鳳」道個名字已經大大有名了。

有人從房子裏走過來，是女的。最初他以為是老處女，走近了，才發現原來是薇薇。

「五哥！」她溫婉地說。

約希隨即把臉轉過來，他怕她看見臉上的淚痕。

「妳今晚不去補習？」

「今天是星期天呀。」

「哦，是的。」他說。他的臉背著光。「妳坐過這張搖椅嗎？來，妳來坐。」

薇薇搖搖頭，她到樹根的圈椅上坐下來。大家忽然變得無話可說了。約希比薇薇大一歲，來臺灣之前，他們是童年的遊伴，因為那時老四約翰已經像個小大人了，而么妹還小，跟他們玩不到一起。住在上海虹橋的時候，他們時常溜到龍華去吃那種有「五種味道的酸菜」，放風箏，跳房子，養蠶寶寶，薇薇會唱好多流行歌曲，什麼「上海沒有花，大家到龍華」——還有那支「三輪車上的小姐真美麗」，約希還為了保護薇薇而跟附近的野孩子打過架。來臺灣之後，也許是約希長得太快，也許是杭州南路那棟日式房子上下分得太開，因此漸漸變得疏遠起來，不過，他們在感情上那種微妙的關係，始終是那麼密切地互相保持著的。

在約希來說，他從未想及其他，但在薇薇這方面，卻有點不一樣——至少，她開始感覺到自己真的「喜歡」起他來了。這件事，的確有點突如其來的。她一直以為自己對感情看得很淡漠，直至那天宋媽忽然在幫著剝蝦仁時，用一種奇怪的聲調問她：

「薇薇，妳真的不要唸大學呀？」

「我要讀那麼多書幹什麼？」她回答：「我想到外面去找份事做。」

「為什麼要到外面去，不是說在公司裏……」

「那樣不好！」

宋媽停下手，急切地說：

「妳爺爺好像答應了大少爺，說是——」

「我不會做的，」她堅決地說：「而且一找到事做，我就搬出去！」

「啊……」

「妳以為我不應胲為自己想想嗎？」

宋媽想到的是約倫。於是，楞了一陣，她忍不住試探地問：

「薇薇，妳是不是已經有男朋友了？」

「男朋友？」薇薇問自己。她一時回答不出自己究竟有沒有男朋友？什麼樣的男朋友？

「我是說，比較要好一點的。」宋媽補充道。

薇薇突然想到約希。這不是一件很滑稽的事情嗎？事實上如果宋媽不問這些話，她是不可能想到約希的身上去，而更不會發現自己是「喜歡」他的。

看見黃薇露出這種玄惑的笑意，宋媽非但不敢再追問下去，反而有點怕她坦白的說出來。

「有的，」黃薇真誠的說：「妳不問，我還不知自己在喜歡他。」

宋媽強笑著，掩飾地低下頭來去繼續剝蝦子。

「宋媽！」

「哦……」宋媽帶點驚惶地抬起頭，望著薇薇。

「二少爺今年多大了？」

宋媽突然緊張起來，她不會指的就是約倫吧？

「有沒有三十？」薇薇接著問。

「沒那麼大，才二十九。」宋媽認真地回答：「他是民國十四年生的，屬牛！」

黃薇仰起頭，計算了一下，說：「那也很配！」

「妳說什麼呀？」

「我想把蕭小姐介紹給他。」

「什麼小小姐？」

「蕭小姐，姓蕭的。她是我在打字班認識的朋友，」薇薇熱心地解釋：「她才二十四歲，人長得好文靜。二少爺不是怕那些吱吱喳喳的嗎？」

「哦……」

「蕭小姐的家世也很好的……」

「薇薇！」宋媽打斷她的話。

黃薇發現宋媽的臉色並不怎麼好看，於是歉疚地說：「我只不過隨便說說而已。」

黃薇站起來，藉故去收拾桌面上那一堆蝦殼。

宋媽整理了一下思緒，終於熱望地低聲道：「薇薇！」

「什麼事？」

「妳坐下來，」宋媽等對方坐下之後，用一種懇切的聲音說：「我要告訴妳一件事！」

「關於二少爺的？」黃薇坦率地問。

「哦……妳知道？」

黃薇點點頭。

「那，那妳覺得——」

「宋媽，妳說可能嗎？」她誠摯地解釋：「我也一直想找個機會，讓他知道。」

但，黃薇始終沒有機會，直至剛才她從過道那邊聽到飯廳裏談及上阿里山的事，而且約希提起自己的名字時，她嚇了一跳。但她馬上意會到這是約希為了約倫安排的。於是，她向站在樹下的約希摯切地喊道：

「五哥！」

約希望著她，沒回答。

「你不是也沒上過阿里山嗎？」

三舅舅上過。那次在臺南，三舅舅曾經告訴過他阿里山很美，但是只適合一個人單獨去，雖然他還不能夠完全了解三舅舅的含意，但他體驗過寂寞的況味；對他來說，寂寞毋寧是種享受，他相信自己是有一點自虐傾向的。

「我以後再去。」他說。

「為什麼呢？」

「不為什麼，我只想自己一個人去。」

黃薇吁了口氣。

「那我也不打算去了——大姐剛才告訴我，後天出發。」

「妳跑出來，就是要問這句話？」

「嗯。」

約希馬上連想到二哥失望的樣子。

「要是我說我去呢？」他試探地問。

「那我也去！」薇薇認真地回答：「因為我需要你幫我解決一件事。」

「在阿里山？」

「我覺得是一個很好的機會。」

「關於什麼？」

「你二哥！」她坦率地回答：

「啊……」約希頓住了。他忽然有犯罪的感覺。

「我不知道我應該怎麼說，」她用一種異常平靜的聲音繼續解釋：「總之，我覺得我應該早一點讓他知道，二哥是個好人，我從小就喜歡他，但是——」

「妳不會愛他。」

「我還不知道什麼叫做愛呢！」薇薇笑起來，「我只記得在上海的時候，我愛過你。」

約希也笑了。

「好奇怪，」她說：「人大了，好像什麼都不對了似的！」

「你指什麼？」

「來臺灣之後，我們還沒有像這樣談過話呢！」

於是，約希到她的身旁坐下來，就像闊別多年的老朋友一樣，談起幼時的一些薇薇仍然記得清清楚楚的往事。

「呃——」黃薇忽然抬起頭來。這個問題從她向這棵大樹走過來的時候，她就想問。「你還跟葉婷在一起嗎？」

其實，約希的心裏也一直在想葉婷。

「我從來沒有跟她在一起過。」他說。

「你喜不喜歡她？」她小心地問。

「我愛她！」

「愛？」

「愛！」他沉重地吐了口氣。「我現在才覺得，愛一個人那麼麻煩！」

他站起來，向前走幾步，再回轉身來望著薇薇。

「我現在一直在擔心。」他苦惱地說。

「擔心你自己還是她？」

「起先我是在擔心她。妳知道嗎？她現在已經變成了個小太妹，在外面亂來。」

「現在你擔心你自己？」

「嗯。」

「擔心什麼？」

「我也不知道！」他苦惱地說：「我想見她，又怕見到她。妳相信嗎？」

「那你真的是愛她了。」

她站起來。

「妳要進去了？」他問。

她抬頭望望這棵黑黝黝的老格樹，沒說話。

「好吧。」約希說：「我跟你們到阿里山去。」

第十九章

這次阿里山之行，連「領隊」戴志高在內，大大小小一共十二人，他們浩浩蕩蕩的，由臺北乘坐柴油快車抵達嘉義，住了一夜，第二天一早便轉乘登山的小火車上阿里山去。

這種小火車比臺灣糖廠運輸甘蔗的小火車大不了多少，只有短短的兩節車廂，窄窄的木椅，前後由兩個燒煤的火車頭推拉著，從嘉義搖搖晃晃的到達竹崎，接著，就蜿蜒著以令人難耐的爬行速度，向海拔二千四百多公尺的阿里山爬上去。

那些危崖、被煤煙薰得令人窒息的山洞、用木條在山澗上架設的橋樑、蒼鬱的寒帶林、突然在窗外出現的形狀怪異的巨木、高聳的杉和紅檜——尤其是那層層疊疊，在雲霧間時隱時現的山巒，使他們始終沉浸在一種莫可名狀的興奮中。

午間，小火車在中途站奮起湖停下來休息，再繼續進發。車廂內的氣溫跟著愈來愈低了，華約倫連宋媽臨出發前從箱子底下翻出來的那條毛線圍巾和那頂同色的羅宋帽子都圍戴起來了，只露出鼻子凍得紅紅的臉，看起來樣子有點滑稽，何小薏本來和大嫂、老處女和黃薇坐在一起的，後來坐到約希的旁邊。約希一直將臉緊貼著車窗，讓冷冽的風吹拂自己的臉，似乎不大願意別人去打擾他似的，小薏問了他幾句，沒有反應，只好擠到老太爺那頭去。從火車上山開始，戴志高便像個導遊一樣，用他那高亢而有點上氣不接下氣的腔調向大家介紹，華約謀正對著他，只好裝作用心地聽著，其實，他和程曼君一樣，一點也不熱衷於這次旅行；現在他煩心的，就是今天晚上大家分配房間的事，他和程曼君已經很久不同睡在一張床上了，他意料得到，必然會發生點什麼不愉快的事。在整個行程之中，約姿和家琨家瑜連坐都沒坐下來過，他們擠在窗邊，當火車從這邊的山谷轉向另一面崖邊，車窗外突然轉換另一種奇幻的景色時，他們便叫嚷起來。

望著窗外連綿起伏的山巒，華之藩先生感嘆地說：

「今天我才知道，臺灣的地頭真是不小！」

「在這裏還看不見什麼，」戴志高說：「到了上面，你們就看見了！人家說，沒上過阿里山，等於沒到過臺灣呢——對了，今天的天氣不錯，可能看得見雲海！」

「雲海？」

「太好看了！一望無際，就好像站在海邊一樣，那些雲，就在你的腳下面。黃昏的時候才會有。」

黃昏之前，登山火車終於抵達了櫻花拂窗的阿里山車站。他們剛下車，林務局的一位林主任已經迎上來了，顯然戴公在上山之前已經做了安排，這位態度拘謹的林主任熱誠地接待他們到車站附近一個小坡上的招待所去。

那是一幢古舊的日本式木造房屋，有點山居的氣氛和型式。經過一陣忙亂，戴「領隊」將房間分配好，隨即向林主任問：

「今天會有雲海嗎？」

「不一定。」林主任回答：「可以去試試看，反正現在走過去，還來得及。」

「老太爺，累嗎？」戴公問。

「坐了一天車子，」華之藩先生回答：「出去走幾步也好！」

看見約倫縮瑟的樣子，老處女說：

「二哥怕冷——不要去好了。」

「為什麼？」華約倫著惱起來。「我怕冷，你們就不怕了！」

「去去去！」領隊嚷起來：「大家統統去！冷什麼，走幾步就熱了！」

最後，總算走了。約雯下了小坡，才發現大哥和大嫂沒跟上來。

華約謀是故意不走的。他走進分配給他們二人的小房間，看見程曼君正望著那張只有四尺寬的雙人床發呆，於是乾咳了一下。

程曼君回過頭，臉上毫無表情。

「將就將就吧！」大少爺強笑著說。

「你可以將就，我不行！」她冷冷地回答：「我過去跟約雯睡！」

「妳是巴不得讓老太爺知道！」

「華約謀，紙包不住火！遲早大家都會知道的！」

「那是以後的事！」

「可是現在我就不要你碰到我！」

華約謀乖戾地笑了。

「我的身體髒，」他說：「妳的身體就乾淨？」

「我怎麼？」程曼君回過頭來。

「妳不是說紙包不住火嗎？」

「你給我把話說清楚！我的身體……」

他急急的打斷她的話，但仍帶著那種邪惡的笑。

「——跟我一樣下流！」

「你——」

「妳跟那個姓朱的，妳當我真的不知道？」他瞬即沉下臉色，「那是我要顧我自己的面子！」

程曼君頓住了。顯然她事先從未對這件事加以防備，從那次王美寶通知她去日月潭，非常戲劇性地把華大少爺「捉」回來開始，她便認定自己佔了上風；起初那段時間，她故意去折磨他，冷言冷語的諷刺他；由拒絕與他同床，而演變至糊裏糊塗的投進朱青的懷裏——那天中午，在委託行的木樓上，趙小姐到基隆去提貨去了，她記得自己只喝了一小杯酒，清醒過來之後自己仍能夠斷斷續續的記憶起剛才所發生的事情。於是，她推開他，惶亂地穿好衣服，他的解釋她連個字都沒聽進去，便急急的跑下樓去了。整整好幾天，她後悔得要死。她恨胡素珍，恨朱青和趙小姐，她更恨自己的丈夫，因為她的墮落是他們促成的。可是，有天當她拿起電話筒，聽到對方用一種語調低沉而悅耳的北平話喊她的名字時，她竟然毫不猶豫的馬上到他約定的地方去見他，從此，她時常到那兒去跟朱青幽會，她強迫自己相信，這純粹是對丈夫不忠的報復。

但，她沒想到丈夫會發覺這件事。她慘澹地笑了，低下頭。

「約謀！」

「請說！」他索性交抱著手，望著她。

遲疑了一下，她低緩地說：

「已經這樣了，我們還是離了吧！」

「不！」

她吃驚地揚起頭。

「不能離！」他強調這三個字。

「為什麼？」她痛苦地喊道：「不離，我們在一起，還有什麼意思？」

「有什麼關係！」他坦然地說：「妳玩妳的，我玩我的。」

「啊……」

「那不好嗎？」

「……」她不敢置信地問：「你是說我們就──這樣下去？」

「對！誰叫我們姓華！」

「……」

現在，華約謀微微將頭仰起來，沉肅地結束話。

「就是離，」他說：「也要等到老太爺過世之後──否則，妳別指望我會給妳一毛錢贍養費！」

程曼君想了想，苦澀地笑了。

「好吧，那我們就大家做戲吧！」

結果，當去看雲海的人回招待所來的時候，華約謀和程曼君表現得異常親熱，這使早就看出他們夫妻間有些不妥的華約雯大為困惑，她想：也許是由於旅行的緣故吧。

照節目上安排，第二天天亮之前要到祝山去看日出，由於要摸黑走半個鐘頭山路，因此老太爺、戴公和約謀夫婦都不打算去了。但，當招待所那位職員在凌晨四點鐘拿著手電筒去喊醒其他的人時，實際上起得了床的，只有約希、約倫和黃薇三個人；何小意和約姿同睡一間房，她們曾經擁著厚棉被坐起來過，接著又倒下去蒙頭大睡了。

黃薇穿上大衣，摸出招待所的大門時，華約希早就等在外面。他跳著小步，做熱身運動。因為阿里山午夜開始就停止電力供應，天色沉黑，她走近來，才發現是薇薇。

「怎麼，只有妳一個？」他問。

「我去叫過，都叫不起來。」

約倫的咳嗽聲又傳出來了。

「二哥大概會去的，」他說：「昨晚他關照我一定要叫醒他。」

「他已經起來了。」

「就是我們三個人去？」

「我想是吧，」薇薇有意味地說：「我們原來不是這樣計劃的嗎？」

約希向招待所望望，然後恨聲喊道：

「薇薇！」

黃薇呵著手，停下來。

「妳能夠到走的那一天，再跟約倫說那些話嗎？」

「……」她一時答不上話。

「阿里山那麼美，」約希真誠地說：「將來，至少他還有那些櫻花，讓他去回憶吧！」

「……」

「三舅舅說——也許不是他說的！」

「說什麼？」

「櫻花的美，是帶有點悲劇意味的——日本人就有這點櫻花的悲劇性格！」他認真地問自己：「切腹，不是也很美嗎？」

「你說什麼呀？」

「我是在替二哥想，」約希感傷地望著薇薇，黑暗中，他只看見她的眼眸中有一點點亮光。「將來，他也許每年都要到阿里山來一次，看看他的櫻花！」

昨天黃昏，他們經過曲折的石級山徑去看雲海時，夾道燦爛的「吉野櫻」把他們迷住了。

「妳答應我嗎？」他認真地問。

黃薇驀然百感交集。她幾乎要脫口而出，想問約希還記不記得上海龍華的桃花？

門口那邊發出一種窒悶的響聲，他們回過頭。電筒亮起來了，反光中他們發現華約倫已經站在門廊下。

那位穿著一件大棉襖的職員說：

「我們吧，再遲怕來不及了！」

約希走過去，親熱地伸手去摟住長得比他矮半個頭的二哥，他發現他的身體在不住的顫抖。

「你穿那麼多還冷？」他關切地問。

「我本來就怕冷。」約倫用鼻子堵塞的聲音回答。

「算了，只有我們三個人，」約希提議：「我們乾脆再等一下，天亮一點了，再走下去看櫻花。」

「你們不去看日出啦？」那個人問。

「不去了！」約希打趣地說：「日出只不過是太陽出來就是了，它遲早總要出來的。——你說今天早上會有霧嗎？」

「晴天的早上總是有霧的。」他用電筒向前面照射一下，已看出空氣中浮通的霧氣。「喏，霧已經來了！」

當晨霧逐漸變得透明起來的時候，他們三個人已經走在遍植櫻花樹的山道中。開始的時候，約希走在前面，約倫和黃薇走在後面，下了一個小坡，他們的距離拉遠了，在一座木橋之前，霧濃得把四周的一切都遮沒了。約倫和黃薇在橋欄邊停下來，他們雖然只相隔四五尺，但已有朦朧之感。

黃薇回轉頭，發現約倫的目光注視著自己，於是展露出一個溫暖的笑。

「霧好漂亮！」她說。

華約倫老老實實的向兩邊望望。

「什麼也看不見嘛。」他說。

「就是因為什麼都看不見才漂亮！」

「哦……」他頓了頓，再向左右望望，然後顯得並不十分有信心地向薇薇問道：「妳說的話，不是有別的意思吧？」

薇薇忍不住笑起來了。

「你太敏感了！」她解釋：「我只是說，在霧裏面，遠的、近的、美的、醜的，什麼都看不見了！」

「但是妳還看得見我！」他苦澀地笑笑。「我很醜。——又矮，又笨……」

「不！你不會相信！」黃薇真誠地說：「你一點也不醜，而且外貌的美是最靠不住的！人，都會老的。」

「謝謝妳這樣說。」

「啊，霧越來越濃了！」

霧真的越來越濃了，約倫現在只有一個輪廓。沉默半晌，他忽然在霧中喊道：

「薇薇！」

「什麼？」

「妳本來打算要告訴我什麼？」他很清晰地問。

「……」

「剛才在招待所門口。我聽到你們說的話。」

「啊……」

「不要緊，妳現在就可以告訴我的。」

薇薇遲疑了一下，終於避開那個問題。她說：

「我一直不敢告訴你，畢業之後，我可能不能夠進公司去工作。大小姐告訴過我，說你要我進會計室的。」

「只是為了這件事嗎？」他接著問，聲音仍然那麼平靜。

「而且，我會搬出去住。」

「已經決定了？」

「可以這樣說吧。」她的呼吸感到緊促起來。她希望霧再濃一點，因為她知道他正注視著她。

但，霧竟然奇蹟似的消散了——那是烟嵐；像是升起，或者是被晨風吹開了，四周的景色陡然間呈現出來。他們同時發現，華約希就站在橋頭那邊的一棵樹下面，離他們不到二十步路。

「這就是霧不美的地方！」約希調侃地說，一邊向他們走過來。

約倫惱怒地瞪著他。

「你一直站在那裏？」黃薇不大快活地問。

「不錯！」約希誠實地回答，接著以一種不以為然的意態批評道：「你們這樣，根本就解決不了問題！」

「五哥！」

「薇薇妳先回去。」

「不，這是我自己的事情！」

約希望向約倫，他發覺約倫臉色慘白。霧，又開始瀰漫過來了。

「好吧，」約希吁了口氣，「我在坡上面等你們。」

在坡上，霧又將一切淹沒了。約希停留在一棵大樹下面，他抬頭去望那逐漸隱藏在霧中的樹頂，天色透出淡淡的黃濛濛的光暈，他開始聽到蟲鳥聲，流泉聲，風和霧的腳步聲……一種美妙的天籟。

他認為自己開始領略到三舅舅所說的那一種境界了，他回頭去望斜坡下現在已經沉沒在黃霧中的山徑，於是決心不等他們，獨自漫無目的地走向前面的一條岔道，向另一個方向走過去……

最後，他沿著鐵道走，再轉入左邊一條小道，終於到達兩汪清淺的小潭。陽光從樹頂的枝葉縫隙中穿過漂浮著的薄薄的氤氳，使平靜如鏡的水面熠耀著一層眩目的光芒，這原始的景象，使他產生一種與世隔絕之感。但，這種況味並不是孤寂，而是寧靜。

他在潭邊坐下。他想：三舅舅也一定曾經在這兒坐過的。三舅舅坐在這兒想些什麼呢？他又想起母親。假如戴公在她生前提起阿里山，那該多好；只是登山火車經過那條最長的山洞時，她恐怕受不了。昨天約倫就幾乎被煤烟所窒息。對了，現在約倫和薇薇的事情，應該已經解決了。他站起來，打算回去帶約倫到這兒來，好好的安慰他；他甚至產生了一個怪誕的想法，認為自己應該慫恿約倫離開家庭，這並不是為了薇薇——即使是，又有什麼關係呢？至少，他可以接觸到更多的女人，約倫的問題，可能就是他只認識薇薇一個人，他沒有選擇的餘地。

「要是讓他認識葉婷那一幫鬼就好了！」他向自己說。他突然記起那個頭髮黃黃的，野野的，老是盯著他望的那個「老五」。她應該是什麼事情都敢做出來的。

於是，他急急的循著原路回到招待所。管理員告訴他，他們已經去看神木了。但他肯定薇薇和約倫還沒有回來，否則，至少約倫會留在招待所的房間裏，他了解他的二哥。

再回到那座小木橋上，他發現只有約倫一個人站在那兒。他走近他。約倫呆呆的望著下面的小澗，眼睛紅紅的，顯然曾經哭過。約希憐惜地伸手去圍住他那因為大衣裏面穿得太多而變得臃腫的肩膀。

「我們回去吧。」

約倫拖著遲滯的腳步跟著走。約希什麼話都沒問他，他也沒說過半句話——直至返回臺北，他似乎始終都沒開過口。

結果，在回到家中的那天半夜，約倫被送入醫院急救。他不是生病，是自殺。他整整吞下四包火柴頭，這件事，家裏的人只有約希和約雯兩個人知道真相；包括黃薇在內，大家只知道他得了急性腸炎而已。

第二天早上約倫醒來，赫然發現約希側坐在床尾瞪著他。約希顯然一夜未睡，滿眼紅絲。

約倫愧疚地避開他的目光。

他深重的吁了口氣，站起來。

「我真想狠狠的揍你一頓——就像我揍約翰那樣！」約希兇惡地直指著他的二哥說：「以後你再不想活，通知我，我一定送最有效的藥給你，保險你死得成！而且死得舒舒服服！」

第二十章

華約希這一場「傷害」刑事官司，一直拖到四月底。從地院初審敗訴，上訴高院再敗訴，而至最高法院發回更審，那位幹勁十足的汪律師的確出盡法寶，最後竟然連那位始終沒出過庭的三輪車伕都被他設法弄來，作出有利於被告的證言，至於那位警員，也不像先前那樣咄咄逼人了。那天開庭之前，汪律師特地親自去華府，把這位五少爺接到法院來，一路上，他向神情冷漠的約希面授機宜，叮囑他要裝得老實一點，千萬要記得他教他說的那幾句話。

開庭了，審詢和辯論的程序和以前一樣，只是汪律師表現得比以前幾庭更為精彩，他用他那口生動流利的湖北國語，咬文嚼字，像個演員似的比著手勢，強調約希——這位因喪母之痛而受到刺激的「孝子」當時的心理狀態，和那種失去理性而不自知的行為，非但值得同情，而且應該受到讚揚的！

「今天這個社會世風日下，道德淪喪，」汪律師以誇張的語調繼續說：「我們如果……」

那位已經改變了幾次坐姿的老推事連忙伸出手。

「好了好了，」他制止道：「你已經說過了，後面還有好幾庭要開呢——原告還有什麼話要說！」

那位警員瞟了汪律師一眼，低聲回答：

「沒有了！」

「你呢！」老推事略俯身向前問下面的華約希。

華約希頓了頓，汪律師教他說的話，他記得清清楚楚，但，他說：

「汪律師替我所講的理由，都是不對的！」

法庭內發出一陣驚嘆。汪律師怔住了。

「我當時心裏一點也不糊塗，非常明白！」約希繼續以真誠的聲音說下去：「我打傷了他們，我是有罪的——怎麼說我都是有罪的！」

那位老推事露出一種和藹的笑容，點了點頭，跟旁邊的書記官低聲說些什麼，然後向他們宣佈判決的日期，接著繼續審理下面的案件。

華約希剛轉身走，那位身體魁梧的三輪車伕搶前去用手拍了拍他的肩膀。

「老弟，」他操著山東話大聲說：「你行，你真的行——俺對不起你！」

約希靦腆地笑笑。

「不，是我不好！」說著，他低下頭，匆匆的走出法庭，連汪律師追上去叫他，他都不理。

結果，判決的那天約希沒有到庭：罪名成立，被判處有期徒刑三個月，緩刑一年。判決書寄到碧潭那天，約希正好回來。一進門，老黃就告訴他，老太爺正在為這件事情生氣。

「人家汪律師連原告和證人都講通了，」約謀悻悻地向父親解釋：「他要逞英雄嘛，有什麼辦法！」他睨視站在書房門邊的約希。「我真服了你！」

華之藩先生定定的望著法院寄來的那張公文，始終沒抬起過頭。

「汪律師說只要找個理由，還可以再上訴的！」老大說。

「理由！」父親仍低著頭冷笑著問：「還有什麼理由？」

「找個醫院出張證明，說他精神有毛病！」

華約希馬上拒絕。

「不！」他固執地表示：「我不要再上訴！」

父親現在緩緩的把頭抬起來了，眸子裏閃著淚光。他以一種沉鬱的意態注視著這個桀傲不馴的兒子。

約希終於從父親的目光中避開。

「你知道什麼叫做『前科』嗎？」父親瘖弱地問。

「……」約希低下頭。

「將來你到社會上，這就是一個污點！」

約希忽然被內心一種強烈的意識所激動，他用力揚起頭，掙扎道：

「我知道——但是我不要心上有污點！」

「你還胡說些什麼！」大哥隨即喝止。「——你要到哪裏去？」

父親伸出手。

「讓他去！讓他去吧！」

華約希跑出去，約雯已經拎著一隻手袋，在大園門門房的旁邊等他。他走了幾步，發覺她跟著，於是厭煩地央求道：

「大姐，你們不要再煩我了好不好？」

「誰要煩你！」約雯說：「我也正要出去。你的摩托車呢？」

他沒回答她的話，停下腳步。

「好吧，」他說：「妳要問我什麼？」

「急什麼！反正好多好多事！」

「都是關於我的？」

「我們出去再說！」

這次約希總算依從了約雯，叫老許開車送他們到臺北去，一上車，老處女便眨著她那雙大眼睛向約希暗示，約希只好耐著性子，到衡陽街掬水軒裏面的咖啡座上坐下來，他才忍不住問：

「究竟什麼事嘛！」

「你聲音小點好不好！」

華約雯向服務生點了飲料，然後將身體湊前一點說：

「剛才你要是不回家我就要來找你了！」

「是不是約倫的事？」約希敏感地問。

「他現在沒事了！」約雯遲疑一下，決定把重要的事留在後面說。「——是關於大嫂的！」

「大嫂？大嫂有什麼事？」

老處女向左右瞟了一眼，然後神神秘秘地接著說：

「她在外面有個男人，你相信嗎？」

「怎麼可能呢！」約希嚷起來，

「我也這樣說。但是一點也不假。」

「誰告訴妳的？」

「胡步雲。」她連忙補充道：「開始的時候，我也不相信！」

「後來妳看見了？」

她點點頭。

「見到過兩次，」她說：「一次在路上，一次在戲院裏面。」

「這樣你們就認為有問題？」

「如果你看見他們的樣子，你就會相信了。」

「妳打算怎麼樣？」約希問：「去告訴大哥？」

「……」老處女咬咬嘴唇，不停的用麥管去攪動那杯剛送上來的檸檬水。猶豫了一陣，才抬起頭。「你說呢，我們應該怎麼辦？」

「這種事，不要問我！」

「什麼意思？」

「我不願意干預別人的私生活。」他說：「那是大哥他自己的事，問題只有他們夫婦間才能解決。」

「我想，他也許還不知道！」

「我倒希望他永遠不知道！」

約希對這件事情表現得那麼冷漠，使約雯心中頗為不快，她認為約希不該置身事外，因為將來萬一鬧出些什麼不名譽的事情來時，受損害的是華家——是姓華的每一個人！

「我沒想到你會說出這些話！」她用一種責備的口吻說。

約希不想解釋什麼。他一口把那杯飲料喝光，然後看了看錶。

「妳不是找我有好多好多事嗎？」他問。

「嗯。」

「關於什麼？」

「你！」華約雯變得嚴肅起來。「我問你的話，我希望你老老實實的告訴我。」

「什麼事情那麼嚴重？」

「葉婷！」

那殘餘的笑意在約希的嘴邊凝固住了。

「她是不是在你那裏？」大姐緊逼地問。

「……」約希總算找到了一點頭緒，他試探地問：「是不是約姿向妳說了什麼？」

「不關約姿的事──她家的娘姨今天早上打過電話來。」她追問：「究竟在不在你那裏？」

他沒有正面回答她的問題。事實上他對於約雯提起葉婷的名字就有點反感，於是輕笑著說：「她沒回家？」

「那娘姨說，已經有一個多禮拜沒她的消息了！」

「哦……」

「老五！」

約希想站起來，被她伸過手去按住。

「你慢點走！」她說：「你今天一定要回答我！」

「回答什麼？從事情還沒有開始，你們不是就什麼都知道了嗎？」

老處女知道，這就是華約希的作風，這樣問下去，是不會有什麼結果的。於是，她改變了主意，裝出一副冷漠的神情說：

「好吧，既然這樣，我自己去解決好了！」

這句話果然生效了，華約希吃驚地問：

「妳說解決是什麼意思？」

「你自己闖的禍，你還好意思問我！」

現在他完全明白了。

「又是她肚子裏有孩子的事！」他笑起來，「如果是，那已經是第二胎了！」

足足怔了半分鐘，華約雯才相信自己聽到的話，抑制不住地激動起來。

「老五！」她惶亂地低喊道：「你不是在嚇唬我吧？」

「妳怎麼突然對我又有信心起來了！」約希說：「我不是什麼事情都做得出來的嗎？」

為了強調這件事情的嚴重性，華約雯再重複一遍今天早上阿銀姐電話中所說的每一話。自從上次華約希到葉婷家留過一張字條之後，阿銀姐便認定葉婷肚子裏的「那塊肉」是華約希的，後來「拿掉了」；葉婷不回家，毫無疑問就是在他那裏。

「這樣說，」約希嘆了口氣，「我想賴都賴不掉啦！」

「那麼都是真的了？」

那種怪異的笑意又從約希那長著柔軟而叢密短髭的唇邊流露出來了，他摸摸鼻子，微側著頭。他忽然發現大姐比以前老了許多，眼梢和嘴邊有細細的皺紋，或許是光線的關係——不是光線，是心情。守什麼孝！她應該早點結婚的。結了婚她就會為自己的丈夫、孩子、身材和體重，如何打發無聊的時間……等等瑣事而憂煩了。現在，她純粹為了這個家，為了別人而活著。

「我在問你的話呀！」她悻悻地喊道。

約希回過神，說：

「老處女！妳一點也不為自己發愁嗎？」

「為你們的事我已經愁夠了。」她激動起來，「我哪裏還有時間去愁自己的！」

「妳用不著替我擔心的！」

「你說得倒輕鬆呀！」她低促地說：「你知道那娘姨怎麼說？葉婷的爸爸媽媽這兩天就從國外回來，他們一定會找到家裏來向你要人的！」

約希不響了。但並不是因為感覺到事態嚴重，而是因為心中驀然充滿了深濃的愁緒。那是一種令人惆悵的離愁，他意識到，葉婷將會很快的離開臺灣——離開他了。從去年約姿告訴他葉婷休學開始，他就知道葉婷的母親要將臺灣的「家」遷回香港去，但他從未產生過現在這種感覺；在這些日子裏，他時常想到葉婷，雖然他們從未再見過面，但他總覺得她並沒有離開他；她只是在她們的「老地方」跟那幾個小太妹在胡鬧，抽烟，講粗話；或者在西門町遊蕩，在什麼學生舞會裏發瘋……不管是哪裏，感覺上她仍然沒離開他。但，現在，馬上就要分離了。

以後——天知道以後會怎麼樣！

華約希突然記起來臺灣那年，住在巷口那個臉孔圓圓的女孩子——現在除了她的臉孔是圓圓的之外，其他一點都記憶不起來了。葉婷將來也許跟她一樣。

走出掬水軒，約希忘了自己曾經應許過他的姐姐什麼。他沉浸在這股愈來愈濃的哀愁裏，他咀嚼著這種帶點兒淒酸，而自己又不願排解的寂寞況味。最後，他決心要找到葉婷。

整個下午，他跑遍了臺北每一個地方——甚至連中山堂、博物館、和一些她們不可能去的地方他都去過了，但，毫無所獲。黃昏的時候，他在東門市場的「小美」坐下來休息，計劃下一步該怎麼辦！隔座一個瘦瘦的傢伙也一直在打量著他，他並不認識這個人。但，當這個人起來付賬的時候，約希猛然聯想起「竹竿」——他忘了那個小混混的綽號是不是叫竹竿，像這個人一樣，只是要比他黑，他記得竹竿的眉心是連起來的，像是老是在計算人的樣子。從那次約希成天說要到臺灣銀行「幹一票」，那群小太保對他避之則吉之後，約希只在路上碰到過竹竿一次；那天沒讓約希先開口，竹竿塞了二十塊錢到約希的口袋裏，含糊不清的在約希的耳邊咕嚕了幾句，溜掉了。

「對！」約希告訴自己：「找鬼，就要到黑的地方去，混太妹的，他們大概總會認識吧！」

於是，約希連忙坐車趕到西門町，鑽進成都路一條小巷的一間茶室裏。

裏面烏黑，充滿煙味。一個小伙子斜靠在櫃檯旁邊嚼檳榔，櫃檯裏面那位會計小姐大概剛上班，抓著一塊小圓鏡靠在那盞並不很亮的檯燈前面刻意打扮。

沒有人理會他。連那個正在打掃的小妹都沒望過他一眼。

「竹竿來過了沒有？」約希對著這小伙子靠在櫃臺前，右拇指勾在褲子的腰環上。

那小伙子的嘴不動了，斜睨著他。

「我要找竹竿！」

「……」小伙子皺起眉頭，用一種不大信任的口氣問：「哪一根竹竿？有大有小！」

約希想：那個傢伙可能只是個小角色。

「小的。」

小伙子向牆角那邊撇撇嘴。華約希望去，一個瘦子仰在牆角那張座椅上睡覺，雙腳擱在桌子上。

「不是他。」約希說。

「哦……」現在，小伙子開始注意約希了。「你認識我們老大的？」

約希馬上裝出一副「吊相」。

「老兄弟了——他在哪兒？」

「快來了，」小伙子客氣起來，「請坐請坐。」

約希大模大樣的坐下來。

「我叫老五，」他問那小伙子：「你叫什麼？」

「老鼠！」小伙子用臺灣話回答。

老鼠慇懃地替約希弄來一杯冰水，然後遞支香烟給他。

「你大概很久沒見過我們老大了？」老鼠說。

「呃——對！很久了。」

「那就難怪了！現在大家都不叫他竹竿。」

「我知道！當老大了嘛！現在你們叫他什麼？」

「洛卡！」

那個叫「洛卡」的老大終於來了，他比以前胖了一點，頭髮燙得鬈鬈的。他錯愕了半天才記起約希來。

「啊，是你！」洛卡捏捏約希的手膀。「你比以前高多了——不在臺北？」

華約希在報上讀到過一些管訓不良分子的報導，於是聳聳肩膀，笑道：

「剛畢業出來。」

「怪不得見不到你。」洛卡親熱地用手圍著約希的肩膀，到一邊坐下來，然後慎重地向約希解釋：「我現在不混了，混也混不出什麼名堂嘛——現在在這裏幫幫忙。」

約希向四邊看看，發覺已經裝修過了。

「地方不錯！」

「難做得很！」洛卡說：「一會兒警察，一會兒少年組，反正成天找麻煩。」

約希知道對方誤會了他的來意，於是索性不兜圈子。

「我來找你不是什麼事——想打聽一個人。」

「幹什麼的？」

「你認不認識『七鳳』？她們好像是叫七鳳。」

「太妹？」

「嗯。你認識？」

「見是見過，不算太熟——你找她們幹什麼？」

「找她們的老么，有點事。」

「你找『娃娃』？」

「她叫娃娃嗎？我只知道她叫葉婷。」

老鼠插嘴進來：

「那就是娃娃了，她是姓葉。」

洛卡注視著約希，點了點頭，然後有意味地說：

「你也想湊熱鬧？」

「什麼意思？」華約希困惑地問。

「你真的不知道？」

「我不是跟你說，我剛管訓回來嗎。」

「兄弟，」這位「老大」表現得滿臉真摯，「聽我勸一句，千萬別去惹她們！」

接著，洛卡向約希解釋最近「新四海」、三張犁的「南京」、中和的「竹林」三幫為了她們爭風吃醋，鬧得天翻地覆，最後各路人馬竟然浩浩蕩蕩的開到臺中去展開一場大決鬥，而被警方四出追捕。

「這件事你一點也不知道？」洛卡喊道。

約希搖搖頭。

「現在你知道了！」

「我找她是別的事。」約希固執地說：「在哪裏可以找到她們？」

洛卡回過頭去問老鼠：

「你知道嗎？」

「她們成天在『青龍』泡。」老鼠回答：「就是臺灣車站旁邊的那家青龍，你去找找看。」

約希連忙站起來。

「你住哪兒？」洛卡問

「還不一定，」約希伸了伸手。「謝了。」

找到青龍，華約希樓上樓下跑了好幾趟，才決定在樓上樓梯口附近的座位上坐下來。靠牆角那邊一堆年輕人，在大聲調笑，約希一坐下，就曾經問過那個一直在嚼著口香糖的小妹。

「她們都叫做娃娃，」她輕笑著說：「我不知道你說的是哪一個。」

「她們天天來的。」

那小妹嘴一吮，嘴內的口香糖發出一聲爆響。

「來這裏的，都是些老客人——喏，」她向那邊偏偏頭，「他們就是那樣，一大早就來了。」

「不是他們。」

「那就不知道了！你要的是冰咖啡哦？」

「是的，冰咖啡。」

幾分鐘之後，那小妹把飲料端來了。約希把握住機會，再跟她搭訕：

「妳剛才說，有好幾個娃娃，對嗎？」

「是呀，喏，坐在外面，穿紅格子襯衫的。她就叫做娃娃。」

「他們是那一幫的？」約希有意無意地問。

她望著約希，沒回答。

「你是頭一次到這裏來的？」

約希點點頭。那小妹笑笑，走開了。

接著，又上來一對青年情侶和幾個走路樣子怪怪的年輕人。那一堆大孩子們突然又發出一陣騷亂，笑謔中夾雜著女孩子的尖叫。

華約希想起自己還沒有吃晚飯，於是決心過去向那個小妹問問她認不認識「老五」——那個頭髮黃黃的，野野的，或者就乾詭問她「七鳳」。老鼠既然說她們時常泡在這兒，她沒有理由不認識她們。

他走過去，經過那堆年輕人的前面時，他們突然停止笑鬧，以一種含有點敵意的神態盯著約希望。

但，那個小妹在櫃檯旁邊厭煩地大聲說：

「我已經告訴過你了，我不知道！」

「我是說，她們裏面還有一個老五，」約希比手勢，「就是，那個頭髮黃黃的……」

一隻手掌從後面重重的按在約希的肩頭上。約希機警地扭轉頭，發現剛才坐在穿紅格襯衫女孩子旁邊的小伙子衝著他冷笑。

「小子，」這怪腔怪調地說：「你煩不煩呀？真的聽不懂中國話呀？」

華約希估量了一下，這傢伙雖然長得跟自己差不多高，但並不壯健；問題是原來圍坐在旁邊的那幾個小伙子已經站了起來，攔在路上。頓了頓，約希瞟了那神色驚惶的小妹一眼，用非常沉著的聲音向這傢伙說：

「請你把你的手放下來！」

「嘿！」這傢伙獰笑起來，「你們看他多神！」

在短短的時間之內，華約希已經把目前的情勢計算過；只要有點風吹草動，他便會閃身背靠在櫃檯上，而首先倒霉的，就是這個像伙，因為他的手仍然在他的肩上。

現在，他露出他那種特有的邪惡笑意。

「你這種動作很危險！」他用慢動作示範，「喏，我的肘拐只要那麼一下，你至少要斷掉兩根肋骨！」

這傢伙尷尬地把手放下來。

「看不出你真有兩下！」

「何止兩下！」約希大模大樣地說：「碰巧我現在有要緊的事，改天再來找你們玩！」

把話說完，他硬起頭皮跨開步子走過去。他們讓開，不敢去攔阻他。回到座位前，約希回身大聲向裏面叫：

「小妹，算賬！」

那小妹怯怯地捧著小托盤走近時，約希一邊付錢，一邊望著她的眼睛命令道：

「我姓華，中華民國的華。電話是二六八二八——用筆記下來！」

她馴服地低下頭用鉛筆記在賬單上。

「娃娃也好，老五也好，」約希繼續說：「她們隨便哪一個來，妳就告訴她們，我找她們有要緊的事！」

走出青龍，他再到西門町去兜了一圈，然後才搭車回住所去。

他還沒有走進小店，阿吉嬸便隔著熱氣騰騰的白鐵麵鍋嚷起來：

「剛剛有你的電話！」

「西米朗怕來的？」

「小姐啦！」老闆娘指指他的先生，「你問他，電話號碼他有記。」

阿吉伯在電話機上面那張油膩而邊上寫有密密麻麻數字的月曆上找到一個號碼，向約希指示道：

「就是這個！」

「是不是姓葉？」約希拿起話筒，才想起這個號碼不是葉婷家的。

果然，話一打通，他便聽出是「老五」的聲音——一口甜甜膩膩的京片子。

「你是華約希嗎？」她說：「我是唐琪。」

華約希記得在法院的走廊上，她就向他自我介紹過她的名字，只是他忘了。

「是的，我是華約希。」他說。

「你要找葉婷？」

「嗯，她現在在哪兒？」

「很急的事？」

「可以說是很急——她是不是在妳那裏？」

唐琪在電話裏猶豫了一下，才說：

「這樣吧，你可不可以現在到我家裏來？」

「如果妳認為有必要，我來好了。」

「中和鄉竹林路你知道嗎？」

「我想我會找到的。」

於是唐琪把地址告訴他，同時補充道：

「你就順著水溝進來好了，我二十分鐘之後在外面的橋邊等你。」

掛上電話，華約希急急忙忙的上樓關照蔡文輝幾句，然後跑出街口跳上三輪車要趕到中和鄉去。在大水溝中段的一座小水泥橋旁邊，唐琪身上穿著一件睡袍，趿著拖鞋，站在一盞昏昏濛濛的路燈下面。

「是不是很不好找？」她的手插進長睡袍袋子裏，笑著問跳下三輪車的華約希。

「還好，」約希急不及待地問：「她在哪兒？」

「進去再說吧。」

唐琪領先向右邊半開的籬門走去，約希跟在後面。進了屋，本來趴在沙發上睡的那隻塌鼻子小北京狗抬起頭，瞪著牠那雙凸出來的鬥鷄眼吠叫起來。

「小混球！討厭！」唐琪向仍然站在門口的約希說：「牠不會咬人的。」

在背後那盞大型的落地座燈反映下，約希發現唐琪美麗的胴體呈現在那件鵝黃色的薄睡袍裏面。

「坐下來呀！」她笑著說。

約希故意坐在靠牆壁的大沙發上，因為這樣他可以避免面對著唐琪。非常奇怪，從那天在法院第一次看見她開始，約希便感覺到唐琪那雙深褐色的眸子裏面，隱藏著一種什麼——或者是暗示一種什麼；總之，這是很難解釋的；當她那線條深刻、永遠帶有點挑逗意味而略向上彎的唇角露出近乎嘲弄的微笑時，約希便感到一陣炙熱。現在，她正以這種目光包裹著他，使他驟然感到不安起來。

她不響。

他打量四周，作為掩飾，但又與她的眼睛相遇。

她闔起手掌，掩著自己的嘴，低下頭來。

他困惑地望著她。

她終於抬起頭，真誠地說：

「你一定覺得很奇怪！」

「……」他等待她把話說下去。

「我一直好怕看到你！」

「為什麼？」

「我也不知道！」唐琪回答道：「大概娃娃把你說得太可怕的關係吧——真的，我以為你很粗野！」

華約希不表示什麼，他沉肅地問：

「她在哪裏？」

唐琪有點失望。她自嘲地笑笑。

「你先告訴我，」她說：「你有多久沒見過她了？」

「半年。」他不假思索地回答。

「……」她想了想，「對的，整整半年！」

「她怎麼了？」

「她已經不是你以前所認識的葉婷了。」

「真的長得那麼大？」

「我不是指她的身體。」她說：「她的樣子還是一樣，沒什麼變。」

約希已經猜到，她所說的是什麼了。

「我有點不大明白，」唐琪接著說：「當初你既然摔掉她，現在為什麼……」

「她告訴你，我摔掉她？」

「你跟她的事——每一件事，她對我都不隱瞞！」她補充道：「包括你們第一次做愛。」

「——妳說什麼？」

「在你住的木樓上，她把身體給你！」

華約希幾乎是跳了起來。

「她真的這樣告訴妳？」

「難道是我編的？」

「見她的大頭鬼！」華約希有點失措地打著不必要的手勢，嚷道：「告訴妳，我華約希還是個處男呢！」

唐琪怔住了。她相信華約希說的是真話。從葉婷第一次向她提起華約希的名字開始，她便對華約希這個人，和自己在體育場司令臺後面失身給他的那個男孩子歸納為一類；說是痛恨，又有點依戀；只是她很快的便跟那個「小情人」分開了，以後從未見過面；因此當她發覺葉婷仍然那麼癡心迷戀著華約希，內心中便產生一種奇異的，介乎羨慕與妒恨之間的情愫，這就是那天在法院和剛才，她的目光讓華約希感到一陣心悸的原因。

現在，約希的真純和率直，竟然使她感動起來。

「你坐下來！」她深情地說。

「我要去找她！」他懊惱地望著跪坐在小沙發上的唐琪，懇求道：「告訴我，她在哪裏？」

「這幾天你見不到她的。」

「為什麼？」

「他們不在臺北，去南部了。」

華約希緩緩時再坐下來，一邊低聲問：

「她，跟誰？」

「跟現在的愛人！」唐琪冷靜地回答。

華約希震顫了一下，沉默下來。

停了停，唐琪起身，坐到他的身邊，憐惜地伸手去按住他那正在用力緊捏著的手。

「不要再去想她了。」她勸慰道：「我剛才說的，你再看見她，也不會認識了——她變得好壞好壞！」

他吃驚地回頭去望她，彷彿聽不懂她的話。

「真的，我不騙你！」她說。

約希終於開口了：

「妳們不是成天在一起的嗎？」

「以前是。」

「多久之前？」

「一個月。」唐琪苦澀地笑笑，說：「你沒在外面混，很多事你不會知道。」

「我知道。」約希說：「那些太保們為了妳們打架！」

「你怎麼知道？」

「洛卡告訴我的！」

「啊……」

「要不然我怎麼會到青龍去找妳們！」

唐琪的臉上掠過一層陰影，她定定的注視著華約希，似乎在思索著一件煩擾著她的事。

「怎麼啦？」

唐琪吁了口氣，真摯地回答：

「你應該好好的讀你的書，犯不著去惹這些事！」

「我惹什麼？」約希嚷道：「我只不過要通知她，她的爸爸媽媽這兩天就要回來了！」

「阿銀姐告訴你的？」

「她說她已經好久沒回家了！」他說：「她擔心要是她的——」

「你放心吧，」她截住他的話：「從去年底就說要回來了！不是說要搬回香港嗎？影子都沒有！」

「這次可能是真的，那個娘姨找到我家來了。」

「哦，所以你害怕了？不是這樣，你也不會找來的！」

華約希不想解釋。

「他們在南部什麼地方？」他問。

「你要去找她？」

「嗯。能告訴我嗎？」

唐琪考慮了一下，仍然拿不定主意。華約希想起剛才她說已經有一個月沒跟葉婷在一起這句話，於是接著問：

「是不是妳跟她之間，有什麼不方便的地方？」

「你真敏感！」

「是妳自己告訴我的。」

「其實，算不了什麼！」唐琪帶點自嘲的口吻說：「我們出來玩的原則，本來就是盡量去找尋快樂嘛！」

約希站起來。

「既然妳有困難，」他懇切地表示：「那我不勉強妳，我一站一站找下去好了。謝謝妳。」

「華約希！」

他回轉身。

「他們在高雄。」唐琪說。

第二十一章

九點十五分臺北開出的夜快車抵達高雄的時候，天已經亮了。華約希一路上沒闔過眼，對於葉婷這件事，他有負疚的感覺。即使唐琪不告訴他，他仍然可以想像得出來的。他就曾經看見過幾個十七八歲的「太字號」人物，在樓下阿吉嬸的食店裏胡鬧；那個穿短裙的小太妹不會比葉婷大，她很老練地叼著香烟，喝酒，髒話說得比那幾個小太保更流利。

車子過臺南，天濛濛透亮，接著，朝霞燃燒起來了。這情景使他驀然想起那個在樹下跟葉婷談通宵的凌晨，也有點薄霧和輕寒。奇怪，他的嘴仍留有吻後的鹹味——葉婷眼淚的味道。

他的內心湧起一陣酸楚。他開始後悔那晚上在木樓上，他應該留下她——就讓蔡文輝在火車站候車室坐一晚，反正他說什麼他也不會相信的。

到達高雄了。他跟著其他的旅客走出車站，等到那一陣騷亂過去之後，他仍然站在車站前面發呆。高雄的車站廣場顯得特別廣闊，他從來沒來過高雄，去年來南部看三舅舅，只到過臺南而已。現在，他才發現自己面臨著一個嚴重的問題：唐琪只告訴他葉婷在高雄，但高雄那麼大——事實上就那麼大，從那條大馬路望過去，老遠老遠，還看不見什麼比較高的房子——他應該怎麼去找尋？

像在臺北那樣到處瞎撞嗎？最後他決定到站內的販賣部買一張高雄市地圖，他知道每個車站都可以買得到的；他要為找到高雄市的中心點，他們既然是來玩的，在熱鬧的區域，碰見的機會比較多一點。至少，他得弄清楚整個環境和方向。

一轉身，他楞住了。他竟然發現唐琪靠在入口旁邊的牆上，嚼著口香糖。

「嘿——」他失聲叫起來。

唐琪望著他笑。她穿著一套淺米黃色的裙服，同色的半高跟皮鞋，肩上搭著一隻剛流行起來的大皮包，使她的樣子沒以前那麼野。

「看什麼？不像我是不是？」

他走到她的面前，想伸手去弄弄亂她的頭髮。但他沒那樣做。

「妳怎麼來的？」他興奮地問。

「當然是坐車來的！」

「也是我坐的那班車？」

她搖搖頭，得意地說：

「我比你早到一個鐘頭！」

華約希困惑起來他記得他從中和鄉趕回去，挖光了蔡文輝的口袋，再下樓從阿吉嬸的木盆子裏抓了兩百塊錢，便奔到火車站。但，只遲了一步，沒趕上那班柴油車。在那塊大木牌下面，他頭都抬酸了，才弄清楚只剩下兩班車到高雄：一班對號快車，一班是慢車。

「哦，」他說：「妳坐上一班柴油特快。」

「鬼啊！我到車站的時候，你坐時那班對號快都已經開走了——我是包野鷄車追來的，害我多花了一百多塊錢，還要陪那個司機聊天，唱歌給他聽！」

「為什麼？」

得等了！」

「怕他打瞌睡呀！」

約希又記起葉婷告訴他，教出差車司機跳華爾滋那回事。

「你還笑呢！」唐琪嚷道：「我一直在擔心，怕沒趕在你的前面，又怕你沒坐這班車，那我站在這兒可有得等了！」

華約希歉疚地露出一種溫暖的微笑。

「我不知道妳要來——真的，妳來幹什麼？」

唐琪率直而真誠地回答：

「怕你會惹上麻煩！」她說：「你先聽我說，你的目的，只是要把她的爸爸媽媽這兩天要回臺灣的消息告訴她。我替你轉達好了。」

「不，」他固執地說：「我既然人都來了，我想見見她，見見面總可以吧？」

發覺拗不過他，唐琪妥協了。

「好吧。但是你要記住，」她慎重其事地叮囑道：「千萬不要跟她單獨在一起！」

「妳把這件事情看得很嚴重似的！」

「我只能這樣說，反正遲早你會明白的。」

由於時間太早，而且他們兩個人一夜沒睡，所以當唐琪提議先找個地方休息一下，到中午再去找人時，華約希並不反對。唐琪來過幾次高雄，她叫了輛三輪車，然後指揮那個車伕，把他們載到她以前曾經住過但忘記了名字的那家旅館。

「給我們一個房間，」她一進門就熟練地向睡眼惺忪的女服務生說：「我要三樓後面靠窗的那一間。」

那服務生抓起一大串鑰匙，領他們上樓。唐琪所說的那間房間在甬道底，房間不大，陳設還算整潔，有一個可以透進陽光的窗子。

「我們什麼都不要，」她向服務生說：「茶也不要，只想睡！」

這位瘦巴巴的女服務生瞟了華約希一眼。

「住夜的話，你們要拿身分證來登記的。」說著，她退出去，把房門拉上。

發覺華約希定定的望著那張只有四尺寬的床，唐琪順手把門扣扣上，然後把大皮包向房內唯一的一張小沙發上一丟，爽朗地說：

「我先用洗手間，再輪到你！」

等到華約希抹過一把臉，嗽過嘴，再出來時，窗簾已經拉起來了，唐琪的衣裙斜放在小沙發的把手上，她已經躺在床上，臉向著牆，身上那張薄毯子搭在腰間，光滑的背上露出胸罩的帶子；因為她緊貼著裏面睡，所以還空出很多地方。

華約希猶豫了一下，放棄了內心的那個壞思想。他輕輕的過去拿起沙發上唐琪的衣物，打算坐在沙發上睡。

「你幹什麼？」

他頓住。

「有床為什麼不睡！」

他再放下手上的東西，回過身來。

「就是因為你，我才不把衣服脫光的。」她理直氣壯地說：「我怕熱，而且身上有東西我睡不著。」

華約希想笑。因為對於唐琪——從第一天認識開始，他就曾經產生很多次他這個年紀經常有的邪念，就絕對想像不到竟然在這種情況之下跟她睡在一張床上。

現在，他又接觸到她那種野性的，浸潤在罪惡的快感中的凝視，不禁微微顫慄起來。

「你還站在那兒發什麼呆！」她喊道：「床還寬得很呢！如果你不喜歡，你可以不碰我。」

華約希摸著鼻子的手無意識地向上一揚，彷彿向自己做一個告別的姿勢，於是大步走過去，把身體拋到床上。

「好，睡吧！」他吐了口氣，大聲說。

她得意地笑起來。當她撩起那張薄毯替他蓋的時候，她順勢將身體緊緊的靠近他，把頭埋在他的胸前。華約希感到她渾身灼熱，他嗅到一種濃郁的體香。他僵著不敢移動，她的手開始滑過他的衣襟，輕撫著他的頰邊……

他仍然沒有反應。

忽然，她的手在他的唇邊停下來。

「我還以為你的頭腦很新呢！」

約希緩緩的轉過頭去望她。

「現在呢？」他笑著問：「妳覺得我怎麼樣？」

「你如果不是很傻，就是很假。」

他鬆弛下來了。他索性轉側身體，捉住她的手。

「妳再說下去，」他很有興趣地向她說：「還有呢，我希望知道。」

唐琪剛才心中升起的那點點不快瞬即散失了，她開始接觸到華約希真實的一面。在這半分鐘之前，她對他毫無認識；唯一幫助她去了解的，就是葉婷不斷的對他的描述，和那些謊言——他不是奪去葉婷的童貞的人。華約希昨晚就否認過了，她相信他的話。現在她的手在他那雙闊大而溫暖的手掌裏面，使她有一種幸福的安全感。

「說呀！」他催促道。

「我說什麼？」她真誠地回答：「我對你根本一點也不認識！」

「你剛剛不是說，我如果不是很傻，就是很假嗎？好，妳先說我傻！我哪一點傻？」

她伸過頭去，半張著那灼熱而濕潤的嘴去吻他。

「你說你傻不傻？」她用迷惘的聲調說：「你以為我是為了幫你找葉婷，才趕到高雄來的嗎？」

約希開始緊張起來。

「在法院那天，你為什麼要那樣望著我？」

他一時不知道該怎麼回答。她又吻了吻他。然後注視著他繼續說：

「你知不知道，你的眼睛很壞！」

「又多了一樣了？壞！」

「不會比我壞！」她說：「你相不相信，我沒見到你之前，我就在想：要是我是葉婷，我一定不會那麼輕易放過你的！」

「妳會怎麼樣？」

「我會想盡辦法讓你愛我，然後，我再把你丟掉！」

她摸著他的嘴唇，低聲問：

「你真的沒有碰過她？」

「妳不相信？」

「這就是我說的『傻』！」她用肘拐把身體支撐起來，斜對著他說：「即使沒有，你也應該說——有，才對！」

「為什麼？」

「那你現在就可以隨便碰我，不需要再裝模作樣，怕拉不下臉來。是不是？」

「妳真的很壞！」

「我沒騙你。」她笑了。

他感覺到她灼熱而急促的鼻息。

「約希！」

「嗯？」

「我總有一點點讓你喜歡的地方吧？」

華約希誠實地點點頭，答道：「喜歡妳的壞！」

唐琪驟然激動地伏在他的身上，緊緊的抱住他，用一種類乎呻吟的聲音在他的耳邊喃喃道：「如果你像我那麼壞，你會喜歡我的！」

他終於主動的去吻她。她喘息著，不安地扭擺著身體，一邊用忙亂的動作脫掉身上僅有的衣物，然後摸索著去幫他解開他的衣扣……

對華約希來說，情慾從那種朦朧、迷惘、不真實的幻想中突然變得真實起來：她那貪婪的嘴唇，那像鱆魚的觸手一樣糾纏著的四肢，她的汗液、呼吸，斷斷續續含糊不清的囈語……竟然和他的生命混和在一起，這種感受是他有生以來從未體驗過的，他感到暈眩，開始向上升浮，升浮，直至他意識到自己已經到達一個不可超越的極限，他驟然向下墜落……

他忘了他曾經說過些什麼，甚至曾經做過些什麼。在這種無意識的狀態中，唐琪一遍一遍的吻著他的嘴，頸項，和身體，一遍一遍的重覆著這句話：

「你會喜歡我的！我知道你會喜歡我的！」

華約希緊閉著眼睛。

「告訴我，你喜歡我！」

他仍然不響。

「約希！」

他扭開頭。她吃驚地抬起身體來，扳開他擱在額上的手臂。

「怎麼啦？」她頓了頓，低聲問：「你後悔？」

「別傻！」他笑笑。

「為什麼怪怪的？」

「這是我有生以來第一次啊！」

她激動地緊緊的抱住他，喊道：

「我好高興！」

華約希心中卻有一種沮喪的感覺——雖然他對於性愛的好奇、甜蜜、刺激，那種不可言狀的迷亂和滿足，還沒有完全平復下來。

「約希！」

「嗯。」

「你以後會找我的？」

約希想，他忘了是在哪一本翻譯小說上讀到的：生命本身，就是無可奈何的——不，應該是生命裏的任何事情，都是無可奈何的。跟唐琪發生這種事，就是這樣。

「你沒有回答我的話。」

「妳問我什麼？」

「……」唐琪肯定地說：「我以後會時常來找你的，我知道你住的地方。」

他馬上想起葉婷。哦，對了，剛才那種悔恨的情緒，可能就是心靈中因葉婷而起的罪惡感吧！他曾經幻想過，很多次很多次，第一個跟他發生性愛的，可能是葉婷。

他斜下眼睛來望望枕在自己臂上的唐琪，發現她正在望著他，

「怎麼，不歡迎呀？」

「我並不住在家裏。」他說。

「我知道，就在一條小街上，樓下是賣『七牙麵』的，那個老闆娘胖胖的。」

準是葉婷告訴她。

「今天是幾月幾號？」她忽然問。

「什麼事？」

「我要記住這個日子！」

華約希覺得女人好好玩，他知道她在想些什麼。

「妳可以把它記在日記上。」他說。

她顯然是仍然沉躭在那個思想的幸福裏。

「明年——甚至每一年的今天，」她深情地說：「我要你答應我，跟我在一起。」

「我怕我記不住。」

「我會早一兩天提醒你的。好嗎？」

華約希詫異地再去望她。他發覺她那股獨特的野性在她那雙明亮的眸子中消失了，現在所閃現的，是一種甜蜜的溫柔。

「不像是我，是不是？」她狡猾地問。

約希緊緊的摟了摟她，使她看不見自己。

「明年今天，」她繼續說：「我們也來高雄，也住這家旅館，這個房間。」

約希在想：葉婷跟他在樹下談通宵是哪一天，他怎麼會忘了。

「你相不相信？」

「相信什麼？」他淡漠地應著。

「就算你不來，我自己也會來的。」她堅決地說。

他笑了。他的笑聲使她驟然離開了他的身體，端坐起來。

「你笑什麼！」她低促地問：「你以為我對每一個人都是這樣的嗎？」

約希慚恧地向她伸出手，要求她再躺下來。

「來，躺下來。」

「我要起來了！」

說著，她開始在床上四處去找自己的內褲和胸罩，約希順勢用力地將她拖住。

「你不是到高雄來找你的葉婷嗎？」她忿忿地嚷道。

「我們眼睛都還沒閉過呢！」

「不用了，把她交了給你，我就走！」

「哦，妳根本就知道她在哪裏的？」

唐琪跳下床，穿上內褲，嘴上露出一種裝出來的擰惡笑意。

「告訴你吧，華約希！」她怪腔怪調地解釋：「我是因為想跟你發生關係，才故意跟你來高雄的——滿意了吧！」

華約希跟著下床，才發現下身赤裸著，於是慌亂地抓個枕頭去遮住。看見他這種狼狽的樣子，使本來在生氣的唐琪忍不住笑出來。

「好啦！」約希靦腆地聳聳肩膀。

「好什麼！」唐琪馬上板起臉，扭轉身。

由於動作太急。她將乳罩扣反了，當她將手收回，約希站起來，從她的身後伸出手去摟住她的腰，她感到一陣戰慄。

「我根本就沒有這個意思！」他低聲說。

唐琪有說不出的感動。

「還在生我的氣？」他問。

她撫摸著他圍抱在自己的胸前的手。

「約希！」

「小五！」

唐琪馬上轉身用手去按住約希的嘴。

「不！不要這樣叫！」她真誠地說：

「你跟他們不同！就叫我唐琪，或者叫我貝蒂。」

「唐琪！」

「我也可以叫你五哥嗎？」

「妳喜歡怎麼叫就怎麼叫。」

「五哥！」

約希應著，深情地低下頭去輕吻她一下。

「你會不會瞧不起我？」她問。

「為什麼這樣說？」

「如果你是已經壞過的男孩子，我不會這樣想的。」

「現在我不是壞過了嗎？」

「那是我引誘你，使你壞的。」她拉他回到床上，坦率地說：「我很早就壞了，你可以放心，我將來也不是那種願意安安分分去嫁人的材料——我只要做你的情婦！」

「妳想得真遠！」

「你要不要？」

摸到了一點她的脾氣，約希順從地回答：

「要，當然要。」

「不過我要你先明白一點，」唐琪正色地說：「我雖然在外頭亂來，但是我也有我的原則的！」

約希不響，他感覺到她的真誠。

「即使不要我，也不要欺騙我，」她說：「我對你也是一樣——一切坦白，沒有條件。」

「我跟妳完全一樣！」

她激動地又將他緊緊的抱住。

「唐琪！」

她含糊地應著，又開始在他的身體上活動起來……

「唐琪！」

她停下來，望著他。說：

「你想問我什麼？」

「差不多的問題！」約希說：「我也希望妳能夠坦坦白白的告訴我。」、

「關於什麼？」

「性！」

她露出她那種略微攙有點邪惡意味的微笑。

「你不是已經知道了？」

「我不是指……」約希困難地解釋：「——做愛，真的，我喜歡，但是感覺到有點怕。我怕那種感覺！」

然後，他撫摸著她的臉。「妳對這個很喜歡？」

她笑著點點頭。距離那麼近，約希很清楚的看見唐琪那俏皮的唇邊有兩隻小小的酒渦，上面是纖細而叢密的汗毛。

「很喜歡！」

「我看得出。」

「你為什麼說你害怕？」

「太喜歡了，會使一個人墮落！」他連忙更正自己的話，因為他已經知道她比他更敏感。

「我所指的墮落，是心裏面的，不是行為上的。」

「我發現你好喜歡用文藝腔腔！我一直以為你是粗線條的！」

「妳是指我的身體！四肢發達，頭腦簡單。」

她輕輕的撫摸著約希肩頭上、臂上和胸前結實的肌肉。

「怪不得老么會那麼迷你！」

他驟然想到葉婷：那天晚上，在他的小樓上。他相信只要他願意，她也會答應跟他做愛的。他不是打算那晚上讓蔡文輝在火車站熬一夜嗎？

但，在這一方面，葉婷跟唐琪截然不同，葉婷純粹是天真無知，而唐琪卻表現得——約希想：「肉慾主義」？不，她還沒有到這種程度！總之，她享受性愛。不知道為什麼，他聯想到電影中古羅馬的荒淫場面……他就是那群明天必需死於決鬥的奴隸鬥士！

——毀滅！

華約希本能地發出一聲怪叫——就像那天他跳起來去摸那棵老樹的橫幹那樣。

「你幹什麼？」唐琪驚惶地問。

「讓我們再來做愛！」他興奮地回答。

敲門聲可能敲過一陣，華約希被鬧醒的時候，聲音變得沉重而急速起來。

他應看，回頭望伏在床上沉睡的唐琪，於是迷迷糊糊的把找到的褲子穿起來，摸著過去打開房門。

房門外窄窄的甬道上擠著四五個高矮不等的男孩子，他們都是小平頭——只有其中臉色慘白的那個傢伙的頭髮比較濃密一點，藥水燒過的，帶點鬈。

「你們找誰？」

華約希的話剛說出口，站在最前面的一個大個兒已經粗暴地猛然伸手向他一推；他踉蹌地倒退兩步，他們跟著闖了進來。

這個時候，華約希想起來了。那個一直衝著他邪笑的，就是昨天下午在臺北青龍樓上找他麻煩的那個人。

「你們想幹什麼？」約希大聲問。

唐琪被鬧醒了。

那臉色慘白的傢伙裂開嘴向床上的唐琪笑笑。

「小五！睡你的覺！」他冷冷地命令：「識相點，沒你的事！」

「什麼叫做沒我的事！」唐琪不以為然地大聲嚷起來：「姓童的，出來混要混得漂亮！我的事，我來了！」

「我說過沒妳的事！」

約希順手把小沙發上唐琪的衣服拿起來，那幾個本來半圍住他的傢伙以為他要動手——約希隨即伸手制止。

「別緊張！」他鎮定地說，把衣服丟給唐琪。

這姓童的顯然是他們的頭兒，穿著上也比較另外那幾個楞小子光鮮，褲紋燙得挺直，右手的食指上戴著一只很大的戒指，使他說話時增加一點浮誇的意味。現在，他斜睨著同樣做出戒備姿態的華約希。

「是不是他？」他生硬地向旁邊的人問。

在青龍華約希曾經向他示範過假動作的傢伙點點頭。

「就是他！」

唐琪一邊扣著衣鈕，一邊攔到他們之間。

「小童！」她說：「我先警告你，你們要是碰了他一根汗毛，我小五就跟你沒完！」

童懷仁失聲笑起來。

「唐琪！」華約希過去要拉開她。她摔開他的手。

「你不要管！」

「寶貝呀，」小童走近唐琪，猥褻地笑著，伸手去摸摸她的臉，「妳說妳跟我沒完？不怕這小子喫醋？」

唐琪僵著不動，冷冷地說：

「放下你的手！」

童懷仁又怪聲笑起來。

「唷唷唷！」他歪著頭，乖戾地調侃道：「現在又摸不得了？我操！」

華約希出其不意地一把將唐琪拉開，向前邁了一步。

「你們不是找我來的嗎？」他說。

「……」姓童的點點頭。「不錯！」

「為了什麼事？」

「我正要問你呢？」

「不要拐彎抹角，坦白說出來好了！」

「好，本來找你只有一件事，」童懷仁瞟唐琪一眼，「現在是兩件事！」

「說吧！」

童懷仁把雙手交抱起來，微微把頭揚起。

「先說第一件，」他說：「他們說你在臺北到處找我，幹什麼？」

「找你？我認都不認識你，找你幹什麼？」

「你找娃娃——就是找我！」

「哦……」現在約希完全明白過來了。他盯著這個傢伙，想從他的身上找到一點點葉婷會喜歡他的原因。

「怎麼說？」

「人家已經說了，」唐琪搶著回答：「他要找的是葉婷，有要緊的事。」

「我在問你呀！」童懷仁仍然注視著約希。

「她家裏的傭人在找她，」約希平靜地說：「她的爸爸媽媽這兩天就要回臺灣了。」

「那跟你有屁關係！」

「當然有，她找到我家裏來了，她以為我跟葉婷在一起。」

童懷仁那雙黑眼珠有點向上吊的眼睛緩緩瞇了起來，嘴角發出一點冷酷的笑意。

「失敬失敬，」他陰鬱地說：「原來你就是那個姓華的小子！」

約希想：準是葉婷向他提過「他把她摔掉」那回事。他發現這傢伙又有點激動起來了。

「只為了這件事，你跑到南部來——那麼簡單？」

「我順便想見見她，」約希誠實地說：「我很久很久沒見到她了。」

童懷仁改變了一下站立的姿勢，接著說：

「好，這一點我相信你說的——我們來談談第二件事！」

一直被約希用手抓住的唐琪大概已經猜出小童要說的是什麼，於是挺身而出。

「是我自己追來高雄找他的，」她坦率地說：「跟他沒有關係！」

「我操！妳光著屁股跟他睡一張床，還好意思說跟他沒有關係？」

唐琪作態地笑笑，挑釁地說：

「這個呀，是老娘心甘情願送上來的——與你有什麼相干？把我咬啦？」

「他媽的，妳再說一句！」童懷仁威脅地指著唐琪，「妳說跟老子不相干？」

對於情勢的突然轉變，華約希馬上覺察到童懷仁跟唐琪之間一定有點什麼糾葛。

「慢著！」他伸出手，低促地問：「究竟是怎麼一回事？」

童懷仁獰惡地打著手勢警告：

「小子！你給我聽著！」他指著唐琪，「她是老子的！」

「放屁！」唐琪詛咒道。

「老子不要，也不許你碰——誰都不許碰！」

約希回頭望望身邊的唐琪，現在他明白她在臺北一開始就勸他不要來找葉婷的原因了。不過，他仍然困惑於唐琪趕來，介入這件事情裏面的真正動機：是為了防止自己跟這班傢伙發生衝突？還是因為也於對這個姓童的一種報復？

他寧可相信前面的想法，因為唐琪一直在衛護著他。可是，目前的情勢，對他們相當不利；很明顯的，圍在他們兩邊的幾個小伙子只是在等待他們的頭兒向他們做出一假動手的命令而已。反正是沒法逃避了。華約希變得輕鬆起來，他習慣地摸了摸鼻子，嘴角一撇。

「你說完了？」他笑著問。

童懷仁怔住了。

「現在該輪到我告訴你了，」約希學著剛才他的腔調和動作。「小子！你也給我聽著！」

「約希！」唐琪要制止他。

約希索性把手圍抱著唐琪的肩膀，用那種使他都覺得好笑的矯飾聲音說下去：

「她現在是你爺爺的，」他用另一隻手的拇指誇張地反指著自己，「你爺爺只要高興，就跟她睡覺，你這個烏龜王八是當定了！」

童懷仁的嘴角神經質地痙攣，沒有發出聲音，他那幾個手下機警的把拳舉起來。

「老大！」那大個兒不解的望著頭兒。

華約希輕蔑地橫掃他們一眼，哼了哼。他告訴自己：小子，這場架是挨定的。但，他仍然大模大樣的繃下去。

「還有，」他繼續說：「我給你十五分鐘，把娃娃給你爺爺帶回來，遲一秒鐘，你這輩子就長那麼大了！」

僵持了幾秒鐘，童懷仁拿定了主意。他的表情就像賭徒突然把底牌翻過來一樣——小二子。

「好，算你狠！」他笑著舉了舉手。唐琪尖叫起來。

華約希還來不及感到驚訝，他的肚子已經重重的挨了一個兜拳。童懷仁這種神乎其技的快速動作顯然曾經練得滾瓜爛熟，而且他這一招跟另外那幾個小傢伙是有良好默契的，他們幾乎每一個節奏都配合得恰到好處，前後，只有半分鐘，華約希已經趴倒茁地上抱著肚子抽搐；唐琪被那大個兒抱住，手蒙著她的嘴，不讓她喊叫。

童懷仁的臉更加慘白，他乖戾地笑笑，一擺頭，華約希又被他們架了起來。

「爺爺？」他捉弄地湊過頭去向約希喊。

華約希極力要想裝出一點笑意。

「孫子！」他喘息著宣示：「遲早你會這樣叫我的！」

接下來，華約希斷了兩根肋骨。但，童懷仁是從正面橫著手臂向他的胸部下面猛擊，而不是用華約希在青龍教那小子的那種方式。

第二十二章

華約希足足躺了半個月，傷勢才逐漸好起來，過了很久，當他深呼吸和咳嗽時，胸部裏面仍感到陣陣疼痛。

從一開始，他就拒絕住進醫院，只到景美附近一家中國跌打骨科去，接受那位肥胖的大鬍子醫生的治療，吃草藥丸散，貼了一身的黑膏藥。唐琪僱車子護送他回臺北的頭兩天，就讓他住在自己的家裏，服侍得妥妥貼貼，但第三天約希便溜回他的小木樓去，唐琪拗他不過，也只好順從他，幾乎把所有的時間，都留在他的身旁。

這整個事件，對華約希來說，應該是一個教訓。但，除了變得比較沉默，顯然並沒有什麼改變，他靠著板牆，坐在榻榻米的被褥上，雙眉緊皺，嘴唇倔強地抿著，呆呆的望著窗外對面屋頂的白鴿籠子出神，這種神態很容易就讓人窺察出他正在計劃著什麼，因為他那雙烏黑而深邃的眸子中，偶爾會閃爍出一種興奮的光澤。

同時，在這段日子裏，約希絕口不提葉婷的名字，以及任何跟她有關的事；但，愈是這樣，愈使唐琪感到忐忑不安，就彷彿預見一件什麼禍事即將來臨似的，後來她幾乎希望約希的傷勢永遠不要好起來。

這天，她一上樓，就意識到自己所憂慮的事情馬上就要發生了，因為榻榻米上已經收拾得乾乾淨淨，華約希已經把衣服穿得好好的，蹲坐在矮窗臺上。

「真的起來啦！」她用笑來掩飾自己的不安。

他親熱地向她伸出手。

「過來！」

她怯怯地走近他。自從高雄回來之後，她像是驟然變得成熟起來似的，女性的溫柔逐漸在她的舉止和意態中不自覺的顯露出來；她有時竟能靜靜的坐在他的身邊注視著他，直至他睡醒；她不再像以前那麼急躁，甚至連小混球，她都主動的對牠親熱起來。

約希用手圍住她的腰，使她靠近自己。

「唐琪！」

「我知道你有話要告訴我。」

「是的，」他真摯地說：「先不要問我什麼理由！我要求妳答應我一件事！」

「有那麼嚴重嗎？」她笑笑。

「妳答應了？」

「你還沒說出來呢——什麼事？」

他頓了頓，然後注視著她的眼睛說：

「從今天起，妳不要再到這兒來了。」

「為什麼？」她驚詫地嚷起來。

「不要想到壞的地方去！」他熱切的捉住她的手，說：「等我把這件事情辦完，我會到妳家裏來找妳的。只是在這段時間之內，我們不要再見面而已。」

「我知道你要做什麼了，約希——」

他阻止她說下去。

「我要這樣做，」他沉肅地說：「不是為了妳，也不是為了葉婷，完完全全是為了自己，我必須這樣做！」

「不！不要再去找他們！」她惶駭地搖撼著他的手臂，懇求道：「不要去，他們什麼事情都能做得出來的！」

華約希露出狡猾的微笑，胸有成竹她說：

「妳放心，我才不會跟以前那樣傻——就是他們教會我的，我有把握。」

唐琪緊緊的把他抱住。

「不行！」她軟弱地喊道：「你不能去！我絕對不會讓你去！」

「誰也攔阻不了我！」約希執拗地說。

停了停，唐琪重新振作起來，她離開他的身體，望著他，認真地說：

「好吧！你把這件事情交給我！」

「妳說什麼？」他叫起來。

「你的目的不是要報復童懷仁嗎？」

他猛然推開她，從窗臺上站起來。

「你根本不了解我！」他痛苦地揮動著他的手，「什麼叫報復？我不要耍太保——我恨透了這些沒出息的東西！垃圾！孬種！」

「你不是要找他們？」她冷靜地問。

他回轉身來瞪著她。不響。

「就憑你一個人？」她又問。

「妳不相信？」

「這種事，我懂得比你多，這次你斷掉的，怕不只兩根肋骨……」

「——所以我才決心要打這場戰爭！」

她嘆了口氣，將身體倚靠在他的身上。

「你這個傻瓜！」她痛惜地說。

「對！」他說。

「你怎麼對付得了，他們那麼多人！」

「人多沒有用，要贏，就要靠頭腦——這一點，我相信要比他們強！」

於是，從那天下午開始，華約希便開始他這場完全屬於他自己的「戰爭」。

老實說，開始的時候——就是當他開始產生這種意念的時候，他曾經想過去找「洛卡」，以毒攻毒，但他很快的便打消了這個念頭，因為他知道，這樣一來，他便無可避免的陷進這個骯髒的坑裏，永遠擺不脫。他認識幾個小傢伙，就是這樣變成不可自拔的。

同時，他從小就痛恨暴力，而且憎惡強者欺凌弱小的行為；目前這種「以寡敵眾」的情況，使他內心中充滿了一種神秘而強烈的激動，他不明白，這算不算是所謂「正義感」？但，這個攙雜著些罪惡的行動，絕對不單純是報復，也不完全是懲罰！他幾乎是以一種赴義的，滿含悲憫的情懷去進行這件事——至少，他認為自己是這樣。

當天晚上。華約希並沒有費多大的勁兒，就把童懷仁這一幫人馬的底細摸得一清二楚。老實說，童懷仁根本就算不上是個什麼人物；他任性，自大，心胸狹窄，表面上虛張聲勢，其實內心懦弱；他的膽量，和他這一點點小地位，說穿了是用金錢換取到的。他有一個溺愛他的母親。他的父親是一位戰功彪炳的將領，妻妾兒女眾多，但大都身陷大陸。在臺灣跟他生活在一起的，只有最小的太太和這個寶貝兒子。童懷仁從小就被這位成天消磨在麻將桌上的母親嬌縱壞了——即使天塌下來，也有媽媽扛著。老將軍對兒女的管教，本來就有點帶兵的嚴厲作風，只是這幾年自己健康不佳，宦途失意，便移情於後院那幾十盆蘭花，以及新公園弈園的棋枰上，對家務世局完全充耳不聞。就這樣，童懷仁高二那年便開始變壞，由逃課而留級，而被開除，而混起太保來。

這兩年來，童懷仁前前後後至少進過四五次警察局。但每一次，童太太總是有辦法，運用各種老關係，將大事化小，再把兒子保出來。最近的一次事件，是誘姦未成年少女，結果又是用錢讓對方撤回告訴。事後，他的母親向他說：

「你就不會花錢去玩嗎？」

總之，錢，使童懷仁成為這個只有六個「兄弟」的「蝴蝶」幫的頭兒——老大。他取這個名字的原因，就是刻意的強調他的人生態度：享樂至上，無所用心，終日在脂粉叢中飛舞。至於另外那幾隻他豢養在身邊的小蝴蝶，那大個兒「狗熊」排坐在第二把交椅，實際上是童懷仁的保鏢；這傢伙的頭腦在比重上跟他這一百八十磅的身軀簡直不成比例；但這並不表示他比別人更有勇氣，他的膽量也是在人多勢眾的情形之下才會發生作用的，至於另外那幾個，只是混吃混喝的跟班腳色而已，根本不是材料。

弄明白了這些，華約希便謹慎的決定了進行的步驟他像個耐心的獵人似的，在青龍的對街苦苦的守候了兩天，然後在他們之中選擇出第一個對象——那個長得最瘦的小傢伙，再跟踪他回家去。

第二天一早，華約希便到同安街河堤邊的斜路上等他。這小傢伙出來了，他吹著口哨，雙手插在緊緊的褲子的後袋裏，走起路來像是在跳舞。等到他快走上河堤的馬路，才突然發現華約希已經跟在他的後面。

他馬上認出是誰了，嘴巴駭然半張著，僵在哪兒。

華約希走近他，若無其事地笑著說：

「嘿！好久不見。」

小傢伙沒有表情，烏黑的小眼珠轉了轉。華約希知慮他想溜，於是伸出一個手指，輕輕的在他面前晃了晃，溫和地警告道：

「別想開溜——我跑百米的紀錄是十一秒六！」

他的臉突然扭曲了，不是哭，而是想裝出一點點笑。

「那，那天——」他結結巴巴地解釋道：「我沒動手！你知道的，我，我沒動過手！」

「我不是找你算這筆賬，」約希表示：「我只問你幾句話，不會為難你。」

他半信半疑地鬆弛下來。

華約希把右手搭到他的肩膀上。

「走，」約希說：「我們到河邊談談。」

小傢伙害怕起來，停下腳步。約希一反臉，他又乖乖的跟著走了。到了河邊，他們在離茶棚不遠的一塊空地上坐下。為了讓他安心，約希故意離開他坐。

「你叫什麼名字？」約希用力投出一塊石頭，淡漠地向仍在忐忑不安的小傢伙問。

「丁。」他老老實實地回答：「他們都叫我小丁。」

約希盯著他望，嘟著嘴。

「娃娃已經不跟他在一起了，」小丁巴結地說：「童懷仁又另外泡上一個。」

「我不是問你這個。」

「哦……」

「那大個兒叫做什麼？」

「狗熊呀？呃，他叫楊雄。」

「住在哪兒？」

「三張犁那邊。」

「把詳細的地址告訴我！」約希補充道：「還有那個姓童的，我也要知道。」

小丁頓住，沒有馬上回答。

「你不說，我也查得出來的！」

「我不是不說，」小丁急忙解釋：「真的，我曉得地方，我不會騙你！」

「帶我去！」

看見他為難的樣子，華約希接著慰解地說：

「你放心，我遠遠的跟著你，你可以假裝不知道。」

猶豫半晌，小丁低聲問：

「你想現在就去找他們？」

「我只要先知道地方，」約希笑著回答：「我不急，我一個一個的來！如果你不合作，」他威脅地站了起來，「那我現在就先揍你！」

小丁震駭地伸出手。

「好，好——我去！」

華約希用力將他拖起來，但又把右手搭在他的肩上，露出他那種典型的帶點邪惡的笑意。

「我這個人平常是最講道理的，」他認真的說：「但是一旦我不講道理，那碰到我的人一定很慘——喏，你看看我的左手。是不是斷掌！看相的說，會打死人的！」

小像伙苦著臉，應著，他們開始走回河堤上去。

華約希忽然問：「你會下象棋嗎？」

「會，會一點。」小丁困惑的回答。

「我喜歡！」約希說：「我下得並不好！但是我有一個習慣——不投降！也不接受對方投降！我一定要殺到乾乾淨淨為止。」

小丁嚥下一口唾沫，怯怯地問：

「華大哥，你不會真的動刀子吧？」

華約希失聲狂笑起來，然後他認真地反問：

「你們動過刀子嗎？」

「沒有！」小傢伙連忙搖搖頭，「華太哥，你信不信？我剛剛出來混哪！」

約希相信他的話，他比他高出一個頭。

「而且呀，不怕你笑，」他誠實地說下去：「什麼蜜蜂幫蝴蝶幫，隨便亂起的。童懷仁要過老大的癮，我就幫他拉了膿泡垃圾楊歪頭和狗熊，大家驃著他豁——反正這小子口袋裏不缺銀子嘛！」

「看不出你還是個狗頭軍師呢！」

小丁裂開嘴傻笑，不像剛才那麼害怕了。他說：

「跑腿的！我只有這麼一點本事。」

華約希的手在小丁的肩頭上捏了一下，他痛得叫起來。華約希心軟了，因為這小傢伙連當個起碼「小卒子」的資格也沒有。

「小丁！」

「嗯——什麼事？華大哥。」

「我剛才告訴過你，我這盤棋怎麼下了。」

小丁震顫了一下，不敢響。華約希的眼睛望著前面，很平靜地繼續說：「我本來想，先殺光那些小卒子！」

「再幹掉那些士呀象呀，然後再拚車馬砲！最後最後——我要留到最後最後才將死它！」

小丁又嚥下一口唾沫，肩頭上的肌肉開始緊張起來。

「……」

「你聽懂了沒有？」

他苦著臉猛點頭。約希回過頭來望他。

「我本來打算先『拆』了你，再去拆——什麼垃圾膿泡的！那個從臺北趕到高雄報信的叫什麼？」

「楊歪頭。」

「我遠以為他故意把頭歪著擺譜呢！」約希做了個手勢。「那我要把這小子的頭搬正！」

「……華大哥！」

「別緊張，現在我要改變戰略了！」約希停下腳步，嚴肅地注視著小丁。「剛才你說，他們那幾個是你幫童懷仁拉來的？」

「是的。」

「我可以放過你們！」

「哦……」

「但是有條件！」

「我，我們答應——他們會聽我的！」小丁熱切地說：「什麼條件，大哥你說好了。」

「其實不算什麼條件！以後不許你們幾個再跟童懷仁混在一起。」

「可以，可以！」

「要是給我碰見了——」

「大哥你放心！」他馬上舉起手來發誓道：「如果不兌現，你再找我小丁好了！」

約希笑著搖搖頭。

「大哥不相信？」

「我相信！」約希非常認真地說：「這種情形，我換上是你，也會滿口答應的。」

「不，我小丁……」

「你先聽我把話說完——這是我的作風！現在你就當我在嚇唬你。」約希露出他那種邪惡的笑意，說：

「我幹掉狗熊，你們再相信好了！」

「幹掉？」

「不動刀子，我要把他的頭髮剃得光光的，一根也不剩。那你們總可以看得見了！」

這天晚上，華約希先把肚子吃飽，然後揹著他的那隻唸高中時當書包用的軍用帆布袋，到早上選擇好的地方去等候。這是那個大個兒「狗熊」回家必經之路，公共車站離那一堆克難平房有一段路，黑漆漆的，連盞路燈也沒有。時間過得很慢，他的手臂和脖子被蚊子叮得又癢又痛，最後一班公車開過了，從他藏身的草叢望過去，可以看見下來了幾個乘客，但沒有人向這條小路走過來。他開始懷疑小丁這像伙搞的鬼，甚至狗熊根本就不是住在這個眷區；但，他馬上又推翻了這個想法，他相信小丁還沒有這種膽量，他當然知道後果的。

忽然，他發現有人來了，只有一個人，可能是下了車之後，先到路頭那家仍然在營業的小雜貨店，再走過來的。吹著口哨。那個人再走近一點，約希機警地伸手到帆布袋裏去……

現在，他看清楚那個人了——就是狗熊。小丁沒騙他，狗熊總是坐最後一班公車回家的。狗熊剛走過，他連忙閃身出來。

「狗熊！」

大個兒一頓，吃驚地扭轉身。

「誰？」

華約希完全依照著童懷仁在高雄旅館裏打他的那一種手法，剛「嗨」一聲，還沒讓對方看清楚他是誰，已經將一隻他為了這次行動特製的布袋套到狗熊的頭上，雙手一抽，拉緊了袋口的繩子。

「噢——」狗熊驚駭地叫囔。但隔著袋子，只發出沉悶而窒息的聲音。

華約希事前試驗過好幾次，他不敢用塑膠袋，因為會弄出人命的；同時，袋口的環帶他不需要抽得太緊，袋口濕了水，惶亂中是很不容易將它鬆開的。現在，為了不驚動附近的人家，他一邊大聲學著惡犬的吠叫，一邊猛力用手去搓動著套在，狗熊頭上的布袋。

狗熊發狂地掙扎著，慘叫著……

「不許叫！」約希用指尖頂了頂他的肚子，威脅道：「再叫我就捅你！」

果然，狗熊噤聲不響了，約希聽見他抑制的沉重的呼吸。

「千萬別張開眼睛，難過一點，死不了的！」

狗熊幾乎嗚咽起來。

「你現在知道我是誰了？」約希說。

他含糊地應著，點著頭。

「從明天起，」約希繼續說：「我不許你再跟童懷仁混在一起，否則——我怎麼對付你，你去猜好了！」

把話說完，華約希輕輕鬆鬆地吹著剛才狗熊吹的那支曲子，走了。他想像得到，布袋裏面的那小罐紅色的快乾油漆和那些強力膠會造成一種什麼樣的喜劇效果；用水洗是洗不掉的，等到他們找到了汽油之類的揮發劑時，恐怕狗熊那把頭髮要變成乾硬的油漆刷了。想到這裏，約希有點後悔，他認為他應該再加一罐藍色或者綠色的油漆，那樣會更有趣一點。

果然如他所料，第二天在約定的時間他在淡水河邊再見到小丁時，這小傢伙高興得就像這個惡作劇是他幹出來的一樣。

「大哥你真行！」他得意地說：「他非但剃光了頭，連眉毛都剃掉啦！」

「眼睛沒問題吧？」

「眼睛？哦，紅紅的，像是哭過。大哥沒看見他的樣子，準把你笑死！」

約希沒有笑。

「他向你說了些什麼？」他問。

「他嚇死了，還勸我們快點躲起來呢。」

「現在，你相信我說的話了？」

小丁馬上換了一臉諂笑。

「我本來就相信嘛！」他說：「而且，膿泡他們三個，剛剛上車，下臺中去避風頭去了！」

「童懷仁知不知道？」

「當然不知道！要讓他知道他們就不會開溜了！」

華約希開始沉默下來。他凝望著對岸，心中感覺到的，不是勝利的喜悅，而是一種愈來愈濃的愁緒。石灘上那具輾石機沉重而單調的響聲使他煩躁起來，他撿起一塊石頭，用力向河心拋去。

小丁困惑地望著他，不敢響。

約希又彎身去撿起一塊石頭，在手上把玩著。忽然，他扭轉頭去向小丁沉鬱地說：

「沒事兒了，你回去吧！」

小丁仍然站著不動。

約希眉頭一皺，惡聲惡氣地吼起來：

「你還站在這兒幹什麼！」

小丁畏怯地退後一步，訥訥地說：

「大哥不要去找童懷仁嗎？」

華約希苦澀地笑了笑。

「你不會相信的，」他帶點自嘲的口吻說：「我想放過他！」

「大哥的意思是……」

「我不想去找他了。」

「為什麼？」

「你說他能打得贏我嗎？」

小丁接不下去了。他簡直沒法子理解這句話的意思。華約希的作風有點怪，這是從在高雄那一天就領教過的；只要看狗熊那副慘兮兮的狼狽樣子，他就想像得到，童懷仁這位老大絕不是叫他一聲爺爺就脫得了身的，而現在——在他佔盡上風的時候，他沒有任何理由罷手的。

不過，小丁確信約希不是在玩貓耍耗子的遊戲。

「我真的不懂！」他笑著聳聳肩膀，有點失望似的。「——真的不懂！」

華約希變得快活起來。

「有什麼懂不懂，」他說：「他根本就不是我的對手！這種架，打贏了我也難過。」

小丁擺了擺手，笑笑。

「我不扁他，你難過個什麼勁兒？」約希說：「到底他還是你的老大呀！」

「大哥你不會知道的！」他吁了口氣。

「不要告訴我！」約希馬上聲明：他說他不想知道——因為他已經感覺出來，這傢伙大哥長大哥短，遲早會跟定了他。

小丁的心裏正是這樣想。他認為，只要童懷仁這檔子事兒擺平了，他再找個機會向這位「老大」開口，雖然他還弄不清楚華約希的底細，但從他的獨來獨往，那股粗獷的野氣，與眾不同的怪異作風看來，絕對不會是個安安分分的好孩子，既然也是在外頭玩的，當然會需要朋友——尤其是需要像他丁嘉康這樣忠誠、熱心、反應快，而且永遠任勞任怨的朋友。

而華約希的手已經舉起來了。

「我走了。」他說：「我去中和鄉看個朋友！」

「大哥！」

「好了，再見！」

「大哥！」

華約希只好回轉身。

丁嘉康猶豫一下，才說：

「我想問你一件事？」

「快說！」他不耐煩起來。

「是不是因為娃娃離開了小童，你才改變主意的？」

華約希沒有想過這個問題也不願去想它。葉婷愛跟誰，那是她自己的事。他們之間，什麼事情都沒有——接吻算得了什麼？現在他已經和他的三舅舅一樣壞了；將來當然更壞，唐琪對這一方面很有經驗，她會教他，他喜歡這種事。現在，他就最打算馬上過川端橋，到唐琪家去。

「隨便你怎麼想都可以，」他愉快地說：「記得去告訴你們老大，碰見我的時候，隨他高興，不一定要叫我爺爺的！再見。」

約希趕到唐琪家。

他熟練地伸手進竹籬去拉開園子的門栓，小淘氣叫著奔出來，繞在他的腳邊吠叫，跟著有人從屋子裏出來了，不是唐琪，是唐太太。

華約希到唐家來過幾次，還住過兩晚，但始終沒見過這位女主人。現在他這樣闖進來，不免有點尷尬。

「是唐伯母？」他禮貌地向這位看起來只有三十多歲的母親招呼著：「我來找唐小姐的！」

「你就是華約希了？」唐太太笑著問，露出一排整齊而潔白的牙齒。那一口國語非常悅耳，略微低沉，但有一股說不出的親切。

「是的。」

唐太太告訴約希，唐琪今天一早就出去，沒有回來過。本來這並不是什麼值得大驚小怪的事，做母親的三幾天沒見到過女兒，也是司空見慣的；只是這一次有一點不一樣，有好幾天，唐琪連大門也沒邁出去過一步，整天無精打采的，連電話也不願意接。起先還以為她病了，但不是。所以現在她熱心地要約希到屋子裏去坐。

約希不好意思拒絕，同時也渴望著能見到唐琪。他一坐下，唐太太便一邊將手上的一隻精緻的鍍金煙盒伸向約希，一邊說：

「我還以為她跟你在一道呢！」

「我有好幾天沒見到過她了。」約希回答。

「不抽支煙？」

華約希搖搖頭。

「不想抽還是根本不抽？」

「我不會。」他本來想說他怕聞煙味的，但沒說出口。

唐太太用一種很動人的姿態點燃了煙，吸了一口，半瞇著她那雙長長的眼睛望著約希。

「看不出你是不抽煙的。」她讚賞地說。

華約希心裏在嘀咕，為什麼每個人都以為他那麼壞？他想：接下去，她一定會說抽煙並不好，那是個壞習慣。他發現，唐琪抽香煙的樣子，就像她的母親。

唐太太笑了。

「難怪她整個人變了！」

「伯母說什麼？」

「我說貝蒂。」

「哦，貝蒂！」約希記起來了，唐琪不喜歡他叫她小五。

停了停，唐太太又問：

「你真的在唸臺大？她告訴過我你唸臺大。」

「快唸不成了！」約希想：怪不得班上一個個都戴近視眼鏡，滿臉營養不良的樣子。

「為什麼？」

「我犯過案子。」

「真的？你做了什麼？」

「我打傷一個三輪車伕，和一個警察。」

「啊……」

華約希裝出一副滿不在乎的樣子。

「學校記了我兩個大過，」他說：「最近，我又經常缺課——遲早會把我開除的！」

「我真的有點不相信！」

「伯母，我沒騙妳！我騙妳做什麼？」

唐太太開始有點嚴肅起來了。她仍然注視著華約希，以一種試探的口吻問：

「你不是也在外頭，跟那些……」

他想了想，終於搖搖頭。

「差一點！」他真誠她說：「我到底不是耍太保的材料，伯母以為我是個小太保嗎？」

唐太太笑起來。

「你呀，在沒見到你之前，我就聽了不少了——對了，貝蒂她們叫她老么的那個小不點兒，叫葉什麼來著？」

「葉婷。」

「對了，是叫葉婷，」她問：「不是說，你本來是她的男朋友的嗎？」

「現在還是呀！」

「你們還在一起？」

「哦，伯母指的是這個！」約希笑笑，說：「我跟她沒什麼，唐琪知道的。」

「嗯，她告訴過我，你知道嗎？她很喜歡你！」

「那小不點兒？」

「我說唐琪！」

約希不響。他知道，剛才那些話，只是前奏，正題馬上就要來了。從在院子外面那句「你就是華約希了」，他就算準唐琪一定在她母親的面前說了些什麼？不然，她怎麼會知道他唸臺大，還問什麼小不點兒？果然不出所料，唐太太將煙蒂撳熄，然後緩緩地說：

「你跟唐琪的事，她統統告訴過我！」

華約希不自覺的臉紅起來。

「用不著難為情，」唐太太慰解的笑笑。「我很開通的——有一個成天在外頭野的女兒，也不讓你不開通呀！」

「……」

「你大概也知道，她喜歡交朋友。從小就這樣！開了頭，要管也管不住了。」

華約希避開她的目光，低下頭來。

「好在她沒什麼心眼兒，」她繼續說：「直腸直肚的，好就好，散就散！她從來就沒向心裏頭擱過！」

沉默片刻，華約希忍不住抬起眼來，發現這位姆親目光灼灼地盯住他。他有點尷尬。她沉重的吁了口氣，接著感傷的說：

「她在外頭的事，我不是不知道。一來是這幾年，我有點煩人的家務事兒，照顧她不到；再說，半大不小的了，對她還能怎樣！」頓了頓，她湊近約希。「最近，我發現她有點變……」

華約希當然也感覺到的。但是，他認為現在不是他表達意見的時候，他等待事情發展下去。

「你不覺得嗎？」唐太太忽然問。

「有一點。」他低聲回答。

「不滿你說，她這樣，我心裏頭應該高興才對——可是我又擔心！」

「……」華約希說：「伯母是擔心我，怕我不是真的喜歡她？」

唐太太的臉上掠過一層寬慰。

「你說呢？」

「我真的喜歡她！」約希不假思索的回答。

「我看得出來！」唐太太說：「貝蒂告訴過我，說你這個人是不拐彎兒的，我相信。所以我才說，我有點擔心！」

華約希愈加困惑起來，他不響。

「你一定覺得奇怪，是不是？」

「嗯！」

「道理很簡單，因為我是她的母親——知女莫若母，我了解她！」

「……」

「你認識她不久，不會知道！在任何一方面，她都是走極端的——跟我一模一樣！」

約希仍然不響。唐太太本來想將自己跟唐代表所發生的「家務事」來引證；但，她覺得這個故事千頭萬緒，不知該從何說起？而且這幾年來，她已經學會了如何去逃避現實：感情、債務、愛、恨，以及責任。發現這個年輕人正以一種關切的目光注視著自己，她驟然感到一陣慌亂。

「我不是一個好母親！」她愧疚地說：「我不希望貝蒂走到我的那條路上去！」

華約希開始對她這番曖昧的話感到不耐了，他望望門口，正想找假什麼藉口告辭的時候，唐太太也覺察到了，於是，她懇切地要求道：

「你不要走！」

華約希無可奈何的搓著手，強笑著，表示自己並沒有要走的意思。

「我坦白告訴你吧！」唐太太急急地用抑悒的語調說：「我有一個預感！這一次，貝蒂如果不能嫁給你……」

「嫁給我？」他叫起來。

「我知道那是不可能的！」

華約希陷入極度的混亂中。結婚？唐琪要嫁給他？實在太可怕了。他記得唐琪那天曾經說過，她只希望將來能夠做他的情婦，即使那樣說了，那也是說著玩兒的。甚至葉婷，他也從來沒想過要娶她！

「伯母……」他困難地想說什麼。

唐太太笑了，那是一個慘淡的笑。

「——你不用緊張！」她說：「不可能的！你們的年紀太年輕了！要是結了，你們要熬多少年，才熬得到老啊！」

老天！華約希絕望地在心裏喊道：「她究竟希望我怎麼樣啊？」為了要追索這個還沒有完全明朗的問題，他索性反過來向這位煩惱的母親問道：

「剛才伯母的話還沒說完呢！」

「我說什麼？」

「伯母說：這一次如果唐琪不能嫁給我……」

「哦……」她憂怯地說：「是的，我是說，萬一你們分開了，我怕她會做出傷害你，同時也傷害她自己的事！」

「伯母為什麼會這樣想呢？」

「我說過，這是我的預感！」

約希露出一點笑意，真摯地說：

「事情也許恰好相反！誰知道？」

唐太太被約希的情緒所感染，開始有點兒樂觀起來。

「約希！」她懇切的喊道。

約希應著，同時想將唐琪曾經很認真的向他說過的話告訴她——他仍然記得很清楚，甚至她說那些話時的神態，都顯得十分真誠而愉悅。她不是說過：她知道自己並不是一個安安分分做人家妻子的女人，甚至即使將來他結了婚，也希望能夠做他的情婦嗎？但，約希不願說出來，他認為那是一件很不道德的事。

「我要求你一件事？」唐太太接著說。

「您說。」

「不管將來你跟貝蒂發生了什麼事，」她說：「我希望你能夠讓我知道。」

「我答應！」約希誠摯地補充道：「唐琪她也這樣要求過我——我跟她一起，沒有條件，一切坦白。」

談話就這樣結束了。

但很夜很夜，唐琪仍然沒有回家。

第二十三章

第三天，華約希才開始相信，唐琪是故意要躲避他了。為什麼呢？他把每一種可能發生的情況都想到了，但仍然找不到較為合理的答案。這件事，使他由困惑而恚忿不安，終於變得近乎瘋狂起來。他深深的體驗到：情慾——這可怕的魔鬼，正以一種頑強的，曖昧的，無以名之的力量在折磨著他。他感到驚駭，因為它並不單純是身體官能上的感覺；它使一切都變得混淆不清，而又使他非常敏銳而清晰的感受到心靈上的震撼。

那晚上，他又在竹林路唐琪家的門外等到午夜，再回到住所的時候，蔡文輝竟然還沒睡，看他的樣子似乎是有意等候他回來。

華約希疲乏得連招呼都懶得打，他瞟了小佃農一眼，用腳去踢開自己那堆胡亂捲在牆角的被褥，和衣躺了下來，雙手反枕在腦後。

踟躕了一下，蔡文輝問：

「要熄燈嗎？」

華約希索性坐起床，靠在板牆上。

「說吧，有話就說吧！」

小佃農盤膝坐著，一反常態地定定的注視著這隻被困在玻璃缸裏的大黃蜂；往常，當約希擺出這副不耐煩的神態時，他總是有意規避的。

「其實，我早就想找個機會跟你談談了！」蔡文輝用懇切的聲音說。

「關於唐琪？」

「……」他想了想。「當然是她——以前你跟那位葉小姐要好的時候，你不像現在這樣！」

「我現在又怎麼樣啦？」

「你看不見自己。」

「好，你看見了——你說呀！」

「你最近變得好厲害。」

「你們怎麼老是這一套，說點特別一點的好不好！」華約希遷怒地嚷起來：「他媽的哪一個在談戀愛的時候不變——就是不談戀愛的時候也在變呀！喏，」他兇巴巴地指著蔡文輝，「現在你就在變，你就比你上一秒鐘老了一秒鐘！你豬不豬到！」

蔡文輝了解華約希的每一種缺點，現在這一種就是他最常犯的。碰到這個時候，最有效的辦法，就是衝著他笑。果然不出所料，他發洩夠了，又軟弱下來。

「叫下去呀！」小佃農笑著挑釁。

「土豆兒！你究竟有沒有同情心啊！」約希痛苦地仰起頭，靠在板牆上。「我好煩！從來沒有這樣煩過！」

蔡文輝收斂了笑容，問道：

「你說你在戀愛？」

約希閉著眼睛，點點頭。

「真真正正的戀愛？」

他馬上睜開眼，帶點惱怒的反問：

「怎麼樣才算是——真真正正的！」他強調真真正正這四個字。

「我不知道！我沒有真真正正的戀愛過。」蔡文輝不甘示弱地繼續說：「所以我才問你——是不是真的！」

華約希沉吟片刻，淡淡地說：

「也許是真的！」

「也許？」蔡文輝笑笑：「你也沒有把握。」

「大概就是這樣吧！以前我從來沒有這樣心煩過！」

「那你以前說你愛葉婷，根本就是假的！」蔡文輝解釋：「你那天晚上趕她走，我看你還高興得很呢。」

「……」

「你忘了？」

華約希的眉頭又皺起來了。他望著現在放置矮几的地方，那天晚上葉婷就是那樣可愛的跪在他面前的蓆地上，甜蜜地望著他笑——他忽然聯想到那個叫做若尾文子的日本純情派少女明星在一部他忘了片名的電影中哪個場面，她跪在蓆地上，背對著她那年輕的丈夫。在新婚之夜……

他驟然感到燃燒起來。

「約希！」

「嗯……」他吁了口氣。

蔡文輝遲疑一下，沉肅地說：

「我是局外人，我看得比你清楚——你真正愛的，是葉婷，不是唐琪。」

約希震顫了一下。這正是他內心中極力要逃避的一個事實，現在被他戳破了。但，他仍然拒絕承認。

「你根本就不清楚葉婷和我的事！」他說。

「但是我很清楚你跟唐琪的事。」蔡文輝解釋：「你喜歡她，只是因為她有些地方像葉婷！而且，我知道你對膽子大的女孩子都有興趣的！」

約希笑了。他心裏想，圖書館裏的那個女孩子就膽小如鼠，當她接觸到他的目光時，就會嚇一大跳的。不過，這土豆兒沒說錯，唐琪的確在某些地方——那點野性，和那點邪惡的氣質——和葉婷有點相似，還有，就是那線條美好，成熟，充滿野性和熱力的胴體。

「我有沒有說錯？」小佃農問。

「對，對！」約希不耐煩地說：「少說廢話，乾脆點——結論是什麼？」

「你問我？」

「是你找我談的呀！」

「我已經聲明過了，我只是局外人！」

「少囉嗦，如果你是我，你要怎麼辦？」

「我呀？」蔡文輝不自然地用指頭推了推眼鏡，認真地說：「現在我兩個都不要，等到畢業了以後再說。」

「我跟你說真的！」約希嚷起來。

「我也沒開玩笑呀！」

華約希想發作，但看見蔡文輝像自己一樣認真，於是抑制著，生硬地說：

「愛說不說！隨你的便！」說著，他又躺了下來。

小佃農顯然有點沉不住了，他歪著嘴唇，用一種痛惡而輕蔑的眼色睃著約希。

「難道你正在做什麼，你自己一點都沒有知道？」他低聲問。

約希不去理會他。

沉默半晌，蔡文輝終於忿懣地夾雜著臺灣話大聲詛咒起來。

「好！好！那是你自己的事，和我有屁相干！」他說：「你去混太保，打架，搞女人去好了——我明天就搬走！」

華約希真想馬上起來幫他收拾行李。最近他對這句話已經聽厭了。他知道，主要的原因，是為了唐琪。蔡文輝對唐琪的印象不佳，一開始他就對她有成見；任何一個在婚前肯跟男人睡覺的女孩子，蔡文輝都對她有成見。當約希從高雄回來，在小樓上養傷這段期間，他總是盡可能的留在外頭，很夜才回來；他避免碰見唐琪，從來沒有主動的跟唐琪說過話。他無法忍受唐琪當著他的面跟約希親熱的樣子。

有一天，約希曾經這樣問他：

「你不喜歡唐琪？」

他想了想，老老實實的回答：

「不喜歡！」

「因為她是小太妹？」

「因為她太隨便！」

「呃，是有一點——不過……」

「你不用向我解釋！反正就是那麼一回事！男人只要跟女人發生了關係，就會糊裏糊塗！」

「那是你的想法！」約希說：「你連女人都沒摸過呢，你怎麼會知道？」

「我有眼睛，有頭腦。」

「那你是說，我沒有了？」

「有！但是你沒有用過！」蔡文輝一本正經地問：「摸著良心講，你用過沒有？」

約希又沉默下來。

事實上，並非由於蔡文輝這一番話使華約希用心的思索這個問題，他是個習慣於不斷的檢討自己的人。今天一大早，他就曾經到過母親的墓地去小坐；每當他感到寂寞或者困擾時，他便會到那兒去，凝望著那塊深褐色的堅硬而冰冷的花崗石墓碑，用心靈向母親傾訴，這已經成為他的一種習慣。他要向母親解釋，他跟唐琪「突然之間」發生的感情——他堅信「愛」，應該跟「情慾」毫無瓜葛的，不是孿生，也不是一體兩面。愛，應該完完全全是屬於心靈的——像他對圖書館那個臉色蒼白的女孩子所產生的那種情愫，才配稱為愛情。

那麼葉婷呢——啊，葉婷！

「也應該是吧？」他問母親。

母親沒有回答。

「應該是！」他肯定地說。

他知道母親一定問起唐琪的，於是他帶著一種慚愧而靦腆的心情向母親坦述一切。他目前所感到困惑的是：如果說他對唐琪的感情，是由於他跟她發生過肉體關係之後才產生的，以他的邏輯，那應該是情慾上的愛

——也就是說：不是純粹的愛。但，為什麼在感受上，要比他以往曾經感受過的更為強烈，迷惘，不克自持？他記得，當他在圖書館等不到那個女孩子，當他思念葉婷，或者恨葉婷，他一點也不感覺到激動，他只被一層秘密的，淡淡的憂愁包裹著，痛苦中流瀉出一種使他沉醉的甜蜜……

那麼，是由於肉慾！

華約希馬上否定這種想法，他覺得這不僅是對唐琪的侮辱——母親說過，她嫁給父親之前，只見過一次面，她婚後兩個月，還不敢望著父親說話哩。

那麼，這就是一種道德上的……啊，天！華約希就是害怕聽到和想到「道德」這兩個字？他始終覺得自己的所作所為，即便不在相反的一面，至少，也不應該被列入道德的這一面。因此，他急於要找到唐琪，可以說純粹是為了要弄清楚這一點，只是他不相信蔡文輝能接受他這種解釋而已。

「約希。」蔡文輝摯切地喊道。

華約希回過頭來，小佃農仍保持著原先的那種意態，好像非要把這件事情跟他來個了斷不可似的。

「我替你想過了！」

華約希默默的望著他。

「這件事情你越快解決越好。」蔡文輝說：「再這樣下去，會更加混亂，更加複雜，現在的問題，關鍵不在唐琪，也不在葉婷——在你自己！」

華約希冷冷地笑了，說：

「你是叫我懸崖勒馬？」

「來不及了！而且，你也不是那種人！」蔡文輝調侃道：「你啊，就是存心跳海自殺，也要表演一個跳水花式才肯去死的！」

「你把我形容得多可愛！」

蔡文輝恨透了約希這種遊戲人生的態度。

「真可愛嗬？」他裝出一個怪笑，隨即又將臉拉下來，莊重地說：「等到有一天，你想甩又甩不掉的時候，你就可憐了。」

「甩掉唐琪？」

「還有誰？」

「不可能的！」約希很有把握地說：「而且，你根本不了解她，她不是你想像中的哪一種女孩子。」

「不管她是哪一種的，」蔡文輝有條有理地解釋：「我只知道女人有兩種：一種是會生小孩子的，一種不會。」

現在，華約希知道蔡文輝所憂慮的是什麼了。的確，他壓根兒忽略了這個問題。

「當然，」蔡文輝用帶點同情的口吻接著說：「希望唐琪是不會生小孩的那一種！」

華約希沉默半晌，自語道：

「大概不會吧！」

「大概？哈！」蔡文輝活潑起來，他比著手勢，強調他話中包含的某一種心照不宣的意義。「我早就跟你計算過了？你現在最好就開始留鬍子，要不然明年三四月你抱兒子的時候，人家還以為是你的弟弟呢！」

約希定定的望著說話的人，眼睛裏面是空空洞洞的。

「也許是妹妹，」土豆兒故意說：「大家都說，頭一胎生女兒比較有好！」

「不可能的！」約希聽到自己的聲音。

「理由？」

「……」約希沮喪地回答自己：「我才跟她，發生過兩次……」

「半次就夠啦！老兄呀！」

約希在想，明天一早要去重慶南路的書店裏，找一本生育指南之類的書翻翻看，他後悔那天沒把一篇什麼安全期的文章讀完。想到既然有所謂安全期，他又認為事情還不至於那麼絕望，結婚好多年生不出孩子的，多得很哪！

而且——約希忽然想到……

「你千萬別動歪主意，」蔡文輝似乎已經窺透了他的心理似的，警告道：「我的一位表姐，就是打胎打死的，報上也時常登這些新聞呀！」

約希仍然不願向壞的一方面想。

「你真是個悲觀主義者！」他笑著說。

「對！我不願意拿我一生的幸福去冒這個險！」

「這就是世界末日了嗎？」約希不以為然地嚷起來。

蔡文輝苦澀地笑笑。

「就算她有了孩子，」約希大聲說：「好，不打胎，我跟她結婚好了，又怎麼樣？」

「你說得很輕鬆。」

「結婚有什麼好緊張的？」

「問題不在結婚呀！」

約希不響，望著對方。

「結了婚，不好，可以離婚！但是孩子，是一輩子的事！男的也好，女的也好，他永遠是你的——你有沒有這樣想過？」

現在，華約希說不出話了。剛才他所想到的，是唐琪的母親說過的那句話：「你們要熬多少年才熬得到老啊！」而蔡文輝對這件事情的看法，卻更深更遠一點。因此，他開始感到事態嚴重起來。

蔡文輝看見華約希這副沮喪的樣子，認為自己的目的已經達到了，於是變換一種勸慰的口吻說：

「我剛才說的，是壞的一面，你仍然有一半的機會的。像你說的，不會那麼巧吧！」

華約希想：如果真的那麼巧，他二十一歲做父親，如果是個兒子，而又像他一樣荒唐的話，那麼他四十出頭就做祖父了。天！那跟學校話劇社前不久演出那齣話劇中飾演祖父的傢伙有什麼分別：額上畫著一道一道皺紋，頭髮用白水粉塗的，最滑稽的是那道黏上去的假鬍子，十足一個小丑。

他滲澹地笑笑，輕喟著說：

「我一直以為自己將來會是個獨身主義者呢！」

蔡文輝一怔，望著他。

「你想怎麼樣？」

「如果真的有了，」約希正色地說：「我當然要娶她，我總不能逃避這個責任吧？」

「啊……」

華約希由於下了決心，心情驟然也變得開朗起來，他半認真地向仍在發楞的小佃農說：

「好啦！現在剩下來的，就是你說的——愛不愛的問題了！」

蔡文輝苦惱地嘆了口氣。

「這樣子，愛，跟不愛，又有什麼分別！」

「他媽的完全正確！」

頓了頓，蔡文輝虔誠地說：「約希！」

華約希輕鬆得就像女朋友剛答應他求婚那樣。

「西米代志？」

「我要向你聲明，」蔡文輝解釋：「我絕對不是對唐琪有成見！」

「我知道，」約希搶著回答：「你不要解釋，你只是老古板一點就是了！」

「你先聽我講——我原來的意思，是怕你這樣亂搞下去，會搞出麻煩；唐琪肚子裏有了孩子，那只是一個假定的情況，她究竟有沒有，還不知道呢！」

「唔……」

「所以現在就是你要拿定主意的時候了！」蔡文輝問：「如果還沒有，你會怎麼樣？」他停了停，接著說：「繼續玩下去，玩到有孩子了，結婚。還是——」

「我不會離開她的！」約希截住他的話。

「因為你們有了那種關係？」

「……」約希無意識地擺擺手，「不一定——也可以這樣說吧！」

「你決定了？」

「什麼意思？」

蔡文輝沉肅地把雙手交抱起來，注視著約希。

「不要說我不夠朋友，我該說的話都說完了！」他說：「現在我要告訴你關於唐琪的事。」

華約希震顫了一下，急問：

「她怎麼啦？」

「她中午的時候來過。」

華約希這才發現，本來掛在牆上的一隻拖著鬚鬚的反皮揹袋不見了，那是唐琪留在哪兒的，還有一件繡有印弟安圖案的花毛衣。

「她說了什麼？」他低促地問。

「什麼都沒說，只留下一封信。」

「信呢？」

「你急什麼！」蔡文輝慢吞吞地摸摸口袋，將一只對摺的白色西式信封掏出來遞給約希，一邊說：「還有事情呢！剛才啊，有兩個警察來找你！」

「找我？」

「他們是說找華約希嘛！不是抓人，是問話！」

華約希激動的跳起來。

「你他媽的真沉得住氣呀！」他大聲詛咒道：「究竟出了什麼事？你說啊！」

蔡文輝的聲音依然那麼平靜，但態度是嚴肅的。

「唐琪動刀子，」他說：「殺了一個人。」

「她殺了人？」

「他們說是一個姓什麼——姓童的，是個太保。」

「在哪個分局？」

「你要幹什麼？」

「去呀！」約希吼起來：「——哪裏？」

「你發什麼神經，現在幾點鐘了？」

華約希望望錶，頹然再坐下來。

「有沒有說那個人死了？」他低著頭，痦弱地問。輕輕的翻開手上那摺著的信封——信封上只有「留給華約希」這幾個潦草的鉛筆字。

「不嚴重，只是輕傷。」

約希鬆弛下來，看信。信上寫著：「約希，我們約定好的，什麼都要坦白。我想過了，你心裏只有葉婷，不是我。童懷仁的事，我自己去解決，與你無關。以後不要再來找我。唐琪（我應該寫小五才對）」

「她寫些什麼？」蔡文輝關切地問。

約希不願意回答。

第二十四章

第二天一大早，華約希單獨到大安分局去。案情似乎昨晚已經調查清楚了，那位滿臉倦容的刑警只輕描淡寫的問了他一些問題，並沒有作筆錄。

「你可以回去了。」最後那刑警說。

約希困惑地望著他。他認為應該辦個交保手續什麼的，因為對方曾問起過他是不是跟童懷仁有過什麼過節，他也坦白承認了，但他照實說他以後始終沒見過童懷仁。

刑警大概明白了他的想法，於是說：

「如果有需要，少年組會來找你的。」

「我想見見唐琪。」他問：「她是不是關在這裏？」

「你真的不怕麻煩啊！」

「我只想見見她。」

刑警不快活地瞪著他。

「我忘了問你，」刑警生硬地問：「你跟她有什麼關係？」

「好朋友，」約希老老實實地回答：「你說她是我的愛人也可以。」

刑警皺了皺眉頭，像是忽略了些什麼似的，他重新將本來擱在桌邊的卷宗再翻開來。

「哦……」他翻起眼睛瞟約希，冷冷地問：「昨晚七點到八點，你在哪裏？」

「在唐琪家的門口。」約希坦率地說。

「誰可以替你證明？」

「……」約希感到一陣心跳，說：「沒有！但是我的確在哪裏等她，這幾天我都在哪裏。」

「這幾天？」

「嗯。」約希驟然想起來：「對了，我在她家前面一點那家小店喝過好多次汽水，他們應孩會記得的。」

「我問的是昨晚。」

「昨晚沒有，我回家的時候已經快一點了。」

刑警想了想，用力闔起卷宗。

「我問你，」他嚴厲地說：「你一定要進去見見她？還是現在就乖乖的回家去？」

華約希遲疑一下，懇求道：

「請您讓我見見她吧！我只要告訴她一句話。」

「什麼話那麼重要？」

「我要讓她知道，」約希虔誠的說：「我是真真正正的喜歡她的！」

這位昨晚被童將軍和唐代表兩家人糾纏了一夜，弄得疲憊不堪的老刑警抑制不住的向他咆哮起來：

「滾吧滾吧！誰他媽的有功夫去管你們那檔子事兒！」他揮動著手指：「我們在你們這種年紀啊！你知道嗎？吃十二兩糙米，穿草鞋，出生入死——滾滾滾，把老子惹惱了，連你都一起關起來！」

華約希被趕出分局，正在考慮是否在門口等下去或者去少年組探聽探聽的時候，唐太太和那位滿臉威嚴的唐代表匆匆的趕來了。一下車，唐太太便發現了華約希。

「伯母！」約希向唐代表也點點頭。

「你跑來幹什麼？」唐太太將約希拉到一邊，緊緊張張的叮嚀道：「快回去！你出面會把事情弄亂的！」

「為什麼？」

「你聽伯母的，快走！」

「我想見見唐琪，」約希說：「昨天她給我留了封信……」

「我知道！快走，有話晚上到家裏來好了！」

這件事情的發展，竟出人意料之外，唐代表這方面，當然利用種種人事關係，最後甚至連「被害人」的母親童夫人都代為說項了，但這位嚴厲的童將軍卻反對把事情「大事化小」，他堅持要切切實實的依法嚴辦。他的目的，非但不是要袒護自己的寶貝兒子，反而要求少年組等童懷仁腕上的刀傷痊癒之後，送他進生教所代為管教，同時希望警方藉此機會，整肅一下其他的不良少年組織。結果，報紙的社會新聞整版整版的為之大事宣揚，使這件偶發事件演變成一次大規模的掃蕩行動。

而在偵詢期間，唐琪坦然的承擔了一切責任，非但絕口不提華約希和葉婷的名字，甚至連這個所謂「蝴蝶幫」的幾個餘黨，都含糊過去，把事情的起因推在自己與童懷仁的感情糾紛上。其間只有一家渲染社會新聞著稱的週刊，在這期的「專輯」中拉扯上了「華××」和「葉×」，篇幅雖然不大，但亦相當引人注目。

「絕對是他！」晚餐的時候，華家大少爺只略微讀了幾行，就肯定的說：「臺北還有幾家姓華的！」雜誌是約姿帶回來的。現在，她瞟了大姐一眼，因為約雯曾經阻止過她，不要讓父親知道。

約雯清了清喉嚨，裝作並不十分熱心地說：

「那倒不一定！這些雜誌，都是唯恐天下不亂的！前兩個月我也看到過一篇寫一個也是姓華的。」

華約謀機警地停下筷子。

「我還以為寫時是你呢！」約雯有意味地笑著說。

「上面寫些什麼呀？」

「說這位華叉叉給一個交際花敲了一記竹槓！」約雯說：「我就不相信他會那麼大方——二十萬呀！」她望著約謀。「你說你敢不敢相信這些雜誌寫的？」

父親說話了。

約謀冷冷一笑，他已經覺察到坐在他旁邊的程曼君那種炙人的目光正停留在他的臉上。

「我就說是五哥！」約姿忽然叫起來，她指著手上的雜誌。「喏，葉叉就是小十三點葉婷嘛！」

「吃飯的時候就吃飯！」

大家沉默下來。

老處女總算放了心。

等到離開飯桌，她正想拿走那本薄薄的內幕新聞雜誌時，父親對她說：

「雜誌給我，我看看。等一下妳到書房來一下。」

上了樓，約雯悻悻地呵責約姿：

「現在妳高興了？」

「又不是我拿下樓的！」約姿申辯道：「不信妳問大嫂，看是誰拿的！」

程曼君跟華約謀之間的情況，早已進入水火不容的地步。大少奶奶抓住了丈夫不敢讓老太爺知道這個弱點，可以說早已明目張膽的在外面跟朱青往來；她自己也不再過問約謀跟王美寶的事。維繫著婚姻的最主要的力量，不是為了家琨、家瑜和家庭的面子，而是一項跟他們有切身關係的利益——華家的財產。他們的「床邊協定」是：只要程曼君不讓老太爺知道真相，她便可以獲得在約謀名下的百分之三十五的利益。因此，對大少奶奶來說，她所耐心等待的，只是華之藩先生早日歸天而已。除此之外，她不遺餘力的折磨和刺激華約謀，打擊他的自尊心，同時不斷的向他做金錢上的需索。

現在，聽到約姿的尖嗓子在叫，大嫂索性走出來了。

「是我拿下去的！」她拖著軟軟的腔調說。

老處女極力抑制著自己。

「現在不要冤枉我了吧！」約姿理直氣壯起來。

「……」約雯有含意地說：「妳就不應該把雜誌帶回來——妳安什麼心，我會不知道！」

「呃——大小姐！妳這樣說，不是就等於……」

「本來就是這樣嘛，」約雯截住大嫂的話：「這個家呀，我清楚得很。我真懶得說了！」

「這是啥個意思？」程曼君不甘示弱地把嗓門略微提高：「儂格能講，啊是我要存心氣煞老太爺？」

華約謀在小客廳的門口出現了，他一臉嚴霜。

「妳說夠了吧！」他喝道。

程曼君斜睨了他一眼，索性在沙發上坐下來。

「大家講講清楚也好，」她說：「弗要老太爺有格啥事體，格筆賬全算拉我頭郎！」

華約謀正要發作，老黃走進來了。他向約雯說：

「大小姐，老太爺請妳下去！」

華約雯走出小客廳，在下樓的時候，跟在後面的老黃忽然低聲向她說：

「大小姐，我跟說你幾句話。」

約雯停下腳步。

「我看，妳還是想辦法，叫五少爺搬回家住吧！」

「我早就想過了，」約雯說：「不過，我又擔心這樣反而更糟！」

「為什麼？」

「現在他在外頭出個什麼事，連家裏都不知道呀！」

「唔，這也是。他有好一陣沒回來了吧？」

約雯這才想起，她上一次看見約希的時候，是五月底，現在都快放暑假了。樓上突然發出沉重的走動聲，她隨即吩咐老黃上去看看，自己懷著一種凝重的心情走進父親的書房裏。

華之藩先生拿下眼鏡，頓了頓，才向女兒開口。

「妳看是不是約希？」他問。

「……可能是。」她怯怯地回答。

父親平靜地點了點頭，又把那本雜誌拿起來。

「上面說的事，妳相不相信？」

約雯低下頭，訥訥地回答：

「老五是不太好，不過，我總覺得——爸有沒有覺得，他只是怪，還不至於……」

父親慈藹地微笑著。

「不至於那麼壞？」

「像上一次他打那個警察……」約雯想解釋。

「我知道，我還知道好多事！」

「啊……」

「他時常去看他姆媽。」

約雯帶點驚訝地抬頭望著父親。

「妳不相信？」華老太爺笑笑。「連妳大哥跟妳大嫂的事，也瞞不了我呢！」

「他們也只是鬧點小意見就是了。」

華之藩先生不表示什麼。頓了頓，他問：

「妳見過上面寫的那個姓唐的女孩子嗎？」

「不認識！」

「妳多久沒見約希了？」

「怕有一個月了吧，」約雯含糊地回答：「他大概回來過，也許碰巧我出去了——我早就不贊成讓他一個人住在外頭！」

關於這一點，華之藩先生看得並沒有約雯那麼嚴重。他從來沒有將約希在他內心深處不知道從什麼時候開始形成的一種信賴表示出來過，尤其是當他無意間發現，這個不馴的忤逆子竟然時常到他母親的墓地去留連之後，他對他產生了一種神秘的摯愛，他甚至願意替約希保持住這個秘密，不讓別人知道。

「爸！」約雯喊道。

「妳想叫他搬回來？」父親問。

「他肯才怪！我看除非是您吩咐老黃去告訴他！」

「現在不是時候！」

「為什麼？」

「不是快放暑假了嗎？他總要回來的。」父親說：「妳跟他最接近，應該知道他的毛病。」

「我現在就去看看他。」

約雯離開書房的時候，父親叮囑道：

「順便寫封信去臺南給三舅舅，請他抽個空來玩幾天。」

但，這天晚上，華約雯在小木樓等到很夜，約希還沒有回來。

蔡文輝儘管跟華約希同學幾年，還住在一起，但只跟華約雯見過四五次面；他即使在較為熟識的女孩子面前也表現得拘謹木訥的。因此，約雯問一句，他答半句，最後該問該答的都說完了，大家僵了半天，看見約雯在看錶，他終於說：

「華大姐，妳還是回去吧，他說不定——」

「他時常不回來睡的嗎？」她問。

「不是不是！」他急急地說：「他晚上都回來！這幾天嘛，大概是因為唐琪的那件事！」

「你剛才不是說，跟他沒關係的嗎？」

「是沒有關係！」他訥訥地解釋：「但是，約希總是覺得嘛，唐琪完全是因為——因為他嘛，才給送進土城生教所的！」

「那麼雜誌上寫的，是真的事情了！」

蔡文輝靦腆地摸摸眼鏡，答不上話。

「他要做什麼？」約雯追問。

「什麼都沒有做！他嗬，他只想看看她。」

「天天都去看她？」

「唐琪不肯見他嘛！」

「哦……」

「約希嗬，就是這樣樹心眼！他嗬，一定要見到她，沒有見到，他就漢瘋主一樣！」

這是真的，當接連三天，唐琪拒絕會見他之後，他簡直失去了理性。唐太太可能也是因為被他這種可怕的樣子嚇壞了，才答應他的要求，再陪著他到教導所去的。因為在這件案子判定之後，她曾經跟華約希作過一次懇切的談話，她企圖說服約希忘掉這件事。

「對你們，對我，這是一個最好的機會，」這位母親深摯地說：「兩年之後，誰知道會變成什麼樣兒呢……」

「我不會！」約希宣示。

唐太太露出痛惜的笑意。

「伯母不相信？」

「你，我相信！但是我不是相信你兩年之後不會變，而是相信你現在講的是真心話！」她補充道：「但是唐琪呢，就很難說了！她從小就是那樣，喜歡上什麼，就像著了迷，等到這股勁兒過去之後，就會忘得一乾二淨。你想，她跟你，不是說變就變了嗎？」

「她不是變。」

「是什麼？」

「這要怪我！」約希悔恨地說，情緒有點激動。「要是那天我不放過童懷仁，可能什麼事都沒有了！」

「那麼進去的，就是你了。」

「我寧願這樣！」

唐太太寬慰地笑了。

「別傻！」她說：「我相信命，什麼事都是早就安排得好好的。你們這樣結束，我倒覺得是件好事！你不知道，我一直在為你們擔心呢。」

沉默了一陣，約希自語道：

「至少，她也應該讓我見見面吧！」

唐琪堅決不願再見約希，這是從事情一發生唐太太就知道的。開始的時候，她還以為那是唐琪顧慮到約希，怕他被牽涉到案子裏面去。直至唐琪被送入教導所，她才發現事情並非如想像那麼單純，更不是可以在短時間或三言兩語可以讓她改變的。因此，在她的情緒還沒有完全穩定下來之前，唐太太自然沒有理由再去煩擾她。

但，這天她看見約希這種失魂落魄和痛苦的樣子，她心軟了。她幾乎開始懷疑自己以前對這整件事情的想法是一種錯誤。於是，她毫不猶豫的決心在下一個允許會見的日子和約希一起到生教所去。

這次，單子上填寫的會見人是「唐溥維君」。十分鐘之後，唐琪穿著一套顯得有點不大合身的藍色制服，走進這間寬敞的會見室。她一眼就看見華約希和母親站在一起，楞住了。

華約希深情地注視著她。

她轉身想走，但又停住。猶豫一下，終於再回身來，隔著桌子對著他們坐下。

「你們聊聊！」唐太太親切地說：「我先到外邊去。」

唐太太走出去了。他們仍然默默的對望著。約希發現唐琪的臉色有點蒼白，眼睛有點浮腫。他把剛才在車上事先想好的話全忘了。

「妳哭過！」他說。

她淒涼地笑笑，點點頭。

「我也哭過，」他又說：「我不敢哭出聲音，怕土豆兒笑我。記得土豆兒嗎？」

「當然記得！現在他不用在外頭熬夜了。」

「看樣子，這裏還不錯。」

「這就是我們的校服，好看嗎？」

「很好看！妳笑的時候才好看！」

「你好瘦！」

「是嗎？我睡不好，妳呢？」

「我不是告訴過你，我睡覺要脫光衣服的嗎？這裏不行！而且我還要多穿兩件才敢睡呢！」

「為什麼？」

「這裏的女孩子比男孩子都壞——我是最純潔的！」

「妳本來就是最純潔的。」

唐琪的眸子裏閃現出一層淚光，她咬咬嘴唇，突然向排窗那邊望。

「今天天氣好好！」她瘖啞地說。

「唐琪！」

「唐琪！」

她沒理會他，也沒有回過頭。

「……」她把臉轉過來了，強笑著。「你想知道我的課程表嗎？我將來畢業以後……」她頓住了，軟弱的懇求道：「不要這樣瞪著我。」

約希深情地注視著她，沒說話。他們又像剛才見面時那樣，默默的對望了一陣，當約希困難地吸一口氣的時候，唐琪急忙伸手去制止他。

「讓我先說！」她低喊道。

「會見的時間很短，不要扯別的，說些關於我們兩個人的事，好嗎？」

約希這種沉靜——像個成熟的中年男人的那種沉靜神態使唐琪驟然感到煩亂起來。她絞著手，一時不知該從何說起。

「我曾經發過誓，不要再見你的！」她掙扎道。

「為什麼要這樣對我？」

「答應我，不要問我理由！」她認真起來。「不然我馬上就進去！」

約希頓了頓，她已經決然地站起來。

「好吧，」他妥協地說：「妳說，我聽。」

唐琪重新坐下來，她的目光始終停留在約希的臉上，顯示出一種執拗而莊嚴的神態。

「約希，我要向你承認，開始的時候——記得在法院第一次看見你，我就告訴自己，我喜歡這個男孩子！你夠帥，夠野，有一股我說不出的勁兒！」

約希噘著嘴，不響。

「而且，葉婷把你形容得，比我認識過最壞的男孩子都壞！」她自嘲地笑笑，繼續坦率地說下去：「我不怕你壞，我自己也壞，這樣，我們在一起心裏不會有負擔，喜歡夠了，愛夠了，說聲拜拜，各走各的路，多灑脫！」她深重地吁了口氣。「結果，你根本就不是那樣，如果我早點知道，可能什麼事情都不會發生了！我就是怕再碰到像你這樣，把什麼事都看得那麼認真的男孩子！」

「妳說再碰到？」

「嗯，我以前碰到過！」

「多久以前？」

「啊，好久了——我十五歲，他十七歲。」

「後來呢？」

「我喜歡另外一個男朋友，他自殺死掉了！」

華約希不是被唐琪所說的這件事情駭住，而是被她說話時這副若無其事的神態，「現在你知道為什麼我母親對你那麼親切那麼體貼的原因了！」

「怎麼？」約希不以為然的嚷起來：「妳是說，她怕我會去死？」

「她怕你會做出比去死更糟糕的傻事！」

「什麼傻事？」

「你現在所做的，還不夠傻？」

華約希突然有被侮辱的感覺。他本來要想發作，但他馬上就從唐琪那雙詭譎而夾著些許愁意的眼睛中覺察到一種使他感動，使他抑制不住要想親吻她的慾望，隨之他否定掉她剛才所說的話，那個故事是她編出來的，目的，又是「回頭是岸」這一類老套罷了。唐太太那天晚上，不是告訴過他，她也發現唐琪在改變嗎？雖然他也相信，唐琪在開始的時候，只是好奇，習慣的要找點刺激，或者下意識的要在她們的「姐妹」面前炫耀她那一份野，那點不在乎，但，在他受傷之後，在小木樓那一段日子裏，她竟溫馴得像一隻小花貓，有時，約希會發覺她倚在矮窗邊，用心的看書——可能是土豆兒在巷尾租書店借回來的小說，她的神態是那麼沉靜，有時當她凝望對面那個孩子拿著一根竹子在屋頂嚧呼那群鴿子時，她的笑就像蒙娜麗莎（對的，就是蒙娜麗莎）那麼自然。她就是成天在街上遊蕩、野、亂搞性關係的小五嗎？那是思想上的一種褻瀆！

——葉婷！

為什麼會忘了葉婷？

華約希猛然醒悟過來，他帶點驚慌地楞視著安靜地坐在他對面的唐琪，心中驟然佈滿了犯罪感。啊，老天，那個小鬼丁嘉康那天要是不說葉婷已經跟童懷仁分開，他會放過童懷仁嗎？可能嗎？

「即使我不要童懷仁叫我爺爺，我也不應該忘了唐琪時！」他悔恨的責備自己：「唐琪可能說得對，我心裏只有葉婷！」

但是約希堅決的否認這一點：他很少很少想到過葉婷，甚至有點不敢去想她。

「唐琪，」他誠摯的說：「相信我！我是不應該放過童懷仁！但是絕不是為了葉婷，真的！」

唐琪笑了。

「我相信，」她說：「其實，我也並不完全是——哦，我們還提這些幹什麼！」她變換了另一種語氣，而且顯得異常莊重。「約希，答應我一件事。」

他沒有表示什麼。

「你應該去看看葉婷！」

「……」

「真的，她比我更需要你！」

「……」遲疑半晌，他問：「妳什麼時候看見過她？」

「你跟我母親見面的那一天。」

約希正想問下去，唐琪已經站了起來。

「我要進去『上課』了。」

「唐琪！」

「謝謝你來看我，再見！」

她匆匆的走出會見室。隔著右牆的排窗，約希看見唐琪在屋外的長廊停下來，她背身站著，前面一片空闊的場地襯托之下，使她的身影顯得更加孤獨；然後，她仰起頭，走出約希的視線之外。

潘壘全集01　PG1136

新銳文創
INDEPENDENT & UNIQUE

魔鬼樹（上）

作　　者　潘　壘
責任編輯　林泰宏
圖文排版　詹凱倫
封面設計　秦禎翊

出版策劃　新銳文創
發 行 人　宋政坤
法律顧問　毛國樑　律師
製作發行　秀威資訊科技股份有限公司
114 台北市內湖區瑞光路76巷65號1樓
電話：+886-2-2796-3638　傳真：+886-2-2796-1377
服務信箱：service@showwe.com.tw
http://www.showwe.com.tw
郵政劃撥　19563868　戶名：秀威資訊科技股份有限公司
展售門市　國家書店【松江門市】
104 台北市中山區松江路209號1樓
電話：+886-2-2518-0207　傳真：+886-2-2518-0778
網路訂購　秀威網路書店：http://www.bodbooks.com.tw
國家網路書店：http://www.govbooks.com.tw

出版日期　2014年9月　BOD一版
定　　價　500元

國家圖書館出版品預行編目

魔鬼樹 / 潘壘著. -- 一版. -- 臺北市 : 新銳文創, 2014.09
冊； 公分. -- (潘壘全集 ; 1-2)
BOD版
ISBN 978-986-5871-96-3 (上冊 ; 平裝). --
ISBN 978-986-5871-97-0 (下冊 ; 平裝). --
ISBN 978-986-5871-98-7 (全套 ; 平裝)

857.7 103001501

讀者回函卡

感謝您購買本書，為提升服務品質，請填妥以下資料，將讀者回函卡直接寄回或傳真本公司，收到您的寶貴意見後，我們會收藏記錄及檢討，謝謝！

如您需要了解本公司最新出版書目、購書優惠或企劃活動，歡迎您上網查詢或下載相關資料：http:// www.showwe.com.tw

您購買的書名：________________________________

出生日期：________年________月________日

學歷：□高中（含）以下　□大專　□研究所（含）以上

職業：□製造業　□金融業　□資訊業　□軍警　□傳播業　□自由業

□服務業　□公務員　□教職　□學生　□家管　□其它_____

購書地點：□網路書店　□實體書店　□書展　□郵購　□贈閱　□其他

您從何得知本書的消息？

□網路書店　□實體書店　□網路搜尋　□電子報　□書訊　□雜誌

□傳播媒體　□親友推薦　□網站推薦　□部落格　□其他__________

您對本書的評價：（請填代號　1.非常滿意　2.滿意　3.尚可　4.再改進）

封面設計____　版面編排____　內容____　文／譯筆____　價格____

讀完書後您覺得：

□很有收穫　□有收穫　□收穫不多　□沒收穫

對我們的建議：________________________________

____

____

____

請貼
郵票

11466
台北市內湖區瑞光路 76 巷 65 號 1 樓

秀威資訊科技股份有限公司 收

BOD 數位出版事業部

....

（請沿線對折寄回，謝謝！）

姓　　名：＿＿＿＿＿＿＿＿＿＿　年齡：＿＿＿＿　性別：□女　□男

郵遞區號：□□□□□

地　　址：＿＿＿＿＿＿＿＿＿＿＿＿＿＿＿＿＿＿＿＿＿＿＿＿

聯絡電話：(日)＿＿＿＿＿＿＿＿＿＿＿＿(夜)＿＿＿＿＿＿＿＿＿＿＿＿

E-mail：＿＿＿＿＿＿＿＿＿＿＿＿＿＿＿＿＿＿＿＿＿＿＿＿